本書原名為《四世同堂》
現為從俗起見，改為《四代同堂》

四代同堂

上

經典新版

老舍

老舍——著

四代同堂【上】目錄

四代同堂【上】目錄

老舍先生為現代文學史上的大家，
其行文習慣與用語可能與當下的用法不同，
為尊重歷史原貌，本書一律不做改動。

總序

文學星座中，最特立獨行的那一顆星

秦懷冰

上世紀三十年代，由於適值新舊文化、中西思想處於強烈對接和震盪的不安時期，又是白話文學和現代藝術的創作剛好進入多元互激的豐收時期，所以，當時的文壇湧現了一波又一波令人目眩神迷的重要作家和作品。那個時代的文學星空，簡直可謂燦爛輝煌，極一時之盛。

有人認為魯迅、周作人兄弟是那個文學星空中的啟明星與黃昏星，撐起了一整個時代的文采與氣象；也有人認為胡適、徐志摩、梁實秋等「新月派」作者群係屬當時讀者公認的文壇主幹；更有人認為後起的巴金、茅盾、曹禺等左派前衛作家才是那個時代的主流與健將。

然而，無論是日後撰寫現代華人文學史的書齋學者們，或是稍為熟悉三十年代文藝實況的當今讀者們，恐怕沒有人會否認：那個總是刻意避開浮名虛譽，習慣於孑然一身、特立獨行的作家老舍，乃是當時的文學星空中持久熠熠發光的一顆恆星。他的作品所煥發的光輝和熱力，在洶湧起伏的潮流激盪中，撐起了一片人文的、鄉土的、人道的文學園圃。有了老舍的作品，現代華文小說才算是已走向鮮活與成熟。

眾所周知，本名舒慶春的老舍，是世居北京的正紅旗滿洲人，自幼喪父，家境貧寒。正因曾經家世不凡，出生時卻已淪為社會底層，所以他對世態炎涼、人情冷暖的現實社會，早有深刻而切膚的體會。憑著自己特異的天賦和不懈的努力，他青年時代即抓住機會赴英國留學並任教，同時開始文學創作。在英國，他時常尋訪當時的人文重鎮牛津、劍橋，親身接觸了西方現代文藝思潮與技法的奧妙，並與當時炙手可熱的「百花園作家圈」有過互動，故而日後他的創作中極自然地融入了諸多前衛的西方文學因素。返國後，他一往無前地投身文學創作，終身不渝。

老舍的作品，風格相當鮮明而獨特，這是因為：首先，他的語言非常鮮活，正宗北京話中又帶有胡同廝混的鄉土腔，令人一讀之下即難以忘懷。其次，他筆下的人物形象生動，往往只消寥寥幾個場景或動作，即令人如見其人，如聞其聲。尤其，他所抒寫的主角都是社會底層飽經生活折磨的辛苦人，每日須遭風刀霜劍摧折，甚至受傷害、受侮辱，但往往只為了一絲微弱的希望、或一個掛心的人，就不惜忍氣吞聲地活下去。他對人性的深刻挖掘，即是從對都市平民、弱勢群體的理解與同情出發的。

老舍的長篇名著《駱駝祥子》，抒寫從農村來到都市的破產青年祥子，一次又一次掙扎著在現實而勢利的社會中求生存、求上進的艱辛過程，卻因環境和命運的播弄，一次又一次跌倒，其間情節，令人鼻酸。這種人道主義的關懷和刻畫，正是老舍作品最動人的特色。他的短篇名作《月牙兒》，描述一位天真可愛的小姑娘，從七歲起就生活顛沛困頓，與母親相依為命，然因母親患病，她不得不面對人世間種種的冷眼和苛待，最終陷入不堪的命運；這篇小說，近年被拍成電視劇，播出後萬千觀眾為之淚奔。

至於老舍的長篇小說《四代同堂》，刻畫一個大家族內種種相煦以濕、相濡以沫的人際呵護，以及椿椿利益傾軋、誤會齟齬的恩怨情仇，猶如一幅有倫有脊、大開大闔的都市生活風情畫，委實是大師手筆。而他的話劇名著《茶館》，透過一個歷經清末戊戌變法流血、民初北洋軍閥割據、國民政府施政失敗這三大時代鉅變的古舊茶館，反映了半個世紀中國動亂與傾覆的情狀；藉由茶館裡人來人往、匯聚了三教九流各路人馬的場景，以高度的藝術概括力，生動地展示了中國近代史和現代史滄桑變幻的社會縮影。老舍早年在英國曾悉心觀摩和鑽研西方現代話劇的展演，他的《茶館》更融合了他對華人社會與歷史的反思，精采迭出，無怪乎成為歷久不衰的名劇，直到現在，老舍的《茶館》每次演出，仍然轟動遐邇，觀眾人山人海。

老舍在瘋狂的文革時代，為了保持一己基本的人性尊嚴，不惜自沉於北京太平湖，以示無言的抗議。時至今日，他已被公認是大師級的作家，同時被定位為華人文學中「都市平民的代言人」，因為老舍從來不願、也不屑去抒寫北京城裡的豪門富戶、達官貴人，他只關心活生生的、辛苦掙扎的底層平民。正是這種終身不渝的人道主義情懷，和由此情懷所陶冶、所匯聚出來的文學造詣與藝術感性，使我們認為，即使在出版文學作品在書市簡直可謂相當困難的當前時刻，仍一定要出齊老舍的代表作，以向文學星座中這顆特立獨行的閃亮星宿致意！

第一部 惶惑

第一章　祁老太爺

祁老太爺什麼也不怕，只怕慶不了八十大壽。在他的壯年，他親眼看見八國聯軍怎樣攻進北京城。後來，他看見了清朝的皇帝怎樣退位，和接續不斷的內戰；一會兒九城的城門緊閉，槍聲與炮聲日夜不絕；一會兒城門開了，馬路上又飛馳著得勝的軍閥的高車大馬。戰爭沒有嚇倒他，和平使他高興。逢節他要過節，遇年他要祭祖，他是個安分守己的公民，只求消消停停的過著不至於愁吃愁穿的日子。即使趕上兵荒馬亂，他也自有辦法：最值得說的是他的家裡老存著全家夠吃三個月的糧食與鹹菜。這樣，即使砲彈在空中飛，兵在街上亂跑，他也會關上大門，再用裝滿石頭的破缸頂上，便足以消災避難。

為什麼祁老太爺只預備三個月的糧食與鹹菜呢？這是因為在他的心理上，他總以為北平是天底下最可靠的大城，不管有什麼災難，到三個月必定災消難滿，而後諸事大吉。北平的災難恰似一個人免不了有些頭疼腦熱，過幾天自然會好了的。不信，你看吧，祁老太爺會屈指算計：直皖戰爭有幾個月？直奉戰爭又有好久？啊！聽我的，咱們北平的災難過不去三個月！

七七抗戰那一年，祁老太爺已經七十五歲。對家務，他早已不再操心。他現在的重要工作是澆澆院中的盆花，說說老年間的故事，給籠中的小黃鳥添食換水，和攙著重孫子孫女極慢極慢的去逛大街和護國寺。可是，蘆溝橋的炮聲一響，他老人家便沒法不稍微操點心了，誰教他是四世同堂的老太爺呢。

兒子已經是過了五十歲的人，而兒媳的身體又老那麼病病歪歪的，所以祁老太爺把長孫媳婦叫過來。

老人家最喜歡長孫媳婦，因為第一，她已給祁家生了兒女，教他老人家有了重孫子孫女；第二，她既會持家，又懂得規矩，一點也不像二孫媳婦那樣把頭髮燙得爛雞窩似的，看著心裡就鬧得慌；第三，兒子不常住在家裡，媳婦又多病，所以事實上是長孫與長孫媳婦當家，而長孫終日在外教書，晚上還要預備功課與改卷子，那麼一家十口的衣食茶水，與親友鄰居的慶弔交際，便差不多都由長孫媳婦一手操持了；這不是件很容易的事，所以老人天公地道的得偏疼點她。

還有，老人自幼長在北平，耳習目染的和旗籍人學了許多規矩禮路：兒媳婦見了公公，當然要垂手侍立。可是，兒媳婦既是五十多歲的人，身上又經常的鬧著點病；老人若不教她垂手侍立吧，便破壞了家規；教她立規矩吧，又於心不忍，所以不如乾脆和長孫媳婦商議商議家中的大事。祁老人的背雖然有點彎，可是全家還屬他的身量最高。在壯年的時候，他到處都被叫作「祁大個子」。高身量，長臉，他本應當很有威嚴，可是他的眼睛太小，一笑便變成一條縫子，於是人們只看見他的高大的身軀，而覺不出什麼特別可敬畏的地方來。到了老年，他倒變得好看了一些：黃暗的臉，雪白的鬚眉，眼角腮旁全皺出永遠含笑的紋溜；小眼深深的藏在笑紋與白眉中，看去總是笑瞇瞇的顯出和善；在他真發笑的時候，他的小眼放出一點點光，倒好像是有無限的智慧而不肯一下子全放出來似的。

把長孫媳婦叫來，老人用小鬍梳輕輕的梳著白鬚，半天沒有出聲。老人在幼年只讀過三本小書與六言雜字；少年與壯年吃盡苦處，獨力置買了房子，成了家。他的兒子也只在私塾讀過三年書，就去學徒；直到了孫輩，才受了風氣的推移，而去入大學讀書。現在，他是老太爺，可是他總覺得學問既不及兒子──兒子到如今還能背誦上下《論語》，而且寫一筆被算命先生推獎的好字──更不及孫子，而很怕他們看不起他。因此，他對晚輩說話的時候總是先楞一會兒，表示自己很會思想。

對長孫媳婦，他本來無須這樣，因為她識字並不多，而且一天到晚嘴中不是叫孩子，便是談論油鹽醬醋。不過，日久天長，他已養成了這個習慣，也就只好教孫媳婦多站一會兒了。

長孫媳婦沒入過學校，所以沒有學名。出嫁以後，才由她的丈夫像贈送博士學位似的送給她一個名字──韻梅。韻梅兩個字彷彿不甚走運，始終沒能在祁家通行得開。公婆和老太爺自然沒有喊她名字的習慣與必要，別人呢又覺得她只是個主婦，和「韻」與「梅」似乎都沒多少關係。況且，老太爺以為「韻梅」和「運煤」既然同音，也就應該同一個意思，「好嗎，她一天忙到晚，你們還忍心教她去運煤嗎？」這樣一來，連她的丈夫也不好意思叫她了，於是她除了「大嫂」、「媽媽」等應得的稱呼外，便成了「小順兒的媽」；小順兒是她的小男孩。

小順兒的媽長得不難看，中等身材，圓臉，兩隻又大又水靈的眼睛。她走路，說話，吃飯，作事，都是快的，可是快得並不發慌。她梳頭洗臉擦粉也全是快的，所以有時候碰巧了把粉擦得很勻，她就好看一些；有時候沒有擦勻，她就不大順眼。當她沒有把粉擦好而被人家嘲笑的時候，她仍舊一點也不發急，而隨著人家笑自己。她是天生的好脾氣。

祁老人把白鬚梳夠，又用手掌輕輕擦了兩把，才對小順兒的媽說：

「咱們的糧食還有多少啊？」

小順兒的媽的又大又水靈的眼很快的轉動了兩下，已經猜到老太爺的心意。很脆很快的，她回答：「還夠吃三個月的呢！」

其實，家中的糧食並沒有那麼多。她不願因說了實話，而惹起老人的囉嗦。對老人和兒童，她很會運用善意的欺騙。「鹹菜呢？」老人提出第二個重要事項來。

她回答的更快當：「也夠吃的！乾疙瘩，老鹹蘿蔔，全還有呢！」她知道，即使老人真的要親自點驗，她也能馬上去買些來。

「好！」老人滿意了。有了三個月的糧食與鹹菜，就是天塌下來，祁家也會抵抗的。可是老人並不想就這麼結束了關切，他必須給長孫媳婦說明白了其中的道理：「日本鬼子又鬧事哪！哼！鬧去吧！庚子年，八國聯軍打進了北京城，連皇上都跑了，也沒把我的腦袋掰了去呀！八國都不行，單是幾個日本小鬼還能有什麼蹦兒？咱們這是寶地，多大的亂子也過不去三個月！咱們可也別太粗心大膽，起碼得有窩頭和鹹菜吃！」

老人說一句，小順兒的媽點一次頭，或說一聲「是」。老人的話，她已經聽過起碼有五十次，但是還當作新的聽。老人一見有人欣賞自己的話，不由的提高了一點嗓音，以便增高感動的力量：

「你公公，別看他五十多了，論操持家務還差得多呢！你婆婆，簡直是個病包兒，你跟她商量點事兒，她光會哼哼！這一家，我告訴你，就仗著你跟我！咱們倆要是不操心，一家子連褲子都穿不上！你信不信？」

小順兒的媽不好意思說「信」，也不好意思說「不信」，只好低著眼皮笑了一下。

「瑞宣還沒回來哪？」老人問。瑞宣是他的長孫。「他今天有四五堂功課呢。」她回答。

「哼！開了炮，還不快快的回來！瑞豐和他的那個瘋娘們呢？」老人問的是二孫和二孫媳婦——那個把頭髮燙成雞窩似的婦人。

「他們倆——」她不知道怎樣回答好。

「年輕輕的公母倆，老是蜜裡調油，一時一刻也離不開，真也不怕人家笑話！」

小順兒的媽笑了一下：「這早晚的年輕夫妻都是那個樣兒！」

「我就看不下去！」老人斬釘截鐵的說。「都是你婆婆寵得她！我沒看見過，一個年輕輕的婦道一天老長在北海，東安市場和——什麼電影園來著？」

「我也說不上來！」她真說不上來，因為她幾乎永遠沒有看電影去的機會。

「小三兒呢？」小三兒是瑞全，因為還沒有結婚，所以老人還叫他小三兒；事實上，他已快在大學畢業了。

「老三帶著妞子出去了。」妞子是小順兒的妹妹。

「他怎麼不上學呢?」

「老三剛才跟我講了好大半天,說咱們要再不打日本,連北平都要保不住!」小順兒的媽說得很快,可是也很清楚。「說的時候,他把臉都氣紅了,又是搓拳,又是磨掌的!我就直勸他,反正咱們姓祁的人沒得罪東洋人,他們一定不能欺侮到咱們頭上來!我是好意這麼跟他說,好教他消消氣;喝,哪知道他跟我瞪了眼,好像我和日本人串通一氣似的!我不敢再言語了,他氣哼哼的扯起妞子就出去了!您瞧,我招了誰啦?」

老人楞了一小會兒,然後感慨著說:「我很不放心小三兒,怕他早晚要惹出禍來!」

正說到這裡,院裡小順兒撒嬌的喊著:「爺爺!爺爺!你回來啦?給我買桃子來沒有?怎麼,沒有?連一個也沒有?爺爺你真沒出息!」

小順兒的媽在屋中答了言:「順兒!不准和爺爺訕臉!再胡說,我就打你去!」

小順兒不再出聲,爺爺走了進來。小順兒的媽趕緊去倒茶。爺爺(祁天祐)是位五十多歲的黑鬍子小老頭兒。中等身材,相當的富泰,圓臉,重眉毛,大眼睛,頭髮和鬍子都很重很黑,很配作個體面的舖店的掌櫃的——事實上,他現在確是一家三間門面的布舖掌櫃。他的腳步很重,每走一步,他的臉上的肉就顫動一下。作慣了生意,他的臉上永遠是一團和氣,鼻子上幾乎老擰起一旋笑紋。今天,他的神氣可有些不對。他還要勉強的笑,可是眼睛裡並沒有笑時那點光,鼻子上的一旋笑紋也好像不能擰緊;笑的時候,他幾乎不敢大大方方的抬起頭來。

第二章　胡同裡的人家

祁家的房子坐落在西城護國寺附近的「小羊圈」。說不定，這個地方在當初或者真是個羊圈，因為它不像一般的北平的胡同那樣直直的，或略微有一兩個彎兒，而是頗像一個葫蘆。通到西大街去的是葫蘆的嘴和脖子，很細很長，而且很髒。葫蘆的嘴是那麼窄小，人們若不留心細找，或向郵差打聽，便很容易忽略過去。

進了葫蘆脖子，看見了牆根堆著的垃圾，你才敢放膽往裡面走，像哥侖布看到海上有漂浮著的東西才敢更向前進那樣。走了幾十步，忽然眼一明，你看見了葫蘆的胸：一個東西有四十步，南北有三十步長的圓圈，中間有兩棵大槐樹，四圍有六七家人家。再往前走，又是一個小巷——葫蘆的腰。穿過「腰」，又是一塊空地，比「胸」大著兩三倍，這便是葫蘆肚兒了。「胸」和「肚」大概就是羊圈吧？這還待歷史家去考查一番，而後才能斷定。

祁家的房便是在葫蘆胸裡。街門朝西，斜對著一棵大槐樹。在當初，祁老人選購房子的時候，房子的地位決定了他的去取。他愛這個地方。胡同口是那麼狹窄不惹人注意，使他覺到安全；而葫蘆胸裡有六七家人家，又使他覺到溫暖。門外呢，兩株大槐下可供孩子們玩耍，既無車馬，又有槐豆槐花與槐蟲可以當作兒童的玩具。同時，地點雖是陋巷，而西通大街，背後是護國寺——每逢七八兩日有廟會——買東西不算不方便。所以，他決定買下那所房。

房子的本身可不很高明。第一，它沒有格局。院子是東西長而南北短的一個長條，所以南北房不能相對；假若相對起來，院子便被擠成一條縫，而頗像輪船上房艙中間的走道了。南房兩間，因此，是緊靠著街門，而北房五間面對著南院牆。兩間東房是院子的東盡頭；東房北邊有塊小空地，是廁所。

南院牆外是一家老香燭店的曬佛香的場院，有幾株柳樹。幸而有這幾株樹，否則祁家的南牆外便什麼也沒有，倒好像是火車站上的房子，出了門便是野地了。第二，房子蓋得不甚結實。除了北房的木料還說得過去，其餘的簡直沒有值得誇讚的地方。在祁老人手裡，南房的山牆與東房的後牆便塌倒過兩次以上，而界牆的——都是碎磚頭砌的——坍倒是每年雨季所必不能免的。院中是一塄土地，沒有甬路；每逢雨季，院中的存水就能有一尺多深，出入都須打赤腳。

祁老人可是十分喜愛這所房。主要的原因是，這是他自己置買的產業，不論格局與建築怎樣不好，也值得自傲。其次，自從他有了這所房，他的人口便有增無減，到今天已是四世同堂！這裡的風水一定是很好！在長孫瑞宣結婚的時候，全部房屋都徹底的翻蓋了一次。這次是祁天祐出的力——他想把父親置買的產業變成一座足以傳世的堡壘，好上足以對得起老人，下對得起兒孫。木料糟了的一概撤換，碎磚都換上整磚，而且見木頭的地方全上了油漆。經這一修改，這所房子雖然在格局上仍然有欠體面，可是在實質上卻成了小羊圈數一數二的好房子。祁老人看著新房，滿意的歎了口氣。到他作過六十整壽，決定退休以後，他的勞作便都放在美化這所院子上。在南牆根，他逐漸的給種上秋海棠，玉簪花，繡球，和虎耳草。院中間，他養著四大盆石榴，兩盆夾竹桃，和許多不須費力而能開花的小植物。在南房前面，他還種了兩株棗樹，一株結的是大白棗，一株結的是甜酸的「蓮蓬子兒」。

看著自己的房，自己的兒孫，和手植的花草，祁老人覺得自己的一世勞碌並沒有虛擲。北平城是不朽之城，他的房子也是永世不朽的房子。

現在，天祐老夫婦帶著小順兒住南屋。五間北房呢，中間作客廳；客廳裡東西各有一個小門，通到瑞宣與瑞豐的臥室；盡東頭的和盡西頭的一間，都另開屋門，東頭是瑞全的，西頭是祁老太爺的臥室。東屋作廚房，並堆存糧米，煤球，柴火；冬天，也收藏石榴樹和夾竹桃什麼的。當初，在他買過這所房子來的時候，他須把東屋和南屋都租出去，才能顯著院內不太空虛；今天，他自己的兒孫都快住不下了。屋子都住滿了自家的人，老者的心裡也就充滿了歡喜。他像一株老樹，在院裡生滿了枝條，每一條枝上的花葉都是由他生出去的！

在胡同裡，他也感到得意。四五十年來，他老住在這裡，而鄰居們總是今天搬來，明天搬走，能一氣住到十年二十年的就少少的。他們生，他們死，他們興旺，他們衰落，只有祁老人獨自在這裡生了根。因家道興旺而離開這陋巷的，他不去巴結；因家道衰落而連這陋巷也住不下去的，他也無力去救濟；他只知道自己老在這裡不動，漸漸的變成全胡同的老太爺。新搬來的人家，必定先到他這裡來拜街坊；鄰居有婚喪事設宴，他必坐首席；他是這一帶的老人星，代表著人口昌旺，與家道興隆！

在得意裡，他可不敢妄想。他只希望能在自己的長條院子裡搭起喜棚，慶祝八十整壽。八十歲以後的事，他不願去想；假若老天教他活下去呢，很好；老天若收回他去呢，他閉眼就走，教子孫們穿著白孝把他送出城門去！在葫蘆胸裡，路西有一個門，已經堵死。路南有兩個門，都是清水脊門樓，房子相當的整齊。路北有兩個門，院子都不大，可都住著三四家人家。

假若路南是貴人區，路北便是貧民區。路東有三個門，盡南頭的便是祁宅。與祁家一牆之隔的院子也是個長條兒，住著三家子人。再過去，還有一家，裡外兩個院子，有二十多間房，住著至少有七八家子，而且人品很不齊。這可以算作個大雜院。祁老太爺不大看得起這個院子，所以拿那院子的人並不當作街坊看待；為掩飾真正的理由，他總說那個院子只有少一半在「胸」裡，而多一半在葫蘆腰裡，所以不能算作近鄰，倒好像「胸」與「腰」相隔有十幾里路似的。

把大雜院除外，祁老人對其餘的五個院子的看待也有等級。最被他重視的是由西數第一個——門牌一號——路南的門。這個門裡住著一家姓錢的，他們搬走過一次，可是不久又搬了回來，前後在這裡已住過十五六年。錢老夫婦和天祐同輩，他的兩個少爺都和瑞宣同過學。現在，大少爺已結了婚，二少爺也定了婚而還未娶。在一般人眼中，錢家的人都有點奇怪。他們對人，無論是誰，都極有禮貌，可是也都保持著個相當的距離，好像對誰都看得起，又都看不起。他們一家人的服裝都永遠落後十年，或二十年，到如今，錢老先生到冬天還戴紅呢子大風帽。他家的婦女似乎永遠不出大門一步；遇必要的時候，她們必須在門口買點針線或青菜什麼的，也只把門開開一點縫子，彷彿怕走漏了門中什麼秘密似的。他們的男人雖然也和別家的一樣出來進去，可是他們的行動都像極留著神，好使別人莫測高深。錢老先生沒有作事，很少出門；只有在他臉上有點酒意的時候，才穿著古老的衣服在門口立一會兒，仰頭看著槐花，或向兒童們笑一笑。他們的家境如何？他們有什麼人生的樂趣？有什麼生活上的痛苦？都沒有人知道。他們的院子裡幾乎永遠沒有任何響動。遇上胡同裡有什麼娶親的，出殯的，或是來了跑旱船或耍猴子的，大家都出來看看熱鬧，只有錢家的門照舊關得嚴嚴的。他們不像是過日子，而倒像終年的躲債或避難呢。

在全胡同裡，只有祁老人和瑞宣常到錢家來，知道一些錢家的「秘密」。其實，錢家並沒有什麼秘密。祁老人心中很明白這個，但是不願對別人說。這樣，他就彷彿有一種替錢家保守秘密的責任似的，而增高了自己的身分。

錢家的院子不大，而滿種著花。祁老人的花苗花種就有許多是由這裡得來的。錢老先生的屋裡，除了鮮花，便是舊書與破字畫。他的每天的工作便是澆花，看書，畫畫，和吟詩。到特別高興的時候，他才喝兩盅自己泡的茵陳酒。

錢老先生是個詩人。他的詩不給別人看，而只供他自己吟味。他的生活是按照著他的理想安排的，並不管行得通行不通。他有時候挨餓，挨餓他也不出一聲。他的大少爺在中學教幾點鐘書，在趣味上也頗有父風。二少爺是這一家中最沒有詩意的，他開駛汽車。錢老先生決不反對兒子去開汽車，而只不喜聞兒子身上的汽油味；因此，二少爺不大回家來，雖然並沒有因汽油味和父親犯了什麼意見。至於錢家的婦女，她們並不是因為男子專制而不出大門，而倒是為了服裝太舊，自慚形穢。錢先生與兒子絕對不是肯壓迫任何人的人，可是他們的金錢能力與生活的趣味使他們毫不注意到服裝上來，於是家中的婦女也就只好深藏簡出的不出去多暴露自己的缺陷。

在祁老人與錢先生的交往中，祁老人老來看錢先生，而錢先生絕對不到祁家去。假若祁老人帶來一瓶酒，送給錢先生，錢先生必定馬上派兒子送來比一瓶酒貴著兩三倍的一些禮物；他永遠不白受人家的東西。他的手中永遠沒有寬裕過，因為他永遠不算賬，不記賬。有錢他就花掉，沒錢他會愣著想詩。他的大少爺也有這樣的脾氣。他寧可多在家中練習幾點鐘的畫，而不肯去多教幾點鐘的書，增加一點收入。

論性格，論學識，論趣味，祁老人都沒有和錢先生成為好友的可能。可是，他們居然成了好朋友。在祁老人呢，他，第一，需要個年老的朋友，好有個地方去播放他的陳穀子爛芝麻。第二，他佩服錢老人的學問和人品。在錢先生呢，他一輩子不肯去巴結任何人，但是有願與他來往的，他就不便拒絕。他非常的清高，可並沒有看不起人的惡習氣。假若有人願意來看他，他是個頂和藹可親的人。

雖然已有五十七八歲，錢默吟先生的頭髮還沒有多少白的。矮個子，相當的胖，一嘴油光水滑的烏牙，他長得那麼厚厚惇惇的可愛。圓臉，大眼睛，常好把眼閉上想事兒。他的語聲永遠很低，可是語氣老是那麼謙恭和氣，教人覺得舒服。他和祁老人談詩，談字畫，祁老人不懂。祁老人對他講重孫子怎麼又出了痲疹，二孫媳怎麼又改燙了飛機頭，錢先生不感趣味。但是，兩個人好像有一種默契：你說，我就聽著；我說，你就聽著。錢默吟教祁老人看畫，祁老人便點頭誇好。祁老人報告家中的瑣事，默吟先生便隨時的答以「怎麼好？」「真的嗎？」「對呀！」等等簡單的句子。若實在無詞以答，他也會閉上眼，連連的點頭。到最後，兩個人的談話必然的移轉到養花草上來，而二人都可以滔滔不絕的說下去，也都感到難得的愉快。雖然祁老人對石榴樹的趣味是在多結幾個大石榴，而錢先生是在看花的紅艷與石榴的美麗，可是培植的方法到底是有相互磋磨的必要的。

暢談了花草以後，錢先生往往留祁老人吃頓簡單的飯，而錢家的婦女也就可以藉著機會來和老人談談家長裡短——這時節，連錢先生也不能不承認在生活中除了作詩作畫，也還有油鹽醬醋這些問題的。

瑞宣有時候陪著祖父來上錢家串門兒，有時候也獨自來。當他獨自來的時候，十之八九是和太太或別人鬧了脾氣。他是個能用理智控制自己的人，所以雖然偶爾的動了怒，他也不願大喊大叫的胡鬧。他會一聲不響的溜到錢家去，和錢家父子談一談與家事國事距離很遠的事情，便把胸中的惡氣散盡。

在錢家而外，祁老人也喜歡錢家對門，門牌二號的李家。在全胡同裡，只有李家的老人與祁老太爺同輩，而且身量只比祁老人矮著不到一寸——這並不是李四爺的身子比祁老人的短這麼些，而是他的背更彎了一點。他的職業的標誌是在他的脖子上的一個很大的肉包。在二三十年前，北平有不少這種脖子上有肉包的人。他們自成一行，專給人們搬家。人家要有貴重的東西，像大磁瓶，座鐘，和楠木或花梨的木器，他們便把它們捆紮好，用一塊窄木板墊在脖子上，而把它們扛了走。他們走得要很穩，脖子上要有很大的力量，才能負重而保險不損壞東西。人們管這一行的人叫作「窩脖兒的」。

自從有板子車以後，這行的人就漸漸的把「窩」變成了「拉」，而年輕的雖然還吃這一行的飯，脖子上可沒有那個肉包了。李四爺在年輕的時候一定是很體面，儘管他脖子有肉包，而背也被壓得老早就有點彎。現在，他的年紀已與祁老人不相上下，可是長臉上還沒有多少皺紋，眼睛還不花，一笑的時候，他的眼與牙都放出光來，使人還能看出一點他年輕時的漂亮。

二號的院子裡住著三家人，房子可是李四爺的。祁老人的喜歡李四爺，倒不是因為李四爺不是個無產無業的遊民，而是因為李四爺的為人好。在他的職業上，他永遠極盡心，而且要錢特別克己；有時候他給窮鄰居搬家，便只要個飯錢，而不提工資。在職業以外，特別是在有了災難的時節，他永遠自動的給大家服務。例如：地方上有了兵變或兵災，他總是冒險的頂著槍子兒去到大街上探聽消息，而後回來報告給大家應當怎樣準備。城門要關閉了，他便在大槐樹下喊兩聲：「要關城了！趕緊預備點糧食呀！」及至災難過去，城門又開了，他便又去喊：「太平沒事啦，放心吧！」

祁老人雖然以這一帶的老人星自居，可是從給大家服務上來說，他自愧不如李四爺。所以，從年紀上和從品德上說，他沒法不尊敬李四爺。雖然李家的少爺也是「窩脖兒的」，雖然李家院子是個又髒又亂的小雜院。兩個老人若在大槐樹下相遇而立定了，兩家的晚輩便必定趕快的拿出凳子來，因為他們曉得兩個老人的談話多數是由五六十年前說起，而至少須花費一兩鐘頭的。李四爺的緊鄰四號，和祁老人的緊鄰六號都也是小雜院。四號住著剃頭匠孫七夫婦；馬老寡婦與她的外孫子，外孫以沿街去叫：「轉盤的話匣子」為業；和拉洋車的小崔——除了拉車，還常打他的老婆。六號也是雜院，而人們的職業較比四號的略高一級：北房裡住著丁約翰，信基督教，在東交民巷的「英國府」作擺台的。北耳房住著棚匠劉師傅夫婦，劉師傅在給人家搭棚而外，還會練拳和耍「獅子」。東屋住著小文夫婦，都會唱戲，表面上是玩票，而暗中拿「黑杵」[1]。

對四號與六號的人們，祁老人永遠保持著不即不離的態度，有事就量力相助，無事便各不相擾。李四爺可就不然了，他對誰都願意幫忙，不但四號與六號的人們都是他的朋友，就連七號——祁老人所不喜歡的大雜院——也常常的受到他的協助。不過，連這樣，李四爺還時常遭受李四媽的指摘與責罵。

李四媽，滿頭白髮，一對大近視眼，幾乎沒有一天不罵那個「老東西」的。她的責罵，多數是她以為李四爺對朋友們還沒有盡心盡力的幫忙，而這種責罵也便成為李四爺的見義勇為的一種督促。全胡同裡的孩子，不管長得多麼醜，身上有多麼髒臭，都是李四媽的「寶貝兒」。對於成年人，李四媽雖然不好意思叫出來，而心中以為他們和她們都應該是她的「大寶貝兒」。她的眼看不清誰醜誰俊，她的心也不辨貧富老幼；她以為一切苦人都可憐可愛，都需要他們老夫婦的幫忙。因此，胡同裡的人有時候對祁老人不能不敬而遠之，而對李老夫婦便永遠熱誠的愛戴；他們有什麼委屈都去向李四媽陳訴，李四媽便馬上督促李四爺去幫忙，而且李四媽的同情的眼淚是既

1. 黑杵，舊社會的票友，私下接受的報酬稱「黑杵」。

真誠而又豐富的。

夾在錢家與祁家中間的三號是祁老人的眼中釘。在祁家的房還沒有翻修以前，三號是小羊圈裡最體面的房。就是在祁家院子重修以後，論格局也還不及三號的款式像樣。第一、三號門外，在老槐下面有一座影壁，粉刷得黑是黑，白是白，中間油好了二尺見方的大紅福字。祁家門外，就沒有影壁，全胡同裡的人家都沒有影壁！第二，論門樓，三號的是清水脊，而祁家的是花牆子。第三，三號是整整齊齊的四合房，院子裡方磚墁地。第四，三號每到夏天，院中必由六號的劉師傅給搭起新蓆子的涼棚，而祁家的陰涼兒只仗著兩株樹影兒不大的棗樹供給。祁老人沒法不嫉妒！

論生活方式，祁老人更感到精神上的壓迫與反感。三號的主人，冠曉荷，有兩位太太，而二太太是唱奉天大鼓的，曾經紅過一時的，尤桐芳。冠先生已經五十多歲，和祁天祐的年紀仿上仿下，可是看起來還像三十多歲的人，而且比三十多歲的人還漂亮。

冠先生每天必定刮臉，十天準理一次髮，白頭髮有一根拔一根。他的衣服，無論是中服還是西裝，都儘可能的用最好的料子；即使料子不頂好，也要做得最時樣最合適。小個子，小長臉，小手小腳，渾身上下無一處不小，而都長得勻稱。勻稱的五官四肢，加上美妙的身段，和最款式的服裝，他頗像一個華麗光滑的玻璃珠兒。他的人雖小，而氣派很大，平日交結的都是名士與貴人。

家裡用著一個廚子，一個頂懂得規矩的男僕，和一個老穿緞子鞋的小老媽。一來客，他總是派人到便宜坊去叫掛爐燒鴨，到老寶豐去叫遠年竹葉青。打牌，講究起碼四十八圈，而且飯前飯後要唱鼓書與二簧。對有點身分的街坊四鄰，他相當的客氣，可是除了照例的婚喪禮弔而外，並沒有密切的交往。至於對李四爺，劉師傅，剃頭的孫七，和小崔什麼的，他便只看到他們的職業，而絕不拿他們當作人看。

「老劉，明天來拆天棚啊！」

「四爺，下半天到東城給我取件東西來，別誤了！」

「小崔，你要是跑得這麼慢，我就不坐你的車了！聽見沒有？」

對他們，他永遠是這樣的下簡單而有權威的命令。

冠太太是個大個子，已經快五十歲了還專愛穿大紅衣服，所以外號叫作大赤包兒。赤包兒是一種小瓜，紅了以後，北平的兒童拿著它玩。這個外號起得相當的恰當，因為赤包兒經兒童揉弄以後，皮兒便皺起來，露出裡面的黑種子。冠太太的臉上也有不少的皺紋，而且鼻子上有許多雀斑，儘管她還擦粉抹紅，也掩飾不了臉上的摺子與黑點。她比她的丈夫的氣派更大，一舉一動都頗像西太后。她比冠先生更喜歡，也更會，交際；能一氣打兩整天整夜的麻雀牌，而還保持著西太后的尊傲氣度。

冠太太只給冠先生生了兩個小姐，所以冠先生又娶了尤桐芳，為是希望生個胖兒子。尤桐芳至今還沒有生兒子。可是和大太太吵起嘴來，她的聲勢倒彷彿有十個兒子作後援似的。她長得不美，可是眉眼很媚；她的眉眼一天到晚在臉上亂跑。兩位小姐，高第與招弟，本質都不錯，可是在兩位母親的教導下，既會修飾，又會滿臉上跑眉毛。

祁老人既嫉妒三號的房子，又看不上三號所有的男女。特別使他不痛快的是二孫媳婦的服裝打扮老和冠家的婦女比賽，而小三兒瑞全又和招弟小姐時常有些來往。因此，當他發脾氣的時候，他總是手指西南，對兒孫說：「別跟他們學！那學不出好來！」這也就暗示出：假若小三兒再和招弟姑娘來往，他會把他趕出門去的。

第三章　日本鬼子

祁老人用破缸裝滿石頭，頂住了街門。

李四爺在大槐樹下的警告：「老街舊鄰，都快預備點糧食啊，城門關上了！」更使祁老人覺得自己是諸葛亮。他不便隔著街門告訴李四爺：「我已經都預備好了！」可是心中十分滿意自己的未雨綢繆，料事如神。

在得意之間，他下了過於樂觀的判斷：不出三天，事情便會平定。

兒子天祐是個負責任的人，越是城門緊閉，他越得在舖子裡。

兒媳婦病病歪歪的，聽說日本鬼子鬧事，長嘆了一口氣，心中很怕萬一自己在這兩天病死，而棺材出不了城！一急，她的病又重了一些。

瑞宣把眉毛皺得很緊，而一聲不出；他是當家人，不能在有了危險的時候，長吁短歎的。

瑞豐和他的摩登太太一向不注意國事，也不關心家事；大門既被祖父封鎖，只好在屋裡玩撲克牌解悶。老太爺在院中囉嗦，他倆相視，縮肩，吐一吐舌頭。

小順兒的媽雖然只有二十八歲，可是已經飽經患難。她同情老太爺的關切與顧慮；同時，她可也不怕不慌。她的心好像比她的身體老的多，她看得很清楚：患難是最實際的，無可倖免的；但是，一個人想活下去，就不能不去設法在患難中找縫子，逃了出去——盡人事，聽天命。總之生在這個年月，一個人須時時勇敢的去面對那危險的，而小心提防那「最」危險的事。你須把細心放在大膽裡，去且戰且走。你須把受委屈當作生活，而從委屈中咂摸出一點甜味來，好使你還肯活下去。

她一答一和的跟老人說著話兒，從眼淚裡追憶過去的苦難，而希望這次的危險是會極快便過去的。聽到老人的判斷——不出三天，事情便會平定——她笑了一下：「那敢情好！」而後又發了點議論：「我就不明白日本鬼子要幹什麼！咱們管保誰也沒得罪過他們，大傢伙平平安安的過日子，不比拿刀動杖的強？我猜呀，日本鬼子準是天生來的好找彆扭，您說是不是？」

老人想了一會兒才說：「自從我小時候，咱們就受小日本的欺侮，我簡直想不出道理來！得啦，就盼著這一回別把事情鬧大了！日本人愛小便宜，說不定這回是看上了蘆溝橋。」

「幹嗎單看上了蘆溝橋呢？」小順兒的媽納悶。「一座大橋既吃不得，又不能搬走！」

「橋上有獅子呀！這件事要擱著我辦，我就把那些獅子送給他們，反正擺在那裡也沒什麼用！」

「哼！我就不明白他們要那些獅子幹嗎？」她仍是納悶。

「要不怎麼是小日本呢！看什麼都愛！」老人很得意自己能這麼明白日本人的心理。「庚子年的時候，日本兵進城，挨著家兒搜東西，先是要首飾，要錶；後來，連銅鈕釦都拿走！」

「大概拿銅當作了金子，不開眼的東西！」小順兒的媽掛了點氣說。她自己是一棵草也不肯白白拿過來的人。

「大嫂！」瑞全好像自天而降的叫了聲。

「喲！」大嫂嚇了一跳。「三爺呀！幹嗎？」

「你把嘴閉上一會兒行不行？你說得我心裡直鬧得慌！」在全家裡，沒有人敢頂撞老太爺，除了瑞全和小順兒。現在他攔阻大嫂說話，當然也含著反抗老太爺的意思。老太爺馬上聽出來那弦外之音。「怎麼？你不願意聽我們說話，把耳朵堵上就是了！」

「我是不愛聽！」瑞全的樣子很像祖父，又瘦又長，可是在思想上，他與祖父相隔了有幾百年。他的眼也很小，但很有神，眼珠像兩顆發光的黑豆子。在學校裡，他是籃球選手。打球的時候，他的兩顆黑豆子隨著球亂轉，到把球接到手裡，他的嘴便使勁一閉，像用力嚥一口東西似的。他的眼和嘴的表情，顯露出來他的性格——性子急，而且有決斷。現在，他的眼珠由祖父轉到大嫂，又由大嫂轉到祖父，倒好像在球場上監視對方的球手呢。「日本人要蘆溝橋的獅子？笑話！他們要北平，要天津，要華北，要整個的中國！」

「得了，得了！老三！少說一句。」大嫂很怕老三把祖父惹惱。

其實，祁老人對孫子永遠不動真氣——若是和重孫子在一處，則是重孫子動氣，而太爺爺陪笑了。

「大嫂，你老是這樣！不管誰是誰非，不管事情有多麼嚴重，你老是勸人少說一句！」三爺雖然並不十分討厭大嫂，可是心中的確反對大嫂這種敷衍了事的辦法。現在，氣雖然是對大嫂發的，而他所厭惡的卻是一般的——他不喜歡任何不論是非，而只求敷衍的人。

「不這樣，可教我怎樣呢？」小順兒的媽並不願意和老三拌嘴，而是為她多說幾句，好教老太爺不直接的和老三開火。「你們餓了找我要吃，冷了向我要衣服，我還能管天下大事嗎？」

這，把老三問住了。像沒能把球投進籃去而抓抓頭那樣，他用瘦長而有力的手指抓了兩下頭。

祖父笑了，眼中發出點老而淘氣的光兒。「小三兒！在你嫂子面前，你買不出便宜去！沒有我和她，你們連飯都吃不上，還說什麼國家大事！」

「日本鬼子要是打破了北平，誰都不用吃飯！」瑞全咬了咬牙。他真恨日本鬼子。

「那！庚子年，八國聯軍——」老人想把拿手的故事再重述一遍，可是一抬頭，瑞全已經不見了。「這小子！說不過我就溜開！這小子！」

門外有人拍門。

「瑞宣！開門去！」祁老人叫。「多半是你爸爸回來了。」瑞宣又請上弟弟瑞全，才把裝滿石頭的破缸挪開。門外，立著的不是他們的父親，而是錢默吟先生。他們弟兄倆全愣住了。錢先生來訪是件極稀奇的事。瑞宣馬上看到時局的緊急，心中越發不安。瑞全也看到危險，可是只感到興奮，而毫無不安與恐懼。

錢先生穿著件很肥大的舊藍布衫，袖口與領邊已全磨破。他還是很和藹，很鎮定，可是他自己知道今天破例到友人家來便是不鎮定的表示。含著笑，他低聲的問：「老人們都在家吧？」

「請吧！錢伯父！」瑞宣閃開了路。

錢先生彷彿遲疑了一下，才往裡走。

瑞全先跑進去，告訴祖父：「錢先生來了。」

祁老人聽見了，全家也都聽到，大家全為之一驚。祁老人迎了出來。又驚又喜，他幾乎說不上話來。

錢默吟很自然，微抱歉意的說著：「第一次來看你老人家，第一次！我太懶了，簡直不願出街門。」

到北屋客廳坐下，錢先生先對瑞宣聲明：「千萬別張羅茶水！一客氣，我下次就更不敢來了！」這也暗示出，他願意開門見山的把來意說明，而且不希望逐一的見祁家全家的老幼。祁老人先提出實際的問題：「這兩天我很惦記著你！咱們是老鄰居，老朋友了，不准說客氣話，你有糧食沒有。沒有，告訴我一聲！糧食可不比別的東西，一天，一頓，也缺不得！」

默吟先生沒說有糧，也沒說沒糧，而只含混的一笑，倒好像即使已經絕糧，他也不屑於多去注意。

「我——」默吟先生笑著，閉了閉眼。「我請教瑞宣世兄，」他的眼也看了瑞全一下，「時局要演變到什麼樣子呢？你看，我是不大問國事的人，可是我能自由地生活著，全是國家所賜。我這幾天什麼也幹不下去！我不怕窮，不怕苦，我只怕丟了咱們的北平城！一朵花，長在樹上，才有它的美麗；拿到人的手裡就算完了。北平城也是這樣，它頂美，可是若被敵人佔據了，它便是被折下來的花了！是不是？」見他們沒有回答。他又補上了兩句：「假若北平是樹，我便是花，儘管是一朵閒花。北平若不幸丟失了，我想我就不必再活下去！」

祁老人頗想說出他對北平的信仰，而勸告錢先生不必過於憂慮。可是，他不能完全瞭解錢先生的話；錢先生的話好像是當票子上的字，雖然也是字，而另有個寫法——你要是隨便的亂猜，贖錯了東西才麻煩呢！於是，他的嘴唇動了動，而沒說出話來。

瑞宣，這兩天心中極不安，本想說些悲觀的話，可是有老太爺在一旁，他不便隨便開口。

瑞全沒有什麼顧忌。他早就想談話，而找不到合適的人。大哥的學問見識都不壞，可是大哥是那麼能故意的緘默，非用許多方法不能招出他的話來。二哥，嘔，跟二哥二嫂只能談談電影與玩樂。和二哥夫婦談話，還不如和祖父或大嫂談談油鹽醬醋呢——雖然無趣，可是至少也還和生活有關。現在，他抓住了錢先生。他知道錢先生是個有些思想的人——儘管他的思想不對他的路子。他立起來挺了挺腰，說：「我看哪，不是戰，就是降！」

「至於那麼嚴重？」錢先生的笑紋僵在了臉上，右腮上有一小塊肉直抽動。

「有田中奏摺在那裡，日本軍閥不能不侵略中國；有九一八的便宜事在那裡，他們不能不馬上侵略中國。他們的侵略是沒有止境的，他們征服了全世界，大概還要征服火星！」

「火星？」祖父既不相信孫子的話，更不知道火星在哪條大街上。

瑞全沒有理會祖父的質問，理直氣壯的說下去：「日本的宗教，教育，氣量，地勢，軍備，工業，與海盜文化的基礎，軍閥們的野心，全都朝著侵略的這一條路子走。走私，鬧事，騎著人家脖子拉屎，都是侵略者的必有的手段！蘆溝橋的炮火也是侵略的手段之一，這回能敷衍過去，過不了十天半月準保又在別處——也許就在西苑或護國寺——鬧個更大的事。日本現在是騎在虎背上，非亂撞不可！」

瑞宣臉上笑著，眼中可已經微微的濕了。

祁老人聽到「護國寺」，心中顫了一下：護國寺離小羊圈太近了！

「三爺，」錢先生低聲的叫。「咱們自己怎麼辦呢？」

瑞全，因為氣憤，話雖然說的不很多，可是有點聲嘶力竭的樣子。心中也彷彿很亂，沒法再說下去。在理智上，他知道中國的軍備不是日本的敵手，假若真打起來，我們必定吃很大的虧。但是，從感情上，他又願意馬上抵抗，因為多耽誤一天，日本人便多佔一天的便宜；等到敵人完全佈置好，我們想還手也來不及了！他願意抵抗。假若中日真的開了仗，他自己的生命是可以獻給國家的。可是，他怕被人問倒：「犧牲了性命，準能打得勝嗎？」他決不懷疑自己的情願犧牲，可是不喜歡被人問倒，他已經快在大學畢業，不能在大家面前顯出有勇無謀，任著感情亂說。他身上出了汗。抓了抓頭，他坐下了，臉上起了好幾個紅斑點。

「瑞宣？」錢先生的眼神與語氣請求瑞宣發表意見。

瑞宣先笑了一下，而後聲音很低的說：「還是打好！」錢先生閉上了眼，詳細咂摸瑞宣的話的滋味。

瑞全跳了起來，把雙手放在瑞宣的雙肩上：「大哥！大哥！」

他的臉完全紅了，又叫了兩聲大哥，而說不上話來。

這時候，小順兒跑了進來，「爸！門口，門口——」祁老人正找不著說話的機會與對象，急快的抓到重孫子：「你看！你看！剛開開門，你就往外跑，真不聽話！告訴你，外邊鬧日本鬼子哪！」

小順兒的鼻子皺起來，撇著小嘴：「什麼小日本兒，我不怕！中華民國萬歲！」他得意的伸起小拳頭來。「順兒！門口怎麼啦？」瑞宣問。

小順兒手指著外面，神色相當詭密的說：「那個人來了！說要看看你！」

「哪個人？」

「三號的那個人！」小順兒知道那個人是誰，可是因為聽慣了大家對那個人的批評，所以不願意說出姓名來。「冠先生？」

小順兒對爸爸點了點頭。

「誰？嘔，他！」錢先生要往起立。

「錢先生！坐著你的！」祁老人說。

「不坐了！」錢先生立起來。

「你不願意跟他談話，走，上我屋裡去！」祁老人誠意的相留。

「不啦！改天談，我再來！不送！」錢先生已很快的走到屋門口。

祁老人扶著小順兒往外送客。他走到屋門口，錢先生已走到南屋外的棗樹下。瑞宣，瑞全追著送出去。冠曉荷在街門檻裡立著呢。他穿著在三十年前最時行，後來曾經一度極不時行，到如今又二番時行起來的團龍藍紗大衫，極合身，極大氣。下面，白地細藍道的府綢褲子，散著褲角；腳上是青絲襪，白千層底青緞子鞋；更顯得連他的影子都極漂亮可愛。見錢先生出來，他一手輕輕拉了藍紗大衫的底襟一下，一手伸出來，滿面春風的想和錢先生拉手。

錢先生既沒失去態度的自然，也沒找任何的掩飾，就那麼大大方方的走出去，使冠先生的手落了空。

冠先生也來得厲害，若無其事的把手順便送給了瑞宣，很親熱的握了一會兒。然後，他又和瑞全拉手，而且把左手放在上面，輕輕的按了按，顯出加勁兒的親熱。

祁老人不喜歡冠先生，帶著小順兒到自己屋裡去。瑞宣和瑞全陪著客人在客廳裡談話。

冠先生只到祁家來過兩次。第一次是祁老太太病故，他過來上香奠酒，並沒坐多大一會兒就走了。第二次是謠傳瑞宣要作市立中學的校長，他過來預為賀喜，坐了相當長的時間。後來，謠言並未變成事實，他就沒有再來過。

今天，他是來會錢先生，而順手看看祁家的人。冠曉荷在軍閥混戰的時期，頗作過幾任地位雖不甚高，而油水很厚的官。他作過稅局局長，頭等縣的縣長，和省政府的小官兒。近幾年來，他的官運不甚好，所以他厭惡南京政府，而每日與失意的名士，官僚，軍閥，鬼混。他總以為他的朋友中必定有一兩個會重整旗鼓，再掌大權的，那麼，他自己也就還有一步好的官運——也就是財運。和這些朋友交往，他的模樣服裝都很夠格兒；同時，他的幾句二簧，與八圈麻將，也都不甚寒傖。近來，他更學著唸佛，研究些符咒與法術；於是，在遺老們所常到的恆善社，和其他的宗教團體與慈善機關，他也就有資格參加進去。他並不怎麼信佛與神，而只拿佛法與神道當作一種交際的需要，正如同他須會唱會賭那樣。

只有一樣他來不及，他作不上詩文，畫不上梅花或山水來。他所結交的名士們，自然用不著說，是會這些把戲的了；就連在天津作寓公的，有錢而失去勢力的軍閥與官僚，也往往會那麼一招兩招的。連大字不識的丁老師，還會用大麻刷子寫一丈大的一筆虎呢。就是完全不會寫不會畫的闊人，也還愛說道這些玩藝；這種玩藝兒是「闊」的一種裝飾，正像闊太太必有鑽石與珍珠那樣。

他早知道錢默吟先生能詩善畫，而家境又不甚寬綽。他久想送幾個束修，到錢家去熏一熏。他不希望自己真能作詩或作畫，而只求知道一點術語和詩人畫家的姓名，與派別，好不至於在名人們面前丟醜。

他設盡方法想認識錢先生，而錢先生始終像一棵樹——你招呼他，他不理你。他又不敢直入公堂的去拜訪錢先生，因為若一度遭了拒絕，就不好再謀面了。今天，他看見錢先生到祁家去，所以也趕過來。在祁家相識之後，他就會馬上直接送兩盆花草，或幾瓶好酒去，而得到熏一熏的機會。還有，在他揣測，別看錢默吟很窘，說不定家中會收藏著幾件名貴的字畫。自然嘍，他若肯出錢買古玩的話，有的是現成的「琉璃廠」。不過，他不想把錢花在這種東西上。那麼，假若與錢先生交熟了以後，他想他必會有方法弄過一兩件寶物來，豈不怪便宜的麼？有一兩件古物擺在屋裡，他豈不就在陳年竹葉青酒，與漂亮的姨太太而外，便又多一些可以展覽的東西，而更提高些自己的身分麼？

沒想到，他會碰了錢先生一個軟釘子！他的心中極不高興。他承認錢默吟是個名士，可是比錢默吟的名氣大著很多的名士也沒有這麼大的架子呀！「給臉不要臉，好，咱們走著瞧吧！」他想報復：「哼！只要我一得手，姓錢的，準保有你個樂子！」在表面上，他可是照常的鎮定，臉上含著笑與祁家弟兄敷衍。

「這兩天時局很不大好呢！有什麼消息沒有？」

「沒什麼消息，」瑞宣也不喜歡冠先生，可是沒法不和他敷衍。「荷老看怎樣？」

「這個——」冠先生把眼皮垂著，嘴張著一點，作出很有見解的樣子。「這個——很難說！總是當局的不會應付。若是應付得好，我想事情絕不會弄到這麼嚴重！」

瑞全的臉又紅起來，語氣很不客氣的問：「冠先生，你看應當怎樣應付呢？」

「我？」冠先生含笑的愣了一小會兒。「這就是不在其位，不謀其政了！我現在差不多是專心研究佛法。告訴二位，佛法中的滋味實在是其妙無窮！知道一點佛說佛法，心裡就像喝了點美酒似的，老那麼暈暈忽忽的好受！前天，在孫清老家裡，（丁老帥，李將軍，方錫老，都在那兒，）我們把西王母請下來了，還給她照了個像。玄妙，妙不可言！想想看，西王母，照得清楚極了，嘴上有兩條長鬚，就和鯰魚的鬚一樣，很長很長，由這兒——」他的手指了指嘴，「一直——」，他的嘴等著他的手向肩上繞，「伸到這兒，玄妙！」

「這也是佛法？」瑞全很不客氣的問。

「當然！當然！」冠先生板著臉，十分嚴肅的說。「佛法廣大無邊，變化萬端，它能顯示在兩條鯰魚鬚上！」

他正要往下說佛法，他的院裡一陣喧嘩。他立起來，聽了聽。「嘔，大概是二小姐回來了！昨天她上北海去玩，大概是街上一亂，北海關了前後門，把她關在裏邊了。內人很不放心，我倒沒怎麼慌張，修佛的人就有這樣好處，心裡老是暈暈忽忽的，不著急，不發慌；佛會替咱們安排一切！好，我看看去，咱們改天再暢談。」說罷，他臉上鎮定，而腳步相當快的往外走。

祁家弟兄往外相送。瑞宣看了三弟一眼，三弟的臉紅了一小陣兒。

已到門口，冠先生很懇切的，低聲的向瑞宣說：「不要發慌！就是日本人真進了城，咱們也有辦法！有什麼過不去的事，找我來，咱們是老鄰居，應當互助！」

第四章　亡國的晴寂

天很熱，而全國的人心都涼了，北平陷落！

李四爺立在槐蔭下，聲音悽慘的對大家說：「預備下一塊白布吧！萬一非掛旗不可，到時候用胭脂塗個紅球就行！庚子年，我們可是掛過！」他的身體雖還很強壯，可是今天他感到疲乏。說完話，他蹲在了地上，呆呆的看著一條綠槐蟲兒。

李四媽在這兩天裡迷迷忽忽的似乎知道有點什麼危險，可是始終也沒細打聽。今天，她聽明白了是日本兵進了城，她的大近視眼連連的眨巴，臉上白了一些。她不再罵她的老頭子，而走出來與他蹲在了一處。

拉車的小崔，赤著背出來進去的亂晃。今天沒法出車，而家裡沒有一粒米。晃了幾次，他湊到李老夫婦的跟前：「四奶奶！您還得行行好哇！」

李四爺沒有抬頭，還看著地上的綠蟲兒。李四媽，不像平日那麼哇啦哇啦的，用低微的聲音回答：「待一會兒，我給你送二斤雜合麵兒去！」

「那敢情好！我這兒謝謝四奶奶啦！」小崔的聲音也不很高。

「告訴你，好小子，別再跟家裡的吵！日本鬼子進了城！」李四媽沒說完，歎了口氣。

剃頭匠孫七並不在剃頭棚子裡耍手藝，而是在附近一帶的鋪戶作包月活。從老手藝的水準說，他對打眼，掏耳，捶背，和刮臉，都很出色。對新興出來花樣，像推分頭，燙髮什麼的，他都不會，也不屑於去學——反正他作買賣家的活是用不著這一套新手藝的。今天，鋪子都沒開市，他在家中喝了兩盅悶酒，臉紅撲撲的走出來。藉著點酒力，他想發發牢騷：

「四太爺！您是好意。告訴大夥兒掛白旗，誰愛掛誰掛，我孫七可就不能掛！我恨日本鬼子！我等著，他們敢進咱們的小羊圈，我教他們知道知道我孫七的厲害！」

要擱在平日，小崔一定會跟孫七因辯論而吵起來；他們倆一向在辯論天下大事的時候是死對頭。現在，李四爺使了個眼神，小崔一聲沒出的躲開。孫七見小崔走開，頗覺失望，可是還希望李老者跟他閒扯幾句，李四爺一聲也沒出。孫七有點不得勁兒。待了好大半天，李四爺抬起頭來，帶著厭煩與近乎憤怒的神氣說：「孫七！回家睡覺去！」孫七，雖然有點酒意，也不敢反抗李四爺，笑了一下，走回家去。

六號沒有人出來。小文夫婦照例現在該吊嗓子，可是沒敢出聲。劉師傅在屋裡用力的擦自己的一把單刀。

頭上已沒有了飛機，城外已沒有了炮聲，一切靜寂。只有響晴的天上似乎有一點什麼波動，隨人的脈搏輕跳，跳出一些金的星，白的光。亡國的晴寂！

瑞宣，胖胖的，長得很像父親。不論他穿著什麼衣服，他的樣子老是那麼自然，大雅。這個文文雅雅的態度，在祁家是獨一份兒。祁老太爺和天祐是安分守己的買賣人，他們的舉止言談都毫無掩飾的露出他們的本色。瑞豐受過教育，而且有點不大看得起祖父與父親，所以他拚命往文雅，時髦裡學。可是，因為學的過火，他老顯出點買辦氣或市儈氣；沒得到文雅，反失去家傳的純樸。老三瑞全是個楞小子，毫不關心哪是文雅，哪是粗野。只有瑞宣，不知從何處學來的，或者學也不見就學得到，老是那麼溫雅自然。同他的祖父，父親一樣，他作事非常的認真。但是，在認真中——這就與他的老人們不同了——他還很自然，不露出劍拔弩張的樣子。他很儉省，不虛花一個銅板，但是他也很大方——在適當的地方，他不打算盤。在他心境不好的時候，他像一片春陰，教誰也能放心不會有什麼狂風暴雨。在他快活的時候，他也只有微笑，好像是笑他自己為什麼要快活的樣子。

他很用功，對中國與歐西的文藝都有相當的認識。可惜他沒機會，或財力，去到外國求深造。在學校教書，他是頂好的同事與教師，可不是頂可愛的，因為他對學生的功課一點也不馬虎，對同事們的應酬也老是適可而止。他對任何人都保持著個相當的距離。他不故意的冷淡誰，也不肯繞著彎子去巴結人。他是憑本事吃飯，無須故意買好兒。

在思想上，他與老三很接近，而且或者比老三更深刻一點。所以，在全家中，他只與老三說得來。可是，與老三不同，他不願時常發表他的意見。這並不是因為他驕傲，不屑於對牛彈琴，而是他心中老有點自愧——他知道的是甲，而只能作到乙，或者甚至於只到丙或丁。他似乎有點女性，在行動上他總求全盤的體諒。舉個例說：在他到了該結婚的年紀，他早已知道什麼戀愛神聖，結婚自由那一套。可是他娶了父親給他定下的「韻梅」。他知道不該把一輩子拴在個他所不愛的女人身上，但是他又不忍看祖父，父母的淚眼與愁容。他替他們想，也替他的未婚妻想。想過以後，他明白了大家的難處，而想得到全盤的體諒。他只好娶了她。他笑自己這樣的軟弱。同時，趕到他一看祖父與父母的臉上由憂愁改為快活，他又感到一點驕傲——自我犧牲的驕傲。

當下過雪後，他一定去上北海，爬到小白塔上，去看西山的雪峰。在那裡，他能一氣立一個鐘頭。那白而遠的山峰把他的思想引到極遠極遠的地方去。他願意擺脫開一切俗事，到深遠的山中去讀書，或是乘著大船，在海中周遊世界一遭。趕到不得已的由塔上下來，他的心便由高山與野海收回來，而想到他對家庭與學校的責任。他沒法卸去自己的人世間的責任而跑到理想的世界裡去。於是，他順手兒在路上給祖父與小順兒買些點心，像個賢孫慈父那樣婆婆媽媽的！好吧，既不能遠走高飛，便回家招老小一笑吧！他的無可如何的笑紋又擺在他凍紅了的臉上。

他幾乎沒有任何嗜好。黃酒，他能喝一斤。可是非到過年過節的時候，決不動酒。他不吸煙。茶和水並沒有什麼分別。他的娛樂只有幫著祖父種種花，和每星期到「平安」去看一次或兩次電影。他的看電影有個實際的目的：他的英文很不錯，可是說話不甚流利，所以他願和有聲片子去學習。每逢他到「平安」去，他總去的很早，好買到前排的座位——既省錢，又得聽。坐在那裡，他連頭也不回一次，因為他知道二爺瑞豐夫婦若也在場，就必定坐頭等座兒；他不以坐前排為恥，但是倒怕老二夫婦心裡不舒服。

北平陷落了，瑞宣像個熱鍋上的螞蟻，出來進去，不知道要作什麼好。他失去了平日的沉靜，也不想去掩飾。出了屋門，他仰頭看看天，天是那麼晴朗美麗，他知道自己還是在北平的青天底下。一低頭，彷彿是被強烈的陽光閃的，眼前黑了一小會兒——天還是那麼晴藍，而北平已不是中國人的了！

他趕緊走回屋裡去。到屋裡，他從平日積蓄下來的知識中，去推斷中日的戰事與世界的關係。忽然聽到太太或小順兒的聲音，他嚇了一跳似的，從世界大勢的陰雲中跳回來：他知道中日的戰爭必定會使世界的地理與歷史改觀，可是擺在他面前的卻是這一家老少的安全與吃穿。

祖父已經七十多歲，不能再去出力掙錢。父親掙錢有限，而且也是五十好幾的人。母親有病，禁不起驚慌。二爺的收入將將夠他們夫婦倆花的，而老三還正在讀書的時候。天下太平，他們都可以不愁吃穿，過一份無災無難的日子。

今天，北平亡了，該怎麼辦？平日，他已是當家的；今天，他的責任與困難更要增加許多倍！在一方面，他是個公民，而且是個有些知識與能力的公民，理當去給國家作點什麼，在這國家有了極大危難的時候。在另一方面，一家老的老，小的小，平日就倚仗著他，現在便更需要他。他能甩手一走嗎？不能！不能！可是，不走便須在敵人腳底下作亡國奴，他不能受！不能受！

出來進去，出來進去，他想不出好主意。他的知識告訴他那最高的責任，他的體諒又逼著他去顧慮那最迫切的問題。他想起文天祥，史可法，和許許多多的民族英雄，同時也想起杜甫在流離中的詩歌。

老二還在屋中收聽廣播——日本人的廣播。

老三在院中把腳跳起多高：「老二，你要不把它關上，我就用石頭砸碎了它！」

小順兒嚇愣了，忙跑到祖母屋裡去。祖母微弱的聲音叫著，「老三！老三！」

瑞宣一聲沒出的把老三拉到自己的屋中來。

哥兒倆對楞了好大半天，都想說話，而不知從何處說起。老三先打破了沉寂，叫了聲：「大哥！」瑞宣沒有答應出來，好像有個棗核堵住了他的嗓子。老三把想起來的話又忘了。

屋裡，院中，到處，都沒有聲響。天是那麼晴，陽光是那麼亮，可是整個的大城——九門緊閉——像晴光下的古墓！

忽然的，遠處有些聲音，像從山上往下轆轆石頭。

「老三，聽！」瑞宣以為是重轟炸機的聲音。

「敵人的坦克車，在街上示威！」老三的嘴角上有點為阻攔嘴唇顫動的慘笑。

老大又聽了聽。「對！坦克車！輛數很多！哼！」他咬住了嘴唇。

坦克車的聲音更大了，空中與地上都在顫抖。

最愛和平的中國的最愛和平的北平，帶著它的由歷代的智慧與心血而建成的湖山，宮殿，壇社，寺宇，宅園，樓閣與九條彩龍的影壁，帶著它的合抱的古柏，倒垂的翠柳，白玉石的橋樑，與四季的花草，帶著它的最輕脆的語言，溫美的禮貌，誠實的交易，徐緩的腳步，與唱給宮廷聽的歌劇——不為什麼，不為什麼，突然的被飛機與坦克強姦著它的天空與柏油路！

「大哥！」老三叫了聲。

街上的坦克，像幾座鐵礦崩炸了似的發狂的響著，瑞宣的耳與心彷彿全聾了。

「大哥！」

「啊？」瑞宣的頭偏起一些，用耳朵來找老三的聲音。「嘔！說吧！」

「我得走！大哥！不能在這裡作亡國奴！」

「啊？」瑞宣的心還跟著坦克的聲音往前走。

「我得走！」瑞全重了一句。

「走？上哪兒？」

坦克的聲音稍微小了一點。

「上哪兒都好，就是不能在太陽旗下活著！」

「對！」瑞宣點了點頭，胖臉上起了一層小白疙疸。「不過，也別太忙吧？誰知道事情準變成什麼樣子呢。萬一過幾天『和平』解決了，豈不是多此一舉？你還差一年才能畢業！」

「你想，日本人能叼住北平，再撒了嘴？」

「除非把華北的利益全給了他！」

「沒了華北，還有北平？」

瑞宣楞了一會兒，才說：「我是說，咱們允許他用經濟侵略，他也許收兵。武力侵略沒有經濟侵略那麼合算。」坦克車的聲音已變成像遠處的輕雷。

瑞宣聽了聽，接著說：「我不攔你走，只是請你再稍等一等！」

「要等到走不了的時候，可怎麼辦？」

瑞宣歎了口氣。「哼！你——我永遠走不了！」

「大哥，咱們一同走！」

瑞宣的淺而慘的笑又顯露在抑鬱的臉上：「我怎麼走？難道叫這一家老小都——」

「太可惜了！你看，大哥，數一數，咱們國內像你這樣受過高等教育，又有些本事的人，可有多少？」

「我沒辦法！」老大又歎了口氣，「只好你去盡忠，我來盡孝了！」

這時候，李四爺已立起來，輕輕的和白巡長談話。白巡長已有四十多歲，臉上剃得光光的，看起來還很精神。他很會說話，遇到住戶們打架拌嘴，他能一面挖苦，一面恫嚇，而把大事化小，小事化無。因此，小羊圈一帶的人們都怕他的利口，而敬重他的好心。

今天，白巡長可不十分精神。他深知道自己的責任是怎樣的重大——沒有巡警就沒有治安可言。雖然他只是小羊圈這一帶的巡長，可是他總覺得整個的北平也多少是他的。他愛北平，更自傲能作北平城內的警官。可是，今天北平被日本人佔據了；從此他就得給日本人維持治安了！論理說，北平既歸了外國人，就根本沒有什麼治安可講。但是，他還穿著那身制服，還是巡長！他不大明白自己是幹什麼呢！

「你看怎樣呀？巡長！」李四爺問：「他們能不能亂殺人呢？」

「我簡直不敢說什麼，四大爺！」白巡長的語聲很低。「我彷彿是教人家給扣在大缸裡啦，看不見天地！」

「咱們的那麼多的兵呢？都哪兒去啦？」

「都打仗來著！打不過人家呀！這年月，打仗不能專憑膽子大，身子棒啦！人家的槍炮厲害，有飛機坦克！咱們——」

「那麼，北平城是丟鐵了？」

「大隊坦克車剛過去，你難道沒聽見？」

「鐵啦？」

「鐵啦！」

「怎麼辦呢？」李四爺把聲音放得極低：「告訴你，巡長，我恨日本鬼子！」

巡長向四外打了一眼：「誰不恨他們！得了，說點正經的：四大爺，你待會兒到祁家、錢家去告訴一聲，教他們把書什麼的燒一燒。日本人恨唸書的人！家裡要是存著三民主義或是洋文書，就更了不得！我想這條胡同裡也就是他們兩家有書，你去一趟吧！我不好去——」巡長看了看自己的制服。

李四爺點頭答應。白巡長無精打彩的向葫蘆腰裡走去。

四爺到錢家拍門，沒人答應。他知道錢先生有點古怪脾氣，又加上在這兵荒馬亂的時候不便惹人注意，所以等了一會兒就上祁家來。

祁老人的誠意歡迎，使李四爺心中痛快了一點。為怕因祁老人提起陳穀子爛芝麻而忘了正事，他開門見山的說明了來意。祁老人對書籍沒有什麼好感，不過書籍都是錢買來的，燒了未免可惜。他打算教孫子們挑選一下，把該燒的賣給「打鼓兒的」[2]好了。

「那不行！」李四爺對老鄰居的安全是誠心關切著的。「這兩天不會有打鼓兒的；就是有，他們也不敢買書！」說完，他把剛才沒能叫開錢家的門的事也告訴了祁老者。祁老者在院中叫瑞全：「瑞全，好孩子，把洋書什麼的都燒了吧！都是好貴買來的，可是咱們能留著它們惹禍嗎？」

老三對老大說：「看！焚書坑儒！你怎樣？」

「老三你說對了！你是得走！我既走不開，就認了命！你走！我在這兒焚書，掛白旗，當亡國奴！」老大無論如何再也控制不住自己，他落了淚。

「聽見沒有啊，小三兒？」祁老者又問了聲。

「聽見了！馬上就動手！」瑞全不耐煩的回答了祖父，而後小聲的向瑞宣：「大哥！你要是這樣，教我怎好走開呢？」

瑞宣用手背把淚抹去。「你走你的，老三！要記住，永遠記住，你家的老大並不是個沒出息的人——」他的嗓子裡噎了幾下，不能說下去。

2. 打鼓兒的，指舊社會手中打著小皮鼓串街賣破舊東西的人。

第五章　北平在悲泣

瑞全把選擇和焚燒書籍的事交給了大哥。他很喜愛書，但是現在他覺得自己與書的關係已不十分親密了。他應該放下書而去拿起槍刀。他愛書，愛家庭，愛學校，愛北平，可是這些已並不再在他心中佔有重要的地位。

青年的熱血使他的想像飛馳。他，這兩天，連作夢都夢到逃亡。他還沒有能決定怎樣走，和向哪裡走，可是他的心似乎已從身中飛出去；站在屋裡或院中，他看見了高山大川，鮮明的軍旗，淒壯的景色，與血紅的天地。他要到那有鮮血與炮火的地方去跳躍，爭鬥。在那裡，他應該把太陽旗一腳踢開，而把青天白日旗插上，迎著風飄蕩！

被壓迫百多年的中國產生了這批青年，他們要從家庭與社會的壓迫中衝出去，成個自由的人。他們也要打碎民族國家的銬鐐，成個能挺著胸在世界上站著的公民。他們沒法有滋味的活下去，除非他們能創造出新的中國史。

他們的心聲就是反抗。瑞全便是其中的一個。他把中國幾千年來視為最神聖的家庭，只當作一種生活的關係。到國家在呼救的時候，沒有任何障礙能攔阻得住他應聲而至；像個羽毛已成的小鳥，他會毫無棧戀的離巢飛去。

祁老人聽李四爺說叫不開錢家的門，很不放心。他知道錢家有許多書。他打發瑞宣去警告錢先生，可是瑞全自告奮勇的去了。

已是掌燈的時候，門外的兩株大槐像兩隻極大的母雞，張著慈善的黑翼，彷彿要把下面的五六戶人家都蓋覆起來似的。別的院裡都沒有燈光，只有三號——小羊圈唯一的安了電燈的一家——冠家的院裡燈光輝煌，像過年似的，把影壁上的那一部分槐葉照得綠裡透白。瑞全在影壁前停了一會兒，才到一號去叫門。不敢用力敲門，他輕輕的叩了兩下門環，又低聲假嗽一兩下，為是雙管齊下，好惹起院內的注意。這樣作了好多次，裡面才低聲的問了聲：「誰呀？」他聽出來，那是錢伯伯的聲音。

「我，瑞全！」他把嘴放在門縫上回答。

裡面很輕很快的開了門。

門洞裡漆黑，教瑞全感到點不安。他一時決定不了是進去還是不進去好。他只好先將來意說明，看錢伯伯往裡請他不請！

「錢伯伯！咱們的書大概得燒！今天白巡長囑咐李四爺告訴咱們！」

「進去說，老三！」錢先生一邊關門，一邊說。然後，他趕到前面來：「我領路吧，院裡太黑！」

到了屋門口，錢先生教瑞全等一等，他去點燈。瑞全說不必麻煩。錢先生語聲中帶著點悽慘的笑：「日本人還沒禁止點燈！」

屋裡點上了燈，瑞全才看到自己的四圍都是長長短短的，黑糊糊的花叢。

「老三進來！」錢先生在屋中叫。瑞全進去，還沒坐下，老者就問：「怎樣？得燒書？」

瑞全的眼向屋中掃視了一圈。「這些線裝書大概可以不遭劫了吧？日本人恨咱們的讀書人，更恨讀新書的人；舊書或者還不至於惹禍！」

「嘔！」錢默吟的眼閉了那麼一下。「可是咱們的士兵有許多是不識字的，也用大刀砍日本人的頭！對不對？」

瑞全笑了一下。「侵略者要是肯承認別人也是人，也有人性，會發火，他就無法侵略了！日本人始終認為咱們都是狗，踢著打著都不哼一聲的狗！」

「那是個最大的錯誤！」錢先生的胖短手伸了一下，請客人坐下。他自己也坐下。「我是向來不問國家大事的人，因為我不願談我所不深懂的事。可是，有人來亡我的國，我就不能忍受！我可以任著本國的人去發號施令，而不能看著別國的人來作我的管理人！」

他的聲音還像平日那麼低，可是不像平日那麼溫柔。楞了一會兒，他把聲音放得更低了些，說：「你知道嗎，我的老二今天回來啦！」

「二哥在哪兒呢？我看看他！」

「又走啦！又走啦！」錢先生的語聲裡似乎含著點什麼秘密。

「他說什麼來著？」

「他？」錢默吟把聲音放得極低，幾乎像對瑞全耳語呢。「他來跟我告別！」

「他上哪兒？」

「不上哪兒！他說，他不再回來了！教我在將來報戶口的時候，不要寫上他；他不算我家的人了！」錢先生的語聲雖低，而眼中發著點平日所沒有的光；這點光裡含著急切，興奮，還有點驕傲。

「他要幹什麼去呢？」

老先生低聲的笑了一陣。「我的老二就是個不愛線裝書，也不愛洋裝書的人。可是他就不服日本人！你明白了吧？」

瑞全點了點頭。「二哥要跟他們幹？可是，這不便聲張吧？」

「怎麼不便聲張呢？」錢先生的聲音忽然提高，像發了怒似的。

院中，錢太太咳嗽了兩聲。

「沒事！我和祁家的老三說閒話兒呢！」錢先生向窗外說。而後，把聲音又放低，對瑞全講：「這是值得驕傲的事！我——一個橫草不動，豎草不拿的人——會有這樣的一個兒子，我還怕什麼？我只會在文字中尋詩，我的兒子——一個開汽車的——可是會在國破家亡的時候用鮮血去作詩！我丟了一個兒子，而國家會得到一個英雄！什麼時候日本人問到我的頭上來：那個殺我們的是你的兒子？我就胸口湊近他們的槍刺，說：一點也不錯！我還要告訴他們：我們還有多少多少像我的兒子的人呢！你們的大隊人馬來，我們會一個個的零削你們！你們在我們這裡坐的車，住的房，喝的水，吃的飯，都會教你們中毒！中毒！」錢先生一氣說完，把眼閉上，嘴唇上輕顫。

瑞全聽楞了。楞著楞著，他忽然的立起來，撲過錢先生去，跪下磕了一個頭：「錢伯伯！我一向以為你只是個閒人，只會閒扯！現在——我給你道歉！」沒等錢先生有任何表示，他很快的立起來。「錢伯伯，我也打算走！」

「走？」錢先生細細的看了看瑞全。「好！你應當走，可以走！你的心熱，身體好！」

「你沒有別的話說？」瑞全這時候覺得錢伯伯比任何人都可愛，比他的父母和大哥都更可愛。

「只有一句話！到什麼時候都不許灰心！人一灰心便只看到別人的錯處，而不看自己的消沉墮落！記住吧，老三！」

「我記住！我走後，只是不放心大哥！瑞宣大哥是那麼有思想有本事，可是被家所累，沒法子逃出去！在家裡，對誰他也說不來，可是對誰他也要笑瞇瞇的像個當家人似的！我走後，希望伯伯你常常給他點安慰；他最佩服你！」

「那，你放心吧！咱們沒法子把北平的一百萬人都搬了走，總得有留下的。我們這走不開的老弱殘兵也得有勇氣，差不多和你們能走開的一樣。你們是迎著砲彈往前走，我們是等著鎖鐐加到身上而不能失節！來吧，我跟你吃一杯酒！」錢先生向桌底下摸了會兒，摸出個酒瓶來，淺綠，清亮，像翡翠似的——他自己泡的茵陳。不顧得找酒杯，他順手倒了兩半茶碗。一仰脖，他把半碗酒一口吃下，咂了幾下嘴。

瑞全沒有那麼大的酒量，可是不便示弱，也把酒一飲而盡。酒力登時由舌上熱到胸中。「錢伯伯！」瑞全噈了幾口熱氣才說：「我不一定再來辭行啦，多少要保守點秘密！」

「還辭行？老實說，這次別離後，我簡直不抱再看見你們的希望！『風蕭蕭兮易水寒，壯士一去兮不復還！』」錢先生手按著酒瓶，眼中微微發了濕。

瑞全腹中的酒漸漸發散開，他有點發暈，想到空曠的地方去痛快的吸幾口氣。「我走啦！」他幾乎沒敢再看錢先生就往外走。

錢先生還手按酒瓶楞著。直到瑞全走出屋門，他才追了上來。他一聲沒出的給瑞全開了街門，看著瑞全出去；而後，把門輕輕關好，長嘆了一聲。

瑞全的半碗酒吃猛了點，一著涼風，他的血流得很快，好像河水開了閘似的。立在槐樹的黑影下，他的腦中像走馬燈似的，許多許多似乎相關，又似乎不相關的景象，連續不斷的疾馳。他看見這是晚飯後，燈火輝煌的時候，在煤市街，鮮魚口那一帶，人們帶著酒臭與熱臉，打著響亮滿意的「嗝兒」，往戲園裡擠。

戲園裡，在亮得使人頭疼的燈光下，正唱著小武戲。一閃，他又看見：從東安市場，從北河沿，一對對的青年男女，倚著肩，眼中吐露出愛的花朵，向真光，或光陸，或平安電影場去；電影園放著胡魯胡魯響的音樂，或情歌。他又看見北海水上的小艇，在燈影與荷葉中搖盪；中山公園中的古柏下坐著，走著，摩登的士女。這時候，哪裡都應當正在熱鬧，人力車，馬車，電車，汽車，都在奔走響動。

一陣涼風把他的幻影吹走。他傾耳細聽，街上沒有一點聲音。那最常聽到的電車鈴聲，與小販的呼聲，今天都一律停止。北平是在悲泣！

忽然的，槐樹尖上一亮，像在夢中似的，他猛孤丁的看見了許多房脊。光亮忽然又閃開，眼前依舊烏黑，比以前更黑。遠處的天上，忽然又劃過一條光來，很快的來回閃動；而後，又是一條，與剛才的一條交叉到一處，停了一停：天上亮，下面黑，空中一個顫動的白的十字。星星失去了光彩，侵略者的怪眼由城外掃射著北平的黑夜。全城靜寂，任著這怪眼——探照燈——發威！

瑞全的酒意失去了一半，臉上不知何時已經被淚流濕。他不是個愛落淚的人。可是，酒意，靜寂，顫動的白光，與他的跳動的心，會合在一處，不知不覺的把淚逼出來。他顧不得去擦眼。有些淚在面上，他覺得心中舒服了一些。

三號的門開了。招弟小姐出來，立在階上，仰著頭向上找，大概是找那些白光呢。她是小個子，和她的爸爸一樣的小而俊俏。她的眼最好看，很深的雙眼皮，一對很亮很黑的眼珠，眼珠轉到眶中的任何部分都顯著靈動俏媚。假若沒有這一對眼睛，她雖長得很勻稱秀氣，可就顯不出她有什麼特別引人注意的地方了。她的眼使她全身都靈動起來，她的眼把她所有的缺點都遮飾過去，她的眼能替她的口說出最難以表達的心意與情感，她的眼能替她的心與腦開出可愛的花來。儘管她沒有高深的知識，沒有什麼使人佩服的人格與行動，可是她的眼會使她征服一切；看見她的眼，人們便忘了考慮別的，而只覺得她可愛。她的眼中的光會走到人們的心裡，使人立刻發狂。

她現在穿著件很短的白綢袍，很短很寬，沒有領子。她的白脖頸全露在外面，小下巴向上翹著；彷彿一個仙女往天上看有什麼動靜呢。院內的燈光照到大槐上，大槐的綠色又折到她的白綢袍上，給袍子輕染上一點灰暗，像用鉛筆輕輕擦上的陰影。這點陰影並沒能遮住綢子的光澤，於是，光與影的混合使袍子老像微微的顫動，毛毛茸茸的像蜻蜓的翅翼在空中輕顫。

瑞全的心跳得更快了。他幾乎沒加思索，就走了過來。他走得極輕極快，像自天而降的立在她的面前。這，嚇了她一跳，把手放在了胸口上。

「你呀？」她把手放下去，一雙因驚恐而更黑更亮的眼珠定在了他的臉上。

「走一會兒去？」瑞全輕輕的說。

她搖了搖頭，而眼中含著點歉意的說：「那天我就關在了北海一夜，不敢再冒險了！」

「咱們是不是還有逛北海的機會呢？」

「怎麼沒有？」她把右手扶在門框上，臉兒稍偏著點問。瑞全沒有回答她。他心中很亂。

「爸爸說啦，事情並不怎麼嚴重！」

「嘔！」他的語氣中帶著驚異與反感。

「瞧你這個勁兒！進來吧，咱們湊幾圈小牌，好不好？多悶得慌啊！」她往前湊了一點。

「我不會！明天見吧！」像往前帶球似的，他三兩步跑到自己家門前。開開門，回頭看了一眼，她還在那裡立著呢。他想再回去和她多談幾句，可是像帶著怒似的，梆的一聲關上門。

他幾乎一夜沒能睡好。在理智上，他願堅決的斬斷一切情愛——男女、父母、兄弟、朋友的——而把自己投在戰爭的大浪中，去盡自己的一點對國家的責任。可是，情愛與愛情——特別是愛情——總設法擠入他的理智，教他去給自己在無路可通的地方開一條路子。他想：假若他能和招弟一同逃出北平去，一同擔任起抗戰中的工作，夠多麼美好！他對自己起誓，他決定不能在戰爭未完的時候去講戀愛。他只希望有一個自己所喜愛的女友能同他一道走，一同工作。能這樣，他的工作就必定特別的出色！

招弟的語言，態度，教他極失望。他萬沒想到在城池陷落的日子，她還有心想到打牌！

再一想，他就又原諒了招弟，而把一切罪過都加到她的父母身上去。他不能相信她的本質就是不堪造就的。假若她真愛他的話，他以為必定能夠用言語，行為，和愛情，把她感化過來，教她成個有用的小女人。

嘔！即使她的本質就不好吧，她還可愛！每逢一遇到她，他就感到他的身與心一齊被她的黑眼睛吸收了去；她是一切，他什麼也不是。他只感到快活，溫暖，與任何別人所不能給他的一種生命的波蕩。在她的面前，他覺得他是荷塘裡，伏在睡蓮的小圓葉上的一個翠綠的嫩蛙。他的周圍全是香，美，與溫柔！

去她的吧！日本人已入了城，還想這一套？沒出息！他閉緊了眼。

但是，他睡不著。由頭兒又想了一遍，還是想不清楚。

想過了一遍，兩遍，三遍，他自己都覺得不耐煩了，可是還睡不著。

他開始替她想：假若她留在北平，她將變成什麼樣子呢？說不定，她的父親還會因求官得祿而把她送給日本人呢！想到這裡，他猛的坐了起來。教她去伺候日本人？教她把美麗、溫柔，與一千種一萬種美妙的聲音、眼神、動作，都送給野獸？

不過，即使他的推測不幸而變為事實，他又有什麼辦法呢？還是得先打出日本鬼子去吧？他又把脊背放在了床上。頭一遍雞鳴！他默數著一二三四——

第六章　失去舵的孤舟

有許多像祁老者的老人，希望在太平中度過風燭殘年，而被侵略者的槍炮打碎他們的希望。即使他們有一份愛國的誠心，可是身衰氣敗，無能為力。他們只好忍受。忍受到幾時？是否能忍受得過去？他們已活了六七十年，可是剩下的幾年卻毫不能自主；即使他們希望不久就入墓，而墓地已經屬於敵人！他們不知如何是好！

有許多像祁天祐的半老的人，事業已經固定，精力已剩了不多，他們把自己的才力已看得十分清楚，只求在身心還未完全衰老的時候再努力奔忙幾年，好給兒孫打下一點生活的基礎，而後再——假若可能——去享幾年清福。他們沒有多少野心，而只求在本分中憑著努力去掙得衣食與家業。可是，敵人進了他們的城；機關、學校、商店、公司——一切停閉。

離開北平？他們沒有任何準備，而且家庭之累把他們牢牢的拴在屋柱上。不走？明天怎辦呢？他們至少也許還有一二十年的生命，難道這麼長的光陰都要像牛馬似的，在鞭撻下度過去？他們不曉得怎樣才好！

有許多像祁瑞宣的壯年人，有職業、有家庭、有知識、有愛國心，假若他們有辦法，他們必定馬上去奔赴國難，決不後人。他們深恨日本人，也知道日本人特別恨他們。可是，以瑞宣說吧，一家大小的累贅，像一塊巨石壓在他的背上，使他抬不起頭來，眼老釘在地上；儘管他想飛騰，可是連動也動不得。現在，學校是停閉了，還有開學的希望沒有？不知道！即使開學，他有什麼臉去教學生呢？難道他上堂去告訴年輕的學生們好好的當亡國奴？假若學校永遠停閉，他便非另謀生路不可；可是，他能低首下心的向日本人或日本人的走狗討飯吃嗎？他不知怎樣才好！

有許多像瑞全的青年人，假若手中有武器，他們會馬上去殺敵。平日，他們一聽到國歌便肅然起敬，一看到國旗便感到興奮；他們的心一點也不狹小偏激，但是一提到他們的國家，他們便不由的，有一種近乎主觀的，牢不可破的，不容有第二種看法的，意見──他們以為他們自己的國家最好，而且希望它會永遠完整，光明，興旺！他們很自傲能夠這樣，因為這是歷史上所沒有過的新國民的氣象。

他們的自尊自傲，使他們沒法子不深恨日本人，因為日本人幾十年來天天在損傷他們國家的尊嚴，破壞他們的國土的完整；他們打算光榮的活著，就非首先反抗日本不可！這是新國民的第一個責任！現在，日本兵攻破他們的北平！他們寧願去死，也不願受這個污辱！可是，他們手中是空的；空著手是無法抵抗敵人的飛機與坦克的。

既不能馬上去廝殺，他們想立刻逃出北平，加入在城外作戰的軍隊。可是，他們怎麼走？向哪裡走？事前毫無準備。況且，事情是不是可以好轉呢？誰也不知道。他們都是學生，知道求學的重要；假若事情緩和下去，而他們還可以繼續求學，他們就必定願意把學業結束了，而後把身心獻給國家。他們著急，急於知道個究竟，可是誰也不能告訴他們預言。他們不知怎樣才好！

有許多小崔，因為北平陷落而登時沒有飯吃；有許多小文夫婦，閉上了他們的口，不能再歌舞昇平；有許多孫七，詬罵著日本人而沒有更好的方法發洩惡氣；有許多劉師傅想著靠他們的武藝和日本小鬼去拚一拚，可是敵人的坦克車在柏油路上擺開，有一里多地長；有許多——誰都有吃與喝那樣的迫切的問題，誰都感到冤屈與恥辱，他們都在猜測事情將要怎樣變化——誰都不知怎樣才好！

整個的北平變成了一隻失去舵的孤舟，在野水上飄蕩！舟上的人們，誰都想作一點有益的事情，而誰的力量也不夠拯救他自己的。人人的心中有一團苦悶的霧氣。

玉泉山的泉水還閒適的流著，積水灘，後海，三海的綠荷還在吐放著清香；北面與西面的青山還在藍而發亮的天光下面雄偉的立著；天壇，公園中的蒼松翠柏還伴著紅牆金瓦構成最壯美的景色；可是北平的人已和北平失掉了往日的關係；北平已不是北平人的北平了。在蒼松與金瓦的上面，懸著的是日本旗！人們的眼，畫家的手，詩人的心，已經不敢看，不敢畫，不敢想北平的雄壯偉麗了！北平的一切已都塗上恥辱與污垢！人們的眼都在相互的問：「怎麼辦呢？」而得到的回答只是搖頭與羞愧！

只有冠曉荷先生的心裡並沒感覺到有什麼不舒服。他比李四爺，小崔，孫七，劉師傅——都更多知道一些什麼「國家」、「民族」、「社會」這類的名詞；遇到機會，他會運用這些名詞去登台講演一番。可是，小崔們雖然不會說這些名詞，心裡卻有一股子氣兒，一股子不服人的，特別不服日本人的，氣兒。

冠先生，儘管嘴裡花哨，心中卻沒有這一股子氣。他說什麼，與相信什麼，完全是兩回事。他口中說「國家民族」，他心中卻只知道他自己。他自己是一切。他自己是一顆光華燦爛的明星，大赤包與尤桐芳和他的女兒是他的衛星——小羊圈三號的四合房是他的宇宙。在這個宇宙裡，作飯，鬧酒，打牌，唱戲，穿好衣服，彼此吵嘴鬧脾氣，是季節與風雨。

在這個宇宙裡，國家民族等等只是一些名詞；假若出賣國家可以使飯食更好，衣服更漂亮，這個宇宙的主宰——冠曉荷——連眼也不眨巴一下便去出賣國家。在他心裡，生命就是生活，而生活理當奢華舒服。為達到他的理想生活水準，他沒有什麼不可以作的事。什麼都是假的，連國家民族都是假的，只有他的酒飯、女人、衣冠、與金錢，是真的。

從老早，他就恨惡南京，因為國民政府，始終沒有給他一個差事。由這點恨惡向前發展，他也就看不起中國。他覺得中國毫無希望，因為中國政府沒有給他官兒作！再向前發展，他覺得英國法國都可愛，假若英國法國能給他個官職。現在，日本人攻進了北平；日本人是不是能啟用他呢？

想了半天，他的臉上浮起點笑意，像春風吹化了的冰似的，漸漸的由冰硬而露出點水汪汪的意思來。他想：日本人一時絕難派遣成千成萬的官吏來，而必然要用些不抗日的人們去辦事。那麼，他便最有資格去作事，因為憑良心說，他向來沒存過絲毫的抗日的心思。同時，他所結交的朋友中有不少是與日本人有相當的關係的，他們若是幫助日本人去辦事，難道還能剩下他嗎？

想到這裡，他對著鏡子看了看自己，覺得印堂確是發亮，眼睛也有光。他好像記得西河沿福來店的大相士神仙眼說過，他就在這二年裡有一步好運。對著鏡子，他喊了一聲：「桐芳！」他看到自己喊人的口形是頗有些氣派，也聽到自己的聲音是清亮而帶著水音兒，他的必能走好運的信心當時增高了好幾倍。

「幹嗎呀？」桐芳嬌聲細氣的在院裡問。

因為自己心裡高興，他覺得她的聲音特別的甜美好聽，而且彷彿看到了她的永遠抹得鮮紅而範圍擴大的嘴唇。他好像受了她的傳染，聲音也帶著幾分甜美與尖銳：「那回神仙眼說我哪一年交好運來著？」問罷，他偏著點頭，微笑的等她回答。

「就是今年吧？」她剛說完，馬上又把那個「吧」字取締了：「就是今年！今年不是牛年嗎？」

「是牛年！他說我牛年交運啊？」

「一點不錯，我記得死死的！」

他沒再說什麼，而覺得心中有一股熱氣直往上衝騰。他不便說出來，而心裡決定好：日本人是可愛的，因為給他帶來好運！

在全城的人都惶惑不安的時節，冠曉荷開始去活動。在他第一次出門的時候，他的心中頗有些不安。街上重要的路口，像四牌樓，新街口，和護國寺街口，都有武裝的日本人站崗，槍上都上著明晃晃的刺刀。人們過這些街口，都必須向崗位深深的鞠躬。他很喜歡鞠躬，而且很會鞠日本式的躬；不過，他身上並沒有什麼特別的證章或標誌，萬一日本兵因為不認識他而給他一些麻煩呢？人家日本人有的是子彈，隨便鬧著玩也可以打死幾個人呀！還有，他應當怎樣出去呢？是步行呢？還是把小崔叫過來，作他的暫時的包車伕呢？假若步行到闊人的家裡去，豈不被人恥笑？難道冠曉荷因為城亡了就失去坐車的身分？假若坐車呢，萬一過十字路口，碰上日本兵可怎麼辦呢？坐在車上安然不動，恐怕不行吧？這倒是個問題！

想了好久，他決定坐小崔的車出去。把小崔叫來，冠先生先和他講條件：

「小崔，這兩天怎麼樣？」

小崔，一個腦袋像七稜八瓣的倭瓜的年輕小夥子，沒有什麼好氣兒的回答：

「怎麼樣？還不是餓著！」不錯，冠先生確是小崔的主顧，可是小崔並不十分看得起冠先生。

「得啦，」冠先生降格相從的一笑，「今天不至於餓著了，拉我出去吧！」

「出去？城外頭還開著炮哪！」小崔並不十分怕大砲，他倒是心中因懷疑冠先生要幹什麼去而有些反感。他不準知道冠先生出去作什麼，但是他確能猜到：在這個炮火連天的時候要出去，必定是和日本人有什麼勾結。他恨在這時候與日本人有來往的人。他寧可煞一煞腰帶，多餓一兩頓，也不願拉著這樣的人去滿街飛跑！生活艱苦的人，像小崔，常常遇到人類和其他的一切動物最大的憂患——飢餓。可是，因為常常的碰上它，他們反倒多了一些反抗的精神；積極的也好，消極的也好，他們總不肯輕易屈服。

冠先生，可是，不明白這點道理；帶著驕傲與輕蔑的神氣，他說：「我不教你白拉，給你錢！而且，」他輕快的一仰下巴頦，「多給你錢！平日，我給你八毛錢一天，今天我出一塊！一塊！」

他停頓了一下，又找補上個「一塊！」這兩個字是裹著口水，像一塊糖果似的，在口中咂著味兒說出來的。他以為這兩個字一定會教任何窮人去頂著槍彈往前飛跑的。「車廠子都關著呢，我哪兒賃車去？再說，」小崔沒往下說，而在倭瓜臉上擺出些不屑的神氣來。

「算啦！算啦！」冠先生掛了氣。「不拉就說不拉，甭繞彎子！你們這種人，就欠餓死！」

大赤包兒這兩天既沒人來打牌，又不能出去遊逛，一腦門子都是官司。她已經和尤桐芳和兩個女兒都鬧過了氣，現在想抓到機會另闢戰場。仰著臉，挑著眉，腳步沉穩，而怒氣包身，她像座軋路的汽輾子似的走進來。並沒有看小崔（因為不屑於），她手指著冠先生：「你跟他費什麼話呢？教他滾蛋不就結啦！」

小崔的倭瓜臉上發了紅。他想急忙走出去，可是他管不住了自己。平日他就討厭大赤包，今天在日本鬼子進城的時節，他就覺得她特別討厭：「說話可別帶髒字兒，我告訴你！好男不跟女鬥，我要是還口，你可受不了！」

「怎麼著？」大赤包的眼帶著殺氣對準了小崔的臉，像兩個機關鎗槍口似的。她臉上的黑雀斑一個個都透出點血色，紫紅紅的像打了花臉。

「怎麼著？」她穩而不懷善意的往前邁了兩步。

「你說怎麼著？」小崔一點也不怕她，不過心中可有點不大好受，因為他知道假若大赤包真動手，他就免不了吃啞叭虧；她是個女的，他不能還手。

教小崔猜對了：大赤包冷不防的給了他一個氣魄很大的嘴巴。他發了火：「怎嗎？打人嗎？」可是，還不肯還手。北平是亡了，北平的禮教還存在小崔的身上。「要打，怎不去打日本人呢？」

「好啦！好啦！」冠先生覺得小崔挨了打，事情就該結束了，他過來把大赤包拉開。「小崔，你還不走？」

「走？新新！憑什麼打人呢？你們這一家子都是日本人嗎？」小崔立住不動。

二太太桐芳跑了進來。兩隻永遠含媚的眼睛一掃，她已經明白了個大概。她決定偏向著小崔。一來，她是唱鼓書出身，同情窮苦的人們；二來，為反抗大赤包，她不能不袒護小崔。

「得了，小崔，好男不跟女鬥。甭跟她生氣！」

小崔聽到這兩句好話，氣平了一點：「不是呀，二太太！你聽我說！」

「全甭說啦！我都明白！等過兩天，外面消停了，你還得拉我出去玩呢！走吧，回家去歇歇吧！」桐芳知道從此以後，大赤包決不再坐小崔的車，所以故意這麼交待一番，以示反抗。

小崔也知道自己得罪了兩個——冠先生和大赤包——照顧主兒；那麼，既得到桐芳的同情與照應，也該見台階就下。

「好啦，二太太，我都看在你的面上啦！」說完，手摸著熱辣辣的臉，往外走。

約摸著小崔已走到門口，冠先生才高聲的聲明：「這小子，給臉不要臉！你看著，從此再不坐他的車！」說罷，他在屋中很快的來回走了兩趟，倒好像是自己剛剛打完人似的那樣發著餘威！

「算啦吧，你！」大赤包發著真正的餘威，「連個拉車的你都治不了，你沒長著手嗎？你家裡的小妖精幫著拉車的說話，你也不敢哼一聲，你看你，還像個男子漢大丈夫！多咱你的小婆子跟拉車的跑了，你大概也不敢出一聲，你個活王八！」她的話裡本也罵到桐芳，可是桐芳已躲到自己屋裡去。像得了勝的蟋蟀似的在盆兒裡暗自得意。

冠曉荷微笑的享受著這絕對沒有樂音的叫罵，決定不還口。他怕因為吵鬧，說喪氣話，而沖壞了自己的好運。他又走到鏡子前，細細端詳自己的印堂與眉眼：印堂的確發亮，他得到不少的安慰。

冠太太休息了一會兒，老聲老氣的問：「你僱車幹嗎？難道這時候還跟什麼臭女人拿約會嗎？」

冠先生轉過臉來，很俊美的一笑：「我出去幹點正經的，我的太太！」

「你還有什麼正經的？十來年了，你連屁大的官兒都沒作過！」

「這就快作了啊！」

「怎嗎？」

「一朝天子一朝臣，你還不明白嗎？」

「嗯！」大赤包由鼻孔裡透出點不大信任他的聲音與意思。可是，很快的她又「嗯」了一下，具有恍然大悟的表示。她馬上把嘴唇並上，嘴角下垂，而在鼻窪那溜兒露出點笑意。她的喜怒哀樂都是大起大落，整出整入的；只有這樣說惱便惱，說笑就笑，才能表現出她的魄力與氣派，而

第七章　馬不停蹄

雖然孫七平日好和小崔鬧彆扭，及至小崔受了委屈，他可是真誠的同情小崔。

「怎麼著？大赤包敢打人？」孫七——因為給人家剃過二十多年的頭，眼睛稍微有點近視——瞇著點眼問。

「他媽的，他們還沒勾上日本鬼子呢，就這個樣；趕明兒他們給小鬼子咂上××，還有咱們活的份兒嗎？」小崔的聲音故意放高，為是教三號的人們聽見。

「他們也得敢！」孫七的聲音也不低。「咱們走著瞧，光腳的還怕穿鞋的嗎？」

孫七和小崔的聯合攻擊，教全胡同的人都曉得了冠家的活動。大家全不曉得國家大事要怎樣演變，而一致的以為冠曉荷沒有人味兒。

這點「輿論」不久便傳到白巡長的耳中去。他把小崔調到個空僻的地方囑咐了一番：「你少說點話！這年月，誰也不準知道誰站在那兒呢，最好是別得罪人！聽見沒有？」

「聽見了！」小崔，一個洋車伕，對巡警是向來沒有什麼好感的。白巡長可是個例外。多少次，他因酒後發酒瘋，或因窮而發邪脾氣，人家白巡長總是嘴裡厲害，而心中憨厚，不肯把他帶了走。因此，即使白巡長的話不能完全教他心平氣和，他也勉強的遵從。「白巡長，難道日本兵就這麼永遠佔了北平嗎？」

「那，我不知道。我就知道壞鬼們都快要抬頭！」白巡長嘆了口氣。

「怎麼？」

「怎麼！你看哪，每打一次仗，小偷兒，私運煙土的，和嘎雜子們[3]，就都抖起來一回。我知道的清楚，因為我是幹警察的。我們明明知道，可是不能管他們，你看，連我們自己還不知道明天是什麼樣兒呀！這次，就更不同了；來的是日本人，還有不包庇壞蛋琉璃球兒的？你看著吧，趕明兒大街上要不公然的吆喝煙土，你把咱的眼珠子挖了去！」

「那麼從今以後就沒有咱們好人走的路兒了？」

「好人？城全教人家給打下來了，好人又值幾個銅板一個？不過，話得往回說，壞人儘管搖頭擺尾的得意，好人還得作好人！咱們得忍著點，不必多得罪人，好鞋不踩臭狗屎，你明白我的話吧？」

小崔點了點頭，而心中有點發糊塗。

事實上，連日本人也沒把事情弄清楚。日本並不像英美那樣以政治決定軍事，也不像德意那樣以軍事決定政治。她的民族的性格似乎替她決定了一切。她有天大的野心，而老自慚腿短身量矮，所以儘管她有吞吃了地球的慾望，而不敢公然的提出什麼主義，打起什麼旗號。她只能在軍

3.嘎雜子們，指不正經，調皮胡鬧的人。

人闖出禍來以後，才去找合適的欺人的名詞與說法。她的政治是給軍事擦屁股用的。

在攻陷北平以前，在北平，在天津，在保定，日本都埋伏下一些地痞流氓，替他們作那些絕對無恥，連她自己也不好意思承認的事情。及至北平攻陷，這些地痞流氓自然沒有粉墨登場的資格與本領，而日本也並未準備下多少官吏來馬上發號施令。所以，北平只是軍事的佔領，一切都莫名其妙的停頓下來。

小崔的腿，孫七的手，小文的嘴，都空閒起來。只有冠曉荷「馬不停蹄」。可是，他並沒奔走出什麼眉目來。和大赤包轉了兩天，他開始明白，政治與軍事的本營都在天津。北平是世界的城園，文物的寶庫，而在政治與軍事上，它卻是天津的附屬。策動侵華的日本人在天津，最願意最肯幫助日本人的華人也在那裡。假若天津是唱著文武帶打的大戲，北平只是一齣空城計。

可是，冠曉荷並不灰心。他十分相信他將要交好運，而大赤包的鼓勵與協助，更教他欲罷不能。自從娶了尤桐芳以後，他總是與小太太串通一氣，夾攻大赤包。

大赤包雖然氣派很大，敢說敢打敢鬧，可是她的心地卻相當的直爽，只要得到幾句好話，她便信以為真的去原諒人。冠曉荷常常一方面暗中援助小太太，一方面給大赤包甜蜜的話聽，所以她深恨尤桐芳，而總找出理由原諒她的丈夫。同時，她也知道在姿色上，在年齡上，沒法與桐芳抗衡，所以原諒丈夫彷彿倒是一種無可奈何的敗中取勝的辦法。她交際，她熱心的幫助丈夫去活動，也是想與桐芳爭個各有千秋。

這回在城亡國辱之際，除了湊不上手打牌，與不能出去看戲，她並沒感到有什麼可痛心的，也沒想到曉荷的好機會來到。及至聽到他的言論，她立刻興奮起來。她看到了官職、金錢、酒飯，與華美的衣服。她應當拚命去幫助丈夫，好教這些好東西快快到她的手中。她的熱誠與努力，頗使曉荷感動，所以這兩天他對太太特別的和藹客氣，甚至於善意的批評她的頭髮還少燙著幾個鬈兒！這，使她得到不少的溫暖，而暫時的與桐芳停了戰。

第三天，她決定和曉荷分頭出去。由前兩天的經驗，她曉得留在北平的朋友們都並沒有什麼很大的勢力，所以她一方面教曉荷去找他們，多有些聯絡反正是有益無損的；在另一方面，她自己去另闢門路，專去拜訪婦女們——那些在天津的闊人們的老太太，太太，姨太太，或小姐，因為愛聽戲或某種原因而留在北平的。她覺得這條路子比曉荷的有更多的把握，因為她既自信自己的本領，又知道運動官職地位是須走內線的。把曉荷打發走，她囑咐桐芳看家，而教兩個女兒也出去：

「你們也別老坐在家裡白吃飯！出去給你爸爸活動活動！自從政府遷到南京，你爸爸就教人家給刷下來了；雖然說咱們沒有挨過餓，可是坐吃山空，日子還長著呢，將來怎麼辦？乘著他還能蹦蹦跳跳的，乘著這個改朝換代的時機，咱們得眾星捧月，把他抬出去！聽明白沒有？」

高第和招弟並不像媽媽那麼熱心。雖然她們的家庭教育教她們喜歡熱鬧，奢侈，與玩樂，可是她們究竟是年輕一代的人；她們多少也知道些亡國的可恥。

招弟先說了話。她是媽媽的「老」女兒，所以比姐姐得寵。今天，因為怕日本兵挨家來檢查，所以她只淡淡的敷了一點粉，而沒有抹口紅。「媽，聽說路上遇見日本兵，就要受搜查呢！

他們專故意的摸女人的胸口！」

「教他們摸去吧！還能摸掉你一塊肉！」大赤包一旦下了決心，是什麼也不怕的。「你呢？」她問高第。高第比妹妹高著一頭，後影兒很好看，而面貌不甚美——嘴唇太厚，鼻子太短，只有兩隻眼睛還有時候顯著挺精神。她的身量與脾氣都像媽媽，所以不得媽媽的喜歡；兩個硬的碰到一塊兒，誰也不肯退讓，就沒法不碰出來火光。在全家中，她可以算作最明白的人，有時候她敢說幾句他們最不愛聽的話。因此，大家都不敢招惹她，也就都有點討厭她。「我要是你呀，媽，我就不能讓女兒在這種時候出去給爸爸找官兒作！丟人！」高第把短鼻子縱成一條小硬棒子似的說。

「好！你們都甭去！趕明兒你爸爸掙來錢，你們可別伸手跟他要啊！」大赤包一手抓起刺繡的手提包，一手抓起小檀香骨的摺扇，像戰士衝鋒似的走出去。

「媽！」招弟把娘叫住。「別生氣，我去！告訴我上哪兒？」

大赤包匆忙的由手提包裡拿出一張小紙，和幾塊錢的鈔票來。指著紙條，她說：「到這幾家去！別直入公堂的跟人家求事，明白吧？要順口答音的探聽有什麼路子可走！你打聽明白了，明天我好再親自去。我要是一個人跑得過來，決不勞動你們小姐們！真！我跑酸了腿，決不為我自己一個人！」

交代完，大赤包口中還唧唧咕咕的叨嘮著走出去。招弟手中拿著那張小紙和幾張鈔票，向高第吐了吐舌頭。「得！先騙過幾塊錢來再說！姐姐，咱們倆出去玩會兒好不好？等媽媽回來，咱們就說把幾家都拜訪過了，可是都沒有人在家，不就完啦。」

「上哪兒去玩。還有心情去玩？」高第皺著眉說。

「沒地方去玩倒是真的！都是臭日本鬼子鬧的！」招弟撅著小嘴說。「也不知什麼時候才能太平？」

「誰知道！招弟，假若咱們打不退日本兵，爸爸真去給鬼子作事，咱們怎辦呢？」

「咱們？」招弟眨著眼想了一會兒。「我想不出來！你呢？」

「那，我就不再吃家裡的飯！」

「喲！」招弟把脖兒一縮，「你淨揀好聽的說！你有掙飯吃的本事嗎？」

「嗨！」高第長嘆了一口氣。

「我看哪，你是又想仲石了，沒有別的！」

「我倒真願去問問他，到底這都是怎麼一回事！」

仲石是錢家那個以駛汽車為業的二少爺。他長得相當的英俊，在駛著車子的時候，他的臉蛋紅紅的，頭髮蓬鬆著，顯出頂隨便，而又頂活潑的樣子，及至把藍布的工人服脫掉，換上便裝，頭髮也梳攏整齊，他便又像個乾淨俐落的小機械師。

雖然他與冠家是緊鄰，他可是向來沒注意過冠家的人們，因為第一他不大常回家來，第二他很喜愛機械，一天到晚他不是耍弄汽車上的機件，（他已學會修理汽車），便是拆開再安好一個破錶，或是一架收音機；他的心裡幾乎沒想過女人。他的未婚妻是他嫂子的叔伯妹妹，而由媽媽硬給他定下的。他看嫂子為人老實規矩，所以也就相信她的叔伯妹妹也必定錯不了。他沒反對家中給他定婚，也沒怎樣熱心的要結婚。趕到媽媽問他「多咱辦喜事啊」的時候，他總是回答：「不忙！等我開了一座修理汽車行再說！」他的志願是開這麼一個小鋪，自東自伙，能夠裝配一切零件。他願意躺在車底下去擺弄那些小東西；弄完，看著一部已經不動的車又能飛快的跑起來，他就感到最大的欣悅。

有一個時期，他給一家公司開車，專走湯山。高第，有一次，參加了一個小團體，到湯山旅行，正坐的是仲石的車。她有點暈車，所以坐在了司機台上。她認識仲石，仲石可沒大理會她。及至說起話來，他才曉得她是冠家的姑娘，而對她相當的客氣。在他，這不過是情理中當然的舉動，絲毫沒有別的意思。可是，高第，因為他的模樣的可愛，卻認為這是一件羅曼司的開始。

高第有過不少的男友，但是每逢他們一看到招弟，便馬上像蜂兒看到另一朵更香蜜的花似的，而放棄了她。她為這個和妹妹吵嘴，妹妹便理直氣壯的反攻：「我並不要搶你的朋友，可是他們要和我相好，有什麼辦法呢？也許是你的鼻子不大討人喜歡吧？」這種無情的攻擊，已足教高第把眼哭腫，而媽媽又在一旁敲打著：「是呀，你要是體面點，有個人緣兒，能早嫁個人，也教我省點心啊！」媽媽的本意，高第也知道，是假若她能像妹妹一樣漂亮，嫁個闊人，對冠家豈不有很大的好處麼？

因此，高第漸漸的學會以幻想作安慰。她老想有朝一日，她會忽然的遇到一個很漂亮的青年男子，在最靜僻的地方一見傾心，直到結婚的時候才教家中看看他是多麼體面，使他們都大吃一驚。她需要愛；那麼，既得不到，她便在腦中給自己製造。

遇見了仲石，她以為心裡所想的果然可以成為事實！她的耳朵幾乎是釘在了西牆上，西院裡的一咳一響，都使她心驚。她耐心的，不怕費事的，去設盡心機打聽錢家的一切，而錢家的事恰好又沒多少人曉得。她從電話簿子上找到公司的地址，而常常繞著道兒到公司門外走來走去，希望能看到仲石，可是始終也見不到。越是這樣無可捉摸，她越感到一種可愛的苦痛。她會用幻想去補充她所缺乏的事實，而把仲石的身世、性格、能力等等都填滿，把他製造成個最理想的青年。

她開始愛讀小說，而且自己偷偷的也寫一些故事。哪一個故事也沒能寫得齊全，只是她的白字與錯字卻非常的豐富。故事中的男主角永遠是仲石，女主角可有時候是她自己，有時候是招弟。遇到以招弟為女主角的時候，那必定是個悲劇。

招弟偷看了這些不成篇的故事。她是世界上第一個知道高第有這個秘密的。為報復姐姐使她作悲劇的主角，她時常以仲石為工具去嘲弄姐姐。在她看，錢家全家的人都有些古怪；仲石雖然的確是個漂亮青年，可是職業與身分又都太低。儘管姐姐的模樣不秀美，可還犯不上嫁個汽車司機的。在高第心中呢，仲石必是個能作一切，知道一切的人，而暫時的以開車為好玩，說不定哪一天他就會脫穎而出，變成個英雄，或什麼承受巨大遺產的財主，像小說中常見到的那樣的人物。每逢招弟嘲諷她，她就必定很嚴肅的回答：「我真願意和他談談，他一定什麼都知道！」

今天，招弟又提起仲石來，高第依然是那麼嚴肅的回答，而且又補充上：

「就算他是個不折不扣的汽車伕吧，也比跪下向日本人求官作的強，強的多！」

第八章　淨街

祁瑞宣的心裡很為難。八月中旬是祖父七十五歲的壽日。在往年，他必定叫三四桌有海參，整雞，整魚的三大件的席來，招待至親好友，熱鬧一天。今年怎麼辦呢？這個事不能去和老人商議，因為一商議就有打算不招待親友的意思，而老人也許在表面上贊同，心裡卻極不高興——老人的年歲正像歲末的月份牌，撕一張就短一張，而眼看著已經只剩下不多的幾張了；所以，老人們對自己的生日是特別注意的，因為生日與喪日的距離已沒有好遠。

「我看哪，」小順兒的媽很費了一番思索才向丈夫建議，「還是照往年那麼辦。你不知道，今年要是鴉雀無聲的過去，他老人家非病一場不可！你愛信不信！」

「至於那麼嚴重？」瑞宣慘笑了一下。

「你沒聽見老人直吹風兒嗎？」小順兒的媽的北平話，遇到理直氣壯振振有詞的時候，是詞彙豐富，而語調輕脆，像清夜的小梆子似的。「這兩天不住的說，只要街上的舖子一下板子，就什麼事也沒有了。這不是說給咱們聽哪嗎？老人家放開桄兒（儘量的）活，還能再活幾年，再說，咱們要是不預備下點酒兒肉兒的，親戚朋友們要是來了，咱們豈不抓瞎？」

「他們會不等去請，自動的來，在這個年月？」

「那可就難說！別管天下怎麼亂，咱們北平人絕不能忘了禮節！」

瑞宣沒再言語。平日，他很自傲生在北平，能說全國遵為國語的話，能拿皇帝建造的御苑壇社作為公園，能看到珍本的書籍，能聽到最有見解的言論，淨憑耳熏目染，也可以得到許多見識。連走卒小販全另有風度！今天，聽到韻梅的話，他有點討厭北平人了，別管天下怎麼亂——嘔，作了亡國奴還要慶壽！

「你甭管，全交給我得啦！哪怕是吃炒菜麵呢，反正親友來了，不至於對著臉兒發楞！老人家呢要看的是人，你給他山珍海味吃，他也吃不了幾口！」小順兒的媽說完，覺得很滿意，用她的水靈的大眼睛掃射了一圈，彷彿天堂、人間、地獄，都在她的瞭解與管理中似的。

祁天祐回家來看看。他的臉瘦了一些，掛著點不大自然的笑容。「鋪戶差不多都開了門，咱們可挑出了幌子去。有生意沒生意的，開開門總覺得痛快點！」他含著歉意的向祁老人報告。

「開開門就行了！鋪戶一開，就有了市面，也就顯著太平了！」祁老人的臉上也有了笑容。

和老父親搭訕了幾句，天祐到自己屋裡看看老伴兒。她雖還是病病歪歪的，而心裡很精細，問了國事，再問鋪子的情形。天祐對國事不十分清楚，而只信任商會，商會一勸大家獻捐，他就曉得是要打仗，商會一有人出頭維持治安，他便知道地面上快消停了。這次，除了商會中幾個重要人物作些私人的活動，商會本身並沒有什麼表示，而鋪戶的開市是受了警察的通告的。因此，天祐還不能肯確的說大局究竟如何。

至於買賣的好壞，那要完全依著治亂而決定，天祐的難處就在因為不明白時局究竟如何，而不敢決定是否馬上要收進點貨物來。

「日本鬼子進了城，一時不會有什麼生意。生意淡，貨價就得低，按理說我應當進點貨，等時局稍微一平靜，貨物看漲，咱們就有個賺頭！可是，我自己不敢作主，東家們又未必肯出錢，我只好楞著！我心裡不用提有多麼不痛快了！這回的亂子和哪一回都不同，這回是日本鬼子打咱們，不是咱們自己打自己，誰知道他們會拉什麼屎呢？」

「過一天算一天吧，你先別著急！」

「我別著急？鋪子賺錢，我才能多分幾個！」

「天塌砸眾人哪，又有什麼法兒呢？」

說到這裡，瑞宣進來了，提起給祖父作壽的事。父親皺了皺眉。在他的心裡，給老父親作壽差不多和初二十六祭財神一樣，萬不能馬虎過去。但是，在這日本兵剛剛進了城的時候，他實在打不起精神來。想了半天，他低聲的說：「你看著辦吧，怎辦怎好！」瑞宣更沒了主意。

大家楞住了，沒有話說，雖然心裡都有千言萬語。這時候，隔壁小文拉起胡琴來，小文太太像在城根喊嗓子那樣，有音無字的咿——咿——啊——啊——了幾聲。

「還有心思幹這個！」瑞宣皺著眉說。

「人家指著這個吃飯呀！」天祐本來也討厭唱戲，可是沒法子不說這句實話。意在言外的，他抓到了人們的心情的根底——教誰壓管著也得吃飯！

瑞宣溜了出來。他覺得在屋中透不過氣來。父親的這一句話教他看見了但丁的地獄，雖然是地獄，那些鬼魂們還能把它弄得十分熱鬧！他自己也得活下去，也就必須和鬼魂們擠來擠去！

「瑞宣！」天祐叫了一聲，趕到屋門口來。「你到學校看看去吧！」

小順兒正用小磚頭打樹上的半紅的棗子。瑞宣站住，先對小順兒說：「你打不下棗兒來，不留神把奶奶屋的玻璃打碎，就痛快了！」

「門口沒有，沒有賣糖的，還不教人家吃兩個棗兒？」小順兒怪委屈的說。

奶奶在屋裡接了話：「教他打去吧！孩子這幾天什麼也吃不著！」

小順兒很得意，放膽的把磚頭扔得更高了些。

瑞宣問父親：「哪個學校？」

「教堂的那個。我剛才由那裡過，聽見打鈴的聲兒，多半是已經開了課。」

「好！我去看看！」瑞宣正想出去走走，散一散胸中的悶氣。

「我也去！」小順兒打下不少的葉子，而沒打下一個棗兒，所以改變計劃，想同父親逛逛街去。

奶奶又答了話：「你不能去呀！街上有日本鬼子！教爺爺給你打兩個棗兒！乖！」

瑞宣沒顧得戴帽子，匆匆的走出去。

他是在兩處教書。一處是市立中學，有十八個鐘點，都是英語。另一處是一個天主教堂立的補習學校，他只教四個鐘頭的中文。兼這四小時的課，他並不為那點很微薄的報酬，而是願和校內的意國與其他國籍的神父們學習一點拉丁文和法文。他是個不肯教腦子長起銹來的人。

大街上並沒有變樣子。他很希望街上有了驚心的改變，好使他咬一咬牙，管什麼父母子女，且去身赴國難。可是，街上還是那個老樣兒，只是行人車馬很少，教他感到寂寞，空虛，與不安。正如他父親所說的，舖戶已差不多都開了門，可是都沒有什麼生意。那些老實的，規矩的店夥，都靜靜的坐在櫃檯內，有的打著盹兒，有的向門外呆視。胡同口上已有了洋車，車伕們都不像平日那麼嬉皮笑臉的開玩笑，有的靠著牆根靜立，有的在車簸箕上坐著。恥辱的外衣是靜寂。

他在護國寺街口，看見了兩個武裝的日本兵，像一對短而寬的熊似的立在街心。他的頭上出了汗。低下頭，他從便道上，緊擦著舖戶的門口走過去。他覺得兩腳像踩著棉花。走出老遠，他才敢抬起頭來。彷彿有人叫了他一聲，他又低下頭去；他覺得自己的姓名很可恥。

到了學校，果然已經上了課，學生可是並沒有到齊。今天沒有他的功課，他去看看意國的竇神父。平日，竇神父是位非常和善的人；今天，在祁瑞宣眼中，他好像很冷淡，高傲。瑞宣不知道這是事實，還是因自己的心情不好而神經過敏。說過兩句話後，神父板著臉指出瑞宣的曠課。瑞宣忍著氣說：「在這種情形之下，我想必定停課！」

「嘔！」神父的神氣十分傲慢。「平常你們都很愛國，趕到炮聲一響，你們就都藏起去！」

瑞宣嚥了口吐沫，愣了一會兒。他又忍住了氣。他覺得神父的指摘多少是近情理的，北平人確是缺乏西洋人的那種冒險的精神與英雄氣概。神父，既是代表上帝的，理當說實話。想到這裡，他笑了一下，而後誠意的請教：「竇神父！你看中日戰爭將要怎麼發展呢？」

神父本也想笑一下，可是被一點輕蔑的神經波浪把笑攔回去。「我不知道！我只知道改朝換代是中國史上常有的事！」

瑞宣的臉上燒得很熱。他從神父的臉上看到人類的惡根性——崇拜勝利（不管是用什麼惡劣的手段取得的勝利），而對失敗者加以輕視及污衊。他一聲沒出，走了出來。

已經走出半里多地，他又轉身回去，在教員休息室寫了一張紙條，叫人送給竇神父——他不再來教課。

再由學校走出來，他覺得心中輕鬆了一些。可是沒有多大一會兒，他又覺得這實在沒有什麼可得意的；一個被捉進籠中的小鳥，儘管立志不再啼唱，又有什麼用處呢？他有點頭疼。喪膽遊魂的，他走到小羊圈的口上，街上忽然亂響起來，拉車的都急忙把車拉入胡同裡去，鋪戶都忙著上板子，幾個巡警在驅逐行人：「別走了！回去！到胡同口裡去！」鋪戶上板子的聲響，無論在什麼時候，總給人以不快之感。瑞宣楞著了。一眼，他看見白巡長。趕過去，他問：「是不是空襲？」這本是他突然想起來的，並沒有什麼特別的意義。及至已經問出來，他的心中忽然一亮：「我們有空軍，來炸北平吧！和日本人一同炸死，也甘心！」他暗自禱告著。

白巡長的微笑是恥辱，無可奈何，與許多說不出的委屈的混合物：「什麼空襲？淨街！給——」他的眼極快的向四圍一掃，而後把聲音放低，「給日本老爺淨街！」瑞宣的心中又黑了，低頭走進巷口。

在大槐樹底下，小崔的車歪脖橫狼的放著。小崔，倭瓜臉氣得一青一紅的，正和李四爺指手畫腳的說：「看見沒有？剛剛把車拉出去，又淨了街！教人怎麼往下混呢？一刀把我宰了，倒乾脆！這麼笨鋸鋸我，簡直受不了！」

李四爺今天得到消息較遲，含著歉意的向瑞宣打招呼：「街上怎樣啦？祁大爺！」

「吃過飯了？四爺爺？」瑞宣立住，勉強的笑著說：「大概是日本要人從這裡過，淨街！」

「不是關城門？」在李四爺的心中，只要不關城門，事情就不至於十分嚴重。

「不至於吧！」

「快三十年沒見過這個陣式了！」李四爺慨歎著說。「當初有皇上的時候，皇上出來才淨街！難道日本人要作咱們的皇上嗎？」

瑞宣沒話可答，慘笑了一下。

「祁先生！」小崔用烏黑的手扯了瑞宣一把，給大褂上印上了兩個指頭印兒。「你看，到底要怎樣呢？真要他媽的老這麼鋸磨人，我可要當兵去啦！」

瑞宣喜歡李四爺與小崔這點情感，可是他沒法回答他們的問題。

四大媽拖著破鞋，瞇著兩隻大近視眼，從門內出來。「誰說當兵去？又是小崔吧？你這小子，放下老婆不管，當兵去？真有你的！把老婆交給我看著嗎？趕緊回家睡個覺去，等舖子開了門，再好好的去拉車！」

「四大媽，誰知道舖子關到什麼時候呢！一落太陽，又該戒嚴了，我拉誰去？」

「甭管借鹽，還是借醋，我不准你在這兒瞎胡扯！」

小崔知道反抗四大媽是沒有便宜的，氣哼哼的把車拉進院子去。

「看你這老東西！」四大媽轉移了攻擊的目標。「鋪子都上了門，你怎麼不喊一聲，教大傢伙知道知道哇？」說到了這裡，她才看見瑞宣：「喲！祁大爺呀，你看我這瞎摸闔眼的！祁大爺，這麼一會兒關城，一會兒淨街的，到底都是怎麼回事呀？」

瑞宣沒話可說。他恨那些華北執政的人們，平日把百姓都裝在罐子裡，一旦遇到危難，他們甩手一走，把那封得嚴嚴的罐子留給敵人！憑著幾千年的文化與歷史，民氣是絕對可用的，可是——

「我也說不清！盼著過幾天就好點了吧！」他只能這麼敷衍一下，好搭訕著走開。

進了家門，他看見祁老人，天祐，瑞豐夫婦，都圍著棗樹閒談呢。瑞豐手裡捧著好幾個半紅的棗子，一邊吃，一邊說：「這就行了！甭管日本人也罷，中國人也罷，只要有人負責，諸事就都有了辦法。一有了辦法，日本人和咱們的心裡就都消停了！」說著，把棗核兒用舌頭一頂，吐在地上；又很靈巧的把另一個棗子往高處一扔，用嘴接住。

瑞豐長得乾頭乾腦的，什麼地方都彷彿沒有油水。因此，他特別注意修飾，凡能以人工補救天然的，他都不惜工本，虔誠修治。他的頭髮永遠從當中分縫，生髮油與生髮蠟上得到要往下流的程度。他的小乾臉永遠刮得極乾淨，像個剛剛削去皮的荸薺；臉蛋上抹著玉容油。他的小乾手上的指甲，永遠打磨得十分整齊，而且擦上油。他的衣服都作得頂款式，鮮明，若在天橋兒閒溜，人家總以為他是給哪個紅姑娘彈弦子的。

或者因為他的頭小，所以腦子也不大，他所注意的永遠是最實際的東西與問題，所走的路永遠是最省腳步的捷徑。他沒有絲毫的理想。

現在，他是一家中學的庶務主任。

瑞宣與瑞全都看不上老二。可是祁老人，天祐，和天祐太太都相當的喜歡他，因為他的現實主義使老人們覺得他安全可靠，不至於在外面招災惹禍。假若不是他由戀愛而娶了那位摩登太太，老人們必定會派他當家過日子，他是那麼會買東西，會交際，會那麼婆婆媽媽的和七姑姑八老姨都說得來。不幸，他娶了那麼位太太。他實際，她自私；二者歸一，老人們看出不妥之處來，而老二就失去了家庭中最重要的地位。為報復這個失敗，他故意的不過問家事，而等到哥嫂買貴了東西，或處置錯了事情，他才頭頭是道的去批評，甚至於攻擊。

「大哥！」瑞豐叫得很親切，顯出心中的痛快：「我們學校決定了用存款維持目前，每個人——不論校長，教員，和職員——都暫時每月拿二十塊錢維持費。大概你們那裡也這麼辦。二十塊錢，還不夠我坐車吸煙的呢！可是，這究竟算是有了個辦法；是不是？聽說，日本的軍政要人今天在日本使館開會，大概不久就能發表中日兩方面的負責人。一有人負責，我想，經費就會有了著落，維持費或者不至於發好久。得啦，這總算都有了頭緒；管他誰組織政府呢，反正咱們能掙錢吃飯就行！」

瑞宣很大方的一笑，沒敢發表自己的意見。在父子兄弟之間，他知道，沉默有時候是最保險的。

祁老人連連的點頭，完全同意於二孫子的話。他可是沒開口說什麼，因為二孫媳婦也在一旁，他不便當眾誇獎孫子，而增長他們小夫婦的驕氣。

「你到教堂去啦？怎麼樣？」天祐問瑞宣。

瑞豐急忙把嘴插進來：「大哥，那個學校可是你的根據地！公立學校——或者應當說，中國人辦的學校——的前途怎樣，誰還也不敢說。外國人辦的就是鐵桿兒莊稼！你馬上應當運動，多得幾個鐘點！洋人決不能教你拿維持費！」

瑞宣本來想暫時不對家中說他剛才在學校中的舉動，等以後自己找到別的事，補償上損失，再告訴大家。經老二這麼一通，他冒了火。還笑著，可是笑得很不好看，他聲音很低，而很清楚的說：「我已經把那四個鐘頭辭掉了！」

「什——」老二連「什」下的「麼」還沒說出來，就又閉上了嘴。平日，他和老三常常吵嘴；老三不怕他，他也不怕老三；爭吵總是無結果而散。對老大，他只敢暗中攻擊，而不敢公開的吵鬧；他有點怕老大。今天，看瑞宣的神色不大對，他很快的閉上了嘴。

祁老人心裡很不滿意長孫這個把饅頭往外推的辦法，可是不便說什麼，於是假裝沒有聽見。

天祐知道長子的一舉一動都有分寸，也知道一個人在社會上作事是必定有進有退的，而且進退決定於一眨眼的工夫，不願意別人追問為了什麼原因。所以，他很怕別人追問瑞宣，而趕緊的說：「反正只是四點鐘，沒關係！老大你歇歇去！」

小順兒的媽正在東屋裡作事，兩手又濕又紅，用手背抹著腦門上的汗，在屋門裡往外探了探頭。院中大家的談話，她沒有聽清楚，可是直覺的感到有點不對。見丈夫往北屋走，她問了聲：「有晾涼了的綠豆湯，喝不喝？」她的語氣滿含著歉意，倒好像是她自己作了什麼使大家不快的事。瑞宣搖了搖頭，走進老三屋裡去。

老三正在床上躺著，看一本線裝書——洋書都被大哥給燒掉，他一來因為無聊，二來因要看看到底為什麼線裝書可以保險，所以順手拿起一本來。看了半天，他才明白那是一本《大學衍義》。他納著氣兒慢慢的看那些大字。字都印得很清楚，可是彷彿都像些舞台上的老配角，穿戴著殘舊的衣冠，在那兒裝模作樣的扭著方步，一點也不精神。當他讀外文的或中文的科學書籍的時候，書上那些緊湊的小字就像小跳蚤似的又黑又亮。他皺緊了眉頭，用眼去捉它們，一個個的捉入腦中。他須花費很大的心力與眼力，可是讀到一個段落，他便整個的得到一段知識，使他心中高興，而腦子也彷彿越來越有力量。

那些細小的字，清楚的圖表，在他瞭解以後，不但只使他心裡寬暢，而且教他的想像活動——由那些小字與圖解，他想到宇宙的秩序，偉大，精微，與美麗。假若在打籃球的時候，他覺得滿身都是力量與筋肉，而心裡空空的；趕到讀書的時候，他便忘了身體，而只感到宇宙一切的地方都是精微的知識。現在，這本大字的舊書，教他摸不清頭腦，不曉得說的到底是什麼。他開始明白為什麼敵人不怕線裝書。

「大哥！你出去啦？」他把書扔在一邊，一下子坐起來。

瑞宣把與竇神父見面的經過，告訴了弟弟，然後補上：「無聊！不過，心裡多少痛快點！」

「我喜歡大哥你還有這麼點勁兒！」瑞全很興奮的說。

「誰知道這點勁兒有什麼用處呢？能維持多麼久呢？」

「當然有用處！人要沒有這點勁兒，跟整天低著頭揀食的雞有什麼分別呢？至於能維持多麼久，倒難說了；大哥你就吃了這一家子人的虧；連我也算上，都是你的累贅！」

「一想起竇神父的神氣，我真想跺腳一走，去給中國人爭點氣！連神父都這樣看不起咱們，別人更可想見了！我們再低著頭裝窩囊廢，世界上恐怕就沒一個人同情咱們，看得起咱們了！」

「大哥你儘管這麼說，可是老攔著我走！」

「不，我不攔你走！多咱我看走的時機到了，我必定放了你！」

「可要保守秘密呀，連大嫂也別告訴。」老三聲音很低的說。

「當然！」

「我就不放心媽媽！她的身子骨那麼壞，我要偷偷的走了，她還不哭個死去活來的？」

瑞宣楞了一會兒才說：「那有什麼法子呢！國破，家就必亡啊！」

第九章　冠家姨太太

要是依著日本軍閥的心意，當然最如意與簡明的打算，是攻陷一處便成立個軍政府，以軍人作首領，而把政治用槍刺挑著。但是，這樣去作，須一下手便有通盤的軍事計劃與雄厚的兵力。事實上，他們有極大的侵略野心，而沒有整個的用兵計劃與龐大得足以一鼓而攻下華北的兵力。他們的野心受了欺詐的誘惑，他們想只要東響幾聲炮，西放一把火，就能使中華的政府與人民喪膽求和，而他們得以最小的損失換取最大的利益。

欺詐是最危險的事，因為它會翻過頭來騙你自己。日本軍人攻下了北平與天津，而戰事並沒有完結。他們須將錯就錯的繼續打下去，而不能不把用槍刺穿住的肥肉分給政客們與資本家們一些。他們討厭政客與大腹賈，可是沒法子不准他們分肥。他們更討厭中國的漢奸，而漢奸又恰好能幫助他們以很小的兵力鎮服一座城或一個縣分。他們須擦一擦手上的血，預備和他們所討厭的政客與漢奸握手。

握手之後，那些政客與漢奸會給他們想出許多好聽的字眼，去欺騙中國人與他們自己。他們最不願要和平，而那些小鼻小眼的人卻提出「和平」；他們本只忠於自己——為陞官，為搶錢，而發動戰爭——而政客們偏說他們是忠於天皇，「武士道」的精神，因此，一變而為欺人與自欺，而應當叱吒風雲的武士都變成了小丑。

假若他們不是這樣，而坦率的自比於匈奴或韓尼布爾，以燒紅的鐵鞭去擊碎了大地，他們在歷史上必定會留下個永遠被詛咒的名聲，像魔鬼永遠與天使對立似的。但是，他們既要殺人放火，而又把血跡與火場用紙掩蓋上。歷史上將無以名之，而只能很勉強的把他們比作黃鼬或老鼠。北平為老鼠們淨了街。老鼠是詭詐而怕人的。

他們的聚議，假若不是因戰爭催迫著，將永無結果。他們非教政客與漢奸們來幫忙不可，可是幫忙即須染指。他們應教別人分潤多少？分潤什麼？自己搶來的，而硬看著別人伸手來拿，不是什麼好受的事，特別是在鼠眼的東洋武士們。

假若照著他們的本意，他們只須架上機關鎗，一刻鐘的工夫便把北平改成個很大的屠場，而後把故宮裡的寶物，圖書館的書籍，連古寺名園裡的奇花與珍貴的陳設，統統的搬了走，用不著什麼拐彎抹角的作文章。

可是，還有許多西洋人在北平，東洋的武士須戴上一張面具，遮蓋上猙獰的面孔。政客們又說，這是政治問題，不應當多耗費子彈。資本家們也笑容可掬的聲明，屠殺有背於經濟的原理。最後，漢奸們打躬作揖的陳述，北平人是最老實的，決不抗日，應求「皇軍」高抬貴手。於是，最簡單的事變成很複雜，而屠殺劫搶變為組織政府與施行「王道」。

這樣的從軍事佔領迂迴到組織政府，使藏在天津的失意軍閥與官僚大為失望。他們的作官與摟錢的慾望，已經隨著日寇的侵入而由期待變為馬上可以如願以償。他們以為只要一向日本軍人磕頭便可以富貴雙臨。沒料到，日本軍是要詳加選擇，而並不摸摸腦袋就算一個人。同時，日本軍人中既有派別，而政客與資本家又各有黨系，日本人須和日本人鬥爭，華人也就必須隨著亂轉，而不知道主要的勢力是在哪裡。他們的簡單的認日本軍閥為義父的辦法須改為見人就叫爸爸。他們慌亂、奔走、探聽、勾結、競爭、唯恐怕落選——這回能登台，才能取得「開國元勛」的資格與享受。他們像暑天糞窖的蛆那麼活躍。

更可憐的是冠曉荷一類的人。他們所巴結的人已經是慌亂而不知究竟如何，他們自己便更摸不清頭腦。他們只恨父母沒多給了他們兩條腿！他們已奔走得筋疲力盡，而事情還是渺茫不定。

冠曉荷的俊美的眼已陷下兩個坑兒，臉色也黑了一些。他可是一點也不灰心，他既堅信要轉好運，又絕不疏忽了人事。他到處還是侃侃而談，談得嗓子都有點發啞，口中有時候發臭。他買了華達丸含在口中，即使是不說話的時候，口中好還有些事作。

他的事情雖然還沒有眉目，他可是已經因到各處奔走而學來不少名詞與理論；由甲處取來的，他拿到乙處去賣；然後，由乙處又學來一半句，再到丙處去說。實在沒有地方去說，他還會在家中傳習給太太與女兒。而且，這樣的傳習與宣傳，還可以掩飾自己的失敗，常常的在一語未完而打個哈欠什麼的，表示自己因努力而感到疲乏。

假若他的事情已經成功，他一定不會有什麼閒心去關切，或稍稍的注意，老街舊鄰們。現在，事情還沒有任何把握，他就注意到鄰居們：為什麼像祁瑞宣那樣的人們會一聲不響，大門不出，二門不邁的呢？他們究竟有什麼打算與把握呢？對錢默吟先生，他特別的注意。他以為，像錢先生那樣的年紀、學問，與為人，必定會因日本人來到而走一步好運。在他這幾天的奔走中，他看到不少的名士們，有的預備以詩文結交日本朋友，打算創立個詩社什麼的。

從這些詩人騷客的口中，冠曉荷學會了一套：「日本人是喜歡作詩的，而且都作中國舊詩！要不怎麼說白話詩沒價值呢！」

有的預備著以繪畫和書法為媒，與日本人接近，冠曉荷又學會一套：「藝術是沒有國籍的，中國人作畫，正和日本人一樣，都要美。我們以美易美，也就沒什麼誰勝誰敗之分了！」有的預備著以種花草為保身之計，他們說：「日本人最愛花草。在東洋，連插花瓶都極有講究！大家在一塊兒玩玩花草，也就無須乎分什麼中國人與日本人了！」這一套也被冠先生學會。

這些準備與言論，使冠曉荷想到錢默吟。錢先生既會詩文，又會繪畫，還愛種花；全才！他心中一動：嘔！假若打著錢先生的旗號，成立個詩社或畫社，或開個小鮮花店，而由他自己去經營，豈不就直接的把日本人吸引了來，何必天天求爺爺告奶奶的謀事去呢？

想到這裡，他也恍然大悟，嘔！怨不得錢先生那麼又臭又硬呢，人家心裡有數兒呀！他很想去看看錢先生，但是又怕碰壁。想起上次在祁家門口與錢先生相遇的光景，他不肯再去吃釘子。他想還是先到祁家打聽一下好。假若祁瑞宣有什麼關於錢默吟的消息，他再決定怎樣去到錢宅訪問——只要有希望，碰釘子也不在乎。同時，他也納悶祁瑞宣有什麼高深莫測的辦法，何以一點也不慌不忙的在家裡蹲著。含上一顆華達丸，梳了梳頭髮，他到祁家來看一眼。「瑞宣！」他在門口拱好了手，非常親切的叫：「沒事吧？我來看看你們！」

同瑞宣來到屋中，落了坐，他先誇獎了小順兒一番，然後引入正題：「有甚麼消息沒有？」

「沒有呢！」

「太沉悶了！」冠曉荷以為瑞宣是故意有話不說，所以想用自己的資料換取情報：「我這幾天不斷出去，真實的消息雖然很少，可是大致的我已經清楚了大勢所趨。一般的說，大家都以為中日必須合作。」

「哪個大家？」瑞宣本不想得罪人，但是一遇到冠先生這路人，他就不由的話中帶著刺兒。

冠先生覺到了那個刺兒，轉了轉眼珠，說：「自然，我們都希望中國能用武力阻止住外患，不過咱們打得過日本與否，倒是個問題。北平呢，無疑的是要暫時由日本人佔領，那麼，我想，像咱們這樣有點用處的人，倒實在應當出來作點事，好少教我們的人民吃點虧。在這條胡同裡，我就看得起你老哥和錢默翁，也就特別的關切你們。這幾天，默翁怎樣？」

「這兩天，我沒去看他。」

「他是不是有什麼活動呢？」

「不知道！他恐怕不會活動吧，他是詩人！」

「詩人不見得就不活動呀！聽說詩人杜秀陵就很有出任要職的可能！」

瑞宣不願再談下去。

「咱們一同看看默翁去，好不好？」

「改天吧！」

「哪一天？你定個時間！」

瑞宣被擠在死角落裡，只好改敷衍為進攻。「找他幹什麼呢？」

「是呀，」曉荷的眼放出光來，「這就是我要和你商量商量的呀！我知道錢先生能詩善畫，而且愛養花草。日本人呢，也喜歡這些玩藝兒。咱們——你，我，錢先生——要是組織個什麼詩畫社，消極的能保身，積極的還許能交往上日本人，有點什麼發展！我們一定得這麼作，這確乎是條平妥的路子！」

「那麼，冠先生，你以為日本人就永遠佔據住咱們的北平了？」

「他們佔據一個月也好，一百年也好，咱們得有個準備。說真的，你老哥別太消極！在這個年月，咱們就得充分的活動，好弄碗飯吃，是不是？」

「我想錢先生決不肯作這樣的事！」

「咱們還沒見著他呢，怎能斷定？誰的心裡怎麼樣，很難不詳談就知道！」

瑞宣的胖臉微微紅起來。「我自己就不幹！」他以為這一句話一定開罪於冠先生，而可以不再多囉嗦了。冠先生並沒惱，反倒笑了一下：「你不作詩，畫畫，也沒關係！我也不會！我是說由默翁作文章，咱們倆主持事務。早一點下手，把牌子創開，日本人必聞風而至，咱們的小羊圈就成了文化中心！」

瑞宣再不能控制自己，冷笑得出了聲。

「你再想想看！」冠先生立起來。「我覺得這件事值得作！作好了，於我們有益；作不好呢也無損！」一邊說，他一邊往院中走。「要不這樣好不好？我來請客，把錢先生請過來，大家談談？他要是不願上我那裡去呢，我就把酒菜送到這邊來！你看怎樣？」

瑞宣答不出話來。

走到大門口，冠先生又問了聲：「怎樣？」

瑞宣自己也不知道哼了一句什麼，便轉身進來。他想起那位竇神父的話。把神父的話與冠曉荷的話加在一處，他打了個冷戰。

冠曉荷回到家中，正趕上冠太太回來不久。她一面換衣服，一面喊洗臉水和酸梅湯。她的赤包兒式的臉上已褪了粉，口與鼻大吞大吐的呼吸著，聲勢非常的大，彷彿是剛剛搶過敵人的兩三架機關鎗來似的。

大赤包對丈夫的財祿是絕對樂觀的。這並不是她信任丈夫的能力，而是相信她自己的手眼通天。在這幾天內，她已經和五位闊姨太太結為乾姊妹，而且順手兒贏了兩千多塊錢。她預言：不久她就會和日本太太們結為姊妹，而教日本的軍政要人們也來打牌。

因為滿意自己，所以她對別人不能不挑剔。「招弟！你幹了什麼？高第你呢？怎麼？該加勁兒的時候，你們反倒歇了工呢？」然後，指槐罵柳的，仍對兩位小姐發言，而目標另有所在：「怎麼，出去走走，還曬黑了臉嗎？我的臉皮老，不怕曬！我知道幫助丈夫興家立業，不能專仗著臉子白，裝他媽的小妖精！」

說完，她伸著耳朵聽；假若尤桐芳有什麼反抗的表示，她準備大舉進攻。

尤桐芳，可是，沒有出聲。

大赤包把槍口轉向丈夫來：「你今天怎麼啦？也不出去？把事情全交給我一個人了？你也不害羞！走，天還早呢，你給我乖乖的再跑一趟去！你又不是裹腳的小妞兒，還怕走大了腳？」

「我走！我走！」冠先生拿腔作調的說。「請太太不要發脾氣！」說罷，戴起帽子，懶洋洋的走出去。

他走後，尤桐芳對大赤包開了火。她頗會調動開火的時間：冠先生在家，她能忍就忍，為是避免禍首的罪名；等他一出門，她的槍彈便擊射出來。大赤包的嘴已很夠野的，桐芳還要野上好幾倍。罵到連她自己都覺難以入耳的時候，她會坦率的聲明：「我是唱玩藝兒出身滿不在乎！」

尤桐芳不記得她的父母是誰，「尤」是她養母的姓。

四歲的時候，她被人拐賣出來。八歲她開始學鼓書。她相當的聰明，十歲便登台掙錢。十三歲，被她的師傅給強姦了，影響到她身體的發育，所以身量很矮。小扁臉，皮膚相當的細潤，兩隻眼特別的媚。她的嗓子不錯，只是底氣不足，往往唱著唱著便聲嘶力竭。她的眼補救了嗓子的不足。為生活，她不能不利用她的眼幫助歌唱。她一出台，便把眼從右至左打個圓圈：使台下的人都以為她是看自己呢。因此，她曾經紅過一個時期。

她到北平來獻技的時候，已經是二十二歲。一來是，北平的名角太多；二來是她曾打過二次胎，中氣更不足了；所以，她在北平不甚得意。就是在她這樣失意的時候，冠先生給她贖了身。大赤包的身量——先不用多說別的——太高，所以他久想娶個矮子。

假若桐芳能好好的讀幾年的書，以她的身世，以她的聰明，她必能成為一個很有用的小女人。退一步說，即使她不讀書，而能堂堂正正的嫁人，以她的社會經驗，和所受的痛苦，她必能一撲納心[4]的作個好主婦。她深知道華美的衣服，悅耳的言笑，豐腴的酒席，都是使她把身心腐爛掉，而被扔棄在爛死崗子的毒藥。

在表面上，她使媚眼，她歌唱，她開玩笑，而暗地裡她卻以淚洗面。沒有父母，沒有兄弟姊妹親戚；睜開眼，世界是個空的。在空的世界中，她須向任何人都微笑，都飛眼，為是賺兩頓飯吃。在二十歲的時候，她已明白了一切都是空虛，她切盼遇到個老實的男人，給她一點生活的真實。可是，她只能作姨太太！除了她的媚眼無法一時改正——假如她遇上一個好男人——她願立刻改掉一切的惡習。但是，姨太太是「專有」的玩物；她須把媚惑眾人的手段用來取悅一個人。再加上大赤包的嫉妒與壓迫，她就更須向丈夫討好，好不至於把到了口的飯食又丟掉。

一方面，她須用舊有的誘惑技巧拴住丈夫的心，另一方面，她決定不甘受欺侮，以免變成墊在桌腿下的青蛙。況且，在心裡，她不比任何人壞；或者，因為在江湖上走慣了，她倒比一般的人更義氣一些。以一個女人來說，她也不比任何女人更不貞節。雖然她十三歲就破了身，二十二歲就已墮過兩次胎，可是那並不是她自己的罪惡。因此，大赤包越攻擊她，她便越要抗辯，她覺

4.一撲納心，形容一個人死心塌地的跟隨著別人。

得大赤包沒有罵她的資格。不幸，她的抗辯，本來是為得到瞭解，可是因為用了詬罵的形式來表達，便招來更多的攻擊與仇恨。她也就只好將錯就錯的繼續反攻。

今天，她的責罵不僅是為她自己，而且是為了她的老家——遼寧。她不準知道自己是關外人不是，但是她記得在瀋陽的小河沿賣過藝，而且她的言語也是那裡的。既無父母，她願妥定的有個老家，好教自己覺得不是無根的浮萍。她知道日本人騙去了她的老家，也曉得日本人是怎樣虐待著她的鄉親，所以她深恨大赤包的設盡方法想接近日本人。在全家裡，她只和高第說得來。冠曉荷對她相當的好，但是他的愛她純粹是寵愛玩弄，而毫無尊重的意思。高第呢，既不得父母的歡心，當然願意有個朋友，所以對桐芳能平等相待，而桐芳也就對高第以誠相見。

桐芳叫罵了一大陣以後，高第過來勸住了她。雷雨以後，多數是晴天；桐芳把怨氣放盡，對高第特別的親熱。兩個人談起心來。一來二去的，高第把自己的一點小秘密告訴了桐芳，引起桐芳許多的感慨。

「托生個女人，唉，就什麼也不用說了！我告訴你，大小姐，一個女人就像一個風箏。別看它花紅柳綠的，在半天空中搖搖擺擺，怪美的，其實那根線兒是在人家手裡呢！不服氣，你要掙斷那根線兒，好，你就頭朝下，不是落在樹上，就是掛在電線上，連尾巴帶翅膀，全扯得稀爛，比什麼都難看！」

牢騷了一陣，她把話拉回來：「我沒見過西院裡的二爺。不過，要嫁人的話，就嫁個老老實實的人；不怕窮點，只要小兩口兒能消消停停的過日子就好！你甭忙，我去幫你打聽！我這一輩子算完了，睜開眼，天底下沒有一個親人！不錯，我有個丈夫；可是，又不算個丈夫！也就是我的心路寬，臉皮厚！要不然，我早就扎在尿窩子裡死啦！得啦，我就盼著你有一門子好親事，也不枉咱們倆相好一程子！」

高第的短鼻子上縱起不少條兒笑紋。

第十章　英國府

北平的天又高起來！八一三！上海的炮聲把久壓在北平人的頭上的黑雲給掀開了！

祁瑞宣的眉頭解開，胖臉上擁起一浪一浪的笑紋，不知不覺的低聲哼著岳武穆的《滿江紅》。瑞全扯著小順兒，在院中跳了一個圈，而後把小妞子舉起來，扔出去，再接住，弄得妞子驚顫的尖聲笑著，而嚇壞了小順兒的媽。

「老三！你要是把她的嫩胳臂嫩腿摔壞了，可怎麼辦！」小順兒的媽高聲的抗議。

祁老人只曉得上海是個地名，對上海抗戰一點也不感興趣，只慨歎著說：「劫數！劫數！這又得死多少人呀！」

天祐在感情上很高興中國敢與日本決一死戰，而在理智上卻擔憂自己的生意：「這一下子更完了，貨都由上海來啊！」

「爸爸，你老想著那點貨，就不為國家想想！」瑞全笑著責備他老人家。

「我並沒說打日本不好哇！」天祐抱歉的聲辯。小順兒的媽莫名其妙，也不便打聽，看到大家都快活，她便加倍用力的工作，並且建議吃一頓茴香餡的餃子。歪打正著，瑞全以為大嫂是要以吃餃子紀念這個日子，而大加誇讚。「大嫂我幫著你包！」

「你呀？歇著吧！打慣了球的手，會包餃子？別往臉上貼金啦！」

天祐太太聽到大家吵嚷，也出了聲：「怎麼啦？」

瑞全跑到南屋，先把窗子都打開，而後告訴媽媽：「媽！上海也開了仗！」

「好！蔣委員長作大元帥吧？」

「是呀！媽，你看咱們能打勝不能？」瑞全喜歡得忘了媽媽不懂得軍事。

「那誰知道呀！反正先打死幾萬小日本再說！」

「對！媽你真有見識！」

「你們要吃餃子是不是？」

「大嫂的主意！她真有兩下子，什麼都知道！」

「攙我起來，我幫她拌餡子去；她拌餡子老太鹹！」

「媽你別動，我們有的是人！連我還下手呢！」

「你？」媽媽笑了一下。她慢慢的自己坐起來。瑞全忙過去攙扶，而不知把手放在哪兒好。

「算了吧！別管我，我會下地！這兩天我好多了！」事實上，她的病是像夏天的雨，說來就來，說走就走。當她精神好的時候，她幾乎和好人差不多；可是，忽然的一陣不舒服，她便須趕快去睡倒。慢慢的，她穿上了鞋，立了起來。立起來，她是那麼矮，那麼瘦，瑞全彷彿向來沒注意過似的；他有點驚訝。他很愛媽媽，可是向來沒想到過媽媽就是這樣的一個小老太太。再看，媽媽與祖父，父親，都長得不同。她不是祁家的人，可又是他的母親，他覺得奇怪，而不知怎麼的就更愛她。再看，她的臉色是那麼黃，耳朵薄得幾乎是透明的，他忽然感到一陣難過。上海開了仗，早晚他須由家裡跑出去；上海在呼喚他！他走了以後，誰知道什麼時候才能再見到媽媽呢？是不是能再見到她呢？

「媽！」他叫出來，想把心中的秘密告訴她。

「啊？」

「啊——沒什麼！」他跑到院中，仰頭看著那又高又藍的天，吐了口氣。

他到東屋看了看，見大嫂沒有容納他幫忙包餃子的表示，沒出聲，找了大哥去。

「大哥！我該走了吧？想想看，上海一開仗，得用多少人，我不能光坐在家裡等好消息！」

「到上海去？」

「是呀！以前，想走我找不到目的地；現在有了去處，還不走？再不走，我就要爆炸了！」

「怎麼走呢？天津有日本人把住，你又年輕力壯，又像學生的樣子，日本人能輕易放你過去？我不放心！」

「你老這麼婆婆媽媽的，大哥！這根本是冒險的事，沒法子想得周到！溜出北平去再說，走一步再打算第二步！」

「咱們再仔細想一想！」瑞宣含著歉意的說。「怎樣走？怎樣化裝？帶什麼東西？都須想一想！」

「要是那樣，就別走啦！」瑞全並沒發氣，可是不耐煩的走出去。

瑞豐有點見風駛舵。見大家多數的都喜歡上海開仗的消息，他覺得也應當隨聲附和。在他心裡，他並沒細細的想過到底打好，還是不打好。他只求自己的態度不使別人討厭。

瑞豐剛要讚美抗戰，又很快的改了主意，因為太太的口氣「與眾不同」。

瑞豐太太，往好裡說，是長得很富泰；往壞裡說呢，乾脆是一塊肉。身量本就不高，又沒有脖子，猛一看，她很像一個啤酒桶。臉上呢，本就長得蠢，又儘量的往上塗抹顏色，頭髮燙得像雞窩，便更顯得蠢而可怕。瑞豐乾枯，太太豐滿，所以瑞全急了的時候就管他們叫「剛柔相濟」。她不只是那麼一塊肉，而且是一塊極自私的肉。她的腦子或者是一塊肥油，她的心至好也不過是一塊像蹄膀一類的東西。

「打上海有什麼可樂的？」她的厚嘴唇懶懶的動彈，聲音不大，似乎喉眼都糊滿脂肪。「我還沒上過上海呢！炮轟平了它，怎麼辦？」

「轟不平！」瑞豐滿臉賠笑的說：「打仗是在中國地，大洋房都在租界呢，怎能轟平？就是不幸轟平了，也沒關係；趕到咱們有錢去逛的時候，早就又修起來了；外國人多麼闊，說修就修，說拆就拆，快得很！」

「不論怎麼說，我不愛聽在上海打仗！等我逛過一回再打仗不行嗎？」

瑞豐很為難，他沒有阻止打仗的勢力，又不願得罪太太，只好不敢再說上海打仗的事。

「有錢去逛上海，」太太並不因瑞豐的沉默而消了氣：「你多咱才能有錢呢？嫁了你才算倒了霉！看這一家子，老少男女都是嗇刻鬼，連看回電影都好像犯什麼罪似的！一天到晚，沒有說，沒有笑，沒有玩樂，老都撅著嘴像出喪的！」

「你別忙啊！」瑞豐的小乾臉上笑得要裂縫子似的，極懇切的說：「你等我事情稍好一點，夠咱們花的，再分家搬出去呀！」

「等！等！等！老是等！等到哪一天？」瑞豐太太的胖臉漲紅，鼻窪上冒出油來。

中國的飛機出動！北平人的心都跳起多高！小崔的耳邊老像有飛機響似的，抬著頭往天上找。他看見一只敵機，但是他硬說是中國的，紅著倭瓜臉和孫七辯論：「要講剃頭刮臉，我沒的可說；你拜過師，學過徒！說到眼神，就該你閉上嘴了；尊家的一對眼有點近視呀！我看得清楚極了！飛機的翅膀上畫著青天白日；一點錯沒有！咱們的飛機既能炸上海，就能炸北平！」

孫七心中本來也喜歡咱們的飛機能來到北平，可是經小崔一說，他就不能不借題抬幾句槓。及至小崔攻擊到他的近視眼，他認了輸，夾著小白布包，笑嘻嘻的到舖戶去作活。到了舖戶中，他把小崔的話擴大了一些，告訴給小商人們。他一手按著人家的臉，一手用刀在臉上和下巴底下刮剃，低聲而懇切的說：「我剛才看見七架咱們的轟炸機，好大個兒！翅兒上畫著青天白日，清楚極了！」人家在他的剃刀威脅之下，誰也不敢分辯。

小崔哼唧著小曲，把車拉出去。到車口，他依然廣播著他看見了中國飛機。在路上，看到日本兵，他揚著點臉飛跑；跑出相當的遠，他高聲的宣佈：「全殺死你們忘八日的！」而後，把咱們的飛機飛過天空的事，告訴給坐車的人。

李四爺許久也沒應下活來——城外時時有炮聲，有幾天連巡警都罷了崗，誰還敢搬家呢。今天，他應下一檔兒活來，不是搬家，而是出殯。他的本行是「窩脖兒」，到了晚年，他也應喪事；他既會穩當的捆紮與挪移箱匣桌椅，當然也能沒有失閃的調動棺材。在護國寺街口上，棺材上了槓。一把紙錢像大白蝴蝶似的飛到空中，李四爺的尖銳清脆的聲音喊出：「本家兒賞錢八十吊啊！」抬槓的人們一齊喊了聲「啊！」李四爺，穿著孝袍，精神百倍的，手裡打著響尺[5]，好像把滿懷的顧慮與牢騷都忘了。

李四大媽在小羊圈口上，站得緊靠馬路邊，為是看看丈夫領殯——責任很重的事——的威風。擦了好幾把眼，看見了李四爺，她含笑的說了聲：「看這個老東西！」

棚匠劉師傅也有了事作。警察們通知有天棚的人家，趕快把棚席拆掉。警察們沒有告訴大家拆棚的理由，可是大家都猜到這是日本鬼子怕中央的飛機來轟炸；席棚是容易起火的。劉師傅忙著出去拆棚。高高的站在房上，他希望能看到咱們的飛機。

小文夫婦今天居然到院中來調嗓子，好像已經不必再含羞帶愧的作了。

連四號的馬老寡婦也到門口來看看。她最膽小，自從蘆溝橋響了炮，她就沒邁過街門的門檻。她也不許她的外孫——十九歲的程長順——去作生意，唯恐他有什麼失閃。她的頭髮已完全白了，而渾身上下都收拾得乾乾淨淨的，手指上還戴著四十年前的式樣的，又重又大的，銀戒指。她的相貌比李四媽還更和善；心理也非常的慈祥，和李四媽差不多。可是，她在行動上，並不像李四媽那樣積極，活躍，因為自從三十五歲她就守寡，不能不沉穩謹慎一些。

5. 響尺，舊社會出殯起杠時，一個人用兩根尺樣長的木器，擊響聲。

她手中有一點點積蓄，可是老不露出來。過日子，她極儉省，並且教她的外孫去作小生意。外孫程長順在八歲的時候父母雙亡，就跟著外婆。他的頭很大，說話有點囔鼻，像患著長期傷風似的。因為頭大，而說話又嗚囔嗚囔的，所以帶著點傻相；其實他並不傻。外婆對他很好，每飯都必給他弄點油水，她自己可永遠吃素。在給他選擇個職業的時候，外婆很費了一番思索；結果是給他買了一架舊留聲機和一兩打舊唱片子，教他到後半天出去轉一轉街。

長順非常喜歡這個營業，因為他自己喜歡唱戲。他的營業也就是消遣。他把自己所有的唱片上的戲詞與腔調都能唱上來。遇到片子殘破，中間斷了一點的時候，他會自己用嘴哼唧著給補充上。有時候，在給人家唱完半打或一打片子之後，人家還特煩他大聲的唱幾句。他說話時雖嗚囔嗚囔的，唱起來可並不這樣；反之，正因為他的鼻子的關係，他的歌唱的尾音往往收入鼻腔，聽起來很深厚有力。他的生意很不錯，有幾條街的人們專等著他，而不照顧別人。他的囔鼻成了他的商標。他的志願是將來能登台去唱黑頭，因他的腦袋既大，而又富於鼻音。

這一程子，長順悶得慌極了！外婆既不許他出去轉街，又不准他在家裡開開留聲機。每逢他剛要把機器打開，外婆就說：「別出聲兒呀，長順，教小日本兒，聽見還了得！」今天，長順告訴外婆：「不要緊了，我可以出去作買賣啦！上海也打上了，咱們的飛機，一千架，出去炸日本鬼子！咱們準得打勝！上海一打勝，咱們北平就平安了！」

外婆不大信長順的話，所以大著膽子親自到門外調查一下；倒彷彿由門外就能看到上海似的。

老太太的白髮，在陽光下，發著一圈兒銀光。大槐樹的綠色照在她的臉上，給皮膚上的黃亮光兒減去一些，有皺紋的地方都畫上一些暗淡的細道兒。胡同裡沒有行人，沒有動靜，她獨自立了一會兒，慢慢的走回屋中去。

「怎樣？外婆！」長順急切的問。

「倒沒有什麼，也許真是平安了！」

「上海一開仗，咱們準打勝！外婆你信我的話，準保沒錯兒！」長順開始收拾工具，準備下午出去作生意。

全胡同中，大家都高興，都準備著迎接勝利，只有冠曉荷心中不大痛快。他的事情還沒有眉目。假若事情已定，他大可以馬上去渾水摸魚，管什麼上海開仗不開仗。但是，事情既沒決定，而上海已經在抗戰，萬一中國打勝，他豈不是沒打到狐狸而弄來一屁股臊？他很不痛快的決定這兩天暫時停止活動，看看風色再說。

大赤包可深不以為然：「你怎麼啦？事情剛開頭兒，你怎麼懈了勁兒呢？上海打仗？關咱們什麼屁事？憑南京那點兵就打得過日本？笑話！再有六個南京也不行！」大赤包差不多像中了邪。她以為後半世的產業與享受都憑此一舉，絕對不能半途而廢。

湊巧，六號住的丁約翰回來了。丁約翰的父親是個基督徒，在庚子年被義和團給殺了。父親殉道，兒子就得到洋人的保護；約翰從十三歲就入了「英國府」作打雜兒的。漸漸的，他升為擺台的，現在已經是四十多歲的人了。雖然擺台的不算什麼很高貴的職業，可是由小羊圈的人們看來，丁約翰是與眾不同的。他自己呢也很會吹噓，一提到身家，他便告訴人家他是世襲基督徒，一提到職業，他便聲明自己是在英國府作洋事——他永遠管使館叫作「府」，因為「府」只比「宮」次一等兒。他在小羊圈六號住三間正房，並不像孫七和小崔們只住一間小屋。他的三間房都收拾得很乾淨，而且頗有些洋擺設：案頭上有許多內容一樣而封面不同的洋書——四福音書和聖詩；櫥子裡有許多殘破而能將就使用的啤酒杯，香檳杯，和各式樣的玻璃瓶與咖啡盒子。論服裝，他也有特異之處，他往往把舊西服上身套在大衫上當作馬褂——當然是洋馬褂。

在全胡同裡，他只與冠家有來往。這因為：第一，他看不起別的人家，而大家也並不怎麼特別尊敬他，所以彼此兩便，不必往來；第二，他看得起冠家，而冠家也能欣賞他的洋氣，這已經打下友誼的基礎，再加上，他由「府」裡拿出來的一點黃油，咖啡，或真正的牛津橙子醬什麼的，只有冠家喜歡要，懂得它們是多麼地道，所以雙方就更多了一些關係——他永遠把這類的洋貨公道的賣給冠家。

這次，他只帶來半瓶蘇格蘭的灰色奇酒，打算白送給冠先生。

假若丁約翰是在隨便的一家西餐館擺台，大赤包必定不會理會他，即使他天天送來黃油與罐頭。丁約翰是在英國府擺台，這就大有文章了。假若宮裡的太監本來是殘廢的奴役，而因在皇宮裡的關係被人另眼看待，那麼，大赤包理當另眼看待丁約翰。她覺得丁約翰本人與丁約翰所拿來的東西，都不足為奇，值得注意的倒是「英國府」那三個有聲勢的字。丁約翰來自英國府，那些東西來自英國府，這教大赤包感到冠家與英國使館有了聯繫，一點可驕傲的聯繫！每逢她給客人拿出咖啡或果醬的時候，她必要再三的說明：「這是由英國府拿出來的！」「英國府」三個字彷彿黏在了她的口中，像口香糖似的那麼甜美。

見丁約翰提著酒瓶進來，她立刻停止了申斥丈夫，而把當時所能搬運到臉上的笑意全搬運上來：「喲！丁約翰！」她也非常喜歡「約翰」這兩個字。雖然它們不像「英國府」那麼堂皇雄偉，可是至少也可以與「沙丁魚」、「灰色奇酒」並駕齊驅的含有洋味。

丁約翰，四十多歲，臉颳得很光，背挺得很直，眼睛永遠不敢平視，而老向人家的手部留意，好像人們的手裡老拿著刀叉似的。聽見大赤包親熱的叫他，他只從眼神上表示了點笑意——在英國府住慣了，他永遠不敢大聲的說笑。「拿著什麼？」大赤包問。

「灰色奇！送給你的，冠太太！」

「送？」她的心裡顫動了一下。她頂喜歡小便宜。接過去，像抱吃奶的嬰孩似的，她把酒瓶摟在胸前。「謝謝你呀，約翰！你喝什麼茶？還是香片吧？你在英國府常喝紅茶，該換換口味！」

「坐下，約翰！」冠先生也相當的客氣。「有什麼消息沒有？上海的戰事，英國府方面怎麼看？」

「中國還能打得過日本嗎？外國人都說，大概有三個月，至多半年，事情就完了！」丁約翰很客觀的說，倒彷彿他不是中國人，而是英國的駐華外交官。

「怎麼完？」「中國軍隊教人家打垮！」

大赤包聽到此處，一興奮，幾乎把酒瓶掉在地上。「冠曉荷！你聽見沒有？雖然我是個老娘們，我的見識可不比你們男人低！把膽子壯起點來，別錯過了機會！」

冠曉荷楞了一小會兒，然後微笑了一下：「你說的對！你簡直是會思想的坦克車！」

第十一章 錢家的二爺

生在某一種文化中的人，未必知道那個文化是什麼，像水中的魚似的，他不能跳出水外去看清楚那是什麼水。假若他自己不能完全客觀的去瞭解自己的文化，那能夠客觀的來觀察的旁人，又因為生活在這種文化以外，就極難咂摸到它的滋味，而往往因一點胭脂，斷定他美，或幾個麻斑而斷定他醜。不幸，假若這個觀察者是要急於蒐集一些資料，以便證明他心中的一點成見，他也許就只找有麻子的看，而對擦胭脂的閉上眼。

日本人是相當的細心的。對中國的一切，他們從好久就有很詳密的觀察與調查，而自居為最能瞭解中國人的人。對中國的工礦農商與軍事的情形，他們也許比中國人還更清楚，但是，他們要拿那些數目字作為瞭解中國文化的基礎，就正好像拿著一本旅行指南而想作出欣賞山水的詩來。同時，他們為了施行詭詐與愚弄，他們所接觸的中國人多數的是中華民族的渣滓。這些渣滓，不幸，給了他們一些便利，他們便以為認識了這些人就是認識了全體中國人，因而斷定了中國文化裡並沒有禮義廉恥，而只有男盜女娼。國際間的友誼才是瞭解文化的真正基礎，彼此瞭解並尊重彼此的文化，世界上才會有和平。日本人的辦法，反之，卻像一個賊到一所大宅子中去行竊，因賄賂了一兩條狗而偷到了一些值錢的東西；從此，他便認為宅子中的東西都應該是他的，而以為宅子中只有那麼一兩條可以用饅頭收買的狗。這，教日本人吃了大虧。他們的細心，精明，勤苦，勇敢，都因為那兩條狗而變成心勞日拙，他們變成了慣賊，而賊盜是要受全人類的審判的！

他們沒有想到在平津陷落以後，中國會有全面的抗戰。在他們的軍人心裡，以為用槍炮劫奪了平津，便可以用軍事佔領的方式，一方面假裝靜候政治的解決，一方面實行劫搶，先把他們的衣袋裝滿了金銀。這樣，他們自己既可達到發財的目的，又可以使軍人的聲勢在他們國內繼長增高。因此，上海的抗戰，使在平津的敵寇顯出慌張。他們須一方面去迎戰，一方面穩定平津；他們沒法把平津的財寶都帶在身上去作戰。

怎樣穩定平津？他們在事前並沒有多少準備。肆意的屠殺固然是最簡截明快的辦法，但是，有了南京政府的全面抗戰，他們開始覺到屠殺也許是危險的事，還不如把他們所豢養的中國狗拉出幾條來，給他們看守著平津。假若在這時候，他們能看清楚，中國既敢抗戰，必定是因為在軍事的估量而外，還有可用的民氣，在物質的損失中，具有忍無可忍的決心，他們就會及時的收兵，免得使他們自己墮入無底的深淵。可是，他們不相信中國是有深厚文化的國家，而只以槍炮的數目估計了一切。人類最大的慘劇便是彼此以武力估計價值，像熊或狗似的老想試試自己的力氣，而忽略了智慧才是最有價值的，與真有價值的。

醞釀了許久的平津政治組織，在那半死不活的政務委員會外，只出來了沒有什麼用處的地方維持會，與替日本人維持地面的市政府。日本軍人們心裡很不痛快，因為這樣的簡陋的場面頗有損於「帝國」的尊嚴。漢奸們很不高興，因為出頭的人是那麼少，自己只空喜歡了一場，而並不能馬上一窩蜂似的全作了官。好諷刺的人管這叫作傀儡戲，其實傀儡戲也要行頭鮮明，鑼鼓齊備，而且要生末淨旦俱全；這不能算是傀儡戲，而只是一鑼、一羊、一猴的猴子戲而已。用金錢、心血、人命，而只換來一場猴子把戲，是多滑稽而可憐呢！

冠曉荷聽了丁約翰的一番話，決定去加入猴子戲，而把全面的抗戰放在一邊，絕對不再加以考慮。市長和警察局長既然發表了，他便決定向市政府與警察局去活動。對市政與警政，他完全不懂，但是總以為作官是一種特別的技巧，而不在乎有什麼專門的學識沒有。

他和大赤包又奔走了三四天，依然沒有什麼結果。曉荷於無可如何之中，找出點原諒自己的道理：「我看哪，說不定上海的作戰只是給大家看看，而骨子裡還是講和。講和之後，北平的官員還是由南京任命，所以現在北平也大更動人。要不然，就憑咱們這點本事，經驗，和活動的能力，怎麼會就撲個空呢？」

「放你的狗屁！」大赤包心中也不高興，但是還咬著牙不自認失敗。「你的本事在哪兒？我問問你！真有本事的話，出去一伸手就拿個官兒來，看看你！不說你自己是窩囊廢，倒胡猜亂想的洩自己的氣！日子還長著呢，現在就洩了氣還行嗎？挺挺你的脊樑骨，去幹哪！」

冠先生很難過的笑了笑。不便和太太吵嘴，他暗中決定：無論用什麼方法，也得弄個官兒，教她見識見識！

這時候，真的消息與類似謠言的消息，像一陣陣方向不同，冷暖不同的風似的刮入北平。北平，在世界人的心中是已經死去，而北平人卻還和中國一齊活著，他們的心還和中華一切地方的英勇抵抗而跳動。東北的義勇軍又活動了，南口的敵人，傷亡了二千，青島我軍打退了登陸的敵人，石家莊被炸——這些真的假的消息，一個緊跟著一個，一會兒便傳遍了全城。特別使小羊圈的人們興奮的是一個青年汽車伕，在南口附近，把一部卡車開到山澗裡去，青年和車上的三十多名日本兵，都摔成了肉醬。青年是誰？沒有人知道。但是，人們猜測，那必是錢家的二少爺。他年輕，他在京北開車，他老不回家——這些事實都給他們的猜測以有力的佐證，一定是他！

可是，錢宅的街門還是關得嚴嚴的，他們無從去打聽消息。他們只能多望一望那兩扇沒有門神，也沒有多少油漆的門，表示尊敬與欽佩！

瑞宣聽到人們的嘀咕，心中又驚又喜。他常聽祖母說，在庚子年八國聯軍入城的時候，許多有地位的人全家自盡殉難。不管他們殉難的心理是什麼，他總以為敢死是氣節的表現。這回日本人攻進北平，人們彷彿比庚子年更聰明了，除了陣亡的將士，並沒有什麼殉難的官員與人民。這是不是真正的聰明呢？他不敢斷定。現在，聽到錢二少爺的比自殺殉難更壯烈，更有意義的舉動，他覺得北平人並不盡像他自己那麼因循苟安，而是也有英雄。他相信這件事是真的，因為錢老人曾經對瑞全講過二少爺的決定不再回家。同時，他深怕這件事會連累到錢家的全家，假若大家因為欽佩錢仲石而隨便提名道姓的傳播。他找了李四爺去。

李四爺答應了暗地裡囑咐大家，不要再聲張，而且讚歎著：「咱們要是都像人家錢二少，別說小日本，就是大日本也不敢跟咱們刺毛啊！」

瑞宣本想去看看錢老先生，可是沒有去，一來他怕惹起街坊們的注意，二來怕錢先生還不曉得這回事，說出來倒教老人不放心。

李四爺去囑咐大家，大家都覺得應該留這點神。可是，在他遇到小崔以前，小崔已對尤桐芳說了。小崔雖得罪了冠先生和大赤包，尤桐芳和高第可是還坐他的車；桐芳對苦人，是有同情心的，所以故意的僱他的車，而且多給點錢，好教小崔沒白挨了大赤包的一個嘴巴；高第呢是成心反抗母親，母親越討厭小崔，她就越多坐他的車子。

坐著小崔的車，桐芳總喜歡和他說些閒話。在家裡，一切家務都歸大赤包處理，桐芳不能過問。她雖嫁了人，而不能作主婦，她覺得自己好像是住在旅館中的娼妓！因此，她愛問小崔一些家長裡短，並且羨慕小崔的老婆——雖然窮苦，雖然常挨打，可究竟是個管家的主婦。小崔呢，不僅向桐芳報告家政，也談到街坊四鄰的情形。照著往常的例子，他把他引以為榮的事也告訴了她。

「冠太太！」不當著冠家的人，他永遠稱呼她太太，為是表明以好換好。「咱們的胡同裡出了奇事！」

「什麼奇事？」她問，以便叫他多喘喘氣。

「聽說錢家的二爺，摔死了一車日本兵！」

「是嗎？聽誰說的？」

「大傢伙兒都那麼說！」

「喝！他可真行！」

「北平人也不都是窩囊廢！」

「那麼他自己呢？」

「自然也死嘍！拚命的事嗎！」

桐芳回到家中，把這些話有枝添葉的告訴給高第，而被招弟偷偷聽了去。招弟又「本社專電」似的告訴了冠先生。

曉荷聽完了招弟的報告，心中並沒有什麼感動。他只覺得錢二少爺有點愚蠢：一個人只有一條命，為摔死別人，而也把自己饒上，才不上算！除了這點批判而外，他並沒怎樣看重這條專電。順口答音的，他告訴了大赤包。

大赤包要是決定作什麼，便連作夢也夢見那回事。她的心思，現在，完全縈繞在給冠曉荷運動官上，所以刮一陣風，或房簷上來了一隻喜鵲，她都以為與冠先生的官運有關。聽到錢二少的消息，她馬上有了新的決定。

「曉荷！」她的眼一眨一眨的，臉兒上籠罩著一股既莊嚴又神秘的神氣，頗似西太后與內閣大臣商議國家大事似的。「去報告！這是你的一條進身之路！」

曉荷楞住了。教他去貪贓受賄，他敢幹；他可是沒有挺著胸去直接殺人的膽氣。

「怎麼啦？你！」大赤包審問著。

「去報告？那得抄家呀！」曉荷覺得若是錢家被抄了家，都死在刀下，錢先生一定會來鬧鬼！

「你這個鬆頭日腦的傢伙！你要管你自己的前途，管別人抄家不抄家幹嗎！再說，你不是吃過錢老頭子的釘子，想報復嗎？這是機會！」

聽到「報復」，他動了點心。他以為錢默吟大不該那麼拒人千里之外；那麼，假若錢家真被抄了家，也是咎由自取——大概也就不會在死後還鬧鬼！他也琢磨出來：敢情錢默吟的又臭又硬並不是因為與日本人有關係，而是與南京通著氣。那麼，假若南京真打勝了，默吟得了勢，還有他——冠曉荷——的好處嗎？

「這個消息真不真呢？」他問。

「桐芳聽來的，問她！」大赤包下了懿旨。

審問桐芳的結果，並不能使曉荷相信那個消息是千真萬確的。他不願拿著個可信可疑的消息去討賞。大赤包可是另有看法：

「真也罷，假也罷，告他一狀再說！即使消息是假的，那又有什麼關係，我們的消息假，而心不假；教上面知道咱們是真心實意的向著日本人，不也有點好處嗎？你要是膽子小，我去！」

曉荷心中還不十分安帖，可是又不敢勞動皇后御駕親征，只好答應下來。

桐芳又很快的告訴了高第。高第在屋裡轉開了磨。仲石，她的幻想中的英雄，真的成了英雄。她覺得這個英雄應當是屬於她的。可是，他已經死去。她的愛，預言，美好的幻夢，一齊落了空！假若她不必入尼姑庵，而世界上還有她的事作的話，她應當首先去搭救錢家的人。但是，她怎麼去見錢先生呢？錢先生既不常出來，而街門又永遠關得嚴嚴的；她若去叫門，必被自己家裡的人聽到。寫信，從門縫塞進去？也不妥當。她必須親自見到錢先生，才能把話說得詳盡而懇切。她去請桐芳幫忙。桐芳建議從牆頭上爬過去。她說：「咱們的南房西邊不是有一棵小槐樹？上了槐樹，你就可以夠著牆頭！」

高第願意這樣去冒險。她的心裡，因仲石的犧牲，裝滿了奇幻的思想的。她以為仲石的死是受了她的精神的感召，那麼，在他死後，她也就應當作些非凡的事情。她決定去爬牆，並且囑咐桐芳給她觀風。

大概有九點鐘吧。冠先生還沒有回來。大赤包有點頭痛，已早早的上了床。招弟在屋中讀著一本愛情小說。高第決定乘這時機，到西院去。她囑咐桐芳聽著門，因為她回來的時候是不必爬牆的。

她的短鼻子上出著細小的汗珠，手與唇都微顫著。爬牆的危險，與舉動的奇突，使她興奮，勇敢，而又有點懼怕。爬到牆那邊，她就可以看見英雄的家；雖然英雄已死，她可是還能看到些英雄的遺物；她應當要過一兩件來，作為紀念！想到那裡，她的心跳得更快了；假若不是桐芳托她兩把，她必定上不去那棵小樹。上了樹，她的心中清醒了好多，危險把幻想都趕了走。她的眼睜得很大，用顫抖的手牢牢的抓住牆頭。

費了很大的事，她才轉過身去。轉了身，手扒著牆頭，腳在半空，她只顧了喘氣，把一切別的事都忘掉。她不敢往下看，又不敢鬆手，只閉著眼掙扎著掛在那裡。好久，她心裡一迷忽，手因無力而鬆開，她落在了地上。她的身量高，西院的地又因種花的關係而頗鬆軟，所以她只覺得心中震動了一下，腿腳倒都沒碰疼。

這時候，她清醒了好多，心跳得很快。再轉過身來，她看明白：其餘的屋子都黑忽忽的，只有北房的西間兒有一點燈光。燈光被窗簾遮住，只透出一點點。院中，高矮不齊，一叢叢的都是花草；在微弱的燈光中，像一些蹲伏著的人。高第的心跳得更快了；她大著膽，手捂著胸口，慢慢的用腳試探著往前挪動，底襟時時掛在刺梅一類的枝上。

好容易，她挪移到北屋外，屋裡有兩個人輕輕的談話。她閉著氣，蹲在窗下。屋裡的語聲是一老一少，老的（她想）一定是錢老先生，少的或者是錢大少爺。聽了一會兒，她辨清那年少的不是北平口音，而是像膠東的人。這，引起她的好奇心，想立起來看看窗簾有沒有縫隙。急於立起來，她忘了窗檯，而把頭碰在上面。她把個「哎喲」只吐出半截，可是已被屋中聽到。燈立刻滅了。隔了一小會兒，錢先生的聲音在問：「誰？」

她慌成了一團，一手捂著胸口，一手按著頭，半蹲半立的木在那裡。

錢先生輕輕的出來，又低聲的問了聲：「誰？」

「我！」她低聲的回答。

錢先生嚇了一跳：「你是誰？」

高第留著神立起來：「小點聲！我是隔壁的大小姐，有話對你說。」

「進來！」錢先生先進去，點上燈。

高第的右手還在頭上摸弄那個包，慢慢的走進去。

錢先生本來穿著短衣，急忙找到大衫穿上，把鈕釦扣錯了一個。「冠小姐？你打哪兒進來的？」

高第一腳的露水，衣服被花枝掛破了好幾個口子，頭上一個包，頭髮也碰亂，看了看自己，看了看錢先生，覺得非常的好笑。她微笑了一下。

錢先生的態度還鎮靜，可是心裡有點莫名其妙之感，眨巴著眼呆看著她。

「我由牆上跳過來的，錢伯伯！」她找了個小凳，坐下。

「跳牆？」詩人向外打了一眼。「幹嗎跳牆？」

「有要緊的事！」她覺得錢先生是那麼惇厚可愛，不應當再憋悶著他。「仲石的事！」

「仲石怎樣？」

「伯伯，你還不知道？」

「不知道！他沒有回來！」

「大家都說，都說——」她低下頭去，楞著。

「都說什麼？」

「都說他摔死一車日本兵！」

「真的？」老人的油汪水滑的烏牙露出來，張著點嘴，等她回答。

「大家都那麼說！」

「嘔！他呢？」

「也——」

老人的頭慢慢往下低，眼珠往旁邊挪，不敢再看她。高第急忙的立起來，以為老人要哭。老人忽然又抬起頭來，並沒有哭，只是眼中濕潤了些。縱了一下鼻子，他伸手把桌下的酒瓶摸上來。「小姐，你——」他的話說得不甚真切，而且把下半句——你不喝酒吧？——嚥了回去。厚惇的手微有點顫，他倒了大半茶杯茵陳酒，一揚脖喝了一大口。用袖口抹了抹嘴，眼亮起來，他看著高處，低聲的說：「死得好！好！」打了個酒嗝，他用烏牙咬上了下唇。

「錢伯伯，你得走！」

「走？」

「走！大家現在都吵嚷這件事，萬一鬧到日本人耳朵裡去，不是要有滅門的罪過嗎？」

「嘔！」錢先生反倒忽然笑了一下，又端起酒來。「我沒地方去！這是我的家，也是我的墳墓！況且，刀放脖子上的時候，我要是躲開，就太無勇了吧！小姐，我謝謝你！請回去吧！怎麼走？」

高第心裡很不好受。她不能把她父母的毒計告訴錢先生，而錢先生又是這麼真純，正氣，可愛。她把許多日子構成的幻想全都忘掉，忘了對仲石的虛構的愛情，忘了她是要來看看「英雄之家」，她是面對著一位可愛，而將要遭受苦難的老人；她應當設法救他。可是，她一時想不出主意。她用一點笑意掩飾了她心中的不安，而說了聲：「我不用再跳牆了吧？」

「當然！當然！我給你開門去！」他先把杯中的餘酒喝盡，而後身子微晃了兩晃，彷彿頭發暈似的。

高第扶住了他。他定了定神，說：「不要緊！我開門去！」他開始往外走。一邊走一邊嘟囔：「死得好！死得好！我的——」他沒敢叫出兒子的名字來，把手扶在屋門的門框上，立了一會兒。院中的草茉莉與夜來香放著濃烈的香味，他深深的吸了一口氣。

高第不能明白老詩人心中的複雜的感情，而只覺得錢先生的一切都與父親不同。她所感到的不同並不是在服裝面貌上，而是在一種什麼無以名之的氣息上，錢先生就好像一本古書似的，寬大，雅靜，尊嚴。到了大門內，她說了句由心裡發出來的話：「錢伯伯，別傷心吧！」

錢老人嗯嗯的答應了兩聲，沒說出話來。

出了大門，高第飛也似的跑了幾步。她跳牆的動機是出於好玩，冒險，與詭秘的戀愛；搭救錢先生只是一部分。現在，她感到了充實與熱烈，忘了仲石，而只記住錢先生；她願立刻的一股腦兒都說給桐芳聽。桐芳在門內等著她呢，沒等叫門，便把門開開了。

默吟先生立在大門外，仰頭看看大槐樹的密叢叢的黑葉子，長嘆了一聲。忽然，靈機一動，他很快的跑到祁家門口。正趕上瑞宣來關街門，他把瑞宣叫了出來。

「有工夫沒有？我有兩句話跟你談談！」他低聲的問。「有！要不是你來，我就關門睡覺去了！完全無事可作，連書也看不下去！」瑞宣低聲的答對。

「好！上我那裡去！」

「我進去說一聲。」

默吟先生先回去，在門洞裡等著瑞宣。瑞宣緊跟著就來到，雖然一共沒有幾步路，可是他趕得微微有點喘；他知道錢先生夜間來訪，必有要緊的事。

到屋裡，錢先生握住瑞宣的手，叫了聲：「瑞宣！」他想和瑞宣談仲石的事。不但要談仲石殉國，也還要把兒子的一切——他幼時是什麼樣子，怎樣上學，愛吃什麼——都說給瑞宣聽。可是，他嘸了兩口氣，鬆開手，嘴唇輕輕的動了幾動，彷彿是對自己說：「談那些幹什麼呢！」比了個手式，請瑞宣坐下，錢先生把雙肘都放在桌兒上，面緊對著瑞宣的，低聲而懇切的說：「我要請你幫個忙！」

瑞宣點了點頭，沒問什麼事；他覺得只要錢伯伯教他幫忙，他就應當馬上答應。

錢先生拉過一個小凳來，坐下，臉仍舊緊對著瑞宣，閉了會兒眼。睜開眼，他安詳了好多，臉上的肉鬆下來一些。「前天夜裡，」他低聲的安詳的說：「我睡不著。這一程子了，我夜夜失眠！我想，亡了國的人，大概至少應當失眠吧！睡不著，我到門外去散散步。輕輕的開開門，我看見一個人緊靠著槐樹立著呢！我趕緊退了回來。你知道，我是不大愛和鄰居們打招呼的。退回來，我想了想：這個人不大像附近的鄰居。雖然我沒看清楚他的臉，可是以他的通身的輪廓來說，他不像我認識的任何人。這引起我的好奇心。我本不是好管閒事的人，可是失眠的人的腦子特別精細，我不由的想看清他到底是誰，和在樹底下幹什麼。」說到這裡，他又閉了閉眼，然後把杯中的餘滴倒在口中，咂摸著滋味。「我並沒往他是小偷或土匪上想，因為我根本沒有值錢的東西怕偷。我也沒以為他是乞丐。我倒是以為他必定有比無衣無食還大的困難。留了很小的一點門縫，我用一隻眼往外看。果然，不出我所料，他是有很大的困難。他在槐樹下面極慢極慢的來迴繞，一會兒立住，仰頭看看；一會兒又低著頭慢慢的走。走了很久，忽然他極快的走向路西的堵死的門去了。他開始解腰帶！我等著，狠心的等著！等他把帶子拴好了才出去；我怕出去早了會把他嚇跑！」

「對的！」瑞宣本不想打斷老人的話，可是看老人的嘴角已有了白沫兒，所以插進一兩個字，好教老人喘口氣。

「我極快的跑出去！」默吟先生的眼發了光。「一下子摟住他的腰！他發了怒，回手打了我兩拳。我輕輕的叫了聲『朋友！』他不再掙扎，而全身都顫起來。假若他一個勁兒跟我掙扎，我是非鬆手不可的，他年輕力壯！『來吧！』我放開手，說了這麼一句。他像個小羊似的跟我進來！」

「現在還在這裡？」

錢先生點了點頭。

「他是作什麼的？」

「詩人！」

「詩人？」

錢先生笑了一下：「我說他的氣質像詩人，他實在是個軍人。他姓王，王排長。在城內作戰，沒能退出去。沒有錢，只有一身破褲褂，逃走不易，藏起來又怕連累人，而且怕被敵人給擒住，所以他想自盡。他寧可死，而不作俘虜！我說他是詩人，他並不會作詩；我管富於情感，心地爽朗的人都叫作詩人；我和他很說得來。我請你來，就是為這個人的事。咱們得設法教他逃出城去。我想不出辦法來，而且，而且，」老先生又楞住了。

「而且，怎樣？錢伯伯！」

老人的聲音低得幾乎不易聽見了：「而且，我怕他在我這裡吃連累！你知道，仲石，」錢先生的喉中噎了一下：「仲石，也許已經死啦！說不定我的命也得賠上！據說，他摔死一車日本兵，日本人的氣量是那麼小，哪能白白饒了我！不幸，他們找上我的門來，豈不也就發現了王排長？」

「聽誰說的，仲石死了？」

「不用管吧！」

「伯伯，你是不是應當躲一躲呢？」

「我不考慮那個！我手無縛雞之力，不能去殺敵雪恥，我只能臨危不苟，兒子怎死，我怎麼陪著。我想日本人會打聽出他是我的兒子，我也就不能否認他是我的兒子！是的，只要他們捕了我去，我會高聲的告訴他們，殺你們的是錢仲石，我的兒子！好，我們先不必再談這個，而要趕快決定怎樣教王排長馬上逃出城去。他是軍人，他會殺敵，我們不能教他死在這裡！」

瑞宣的手摸著臉，細細的思索。

錢先生倒了半杯酒，慢慢的喝著。

想了半天，瑞宣忽然立起來。「我先回家一會兒，和老三商議商議；馬上就回來。」

「好！我等著你！」

第十二章　出走

老三因心中煩悶，已上了床。瑞宣把他叫起來。極簡單扼要的，瑞宣把王排長的事說給老三聽。老三的黑豆子眼珠像夜間的貓似的，睜得極黑極大，而且發著帶著威嚴的光。他的顴骨上紅起兩朵花。聽完，他說了聲：「我們非救他不可！」瑞宣也很興奮，可是還保持著安詳，不願因興奮而鹵莽，因鹵莽而敗事。慢條斯理的，他說：「我已經想了個辦法，不知道你以為如何？」

老三慌手忙腳的登上褲子，下了床，倒彷彿馬上他就可以把王排長背出城似的。

「什麼辦法？大哥！」

「先別慌！我們須詳細的商量一下，這不是鬧著玩的事！」瑞全忍耐的坐在床沿上。

「老三！我想啊，你可以同他一路走。」

老三又立了起來：「那好極了！」

「這有好處，也有壞處。好處是王排長既是軍人，只要一逃出城去，他就必有辦法；他不會教你吃虧。壞處呢，他手上的掌子，和說話舉止的態度神氣，都必教人家一看就看出他是幹什麼的。日本兵把著城門，他不容易出去；他要是不幸而出了岔子，你也跟著遭殃！」

「我不怕！」老三的牙咬得很緊，連脖子上的筋都挺了起來。

「我知道你不怕，」瑞宣要笑，而沒有笑出來。「有勇無謀可辦不了事！我們死，得死在晴天大日頭底下，不能窩窩囊囊的送了命！我想去找李四大爺去。」

「他是好人，可是對這種事他有沒有辦法，我就不敢說！」

「我——教給他辦法！只要他願意，我想我的辦法還不算很壞！」

「什麼辦法？什麼辦法？」

「李四大爺要是最近給人家領槓出殯，你們倆都身穿重孝，混出城去，大概不會受到檢查！」

「大哥！你真有兩下子！」瑞全跳了起來。

「老實點！別教大家聽見！出了城，那就聽王排長的了。他是軍人，必能找到軍隊！」

「就這麼辦了，大哥！」

「你願意？不後悔？」

「大哥你怎麼啦？我自己要走的，能後悔嗎？況且，別的事可以後悔，這種事——逃出去，不作亡國奴——還有什麼可後悔的呢？」

瑞宣沉靜了一會兒才說：「我是說，逃出去以後，不就是由地獄入了天堂，以後的困難還多的很呢。前些日子我留你，不准你走，也就是這個意思。五分鐘的熱氣能使任何人登時成為英雄，真正的英雄卻是無論受多麼久，多麼大的困苦，而仍舊毫無悔意或灰心的人！記著我這幾句話，老三！記住了，在國旗下吃糞，也比在太陽旗下吃肉強！你要老不灰心喪氣，老像今天晚上這個勁兒，我才放心！好，我找李四大爺去。」

瑞宣去找李四爺。老人已經睡了覺，瑞宣現把他叫起來。李四媽也跟著起來，夾七夾八的一勁兒問：是不是祁大奶奶要添娃娃？還是誰得了暴病，要請醫生？經瑞宣解釋了一番，她才明白他是來與四爺商議事體，而馬上決定非去給客人燒一壺水喝不可，瑞宣攔不住她，而且覺得她離開屋裡也省得再打岔，只好答應下來。她掩著懷，瞎摸闔眼的走出去，現找劈柴升火燒水。乘著她在外邊瞎忙，瑞宣把來意簡單的告訴了老人。老人橫打鼻梁[6]，願意幫忙。

「老大，你到底是讀書人，想得周到！」老人低聲的說：「城門上，車站上，檢查得極嚴，實在不容易出去。當過兵的人，手上腳上身上彷彿全有記號，日本人一看就認出來；捉住，準殺頭！出殯的，連棺材都要在城門口教巡警拍一拍，可是穿孝的人倒還沒受過多少麻煩。這件事交給我了，明天就有一檔子喪事，你教他們倆一清早就跟我走，槓房有孝袍子，我給他們賃兩身。然後，是教他倆裝作孝子，還是打執事的，我到時候看，怎麼合適怎辦！」

四大媽的水沒燒開，瑞宣已經告辭，她十分的抱歉，硬說柴火被雨打濕了：「都是這個老東西，什麼事也不管；下雨的時候，連劈柴也不搬進去！」

「閉上你的嘴！半夜三更的你嚎什麼！」老人低聲的責罵。瑞宣又去找錢老者。

這時候，瑞全在屋裡興奮得不住的打嗝，彷彿被食物噎住了似的。想想這個，想想那個，他的思想像走馬燈似的，隨來隨去，沒法集中。他恨不能一步跳出城去，加入軍隊去作戰。剛想到

6. 橫打鼻梁，表示認真負責的姿態。

這裡，他又看見自己跟招弟姑娘在北海的蓮花中蕩船。他很願意馬上看見她，告訴她他要逃出城去，作個抗戰的英雄！不，不，不，他又改了主意，她沒出息，絕對不會欣賞他的勇敢與熱烈。這樣亂想了半天，他開始感到疲乏，還有一點煩悶。期待是最使人心焦的事，他的心已飛到想像的境界，而身子還在自己的屋裡，他不知如何處置自己。

媽媽咳嗽了兩聲。他的心立時靜下來。可憐的媽媽！只要我一出這個門，恐怕就永遠不能相見了！他輕輕的走到院中。一天的明星，天河特別的白。他只穿著個背心，被露氣一侵，他感到一點涼意，胳臂上起了許多小冷疙疸。他想急忙走進南屋，看一看媽媽，跟她說兩句極溫柔的話。極輕極快的，他走到南屋的窗外。他立定，沒有進去的勇氣。

在平日，他萬也沒想到母子的關係能夠這麼深切。他常常對同學們說：「一個現代青年就像一隻雛雞，生下來就可以離開母親，用自己的小爪掘食兒吃！」現在，他木在那裡。他決不後悔自己的決定，他一定要逃走，去盡他對國家應盡的責任；但是，他至少也須承認他並不像一隻雞雛，而是永遠，永遠與母親在感情上有一種無可分離的聯繫。

立了有好大半天，他聽見小順兒哼唧。媽媽出了聲：「這孩子！有臭蟲，又不許拿！活像你三叔的小時候，一拿臭蟲就把燈盞兒打翻！」他的腿有點軟，手扶住了窗檯。他還不能後悔逃亡的決定，可也不以自己的腿軟為可恥。在分析不清自己到底是勇敢，還是軟弱，是富於感情，還是神經脆弱之際，他想起日本人的另一罪惡——有多少母與子，夫與妻，將受到無情的離異，與永久的分別！

想到這裡，他的脖子一使勁，離開了南屋的窗前。

在院裡，他繞了一個圈兒。大嫂的屋裡還點著燈。他覺得大嫂也不像往日那麼俗氣與瑣碎了。他想進去安慰她幾句，表明自己平日對她的頂撞無非是叔嫂之間的小小的開玩笑，在心裡他是喜歡大嫂，感激大嫂的。可是，他沒敢進去，青年人的嘴不是為道歉預備著的！

瑞宣從外面輕輕的走進來，直奔了三弟屋中去。老三輕手躡腳的緊跟來，他問：「怎樣？大哥！」

「明天早晨走！」瑞宣好像已經筋疲力盡了似的，一下子坐在床沿上。

「明——」老三的心跳得很快，說不上話來。以前，瑞宣不許他走，他非常的著急；現在，他又覺得事情來的太奇突了似的。用手摸了摸他的胳臂，他覺得東西都沒有預備，自己只穿著件背心，實在不像將有遠行的樣子。半天，他才問出來：「帶什麼東西呢？」

「啊？」瑞宣彷彿把剛才的一切都忘記了，眼睛直鉤鉤的看著弟弟，答不出話來。

「我說，我帶什麼東西？」

「嘔！」瑞宣聽明白了，想了一想：「就拿著點錢吧！還帶著，帶著，你的純潔的心，永遠帶著！」他還有千言萬語，要囑告弟弟，可是他已經不能再說出什麼來。摸出錢袋，他的手微顫著拿出三十塊錢的票子來，輕輕的放在床上。然後，他立起來，把手搭在老三的肩膀上，細細的看著他。「明天早上我叫你！別等祖父起來，咱們就溜出去！老三！」他還要往下說，可是閉上了嘴。一扭頭，他輕快的走出去。老三跟到門外，也沒說出什麼來。

弟兄倆誰也睡不著。在北平陷落的那一天，他們也一夜未曾闔眼。但是，那一夜，他們只覺得渺茫，並抓不住一點什麼切身的東西去思索或談論。現在，他們才真感到國家，戰爭，與自己的關係，他們須把一切父子兄弟朋友的親熱與感情都放在一旁，而且只有擺脫了這些最難割難捨的關係，他們才能肩起更大的責任。他們——即不準知道明天是怎樣——把過去的一切都想起來，因為他們是要分離；也許還是永久的分離。瑞宣等太太睡熟，又穿上衣服，找了老三去。他們直談到天明。

聽到祁老人咳嗽，他們溜了出去。李四爺是慣於早起的人，已經在門口等著他們。把弟弟交給了李四爺，瑞宣的頭，因為一夜未眠和心中難過，疼得似乎要裂開。他說不出什麼來，只緊跟在弟弟的身後東轉西轉。

「大哥！你回去吧！」老三低著頭說。見哥哥不動，他又補了一句：「大哥，你在這裡我心慌！」

「老三！」瑞宣握住弟弟的手。「到處留神哪！」說完，他極快的跑回家去。

到屋中，他想睡一會兒。可是，他睡不著。他極疲乏，但是剛一閉眼，他就忽然驚醒，好像聽見什麼對老三不利的消息。他愛老三；因為愛他，所以才放走他。他並不後悔教老三走，只是不能放心老三究竟走得脫走不脫。一會兒，他想到老三的參加抗戰的光榮，一會兒又想到老三被敵人擒住，與王排長一同去受最慘的刑罰。他的臉上和身上一陣陣的出著討厭的涼汗。

同時，他得想出言詞去敷衍家裡的人。他不能馬上痛痛快快的告訴大家實話，那會引起全家

第十三章　壯烈的犧牲便是美

瑞全走後，祁老人問了瑞宣好幾次：「小三兒哪裡去啦？」瑞宣編了個謊，硬說日本兵要用瑞全的學校作營房，所以學生都搬到學校裡去住，好教日本兵去另找地方。其實呢，瑞宣很明白：假若日本兵真要佔用學校，一個電話便夠了，誰也不敢反抗。他知道自己的謊言編製的並不高明，可是老人竟自相信了，也就不必再改編。

瑞豐看出點稜縫來，心中很不高興，向大哥提出質問。瑞宣雖然平日不大喜歡老二，可是他覺得在這種危患中，兄弟的情誼必然的增高加厚，似乎不應當欺哄老二，所以他說了實話。

「怎麼？大哥你教他走的？」瑞豐的小乾臉繃得像鼓皮似的。

「他決心要走，我不好阻止；一個熱情的青年，理當出去走走！」

「大哥你可說得好！你就不想想，他不久就畢業，畢業後抓倆錢兒，也好幫著家裡過日子呀！真，你怎麼把隻快要下蛋的雞放了走呢？再說，趕明兒一調查戶口，我們有人在外邊抗戰，還不是磨菇？」

假若老二是因為不放心老三的安全而責備老大，瑞宣一定不會生氣，因為人的膽量是不會一樣大的。膽量小而情感厚是可以原諒的。現在，老二的挑剔，是完全把手足之情拋開，而專從實利上講，瑞宣簡直沒法不動氣了。

可是，他嚥了好幾口氣，到底控制住了自己。他是當家的，應當忍氣；況且，在城亡國危之際，家庭裡還鬧什麼饑荒呢。他極勉強的笑了一笑。「老二，你想得對，我沒想到！」

「現在最要緊的是千萬別聲張出去！」老二相當驕傲的囑告哥哥。「一傳說出去，咱們全家都沒命！我早就說過，大哥你不要太寵著老三，你老不聽！我看哪，咱們還是分居的好！好嗎，這玩藝兒，老三闖出禍來，把咱老二的頭耍下去，才糟糕一馬司！」

瑞宣不能再忍。他的眼只剩了一條縫兒，胖臉上的肉都縮緊。還是低聲的，可是每個字都像小石子落在淵澗裡，聲小而結實，他說：「老二！你滾出去！」

老二沒想到老大能有這麼一招，他的小乾臉完全紅了，像個用手絹兒擦亮了的小山裡紅似的。他要發作。可是一看大哥的眼神和臉色，他忍住了氣：「好，我滾就是了！」老大攔住了他：

「等等！我還有話說呢！」他的臉白得可怕。

「平日，我老敷衍你，因為這裡既由我當家，我就不好意思跟你吵嘴。這可是個錯誤！你以為我不跟你駁辯，就是你說對了，久而久之，就養成了你的壞毛病——你總以為摟住便宜就好，犧牲一點就壞。我很抱歉，我沒能早早的矯正你！今天，我告訴你點實話吧！老三走得對，走得好！假若你也還自居為青年，你也應當走，作點比吃喝打扮更大一點的事去！兩重老人都在這裡，我自己沒法子走開，但是我也並不以此就原諒自己！你想想看，日本人的刀已放在咱們的脖子上，你還能單看家中的芝麻粒大的事，而不往更大點的事上多瞧一眼嗎？我並不逼著你走，我是教你先去多想一想，往遠處大處想一想！」他的氣消了一點，臉上漸漸的有了紅色。「請你原諒我的發脾氣，老二！但是，你也應當知道，好話都是不大受聽的！好，你去吧！」他拿出老大哥的氣派來，命令弟弟出去，省得再繼續爭吵。

老二吃了這個釘子，心中不平，暗中把老三偷走的事去報告祖父與母親，為了討點好。

媽媽得到消息，並沒抱怨老大，也沒敢吵嚷，只含著淚一天沒有吃什麼。

祁老人表示出對老大不滿意：「單單快到我的生日，你教老三走！你等他給我磕完頭再走也好哇！」

小順兒的媽聽到這話，眼珠一轉，對丈夫說：「這就更非給他老人家作壽不可啦！將功折罪，別教二罪歸一呀！」

瑞宣決定給老人慶壽，只是酒菜要比往年儉省一點。

這時候，學校當局們看上海的戰事既打得很好，而日本人又沒派出教育負責人來，都想馬上開學，好使教員與學生們都不至於精神渙散。瑞宣得到通知，到學校去開會。教員們沒有到齊，因為已經有幾位逃出北平。談到別人的逃亡，大家的臉上都帶出愧色。誰都有不能逃走的理由，但是越說道那些理由越覺得慚愧。

校長來到。他是個五十多歲，極忠誠，極謹慎的一位辦中等教育的老手。大家坐好，開會。校長立起來，眼看著對面的牆壁，足有三分鐘沒有說出話來。瑞宣低著頭，說了聲：「校長請坐吧！」校長像犯了過錯的小學生似的，慢慢的坐下。

一位年紀最輕的教員，說出大家都要問而不好意思問的話來：

「校長！我們還在這兒作事，算不算漢奸呢？」

大家都用眼盯住校長。校長又僵著身子立起來，用手擺弄著一管鉛筆。他輕嗽了好幾下，才說出話來：「諸位老師們！據兄弟看，戰事不會在短期間裡結束。按理說，我們都應當離開北平。可是，中學和大學不同。大學會直接向教育部請示，我們呢只能聽教育局的命令。城陷之後教育局沒人負責，我們須自打主張。大學若接到命令，遷開北平，大學的學生以年齡說，有跋涉長途的能力，以籍貫說，各省的人都有，可以聽到消息便到指定的地方集合。咱們的學生，年紀既小，又百分之——」

他又嗽了兩下，「之——可以說百分之九十是在城裡住家。我們帶著他們走，走大道，有日本兵截堵，走小道，學生們的能力不夠。再說，學生的家長們許他們走嗎？也是問題。因此，我明知道，留在這裡是自找麻煩，自討無趣——可怎麼辦呢?!日本人佔定了北平，必首先注意到學生們，也許大肆屠殺青年，也許收容他們作亡國奴，這兩個辦法都不是咱們所能忍受的！可是，我還想暫時維持學校的生命，在日本人沒有明定辦法之前，我們不教青年們失學；在他們有了辦法之後，我們忍辱求全的設法不教青年們受到最大的損失——肉體上的，精神上的。老師們，能走的請走，我決不攔阻，國家在各方面都正需要人才。不能走的，我請求大家像被姦污了的寡婦似的，為她的小孩子忍辱活下去。我們是不是漢奸？我想，不久政府就會派人來告訴咱們；政府不會忘了咱們，也一定知道咱們逃不出去的困難！」他又嗽了兩聲，手扶住桌子，「兄弟還有許多的話，但是說不上來了。諸位同意呢，咱們下星期一開學。」他眼中含著點淚，極慢極慢的坐下去。

沉靜了好久，有人低聲的說：「贊成開學！」

「有沒有異議？」校長想往起立，而沒能立起來。沒有人出聲。他等了一會兒，說：「好吧，我們開學看一看吧！以後的變化還大得很，我們能盡心且盡心吧！」

由學校出來，瑞宣像要害熱病似的那麼憋悶。他想安下心去，清清楚楚的看出一條道路來。可是，他心中極亂，抓不住任何一件事作為思索的起點。他嘴中開始嘟囔。聽見自己的嘟囔，心中更加煩悶。平日，他總可憐那些有點神經不健全，而一邊走路一邊自己嘟囔嘟囔的人。今天，他自己也這樣了；莫非自己要發瘋？他想起來屈原的披髮行吟。但是，他有什麼可比屈原的呢？「屈原至少有自殺的勇氣，你有嗎？」他質問自己。他不敢回答。他想到北海或中山公園去散散悶，可是又阻止住自己：「公園是給享受太平的人們預備著的，你沒有資格去！」他往家中走。「打敗了的狗只有夾著尾巴往家中跑，別無辦法！」他低聲的告訴自己。

走到胡同口，巡警把他截住。「我在這裡住。」他很客氣的說。

「等一會兒吧！」巡警也很客氣。「裏邊拿人呢！」

「拿人？」瑞宣吃了一驚。「誰？什麼案子？」

「我也不知道！」巡警抱歉的回答。「我只知道來把守這兒，不准行人來往。」

「日本憲兵?」瑞宣低聲的問。

巡警點了點頭。然後,看左右沒有人,他低聲的說:「這月的餉還沒信兒呢,先幫著他們拿咱們的人!真叫窩囊!誰知道咱們北平要變成什麼樣子呢!先生,你繞個圈兒再回來吧,這裡站不住!」

瑞宣本打算在巷口等一會兒,聽巡警一說,他只好走開。他猜想得到,日本人捉人必定搜檢一切,工夫一定小不了,他決定去走一兩個鐘頭再回來。

「拿誰呢?」他一邊走一邊猜測。第一個,他想到錢默吟;「假若真是錢先生,」他對自己說,「那——」他想不出來別的話了,而只覺得腿有點發軟。第二個,他想到自己的家,是不是老三被敵人捉住了呢?他身上出了汗。他站住,想馬上回去。但是,回去又有什麼用呢?巡警是不會准他進巷口的。再說,即使他眼看著逮捕錢詩人或他自己家裡的人,他又有什麼辦法呢?沒辦法!這就叫作亡國慘!沒了任何的保障,沒有任何的安全,亡國的人是生活在生與死的隙縫間的。

楞了半天,他才看出來,他是立在護國寺街上的一家鮮花廠的門口。次日便是廟會。在往常,這正是一挑子一挑子由城外往廠子裡運花的時候;到下午,廠子的門洞便已堆滿了不帶盆子的花棵,預備在明日開廟出售。今天,廠子裡外都沒有一點動靜。門洞裡冷清清的只有一些敗葉殘花。在平日,瑞宣不喜歡逛廟,而愛到花廠裡看看,買花不買的,看到那些水靈的花草,他便感到一點生意。現在,他呆呆的看著那些敗葉殘花,覺得彷彿丟失了一點什麼重要的東西。「亡了國就沒有了美！」他對自己說。說完，他馬上矯正自己：「為什麼老拿太平時候的標準來看戰時的事呢？在戰時，血就是花，壯烈的犧牲便是美！」

這時候，日本憲兵在捉捕錢詩人，那除了懶散，別無任何罪名的詩人。胡同兩頭都臨時設了崗，斷絕交通。冠曉荷領路。他本不願出頭露面，但是日本人一定教他領路，似乎含有既是由他報告的，若拿不住人，就拿他是問的意思。事前，他並沒想到能有這麼一招；現在，他只好硬著頭皮去幹。他的心跳得很快，臉上還勉強的顯出鎮定，而眼睛像被獵犬包圍了的狐狸似的，往四外看，唯恐教鄰居們看出他來。他把帽子用力往前扯，好使別人不易認出他來。胡同裡的人家全閉了大門，除了槐樹上懸著的綠蟲兒而外，沒有其他的生物。他心中稍為平靜了些，以為人們都已藏起去。其實，棚匠劉師傅，還有幾個別的人，都扒著門縫往外看呢，而且很清楚的認出他來。

白巡長，臉上沒有一點血色，像失了魂似的，跟在冠曉荷的身後。全胡同的人幾乎都是他的朋友，假若他平日不肯把任何人帶到區署去，他就更不能不動感情的看著朋友們被日本人捕去。對於錢默吟先生，他不甚熟識，因為錢先生不大出來，而且永遠無求於巡警。但是，白巡長準知道錢先生是一百二十成的老好人；假若人們都像錢先生，巡警們必可以無為而治。到了錢家門口，他才曉得是捉捕錢先生，他恨不能一口將冠曉荷咬死！可是，身後還有四個鐵棒子似的獸兵，他只好把怒氣壓抑住。自從城一陷落，他就預想到，他須給敵人作爪牙，去欺侮自己的人。除非他馬上脫去制服，他便沒法躲避這種最難堪的差事。他沒法脫去制服，自己的本領，資格，與全家大小的衣食，都替他決定下他須作那些沒有人味的事！今天，果然，他是帶著獸兵來捉捕最老實的，連個蒼蠅都不肯得罪的，錢先生！

敲了半天的門，沒有人應聲。一個鐵棒子剛要用腳踹門，門輕輕的開了。開門的是錢先生。像剛睡醒的樣子，他的臉上有些紅的折皺，腳上拖著布鞋，左手在扣著大衫的鈕子。頭一眼，他看見了冠曉荷，他忙把眼皮垂下去。第二眼，他看到白巡長；白巡長把頭扭過去。第三眼，他看到冠曉荷向身後的獸兵輕輕點了點頭，像猶大出賣耶穌的時候那樣。極快的，他想到兩件事：不是王排長出了毛病，便是仲石的事洩漏了。極快的，他看清楚是後者，因為眼前是冠曉荷──他想起高第姑娘的警告。

很高傲自然的，他問了聲：「幹什麼？」

這三個字像是燒紅了的鐵似的。冠曉荷一低頭，彷彿是閃躲那紅熱的火花，向後退了一步。白巡長也跟著躲開。兩個獸兵像迎戰似的，要往前衝。錢先生的手扶在門框上，擋住他們倆，又問了聲：「幹什麼？」一個獸兵的手掌打在錢先生的手腕上，一翻，給老詩人一個反嘴巴。詩人的口中流出血來。獸兵往裡走。詩人楞了一會兒，用手扯住那個敵兵的領子，高聲的喊喝：「你幹什麼！」敵兵用全身的力量掙扭，錢先生的手，像快溺死的人抓住一條木棍似的，還了扣。白巡長怕老人再吃虧，急快的過來用手一托老先生的肘；錢先生的手放開，白巡長的身子擠進來一點，隔開了老先生與敵兵；敵兵一腳正踹在白巡長的腿上。白巡長忍著疼，把錢先生拉住，假意威嚇著。錢先生沒再出聲兒。

一個兵守住大門，其餘的全進入院中；白巡長拉著錢先生也走進來。白巡長低聲的說：「不必故意的賭氣，老先生！好漢不吃眼前虧！」

冠曉荷的野心大而膽量小，不敢進來，也不敢在門外立著。他走進了門洞，掏出閩漆嵌銀的香煙盒，想吸支菸。打開煙盒，他想起門外的那個兵，趕緊把盒子遞過去，賣個和氣。敵兵看了看他，看了看煙盒，把盒子接過去，關上，放在了衣袋裡。冠先生慘笑了一下，學著日本人說中國話的腔調：「好的！好的！大大的好！」

錢大少爺——孟石——這兩天正鬧痢疾。本來就瘦弱，病了兩天，他就更不像樣子了。長頭髮蓬散著，臉色發青，他正雙手提著褲子往屋中走，一邊走，一邊哼哼。看見父親被白巡長拉著，口中流著血，又看三個敵兵像三條武裝的狗熊似的在院中晃，他忘了疾痛，搖搖晃晃的撲過父親來。白巡長極快的想到：假若敵人本來只要捉錢老人，就犯不上再白饒上一個。假若錢少爺和日本人衝突，那就非也被捕不可。想到這兒，他咬一咬牙，狠了心。一手他還拉著錢先生，一手他握好了拳。等錢少爺走近了，他劈面給了孟石一個滿臉花。孟石倒在地上。白巡長大聲的呼喝著：「大煙鬼！大煙鬼！」說完，他指了指孟石，又把大指與小指翹起，放在嘴上，嘴中吱吱的響，作給日本人看。他知道日本人對煙鬼是向來「優待」的。

敵兵沒管孟石，都進了北屋去檢查。白巡長乘這個機會解釋給錢先生聽：「老先生你年紀也不小了，跟他們拚就拚吧；大少爺可不能也教他們捉了去！」

錢先生點了點頭。孟石倒在地上，半天沒動；他已昏了過去。錢先生低頭看著兒子，心中雖然難過，可是難過得很痛快。二兒子的死——現在已完全證實——長子的受委屈，與自己的苦難，他以為都是事所必至，沒有什麼可稀奇的。太平年月，他有花草，有詩歌，有茶酒；亡了國，他有犧牲與死亡；他很滿意自己的遭遇。他看清他的前面是監牢，毒刑，與死亡，而毫無恐懼與不安。他只盼著長子不被捕，那麼他的老妻與兒媳婦便有了依靠，不至於馬上受最大的恥辱與困苦。他不想和老妻訣別，他想她應該瞭解他：她受苦一世，並無怨言；他殉難，想必她也能明白他的死的價值。

對冠曉荷，他不願去怨恨。他覺得每個人在世界上都像廟中的五百羅漢似的，各有各的一定的地位；他自己的應當死，正如冠曉荷的應當賣人求榮。這樣的一想罷，他的心中很平靜坦然。在平日，他有什麼感觸，便想吟詩。現在，他似乎與詩告別了，因為他覺得二子仲石的犧牲，王排長的寧自殺不投降，和他自己的命運，都是「亡國篇」中的美好的節段——這些事實，即使用散文記錄下來，依然是詩的；他不必再向音節詞律中找詩了。

這時候，錢太太被獸兵從屋裡推了出來，幾乎跌倒。他不想和她說什麼，可是她慌忙的走過來：「他們拿咱們的東西呢！你去看看！」

錢先生哈哈的笑起來。白巡長拉了錢先生好幾下，低聲的勸告：「別笑！別笑！」錢太太這才看清，丈夫的口外有血。她開始用袖子給他擦。「怎麼啦？」老妻的袖口擦在他的口旁，他像忽然要發痧似的，心中疼了一陣，身上都出了汗。手扶著她，眼閉上，他鎮定了一會兒。睜開眼，他低聲的對她說：「我還沒告訴你，咱們的老二已經不在了，現在他們又來抓我！不用傷心！不用傷心！」他還有許多話要囑咐她，可是再也說不出來。

錢太太覺得她是作夢呢。她看到的，聽到的，全接不上榫子來。自從蘆溝橋開火起，她沒有一天不叨念小兒子的，可是丈夫和大兒子總告訴她，仲石就快回來了。那天，夜裡忽然來了位客人，像是種地的莊稼漢兒，又像個軍人。她不敢多嘴，他們也不告訴她那是誰。忽然，那個人又不見了。她盤問丈夫，他只那麼笑一笑，什麼也不說。

還有一晚上，她分明聽見院中有動靜，又聽到一個女子的聲音喊喊喳喳的；第二天，她問，也沒得到回答。這些都是什麼事呢？今天，丈夫口中流著血，日本兵在家中亂搜亂搶，而且丈夫說二兒子已經不在了！她想哭，可是驚異與惶惑截住了她的眼淚。她拉住丈夫的臂，想一樣一樣的細問。她還沒開口，敵兵已由屋中出來，把一根皮帶子扔給了白巡長。

錢先生說了話：「不必綁！我跟著你們走！」

白巡長拿起皮繩，低聲的說：「鬆攏上一點，省得他們又動打！」

老太太急了，喊了聲：「你們幹什麼？要把老頭弄了到哪兒去？放開！」她緊緊的握住丈夫的臂。

白巡長很著急，唯恐敵兵打她。正在這時候，孟石甦醒過來，叫了聲：「媽！」

錢先生在老妻的耳邊說：「看老大去！我去去就來，放心！」一扭身，他掙開了她的手，眼中含著兩顆怒，憤，傲，烈，種種感情混合成的淚，挺著胸往外走。走了兩步，他回頭看了看他手植的花草，一株秋葵正放著大朵的鵝黃色的花。

瑞宣從護國寺街出來，正碰上錢先生被四個敵兵押著往南走。他們沒有預備車子，大概為是故意的教大家看看。錢先生光著頭，左腳拖著布鞋，右腳光著，眼睛平視，似笑非笑的抿著嘴。他的手是被捆在身後。瑞宣要哭出來。錢先生並沒有看見他。瑞宣呆呆的立在那裡，看著，看著，漸漸的他只能看到幾個黑影在馬路邊上慢慢的動，在晴美的陽光下，錢先生的頭上閃動著一些白光。

迷迷瞪瞪的他走進小羊圈，除了李四爺的門開著半扇，各院的門還全閉著。他想到錢家看看，安慰安慰孟石和老太太。剛在錢家的門口一楞，李四爺──在門內坐著往外偷看呢──叫了他一聲。他找了四大爺去。

「先別到錢家去！」李四爺把瑞宣拉到門裡說：「這年月，親不能顧親，友不能顧友，小心點！」

瑞宣沒有回答出什麼來，楞了一會兒，走出來。到家中，他的頭痛得要裂。誰也沒招呼，他躺在床上，有時候有聲，有時候無聲的，自己嘟囔著。

全胡同裡的人，在北平淪陷的時候，都感到惶惑與苦悶，及至聽到上海作戰的消息，又都感到興奮與欣悅。到現在為止，他們始終沒有看見敵人是什麼樣的面貌，也想不出到底他們自己要受什麼樣的苦處。今天，他們才嗅到了血腥，看見了隨時可以加在他們身上的損害。他們都跟錢先生不大熟識，可是都知道他是連條野狗都不得罪的人。錢先生的被打與被捕，使他們知道了敵人的厲害。他們心中的「小日本」已改了樣子；小日本兒們不僅是來佔領一座城，而是來要大家的命！同時，他們斜眼掃著冠家的街門，知道了他們須要極小心，連「小日本」也不可再多說；他們的鄰居里有了甘心作日本狗的人！他們恨冠曉荷比恨日本人還更深，可是他們不會組織起來與他為難；既沒有團體的保障，他們個人也就只好敢怒而不敢言。

冠曉荷把門閉的緊緊的，心中七上八下的不安。太陽落下去以後，他更怕了，唯恐西院裡有人來報仇。不敢明言，他暗示出，夜間須有人守夜。

大赤包可是非常的得意，對大家宣佈：「得啦，這總算是立了頭一功！咱們想退也退不出來了，就賣著力氣往前幹吧！」交代清楚了這個，她每五分鐘裡至少下十幾條命令，把三個僕人支使得腳不挨地的亂轉。一會兒，她主張喝點酒，給丈夫慶功；一會兒，她要請乾姊妹們來打牌；一會兒，她要換衣裳出去打聽打聽錢先生的消息；一會兒，她把剛換好的衣服又脫下來，而教廚子趕快熬點西米粥。及至她看清冠曉荷有點害怕，她不免動了氣：「你這小子簡直不知好歹，要吃，又怕燙，你算哪道玩藝兒呢？這不是好容易找著條道路，立了點功，你怎反倒害了怕呢？姓錢的是你的老子，你怕教人家把他一個嘴巴打死？」

曉荷勉強的打著精神說：「大丈夫敢作敢當，我才不怕！」

「這不結啦！」大赤包的語氣溫柔了些。「你是願意打八圈，還是喝兩盅兒？」沒等他回答，她決定了：「打八圈吧，今個晚上我的精神很好！高第！你來不來？桐芳你呢？」

高第說要去睡覺。桐芳拒絕了。大赤包發了脾氣，想大吵一陣。可是，招弟說了話：「媽！你聽！」

西院裡錢太太放聲哭起來，連大赤包也不再出聲了。

第十四章　北平之秋

中秋前後是北平最美麗的時候。天氣正好不冷不熱，晝夜的長短也劃分得平勻。沒有冬季從蒙古吹來的黃風，也沒有伏天裡挾著冰雹的暴雨。天是那麼高，那麼藍，那麼亮，好像是含著笑告訴北平的人們：在這些天裡，大自然是不會給你們什麼威脅與損害的。西山北山的藍色都加深了一些，每天傍晚還披上各色的霞帔。

在太平年月，街上的高攤與地攤，和果店裡，都陳列出只有北平人才能一一叫出名字來的水果。各種各樣的葡萄，各種各樣的梨，各種各樣的蘋果，已經叫人夠看夠聞夠吃的了，偏偏又加上那些又好看好聞好吃的北平特有的葫蘆形的大棗，清香甜脆的小白梨，像花紅那樣大的白海棠，還有只供聞香兒的海棠木瓜，與通體有金星的香檳子，再配上為拜月用的，貼著金紙條的枕形西瓜，與黃的紅的雞冠花，可就使人顧不得只去享口福，而是已經辨不清哪一種香味更好聞，哪一種顏色更好看，微微的有些醉意了！

那些水果，無論是在店裡或攤子上，又都擺列的那麼好看，果皮上的白霜一點也沒蹭掉，而都被擺成放著香氣的立體的圖案畫，使人感到那些果販都是些藝術家，他們會使美的東西更美一些。況且，他們還會唱呢！他們精心的把攤子擺好，而後用清脆的嗓音唱出有腔調的「果讚」：「唉——一毛錢兒來耶，你就挑一堆我的小白梨兒，皮兒又嫩，水兒又甜，沒有一個蟲眼兒，我的小嫩白梨兒耶！」歌聲在香氣中顫動，給蘋果葡萄的靜麗配上音樂，使人們的腳步放慢，聽著看著嗅著北平之秋的美麗。

同時，良鄉的肥大的栗子，裹著細沙與糖蜜在路旁唰啦唰啦的炒著，連鍋下的柴煙也是香的。「大酒缸」門外，雪白的蔥白正拌炒著肥嫩的羊肉；一碗酒，四兩肉，有兩三毛錢就可以混個醉飽。高粱紅的河蟹，用席簍裝著，沿街叫賣，而會享受的人們會到正陽樓去用小小的木錘，輕輕敲裂那毛茸茸的蟹腳。

同時，在街上的「香艷的」果攤中間，還有多少個兔兒爺攤子，一層層的擺起粉面彩身，身後插著旗傘的兔兒爺——有大有小，都一樣的漂亮工細，有的騎著老虎，有的坐著蓮花，有的肩著剃頭挑兒，有的背著鮮紅的小木櫃；這雕塑的小品給千千萬萬的兒童心中種下美的種子。

同時，以花為糧的豐台開始一挑一挑的往城裡運送葉齊苞大的秋菊，而公園中的花匠，與愛美的藝菊家也準備給他們費了半年多的苦心與勞力所養成的奇葩異種開「菊展」。北平的菊種之多，式樣之奇，足以甲天下。

同時，像春花一般驕傲與俊美的青年學生，從清華園，從出產蓮花白酒的海甸，從東南西北城，到北海去划船；荷花久已殘敗，可是荷葉還給小船上的男女身上染上一些清香。

同時，那文化過熟的北平人，從一入八月就準備給親友們送節禮了。街上的舖店用各式的酒瓶，各種餡子的月餅，把自己打扮得像鮮艷的新娘子；就是那不賣禮品的鋪戶也要湊個熱鬧，掛起秋節大減價的綢條，迎接北平之秋。

北平之秋就是人間的天堂，也許比天堂更繁榮一點呢！

祁老太爺的生日是八月十三。口中不說，老人的心裡卻盼望著這一天將與往年的這一天同樣的熱鬧。每年，過了生日便緊跟著過節，即使他正有點小小的不舒服，他也必定掙扎著表示出歡喜與興奮。在六十歲以後，生日與秋節的聯合祝賀幾乎成為他的宗教儀式——在這天，他須穿出最心愛的衣服；他須在事前預備好許多小紅紙包，包好最近鑄出的銀角子，分給向他祝壽的小兒；他須極和善的詢問親友們的生活近況，而後按照著他的生活經驗逐一的給予鼓勵或規勸；他須留神觀察，教每一位客人都吃飽，並且檢出他所不大喜歡的瓜果或點心給兒童們拿了走。

他是老壽星，所以必須作到老壽星所應有的一切慈善，客氣，寬大，好免得教客人們因有所不滿而暗中抱怨，以致損了他的壽數。生日一過，他感到疲乏；雖然還表示出他很關心大家怎樣過中秋節，而心中卻只把它作為生日的尾聲，過不過並不太緊要，因為生日是他自己的，過節是大家的事；這一家子，連人口帶產業，都是他創造出來的，他理應有點自私。

今年，他由生日的前十天，已經在夜間睡得不甚安貼了。他心中很明白，有日本人佔據著北平，他實在不應該盼望過生日與過節能和往年一樣的熱鬧。雖然如此，他可是不願意就輕易的放棄了希望。錢默吟不是被日本憲兵捉去，至今還沒有消息麼？誰知道能再活幾天呢！那麼，能夠活著，還不是一件喜事嗎？為什麼不快快活活的過一次生日呢？這麼一想，他不但希望過生日，而且切盼這一次要比過去的任何一次——不管可能與否——更加倍的熱鬧！說不定，這也許就是末一次了哇！況且，他準知道自己沒有得罪過日本人，難道日本人——不管怎樣不講理——還不准一個老實人慶一慶七十五的壽日嗎？

他決定到街上去看看。北平街市上，在秋節，應該是什麼樣子，他一閉眼就能看得清清楚楚；他實在沒有上街去的必要。但是，他要出去，不是為看他所知道的秋節街市，而是為看看今年的街市上是否有過節的氣象。假若街上照常的熱鬧，他便無疑的還可以快樂的過一次生日。而日本人的武力佔領北平也就沒什麼大了不得的地方了。

到了街上，他沒有聞到果子的香味，沒有遇到幾個手中提著或肩上擔著禮物的人，沒有看見多少中秋月餅。他本來走的很慢，現在完全走不上來了。他想得到，城裡沒有果品，是因為，城外不平安，東西都進不了城。他也知道，月餅的稀少是大家不敢過節的表示。他忽然覺得渾身有些發冷。在他心中，只要日本人不妨礙他自己的生活，他就想不起恨惡他們。對國事，正如對日本人，他總以為都離他很遠，無須乎過問。他只求能平安的過日子，快樂的過生日；他覺得他既沒有辜負過任何人，他就應當享有這點平安與快樂的權利！

現在，他看明白，日本已經不許他過節過生日！

以祁老人的飽經患難，他的小眼睛裡是不肯輕易落出淚來的。但是，現在他的眼有點看不清前面的東西了。他已經活了七十五歲。假若小兒們會因為一點不順心而啼哭，老人們就會由於一點不順心而想到年歲與死亡的密切關係，而不大容易控制住眼淚，等到老人與小兒們都不會淚流，世界便不是到了最和平的時候，就是到了最恐怖的時候。找了個豆汁兒攤子，他借坐了一會，心中才舒服了一些。

他開始往家中走。路上，他看見兩個兔兒爺攤子，都擺著許多大小不同的，五光十色的兔兒爺。在往年，他曾拉著兒子，或孫子，或重孫子，在這樣的攤子前一站，就站個把鐘頭，去欣賞，批評，和選購一兩個價錢小而手工細的泥兔兒。今天，他獨自由攤子前面過，他感到孤寂。同時，往年的兔兒爺攤子是與許多果攤兒立在一處的，使人看到兩種不同的東西，而極快的把二者聯結到一起——用鮮果供養兔子王。由於這觀念的聯合，人們的心中就又立刻勾出一幅美麗的，和平的，歡喜的，拜月圖來。今天，兩個兔兒爺的攤子是孤立的，兩旁並沒有那色香俱美的果子，使祁老人心中覺得異樣，甚至於有些害怕。

他想給小順兒和妞子買兩個兔兒爺。很快的他又轉了念頭——在這樣的年月還給孩子們買玩藝兒？可是，當他還沒十分打定主意的時候，擺攤子的人，一個三十多歲的瘦子，滿臉含笑的叫住了他：「老人家照顧照顧吧！」由他臉上的笑容，和他聲音的溫柔，祁老人看出來，即使不買他的貨物，而只和他閒扯一會兒，他也必定很高興。祁老人可是沒停住腳步，他沒有心思買玩具或閒扯。瘦子趕過來一步：「照顧照顧吧！便宜！」聽到「便宜」，幾乎是本能的，老人停住了腳。瘦子的笑容更擴大了，假若剛才還帶有不放心的意思，現在彷彿是已把心放下去。他笑著歎了口氣，似乎是說：「我可抓到了一位財神爺！」

「老人家，您坐一會兒，歇歇腿兒！」瘦子把板凳拉過來，而且用袖子拂拭了一番。「我告訴您，擺出來三天了，還沒開過張，您看這年月怎辦？貨物都是一個夏天作好的，能夠不拿出來賣嗎？可是——」看老人已經坐下，他趕緊入了正題：「得啦，你老人家拿我兩個大的吧，準保賠著本兒賣！您要什麼樣子的？這一對，一個騎黑虎的，一個騎黃虎的，就很不錯！玩藝作的真地道！」

「給兩個小孩兒買，總得買一模一樣的，省得爭吵！」祁老人覺得自己是被瘦子圈弄住了，不得不先用話搪塞一下。「有的是一樣的呀，您挑吧！」瘦子決定不放跑了這個老人。「您看，是要兩個黑虎的呢，還是來一對蓮花座兒的？價錢都一樣，我賤賤的賣！」

「我不要那麼大的！孩子小，玩藝兒大，容易摔了！」老人又把瘦子支回去，心中痛快了一點。

「那麼您就挑兩個小的，得啦！」瘦子決定要把這號生意作成。「大的小的，價錢並差不多，因為小的工細，省了料可省不了工！」他輕輕的拿起一個不到三寸高的小兔兒爺，放在手心上細細的端詳：「您看，活兒作得有多麼細緻！」

小兔兒的確作得細緻：粉臉是那麼光潤，眉眼是那麼清秀，就是一個七十五歲的老人也沒法不像小孩子那樣的喜愛它。臉蛋上沒有胭脂，而只在小三瓣嘴上畫了一條細線，紅的，上了油；兩個細長白耳朵上淡淡的描著點淺紅；這樣，小兔兒的臉上就帶出一種英俊的樣子，倒好像是兔兒中的黃天霸似的。它的上身穿著朱紅的袍，從腰以下是翠綠的葉與粉紅的花，每一個葉折與花瓣都精心的染上鮮明而勻調的彩色，使綠葉紅花都閃閃欲動。

祁老人的小眼睛發了光。但是，他曉得怎樣控制自己。他不能被這個小泥東西誘惑住，而隨便花錢。他會像懸崖勒馬似的勒住他的錢——這是他成家立業的首要的原因。「我想，我還是挑兩個不大不小的吧！」他看出來，那些中溜兒的玩具，既不像大號的那麼威武，也不像小號的那麼玲瓏，當然價錢也必合適一點。

瘦子有點失望。可是，憑著他的北平小販應有的修養，他把失望都嚴嚴的封在心裡，不准走漏出半點味兒來。「您愛哪樣的就挑哪樣的，反正都是小玩藝兒，沒有好大的意思！」

老人費了二十五分鐘的工夫，挑了一對。又費了不到二十五分也差不多的時間，講定了價錢。講好了價錢，他又坐下了——非到無可如何的時候，他不願意往外掏錢；錢在自己的口袋裡是和把狗拴在屋裡一樣保險的。

瘦子並不著急。他願意有這麼位老人坐在這裡，給他作義務的廣告牌。同時，交易成了，彼此便變成朋友，他對老人說出心中的話：

「要照這麼下去，我這點手藝非絕了根兒不可！」

「怎麼？」老人把要去摸錢袋的手又拿了出來。

「您看哪，今年我的貨要是都賣不出去，明年我還傻瓜似的預備嗎？不會！要是幾年下去，這行手藝還不斷了根？您想是不是？」

「幾年？」老人的心中涼了一下。

「東三省——不是已經丟了好幾年了嗎？」

「哼！」老人的手有點發顫，相當快的掏出錢來，遞給瘦子。「哼！幾年！我就入了土嘍！」說完，他幾乎忘了拿那一對泥兔兒，就要走開，假若不是瘦子很小心的把它們遞過來。

「幾年！」他一邊走一邊自己嘟囔著。口中嘟囔著這兩個字，他心中的眼睛已經看到，他的棺材恐怕是要從有日本兵把守著的城門中抬出去，而他的子孫將要住在一個沒有兔兒爺的北平；隨著兔兒爺的消滅，許多許多可愛的，北平特有的東西，也必定絕了根！他想不起像「亡國慘」一類的名詞，去給他心中的抑鬱與關切一個簡單而有力的結論，他只覺得「絕了根」，無論是什麼人和什麼東西，是「十分」不對的！

在他的活動了七十五年的心中，對任何不對的事情，向來很少有用「十分」來形容的時候。即使有時候他感到有用「十分」作形容的必要，他也總設法把它減到九分，八分，免得激起自己的怒氣，以致發生什麼激烈的行動；他寧可吃虧，而決不去帶著怒氣應付任何的事。他沒讀過什麼書，但是他老以為這種吃虧而不動氣的辦法是孔夫子或孟夫子直接教給他的。

一邊走，他一邊減低「十分」的成數。他已經七十五歲了，「老不以筋骨為能」，他必須往下壓制自己的憤怒。不知不覺的，他已走到了小羊圈，像一匹老馬那樣半閉著眼而能找到了家。走到錢家門外，他不由的想起錢默吟先生，而立刻覺得那個「十分」是減不得的。同時，他覺得手中拿著兩個兔兒爺是非常不合適的；錢先生怎樣了，是已經被日本人打死，還是熬著苦刑在獄裡受罪？好友生死不明，而他自己還有心程給重孫子買兔兒爺！想到這裡，他幾乎要承認錢少爺的摔死一車日本兵，和孫子瑞全的逃走，都是合理的舉動了。

一號的門開開了。老人受了一驚。幾乎是本能的，他往前趕了幾步；他不願意教錢家的人看見他——手中拿著兔兒爺！

緊走了幾步以後，他後了悔。憑他與錢老者的友誼，他就是這樣的躲避著朋友的家屬嗎？他馬上放緩了腳步，很慚愧的回頭看了看。錢太太——一個比蝴蝶還溫柔，比羊羔還可憐的年近五十的矮婦人——在門外立著呢。她的左腋下夾著一個不很大的藍布包兒，兩隻凹進很深的眼看看大槐樹，又看看藍布包兒，好像在自家門前迷失了路的樣子。祁老人向後轉。錢太太的右手拉起來一點長袍——一件極舊極長的袍子，長得遮住腳面——似乎也要向後轉。老人趕了過去，叫了聲錢太太。錢太太不動了，呆呆的看著他。她臉上的肌肉像是已經忘了怎樣表情，只有眼皮慢慢的開閉。

「錢太太！」老人又叫了一聲，而想不起別的話來。

她也說不出話來；極度的悲苦使她心中成了一塊空白。

老人噯了好幾口氣，才問出來：「錢先生怎樣了？」

她微微的一低頭，可是並沒有哭出來；她的淚彷彿已經早已用完了。她很快的轉了身，邁進了門檻。老人也跟了進去。在門洞中，她找到了自己的聲音，一種失掉了言語的音樂的啞澀的聲音：

「什麼地方都問過了，打聽不到他在哪裡！祁伯伯！我是個終年不邁出這個門檻的人，可是現在我找遍了九城！」

「大少爺呢?」

「快,快,快不行啦!父親被捕,弟弟殉難,他正害病;病上加氣,他已經三天沒吃一口東西,沒說一句話了!祁伯伯,日本人要是用炮把城轟平了,倒比這麼坑害人強啊!」說到這裡,她的頭揚起來。眼中,代替眼淚的,是一團兒怒的火;她不住的眨眼,好像是被煙火燒炙著似的。老人楞了一會兒。他很想幫她的忙,但是事情都太大,他無從盡力。假若這些苦難落在別人的身上,他會很簡單的判斷:「這都是命當如此!」可是,他不能拿這句話來判斷眼前的這一回事,因為他的確知道錢家的人都是一百一十成的好人,絕對不應該受這樣的折磨。

「現在,你要上哪兒去呢?」

她看了看腋下的藍布包兒,臉上抽動了一下,而後又揚起頭來,決心把害羞壓服住:「我去噹噹!」緊跟著,她的臉上露出極微的,可是由極度用力而來的,一點笑意,像在濃雲後努力透出的一點陽光。「哼!平日,我連拿錢買東西都有點害怕,現在我會也上當舖了!」

祁老人得到可以幫忙的機會:「我,我還能借給你幾塊錢!」

「不,祁伯伯!」她說得那麼堅決,啞澀的嗓子中居然出來一點尖銳的聲音。

「咱們過得多呀!錢太太!」

「不!我的丈夫一輩子不求人,我不能在他不在家的時候——」她沒有能說完這句話,她要剛強,可是她也知道剛強的代價是多麼大。她忽然的改了話:「祁伯伯!你看,默吟怎樣呢?能夠還活著嗎?能夠還回來嗎?」

祁老人的手顫起來。他沒法回答她。想了半天，他聲音很低的說：「錢太太！咱們好不好去求求冠曉荷呢？」他不會說：「解鈴還是繫鈴人」，可是他的口氣與神情幫忙他，教錢太太明白了他的意思。

「他？求他？」她的眉有點立起來了。

「我去！我去！」祁老人緊趕著說。「你知道，我也很討厭那個人！」

「你也不用去！他不是人！」錢太太一輩子不會說一個髒字，「不是人」已經把她所有的憤恨與詛咒都說盡了。「啊，我還得趕緊上當鋪去呢！」說著，她很快的往外走。

祁老人完全不明白她了。她，那麼老實，規矩，好害羞的一個婦人，居然會變成這麼堅決，烈性，與勇敢！楞住一會，看她已出了大門，他才想起跟出來。出了門，他想攔住她，可是她已拐了彎——她居然不再注意關上門，那永遠關得嚴嚴的門！老人歎了口氣，不知道怎的很想把手中的一對泥東西摔在大槐樹的粗幹子上。可是，他並沒肯那麼辦。他也想進去看看錢大少，可是也打不起精神來，他覺得心裡堵得慌！

走到三號門口，他想進去看看冠先生，給錢默吟說說情。可是，他還須再想一想。他的願意搭救錢先生是出於真心，但是他絕不願因救別人而連累了自己。在一個並不十分好對付的社會中活了七十多歲，他知道什麼叫作謹慎。

到了家中，他彷彿疲倦得已不能支持。把兩個玩藝兒交給小順兒的媽，他一語未發的走進自己的屋中。小順兒的媽只顧了接和看兩個泥東西，並沒注意老人的神色。她說了聲：「喲！還有賣兔兒爺的哪！」說完，她後了悔；她的語氣分明是有點看不起老太爺，差不多等於說：「你還有心思買玩藝兒哪，在這個年月！」她覺得不大得勁兒。為掩飾自己的不知如何是好，她喊了聲小順兒：「快來，太爺爺給你們買兔兒爺來啦！」

小順兒與妞子像兩個箭頭似的跑來。小順兒劈手拿過一個泥兔兒去，小妞子把一個食指放在嘴唇上，看著兔兒爺直吸氣，興奮得臉上通通的紅了。

「還不進去給老太爺道謝哪？」他們的媽高聲的說。

妞子也把兔兒爺接過來，雙手捧著，同哥哥走進老人的屋內。

「太爺爺！」小順兒笑得連眉毛都挪了地方。「你給買來的？」

「太爺爺！」妞子也要表示感謝，而找不到話說。

「玩去吧！」老人半閉著眼說：「今年玩了，明年可——」他把後半句話嚥回去了。

「明年怎樣？明年買更大，更大，更大的吧？」小順兒問。「大，大，大的吧？」妞子跟著哥哥說。

老人把眼閉嚴，沒回出話來。

第十五章　殺人不見血

北平雖然作了幾百年的「帝王之都」，它的四郊卻並沒有受過多少好處。一出城，都市立刻變成了田野。城外幾乎沒有什麼好的道路，更沒有什麼工廠，而只有些菜園與不十分肥美的田；田畝中夾著許多沒有樹木的墳地。

在平日，這裡的農家，和其他的北方的農家一樣，時常受著狂風，乾旱，蝗蟲的欺侮，而一年倒有半年忍受著饑寒。一到打仗，北平的城門緊閉起來，城外的治安便差不多完全交給農民們自行維持，而農民們便把生死存亡都交給命運。他們，雖然有一輩子也不一定能進幾次城的，可是在心理上都自居為北平人。他們都很老實，講禮貌，即使餓著肚子也不敢去為非作歹。他們只受別人的欺侮，而不敢去損害別人。在他們實在沒有法子維持生活的時候，才把子弟們送往城裡去拉洋車，當巡警或作小生意，得些工資，補充地畝生產的不足。

到了改朝換代的時候，他們無可逃避的要受到最大的苦難：屠殺，搶掠，姦污，都首先落在他們的身上。趕到大局已定，皇帝便會把他們的田墓用御筆一圈，圈給那開國的元勛；於是，他們丟失了自家的墳墓與產業，而給別人作看守墳陵的奴隸。

祁老人的父母是葬在德勝門外土城西邊的一塊相當乾燥的地裡。據風水先生說，這塊地背枕土城——北平城的前身——前面西山，主家業興旺。這塊地將將的夠三畝，祁老人由典租而後又找補了點錢，慢慢的把它買過來。他並沒有種幾株樹去紀念父母，而把地仍舊交給原來的地主耕種，每年多少可以收納一些雜糧。他覺得父母的墳頭前後左右都有些青青的麥苗或白薯秧子也就和樹木的綠色相差無幾，而死鬼們大概也可以滿意了。

在老人的生日的前一天，種著他的三畝地的常二爺——一個又乾又倔，而心地極好的，將近六十歲的，橫粗的小老頭兒——進城來看他。德勝門已經被敵人封閉，他是由西直門進來的。背著一口袋新小米，他由家裡一口氣走到祁家。除了臉上和身上落了一層細黃土，簡直看不出來他是剛剛負著幾十斤糧走了好幾里路的。一進街門，他把米袋放下，先聲勢浩大的跺了一陣腳，而後用粗硬的手使勁地搓了搓臉，又在身上拍打了一回；這樣把黃土大概的除掉，他才提起米袋往裡走，一邊走一邊老聲老氣的叫：「祁大哥！祁大哥！」雖然他比祁老人小著十好幾歲，可是，當初不知怎麼論的，他們彼此兄弟相稱。

常二爺每次來訪，總是祁家全家人最興奮的一天。久住在都市裡，他們已經忘了大地的真正顏色與功用；他們的「地」不是黑土的大道，便是石子墊成，鋪著臭油的馬路。及至他們看到常二爺——滿身黃土而拿著新小米或高粱的常二爺——他們才覺出人與大地的關係，而感到親切與興奮。他們願意聽他講些與政治，國際關係，衣裝的式樣，和電影明星，完全無關，可是緊緊與生命相聯，最實際，最迫切的問題。聽他講話，就好像吃膩了雞鴨魚肉，而嚼一條剛從架上摘下來的，尖端上還頂著黃花的王瓜，那麼清鮮可喜。他們完全以朋友對待他，雖然他既是個鄉下人，又給他們種著地——儘管只是三畝來的墳地。

祁老人這兩天心裡正不高興。自從給小順兒們買了兔兒爺那天起，他就老不大痛快。對於慶祝生日，他已經不再提起，表示出舉行與否全沒關係。對錢家，他打發瑞宣給送過十塊錢去，錢太太不收。他很想到冠家去說說情，可是他幾次已經走到三號的門外，又退了回來。他厭惡冠家像厭惡一群蒼蠅似的。但是，不去吧，他又覺得對不起錢家的人。不錯，在這年月，人人都該少管別人的閒事；像貓管不著狗的事那樣。可是，見死不救，究竟是與心不安的。人到底是人哪，況且，錢先生是他的好友啊！他不便說出心中的不安，大家動問，他只說有點想「小三兒」，遮掩過去。

聽到常二爺的聲音，老人從心裡笑了出來，急忙的迎到院裡。院中的幾盆石榴樹上掛著的「小罐兒」已經都紅了，老人的眼看到那發光的紅色，心中忽然一亮；緊跟著，他看到常二爺的大腮幫，花白鬍鬚的臉。他心中的亮光像探照燈照住了飛機那麼得意。

「常老二！你可好哇？」

「好噢！大哥好？」常二爺把糧袋放下，作了個通天扯地的大揖。

到了屋裡，兩位老人彼此端詳了一番，口中不住的說「好」，而心中都暗道：「又老了一些！」

小順兒的媽聞風而至，端來洗臉水與茶壺。常二爺一邊用硬手搓著硬臉，一邊對她說：「泡點好葉子喲！」她的熱誠勁兒使她的言語坦率而切於實際：「那沒錯！先告訴我吧，二爺爺，吃了飯沒有？」瑞宣正進來，臉上也帶著笑容，把話接過去：「還用問嗎，你作去就是啦！」

常二爺用力的用手巾鑽著耳朵眼，鬍子上的水珠一勁兒往下滴。「別費事！給我作碗片兒湯就行了！」

「片兒湯？」祁老人的小眼睛睜得不能再大一點。「你這是到了我家裡啦！順兒的媽，趕緊去作，作四大碗炸醬麵，煮硬一點！」

她回到廚房去。小順兒和妞子飛跑的進來。常二爺已洗完臉，把兩個孩摟住，而後先舉妞子，後舉小順兒，把他們舉得幾乎夠著了天——他們的天便是天花板。把他們放下，他從懷裡掏出五個大紅皮油雞蛋來，很抱歉的說：「簡直找不出東西來！得啦，就這五個蛋吧！真拿不出手去，哼！」

這時候，連天祐太太也振作精神，慢慢的走進來。瑞豐也很想過來，可是被太太攔住：「一個破種地的鄉下腦殼，有什麼可看的！」她撇著胖嘴說。

大家團團圍住，看常二爺喝茶，吃麵，聽他講說今年的年成，和家中大小的困難，都感到新穎有趣。最使他們興奮的，是他把四大碗麵條，一中碗炸醬，和兩頭大蒜，都吃了個乾淨。吃完，他要了一大碗麵湯，幾口把它喝乾，而後挺了挺腰，說了聲：「原湯化原食！」

大家的高興，可惜，只是個很短的時間的。常二爺在打過幾個長而響亮的飽嗝兒以後，說出點使大家面面相覷的話來：

「大哥！我來告訴你一聲，城外頭近來可很不安靜！偷墳盜墓的很多！」

「什麼？」祁老人驚異的問。

「偷墳盜墓的！大哥你看哪，城裡頭這些日子怎麼樣，我不大知道。城外頭，乾脆沒人管事兒啦！你說鬧日本鬼子吧，我沒看見一個，你說沒鬧日本鬼子吧，黑天白日的又一勁兒咕咚大砲，打下點糧食來，不敢挑出去賣；不賣吧，又怎麼買些針頭線腦的呢；眼看著就到冬天，難道不給孩子們身上添點東西嗎？近來就更好了，王爺墳和張老公墳全教人家給扒啦，我不曉得由哪兒來的這麼一股兒無法無天的人，可是我心裡直沉不住氣！我自己的那幾畝旱也不收，澇也不收的冤孽地，和那幾間東倒西歪癆病腔子的草房，都不算一回事！我就是不放心你的那塊墳地！大哥，你託我給照應著墳，我沒拿過你一個小銅板，你也沒拿我當作看墳的對待。咱們是朋友。每年春秋兩季，我老把墳頭拍得圓圓的，多添幾鍬土；什麼話呢，咱們是朋友。那點地的出產，我打了五斗，不能告訴你四斗九升。心眼放正，老天爺看得見！現在，王爺墳都教人家給扒了，萬一——」常二爺一勁兒眨巴他的沒有什麼睫毛的眼。

大家全楞住了。小順兒看出來屋裡的空氣有點不大對，扯了扯妞子：「走，咱們院子裡玩去！」

妞子看了看大家，也低聲說了聲：「肘！」——「走」字，她還不大說得上來。

大家都感到問題的嚴重，而都想不出辦法來。瑞宣只說出一個「亡」字來，就又閉上嘴。他本來要說「亡了國連死人也得受刑！」可是，說出來既無補於事，又足以增加老人們的憂慮，何苦呢，所以他閉上了嘴。

天祐太太說了話：「二叔你就多分點心吧，誰教咱們是父一輩子一輩的交情呢！」她明知道這樣的話說不說都沒關係，可是她必須說出來；老太太們大概都會說這種與事無益，而暫時能教大家緩一口氣的話。

「就是啊，老二！」祁老人馬上也想起話來。「你還得多分分心！」

「那用不著大哥你囑咐！」常二爺拍著胸膛說：「我能盡心的地方，決不能耍滑！說假話是狗養的！我要交代清楚，到我不能盡心的時候，大哥你可別一口咬定，說我不夠朋友！哼，這才叫做天下大亂，大變人心呢！」

「老二！你只管放心！看事做事；你盡到了心，我們全家感恩不盡！我們也不能抱怨你！那是我們祁家的墳地！」祁老人一氣說完，小眼睛裡窩著兩顆淚。他真的動了心。假如不幸父母的棺材真叫人家給掘出來，他一輩子的苦心與勞力豈不全都落了空？父母的骨頭若隨便被野狗叼了走，他豈不是白活了七十多歲，還有什麼臉再見人呢？

常二爺看見祁老人眼中的淚，不敢再說別的，而只好橫打鼻梁負起責任：「得啦，大哥！什麼也甭再說了，就盼著老天爺不虧負咱們這些老實人吧！」說完，他背著手慢慢往院中走。（每逢他來到這裡，他必定要把屋裡院裡全參觀一遍，倒好像是遊覽故宮博物院呢。）來到院中，他故意的誇獎那些石榴，好使祁老人把眼淚收回去。祁老人也跟著來到院中，立刻喊瑞豐拿剪子來，給二爺剪下兩個石榴，給孩子們帶回去。瑞豐這才出來，向常二爺行禮打招呼。

「老二，不要動！」常二爺攔阻瑞豐去剪折石榴。「長在樹上是個玩藝兒！我帶回家去，還不夠孩子們吃三口的呢！鄉下孩子，老像餓瘋了似的！」

「瑞豐你剪哪！」祁老人堅決的說。「剪幾個大的！」這時候，天祐太太在屋裡低聲的叫瑞宣：「老大，你攙我一把兒，我站不起來啦！」

瑞宣趕緊過去攙住了她。「媽！怎麼啦？」

「老大！咱們作了什麼孽，至於要掘咱們的墳哪！」

瑞宣的手碰著了她的，冰涼！他沒有話可說，但是沒法子不說些什麼：「媽！不要緊！不要緊！哪能可巧就輪到咱們身上呢！不至於！不至於！」一邊說著，他一邊攙著她走，慢慢走到南屋去。「媽！喝口糖水吧？」

「不喝！我躺會兒吧！」

扶她臥倒，他呆呆的看著她的瘦小的身軀。他不由的想到：她不定什麼時候就會死去，而死後還不知哪會兒就被人家掘出來！他是應當在這裡守著她呢？還是應當像老三那樣去和敵人決鬥呢？他決定不了什麼。

「老大，你去吧！」媽媽閉著眼說，聲音極微細。他輕輕的走出來。

常二爺參觀到廚房，看小順兒的媽那份忙勁兒，和青菜與豬肉之多，他忽然的想起來：「喲！明天是大哥的生日！你看我的記性有多好！」說完，他跑到院中，就在石榴盆的附近給祁老人跪下了：「大哥，你受我三個頭吧！盼你再活十年二十年的，硬硬朗朗的！」

「不敢當噢！」祁老人喜歡得手足無措。「老哥兒們啦，不敢當！」

「就是這三個頭！」二爺一邊磕頭一邊說。「你跟我『要』禮物，我也拿不出來！」叩罷了頭，他立起來，用手撣了撣磕膝上的塵土。

瑞宣趕緊跑過來，給常二爺作揖致謝。

小順兒以為這很好玩，小青蛙似的，爬在地上，給他的小妹磕了不止三個頭。小妞子笑得哏哏的，也忙著跪下給哥哥磕頭。磕著磕著，兩個頭頂在一處，改為頂老羊。

大人們，心裡憂慮著墳墓的安全，而眼中看到兒童的天真，都無可如何的笑了笑。

「老二！」祁老人叫常二爺。「今天不要走，明天吃碗壽麵再出城！」

「那——」常二爺想了想：「我不大放心家裡呀！我並沒多大用處，究竟是在家可以給他們仗點膽！嘿！這個年月，簡直的沒法兒混！」

「我看，二爺爺還是回去的好！」瑞宣低聲的說。「省得兩下裡心都不安！」

「這話對！」常二爺點著頭說。「我還是說走就走！抓早兒出城，路上好走一點！大哥，我再來看你！我還有點蕎麥呢，等打下來，我送給你點！那麼，大哥，我走啦！」

「不准你走！」小順兒過來抱住常二爺的腿。

「不肘！」妞子永遠摹仿著哥哥，也過來拉住老人的手。

「好乖！真乖！」常二爺一手拍著一個頭，口中讚歎著。

「我還來呢！再來，我給你們扛個大南瓜來！」正這麼說著，門外李四爺的清脆嗓音在喊：

「城門又關上了，先別出門啊！」

祁老人與常二爺都是飽經患難的人，只知道謹慎，而不知道害怕。可是聽到李四爺的喊聲，他們臉上的肌肉都縮緊了一些，鬍子微微的立起來。小順兒和妞子，不知道為什麼，趕緊撒開手，不再纏磨常二爺了。

「怎麼？」小順兒的媽從廚房探出頭來問：「又關了城？我還忘了買黃花和木耳，非買去不可呢！」

大家都覺得這不是買木耳的好時候，而都想責備她一半句。可是，大家又都知道她是一片忠心，所以誰也沒肯出聲。

見沒人搭話，她歎了口氣，像蝸牛似的把頭縮回去。

「老二！咱們屋裡坐吧！」祁老人往屋中讓常二爺，好像屋中比院裡更安全似的。

常二爺沒說什麼，心中七上八下的非常的不安。晚飯，他到廚房去幫著烙餅，本想和祁少奶奶說些家長裡短；可是，一提起家中，他就更不放心，所以並沒能說得很痛快。晚間，剛點燈不久，他就睡了，準備次日一清早就出城。

天剛一亮，他就起來了，可是不能不辭而別——怕大門不鎖好，萬一再有「掃亮子」的小賊。等到小順兒的媽起來升火，他用涼水漱了漱口，告訴她他要趕早兒出城。她一定要給他弄點東西吃，他一定不肯；最後，她塞給他一張昨天晚上剩下的大餅，又倒了一大碗暖瓶裡的開水，勒令教他吃下去。吃完，他拿著祁老人給的幾個石榴，告辭。她把他送出去。

城門還是沒有開。他向巡警打聽，巡警說不上來什麼時候才能開城，而囑咐他別緊在那裡晃來晃去。他又回到祁家來。

沒有任何人的幫助，小順兒的媽獨力做好了夠三桌人吃的「炒菜麵」。工作使她疲勞，可也使她自傲。看常二爺回來，她更高點興，因為她知道即使她的烹調不能盡滿人意，她可是必能由常二爺的口中得到最好的稱讚。

祁老人也頗高興常二爺的沒能走脫，而湊著趣說：「這是城門替我留客，老二！」

眼看就十點多鐘了，客人沒有來一個！祁老人雖然還陪著常二爺閒談，可是臉上的顏色越來越暗了。常二爺看出來老人的神色不對，頗想用些可笑的言語教他開心，但是自己心中正掛念著家裡，實在打不起精神來。於是，兩位老人就對坐著發楞。楞得實在難堪了，就交替著咳嗽一聲，而後以咳嗽為題，找到一兩句話——只是一兩句，再往下說，就勢必說到年歲與健康，而無從不悲觀。假若不幸而提到日本鬼子，那就更糟，因為日本人是來毀滅一切的，不管誰的年紀多麼大，和品行怎樣好。

天祐一清早就回來了，很慚愧的給父親磕了頭。他本想給父親買些鮮果和螃蟹什麼的，可是城門關著，連西單牌樓與西四牌樓的肉市與菜市上都沒有一個攤子，他只好空著手回來。他知道，老父親並不爭嘴；不過，能帶些東西回來，多少足以表示一點孝心。再說，街上還能買到東西，就是「天下太平」的證據，也好教老人高興一點。可是，他空著手回來！他簡直不敢多在父親面前立著或坐著，恐怕父親問到市面如何，而增加老人的憂慮。他也不敢完全藏到自己的屋中去，深恐父親挑了眼，說他並沒有祝壽的誠心。他始終沒敢進南屋去，而一會兒進到北屋給父親和常二爺添添茶，一會兒到院中用和悅的聲音對小順兒說：「看！太爺爺的石榴有多麼紅呀！」或對小妞子說：「喲！太爺爺給買的兔兒爺？真好看！好好拿著，別摔了噢！」他的語聲不但和悅，而且相當的高，好教屋裡的老人能聽見。口中這麼說道著，他的心裡可正在盤算：每年在這個時節，城裡的人多少要添置一些衣服；而城外的人，收了莊稼以後，必定進城來買布匹；只要價錢公道，尺碼兒大，就不怕城外的人不成群搭伙的來照顧的。他的小布舖，一向是言無二價，而且是尺碼加一。他永不仗著「大減價」去招生意，他的尺就是最好的廣告。

可是，今年，他沒看見一個鄉下的主顧；城門還關著啊！至於城裡的人，有錢的不敢花用，沒錢的連飯都吃不上，誰還買布！他看準，日本人不必用真刀真槍的亂殺人，只要他們老這麼佔據著北平，就可以殺人不見血的消滅多少萬人！他想和家裡的人談談這個，但是今天是老太爺的生日，他張不開口。他須把委屈放在肚子裡，而把孝心，像一件新袍子似的，露在外面。天祐太太扎掙著，很早的就起來，穿起新的竹布大衫，給老公公行禮。在她低下頭行禮的時候，她的淚偷偷的在眼中轉了幾轉。她覺得她必死在老公公的前頭，而也許剛剛埋在地裡就被匪徒們給掘出來！

最著急的是小順兒的媽。酒飯都已預備好，而沒有一個人來！勞力是她自己的，不算什麼。錢可是大家的呢；假若把菜麵都剩下，別人還好辦，老二瑞豐會首先責難她的！即使瑞豐不開口，東西都是錢買來的，她也不忍隨便扔掉啊！她很想溜出去，把李四爺請來，可是人家能空著手來嗎？她急得在廚房裡亂轉，實在憋不住了，她到上屋去請示：「你們二位老人家先喝點酒吧？」

常二爺純粹出於客氣的說：「不忙！天還早呢！」其實，他早已餓了。

祁老人楞了一小會兒，低聲的說：「再等一等！」她笑得極不自然的又走回廚房。

瑞豐也相當的失望，他平日最喜歡串門子，訪親友，好有機會把東家的事說給西家，再把西家的事說給東家，而在姑姑老姨之間充分的表現他的無聊與重要。親友們家中有婚喪事兒，他必定到場，去說，去吃，去展覽他的新衣帽，像隻格外討好的狗似的，總在人多的地方搖擺尾巴。自從結婚以後，他的太太扯住了他的腿，不許他隨便出去。

在他看，中山公園的來今雨軒，北海的五龍亭，東安市場與劇院才是談心，吃飯，和展覽裝飾的好地方。他討厭那些連「嘉寶」與「阮玲玉」都不曉得的三姑姑與六姨兒。因此，他切盼今天能來些位親友，他好由北屋串到南屋的跟平輩的開些小玩笑，和長輩們說些陳穀子爛芝麻；到吃飯的時候，還要扯著他的乾而尖銳的嗓子，和男人們拚酒猜拳。吃飽，喝足，把談話也都扯盡，他會去告訴大嫂：「你的菜作得並不怎樣，全仗著我的招待好，算是沒垮臺；你說是不是？大嫂？」等到十一點多鐘了，還是沒有人來。瑞豐的心涼了半截。他的話，他的酒量，他的酬應天才，今天全沒法施展了！「真奇怪！人們因為關城就不來往了嗎？北平人太洩氣！太洩氣！」

他叼著根菸捲兒在屋中來回的走，口中嘟囔著。「哼！不來人才好呢！我就討厭那群連牙也不刷的老婆子老頭子們！」二太太撇著嘴說。「我告訴你，豐，趕到明兒個老三的事犯了，連條狗也甭想進這個院子來！看看錢家，你就明白了！」

瑞豐恍然大悟：「對呀！不都是關城的緣故，倒恐怕是老三逃走的事已然吵嚷動了呢！」

「你這才明白！木頭腦袋！我沒早告訴你嗎，咱們得分出去另過嗎？你老不聽我的，倒好像我的話都有毒似的！趕明兒老三的案子犯了，尊家也得教憲兵捆了走！」

「依你之見呢？」瑞豐拉住她的胖手，輕輕的拍了兩下。

「過了節，你跟大哥說：分家！」

「咱們月間的收入太少哇！」他的小乾臉上皺起許多細紋來，像個半熟了的花仔兒似的。「在這裡，大嫂是咱們的義務老媽子；分出去，你又不會作飯。」

「什麼不會？我會，就是不作！」

「不管怎樣吧，反正得僱女僕，開銷不是更大了嗎？」

「你是死人，不會去活動活動？」二太太彷彿感到疲乏，打了個肥大款式的哈欠；大紅嘴張開，像個小火山口似的。

「喲！你不是說話太多了，有點累的慌？」瑞豐很關切的問。

「在舞場，公園，電影園，我永遠不覺得疲倦；就是在這裡我才老沒有精神；這裡就是地獄，地獄也許比這兒還熱鬧點兒！」

「咱們找什麼路子呢？」他不能承認這裡是地獄，可是也不敢頂撞太太，所以只好發問。

她的胖食指指著西南：「冠家！」

「冠家？」瑞豐的小乾臉上登時發了光。他久想和冠家的人多有來往，一來是他羨慕曉荷的吃喝穿戴，二來是他想跟兩位小姐勾搭勾搭，開開心。可是，全家的反對冠家，使他不敢特立獨行，而太太的管束又教他不敢正眼看高第與招弟。今天，聽到太太的話，他高興得像餓狗得到一塊骨頭。

「冠先生和冠太太都是頂有本事的人，跟他們學，你才能有起色！可是，」胖太太說到這裡，她的永遠縮縮著的脖子居然挺了起來，「你要去，必得跟我一道！要是偷偷的獨自去和她們耍骨頭，我砸爛了你的腿！」

「也不至有那麼大的罪過呀！」他扯著臉不害羞的說。他們決定明天去給冠家送點節禮。

瑞宣的憂慮是很多的，可是不便露在外面。為目前之計，他須招老太爺和媽媽歡喜。假若他們因憂鬱而鬧點病，他馬上就會感到更多的困難。他暗中去關照了瑞豐，建議給父親，囑託了常二爺：「吃飯的時候，多喝幾杯！拚命的鬧哄，不給老人家發牢騷的機會！」對二弟妹，他也投遞了降表：「老太爺今天可不高興，二妹，你也得幫忙，招他笑一笑！辦到了我過了節，請你看電影。」

二奶奶得到這個賄賂，這才答應出來和大家一同吃飯；她本想獨自吃點什麼，故意給大家下不來台的。

把大家都運動好，瑞宣用最歡悅的聲音叫：「順兒的媽！開飯喲！」然後又叫瑞豐：「老二！幫著拿菜！」

老二「啊」了一聲，看著自己的藍緞子夾袍，實在不願到廚房去。待了一會兒，看常二爺自動的下了廚房，他只好跟了過去，拿了幾雙筷子。

小順兒，妞子，和他們的兔兒爺——小順兒的那個已短了一個犄角——也都上了桌子，為是招祁老太爺歡喜。只有大奶奶不肯坐下，因為她須炒菜去。天祐和瑞宣爺兒倆把所能集合起來的笑容都擺在臉上。常二爺輕易不喝酒，但是喝起來，因為身體好，很有個量兒；他今天決定放量的喝。瑞豐心裡並沒有像父親與哥哥的那些憂慮，而純以享受的態度把筷子老往好一點的菜裡伸。

祁老人的臉上沒有一點笑容。很勉強的，他喝了半盅兒酒，吃了一箸子菜。大家無論如何努力製造空氣，空氣中總是濕潮的，像有一片兒霧。霧氣越來越重，在老人的眼皮上結成兩個水珠。他不是個多愁善感的人，但是在今天他要是還能快樂，他就不是神經錯亂，也必定是有了別的毛病。

麵上來了，他只喝了一口滷。擦了擦鬍子，他問天祐：「小三兒沒信哪？」

天祐看瑞宣，瑞宣沒回答出來什麼。

吃過麵，李四爺在大槐樹下報告，城門開了，常二爺趕緊告辭。常二爺走後，祁老人躺下了，晚飯也沒有起來吃。

第十六章　胡同中的「輿論」

中秋。程長順很早的吃了午飯，準備作半天的好生意。可是，轉了幾條胡同，把嗓子喊乾，並沒作上一號買賣。撅著嘴，抹著頭上的汗，他走回家來。見了外婆，淚在眼眶裡，鼻音加倍的重，他叨嘮：「這是怎麼啦？大節下的怎麼不開張呢？去年今天，我不是拿回五塊零八毛來嗎？」

「歇會兒吧，好小子！」馬寡婦安慰著他。「去年是去年，今年是今年啊！」

剃頭的孫七，吃了兩杯悶酒，白眼珠上橫著好幾條血絲，在院中搭了話：「馬老太太，咱們是得另打主意呀！這樣，簡直混不下去，你看，現在舖子裡都裁人，我的生意越來越少！有朝一日呀，哼！我得打著『喚頭』[7]，沿街兜生意去！我一輩子愛臉面，難道要了這麼多年的手藝，真教我下街去和剛出師的鄉下孩子們爭生意嗎？我看明白啦，要打算好好的活著，非把日本鬼子趕出去不可！」

「小點聲呀！孫師傅！教他們聽見還了得！」馬寡婦開著點門縫，低聲的說。

孫七哈哈的笑起來。馬寡婦趕緊把門關好，像耳語似的對長順說：「不要聽孫七的，咱們還

7. 喚頭，沿街理髮者所持的吆喝工具，鐵製，形狀像大鑷子。

是老老實實的過日子，別惹事！反正天下總會有太平了的時候！日本人厲害呀，架不住咱們能忍啊！」老太太深信她的哲理是天下最好的，因為「忍」字教她守住貞節，渡過患難，得到像一個鋼針那麼無趣而永遠發著點光的生命。

這時候，已經是下午四點鐘，小崔交了車，滿臉怒氣的走回來。

孫七的近視眼沒有看清小崔臉上的神色。「怎樣？今天還不錯吧？」

「不錯？」小崔沒有好氣的說。「敢情不錯！聽說過沒有？大八月十五的，車廠子硬不放份兒，照舊交車錢！」

「沒聽說過！這是他媽的日本辦法吧？」

「就是啊！車主硬說，近來三天一關城，五天一淨街，收不進錢來，所以今天不能再放份兒！」

「你乖乖的交了車份兒？」

「我又不是車主兒的兒子，不能那麼聽話！一聲沒哼，我把車拉出去了，反正我心裡有數兒！拉到過午，才拉了兩個座兒；還不夠車份兒錢呢！好吧，我弄了一斤大餅，兩個子兒的蔥醬，四兩醬肘子，先吃他媽的一頓再說。吃完，我又在茶館裡泡了好大半天。泡夠了，我把兩個車胎全扎破，把車送了回去。進了車廠子，我神氣十足的，喊了聲：兩邊都放炮啦，明兒個見！說完，我就扭出來了！」

「真有你的，小崔！你行！」

屋裡，小崔的太太出了聲：「孫七爺，你白活這麼大的歲數呀！他大節下的，一個銅板拿不回來，你還誇獎他哪？人心都是肉作的，你的是什麼作的呀，我問問你！」說著她走了出來。

假若給她兩件好衣裳和一點好飲食，她必定是個相當好看的小婦人。衣服的破舊，與饑寒的侵蝕，使她失去青春。雖然她才二十三歲，她的眉眼，行動，與脾氣，卻已都像四五十歲的人了。她的小長臉上似乎已沒有了眉眼，而只有替委屈與憂愁工作活動的一些機關。她的四肢與胸背已失去青年婦人所應有的誘惑力，而只是一些洗衣服，走路，與其他的勞動的，帶著不多肉的木板與木棍。

今天，她特別的難看。頭沒有梳，臉沒有洗，雖然已是秋天，她的身上卻只穿著一身像從垃圾堆中掘出來的破單褲褂。她的右肘和右腿的一塊肉都露在外面。她好像已經忘了她是個女人。是的，她已經忘了一切，而只記著午飯還沒有吃——現在已是下午四點多鐘。孫七爺，雖然好搶話吵嘴，一聲沒出的躲開。他同情她，所以不能和她吵嘴，雖然她的話不大好聽。同時，他也不便馬上替她說公道話，而和小崔吵鬧起來；今天是八月節，不應當吵鬧。

小崔很愛他的太太，只是在喝多了酒的時候才管轄不住他的拳頭，而砸在她的身上。今天，他沒有吃酒，也就沒有伸出拳頭去的蠻勁兒。看著她蓬頭垢面的樣子，他楞了好大半天，說不出話來。雖然如此，他可是不肯向她道歉，他要維持住男人的威風。

馬老太太輕輕的走出屋門來，試著步兒往前走。走到小崔的身旁，她輕輕拉了他一把。然後，她向小崔太太說：「別著急啦，大節下的！我這兒還有兩盤倭瓜餡的餃子呢，好歹的你先墊一墊！」

小崔太太吸了吸鼻子，帶著哭音說：「不是呀，馬老太太！挨一頓饑，兩頓餓，並不算什麼！一年到頭老是這樣，沒個盼望，沒個辦法，算怎麼一回事呢？我嫁給他三年了，老太太你看看我，還像個人不像？」說完，她一扭頭，極快的走進屋中去。

小崔歎了口氣，倭瓜臉上的肌肉橫七豎八的亂扭動。馬老太太又拉了他一把：「來！把餃子給她拿過去！給她兩句好話！不准又吵鬧！聽見了沒有？」

小崔沒有動。他不肯去拿馬老太太的餃子。他曉得她一輩子省吃儉用，像抱了窩的老母雞似的，拾到一顆米粒都留給長順吃。他沒臉去奪她的吃食。嗽了一聲，他說：「老太太！留著餃子給長順吃吧！」

長順囔著鼻子，在屋內搭了碴兒：「我不吃！我想哭一場！大節下的，跑了七八里，會一個銅板沒掙！」

馬老太太提高了點嗓音：「你少說話，長順！」

「老太太！」小崔接著說：「我想明白了，我得走，我養不了她，」他向自己屋中指了指。「照這麼下去，我連自己也要養不活了！我當兵去，要死也死個痛快！我去當兵，她呢只管改嫁別人，這倒乾脆，省得都餓死在這裡！」

孫七又湊了過來。「我不知道，軍隊裡還要我不要。要是能行的話，我跟你一塊兒走！這像什麼話呢，好好的北平城，教小鬼子霸佔著！」

聽到他們兩個的話，馬老太太後悔了。假若今天不是中秋節，她決不會出來多事。這並不是她的心眼不慈善，而是嚴守著她的「多一事不如少一事」的寡婦教條。「別這麼說呀！」她低聲而懇切的說：「咱們北平人不應當說這樣的話呀！凡事都得忍，忍住了氣，老天爺才會保佑咱們，不是嗎？」她還有許多話要說，可是唯恐怕教日本人聽了去，所以搭訕著走進屋中，心裡很不高興。

過了一會兒，她教長順把餃子送過去。長順剛拿起盤子來，隔壁的李四媽端著一大碗熱氣騰騰的燉豬頭肉，進了街門。她進屋就喊，聲音比碗裡的肉更熱一點。「小崔！好小子！我給你送點肉來！什麼都買不到，那個老東西不知道由哪兒弄來個豬頭！」話雖是對小崔說的，她可是並沒看見他；她的話是不能存在心中的，假若遇不到對象，她會像上了弦的留聲機似的，不管有人聽沒有，獨自說出來。

「四大媽！又教你費心！」小崔搭了話。

「喲！你在這兒哪？快接過去！」

小崔笑著把碗接過去，對四大媽他是用不著客氣推讓的。「好小子！把碗還給我！我不進屋裡去啦！喲！」她又看見了孫七。「七爺！你吃了沒有？來吧，跟你四大爺喝一盅去！什麼鬧日本鬼子不鬧的，反正咱們得過咱們的節！」

這時候，錢家的老少兩位婦人放聲的哭起來。孫七爺聽到了一耳朵，趕緊說：「四大媽，聽！」

四大媽的眼神兒差點事，可是耳朵並不沉。「怎麼啦？嘔！小崔，你把碗送過來吧，我趕緊到錢家看看去！」孫七跟著她，「我也去！」

馬老太太見小崔已得到一碗肉，把餃子收回來一半，而教長順只送過一盤子去：「快去快來！別再出門啦，錢家不定又出了什麼事！」

祁家過了個頂暗淡的秋節。祁老人和天祐太太都病倒，沒有起床。天祐吃了點老人生日剩下的菜，便到鋪子去；因為鋪伙們今天都歇工，他不能不去照應著點；他一向是在三節看著鋪子，而教別人去休息；因此，他給大家的工錢儘管比別家的小，可是大家還都樂意幫助他；他用人情補足了他們物質上的損失。他走後，瑞宣和韻梅輕輕的拌了幾句嘴。韻梅吃過了不很高興的午飯，就忙著準備晚間供月的東西。她並不一定十分迷信月亮爺，不過是想萬一它有一點點靈應呢，在這慌亂的年月，她就不應當不應酬得周到一些。再說呢，年年拜月，今年也似乎不可缺少，特別是在婆婆正臥病在床的時候。她須教婆婆承認她的能力與周到，好教婆婆放心養病，不必再操一點心。

瑞宣滿腔的憂鬱，看她還弄那些近乎兒戲的東西，怒氣便找到了個出口：「真！你還弄那些個玩藝？」

假若她和緩的說明了她的用意，瑞宣自然會因瞭解而改了口氣。可是，她的心中也並不高興，所以只覺得丈夫有意向她發氣，而忽略了說明真象的責任。「喲！」她的聲音不大，可是很清脆。「你看我一天到晚老鬧著玩，不作一點正經事，是不是？」說話的時候，她的眼神比言語還加倍的厲害。瑞宣不願意繼續的吵，因為他曉得越吵聲音就必定越大，教病著的老人們聽見不大好意思。他忍住了氣，可是臉上陰沉的要落下水來。他躲到院中，呆呆的看著樹上的紅石榴。

在三點鐘左右的時候，他看見瑞豐夫婦都穿著新衣服往外走。瑞豐手裡提著個小蒲包，裡面裝的大概是月餅。他沒問他們上哪裡去，他根本看不起送禮探親家一類的事。瑞豐夫婦是到冠家去。

冠先生與冠太太對客人的歡迎是極度熱烈的。曉荷拉住瑞豐的手，有三分多鐘，還不肯放開。他的呼吸氣兒裡都含著親熱與溫暖。大赤包，搖動著新燙的魔鬼式的頭髮，把瑞豐太太摟在懷中。祁氏夫婦來的時機最好。自從錢默吟先生被捕，全胡同的人都用白眼珠瞟冠家的人。雖然在口中，大赤包一勁兒的說「不在乎」，可是心中究竟不大夠味兒。大家的批評並不能左右她的行動，也不至於阻礙她的事情，因為他們都是些沒有勢力的人。不過，像小崔，孫七，劉棚匠，李四爺，那些「下等人」也敢用白眼瞟她，她的確有些吃不消。

今天，看瑞豐夫婦來到，她覺得胡同中的「輿論」一定是改變了，因為祁家是這裡的最老的住戶，也就是「言論界」的代表人。瑞豐拿來的一點禮物很輕微，可是大赤包極鄭重的把它接過去——它是一點象徵，象徵著全胡同還是要敬重她，像敬重西太后一樣。無論個性怎樣強的人，當他作錯事的時候，心中也至少有點不得勁，而希望別人說他並沒作錯。瑞豐來訪，是給曉荷與大赤包來作證人——即使他們的行為不正，也還有人來巴結！

瑞豐夫婦在冠家覺得特別舒服，像久旱中的花木忽然得到好雨。他們聽的，看的，和感覺到的，都恰好是他們所願意聽的，看的，與感覺到的。大赤包親手給他們煮了來自英國府的咖啡，切開由東城一家大飯店新發明的月餅。吸著咖啡，瑞豐慢慢的有了些醉意：冠先生的最無聊的話，也不是怎麼正好碰到他的心眼上，像小兒的胖手指碰到癢癢肉上那麼又癢癢又好受。冠先生的姿態與氣度，使他欽佩羨慕，而願意多來幾次，以便多多的學習。他的小乾臉上紅起來，眼睛在不偷著瞟尤桐芳與招弟姑娘的時候，便那麼閉一閉，像一股熱酒走到腹部時候那樣的微暈。

瑞豐太太的一向懶洋洋的胖身子與胖臉，居然挺脫起來。她忽然有了脖子，身量高出來一寸。說著笑著，她連乳名——毛桃兒——也告訴了大赤包。

「打幾圈兒吧？」大赤包提議。

瑞豐沒帶著多少錢，但是絕對不能推辭。第一，他以為今天是中秋節，理應打牌。第二，在冠家而拒絕打牌，等於有意破壞秩序。第三，自己的腰包雖然不很充實，可是他相信自己的技巧不壞，不至於垮臺。瑞豐太太馬上答應了：「我們倆一家吧！我先打！」說著，她摸了摸手指上的金戒指，暗示給丈夫：「有金戒指呢！寧輸掉了它，不能丟人！」瑞豐暗中佩服太太的見識與果敢，可是教她先打未免有點不痛快。他曉得她的技巧不怎樣高明，而脾氣又強——越輸越不肯下來。假若他立在她後邊，給她指點指點呢，她會一定把輸錢的罪過都歸到他身上，不但勞而無功，而且罪在不赦。他的小乾臉上有點發僵。

這時候，大赤包問曉荷：「你打呀？」

「讓客人！」曉荷莊重而又和悅的說：「瑞豐你也下場好了！」

「不！我和她一家兒！」瑞豐自以為精明老練，不肯因技癢而失去控制力。

「那麼，太太、桐芳或高第招弟，你們四位太太小姐們玩會兒好啦！我們男的伺候著茶水！」曉荷對婦女的尊重，幾乎像個英國紳士似的。

瑞豐不能不欽佩冠先生了，於是爽性決定不立在太太背後看歪脖子胡。

大赤包一聲令下，男女僕人飛快的跑進來，一眨眼把牌桌擺好，頗像機械化部隊的動作那麼迅速準確。

桐芳把權利讓給了招弟，表示謙退，事實上她是怕和大赤包因一張牌也許又吵鬧起來。

婦人們入了座。曉荷陪著瑞豐閒談，對牌桌連睬也不睬。「打牌，吃酒，」他告訴客人，「都不便相強。強迫誰打牌，正和揪著人家耳朵灌酒一樣的不合理。我永遠不搶酒喝，不爭著打牌；也不勉強別人陪我。在交際場中，我覺得我這個態度最妥當！」

瑞豐連連的點頭。他自己就最愛犯爭著打牌和鬧酒的毛病。他覺得冠先生應當作他的老師！同時，他偷眼看大赤包。她活像一隻雌獅。她的右眼照管著自己的牌，左眼掃射著牌手們的神氣與打出的牌張；然後，她的兩眼一齊看一看桌面，很快的又一齊看到遠處坐著的客人，而遞過去一點微笑。她的微笑裡含著威嚴與狡猾，像雌獅對一隻小兔那麼威而不厲的逗弄著玩。她的抓牌與打牌幾乎不是胳臂與手指的運動，而像牌由她的手中蹦出或被她的有磁性的肉吸了來似的。她的肘、腕，甚至於乳房，好像都會抓牌與出張。

出張的時節，她的牌摺得很響，給別人的神經上一點威脅，可是，那張牌到哪裡去了？沒人能知道，又給大家一點惶惑。假若有人不知進退的問一聲：「打的什麼？」她的回答又是那麼一點含著威嚴，與狡猾的微笑，使發問的人沒法不紅了臉。她自己胡了牌，隨著牌張的倒下，她報出胡數來，緊跟著就洗牌；沒人敢質問她，或懷疑她，她的全身像都發著電波，給大家的神經都通了電，她說什麼就必定是什麼。可是，別人胡了牌而少算了翻數，她也必定據實的指出錯誤：「跟我打牌，吃不了虧！輸贏有什麼關係，牌品要緊！」這，又使大家沒法不承認即使把錢輸給她，也輸得痛快。

瑞豐再看他的太太，她已經變成在獅子旁邊的一隻肥美而可憐的羊羔。她的眼忙著看手中的牌，又忙著追尋大赤包打出就不見了的張子，還要抽出空兒看看冠家的人們是否在暗笑她。她的左手在桌上，緊緊的按著兩張牌，像唯恐他們會偷偷的跑出去；右手，忙著抓牌，又忙著調整牌，以致往往不到時候就伸出手去，碰到別人的手；急往回縮，袖子又撩倒了自己的那堵小竹牆。她的臉上的肌肉縮緊，上門牙咬著下嘴唇，為是使精力集中，免生錯誤，可是那三家的牌打得太熟太快，不知怎的她就落了空。「喲！」她不曉得什麼時候，誰打出的二索；她恰好胡二索調單——缺一門，二將，孤麼，三翻！她只「喲」了一聲，不便再說什麼，多說更洩自己的氣。三家的二索馬上都封鎖住了，她只好換了張兒。她打出了二索，大赤包胡坎二索！大赤包什麼也沒說，而心中發出的電碼告訴明白了瑞豐太太：「我早就等著你的二索呢！」

瑞豐還勉強著和曉荷亂扯，可是心中極不放心太太手上的金戒指。

牌打到西風圈，大赤包連坐三把莊。她發了話：「瑞豐，你來替我吧！我幸得都不像話了，再打，準保我還得連莊！你來；別教太太想我們娘兒三個圈弄她一個人！你來呀！」

瑞豐真想上陣。可是，曉荷吸住了他。他剛剛跟曉荷學到一點怎樣落落大方，怎好就馬上放棄了呢？學著曉荷的媚笑樣子，他說：「你連三把莊，怎知道她不連九把莊呢？」說著，他看了看太太，她從鼻子上抹去一個小汗珠，向他笑了。他非常滿意自己的詞令，而且心中感謝冠先生的熏陶。他覺得從前和三姑姑六姨姨的搶兩粒花生米，說兩句俏皮話，或誇讚自己怎樣扣住一張牌，都近乎無聊，甚至於是下賤。冠先生的態度與行動才真是足以登大雅之堂的！

「你不來呀？」大赤包的十個小電棒兒又洗好了牌。「那天在曹宅，我連坐了十四把莊，你愛信不信！」她知道她的威嚇是會使瑞豐太太更要手足失措的。

她的牌起得非常的整齊，連莊是絕對可靠的了。可是，正在計劃著怎樣多添一翻的時節，西院的兩位婦人哭嚎起來。哭聲像小鋼針似的刺入她的耳中。她想若無其事的繼續賭博，但是那些小鋼針好像是穿甲彈，一直鑽到她的腦中，而後爆炸開。她努力控制自己的肌肉與神經，不許它們洩露她的內心怎樣遭受著轟炸。可是，她控制不住她的汗。她的夾肢窩忽然的濕了一點，而最討厭的是腦門與鼻尖上全都潮潤起來。她的眼由東掃西射改為緊緊的盯著她的牌。只有這樣，她才能把心拴住，可是她也知道這樣必定失去談笑自如的勁兒，而使人看出她的心病。她不後悔自己作過的事，而只恨自己為什麼這樣脆弱，連兩聲啼哭都受不住！

啼聲由嚎啕改為似斷似續的悲啼，牌的響聲也一齊由清脆的拍拍改為在桌布上的輕滑。牌的出入遲緩了好多，高第和招弟的手都開始微顫。大赤包打錯了一張牌，竟被瑞豐太太胡了把滿貫。

曉荷的臉由微笑而擴展到滿臉都是僵化了的笑紋，見瑞豐太太胡了滿貫，他想拍手喝采，可是，手還沒拍到一處，他發現了手心上出滿了涼汗。手沒有拍成，他把手心上的汗偷偷的抹在褲子上。這點動作使他幾乎要發怒。他起碼也有三十年沒幹過這麼沒出息的事了——把汗擦在褲子上！這點失儀的恥辱的份量幾乎要超過賣人害命的罪過的，因為他一生的最大的努力與最高的成就，就是在手腳的動作美妙而得體上。他永遠沒用過他的心，像用他的手勢與眼神那麼仔細過。他的心像一罐罐頭牛奶，即使打開，也只是由一個小孔，慢慢的流出一小條牛奶來。在這小罐裡永遠沒有像風暴或泉湧的情感。他寧可費兩個鐘頭去修腳，而不肯閉上眼看一會兒他的心。可是，西院的哭聲確是使他把汗擦在褲子上的原因。他害了怕。他一定是動了心。動了心就不易控制手腳，而失去手足的美好姿態便等於失去了他的整個的人！他趕緊坐好，把嘴唇偷偷的舔活潤了，想對瑞豐解釋：「那個——」他找不到與無聊扯淡相等的話，而只有那種話才能打開僵局。他有點發窘。他不曉得什麼叫良心的譴責，而只感到心中有點憋悶。

「爸爸！」高第叫了一聲。

「啊？」曉荷輕妙的問了聲。他覺得高第這一聲呼叫極有價值，否則他又非僵在那兒不可。

「替我打兩把呀？」

「好的！好的！」他沒等女兒說出理由來便答應了，而且把「的」說得很重，像剛剛學了兩句國語的江南人那樣要字字清楚，而把重音放錯了地方。因為有了這樣的「的」，他爽性學江南口音，補上：「吾來哉！吾來哉！」而後，腳輕輕的跳了個小箭步，奔了牌桌去。這樣，他覺得就是西院的全家都死了，也可以與他絲毫無關了。

他剛坐下，西院的哭聲，像歇息了一會兒的大雨似的，比以前更加猛烈了。

大赤包把一張幺餅猛的拍在桌上，眼看著西邊，帶著怒氣說：「太不像話了，這兩個臭娘們！

大節下的嚎什麼喪呢！」

「沒關係！」曉荷用兩個手指夾著一張牌，眼瞟著太太，說：「她們哭她們的，我們玩我們的！」

「還差多少呀？」瑞豐搭訕著走過來。「先歇一會兒怎樣？」他太太的眼射出兩道「死光」來：「我的牌剛剛轉好一點！你要回家，走好了，沒人攔著你！」

「當然打下去！起碼十六圈，這是規矩！」冠先生點上枝香煙，很俏式的由鼻中冒出兩條小龍來。

瑞豐趕緊走回原位，覺的太太有點不懂事，可是不便再說什麼；他曉得夫妻間的和睦是仗著丈夫能含著笑承認太太的不懂事而維持著的。

「我要是有勢力的話，碰！」大赤包碰了一對九萬，接著說：「我就把這樣的娘們一個個都宰了才解氣！跟她們作鄰居真算倒了霉，連幾圈小麻將她們都不許你消消停停的玩！」

屋門開著呢，大赤包的一對幺餅型的眼睛看見桐芳和高第往外走。「嗨！你們倆上哪兒？」她問。

桐芳的腳步表示出快快溜出去的意思，可是高第並不怕她的媽媽，而想故意的挑戰：「我們到西院看看去！」

「胡說！」大赤包半立起來，命令曉荷：「快攔住她們！」

曉荷顧不得向瑞豐太太道歉，手裡握著一張紅中就跑了出去。到院中，他一把沒有抓住桐芳，（因為紅中在手裡，他使不上力）她們倆跑了出去。

牌沒法打下去了。冠先生與冠太太都想納住氣，不在客人面前發作。在他倆的心中，這點修養與控制是必須表現給客人們看的，以便維持自己的身分。能夠敷衍面子，他們以為，就是修養。但是，今天的事似乎特別另樣。不知怎的，西院的哭聲彷彿抓住了大赤包的心，使她沒法不暴躁。那一絲絲的悲音像蜘蛛用絲纏裹一個小蟲似的，纏住她的心靈。她想用玩耍，用瞎扯，去解脫自己，但是毫無功效。哭聲向她要求繳械投降。不能！不能投降！她須把怒火發出來，以便把裹住她的心靈的蛛絲燒斷。她想去到院中，跳著腳辱罵西院的婦女們一大頓。可是，不知到底為了什麼，她鼓不起勇氣；西院的哭聲像小唧筒似的澆滅了她的勇敢。她的怒氣拐了彎，找到了曉荷：「你就那麼飯桶，連她們倆都攔不住？這算怎回事呢？她們倆上西院幹什麼去？你也去看看哪！普天下，找不到另一個像你這樣鬆頭日腦的人！你娶小老婆，你生女兒，可是你管不住她們！這像什麼話呢？」

曉荷手中掂著那張紅中，微笑著說：「小老婆是我娶的，不錯！女兒可是咱們倆養的，我不能負全責。」

「別跟我胡扯！你不敢去呀，我去！我去把她們倆扯回來！」大赤包沒有交代一聲牌是暫停，還是散局，立起來就往院中走。

瑞豐太太的胖臉由紅而紫，像個熟過了勁兒的大海茄。這把牌，她又起得不錯，可是大赤包離開牌桌，而且並沒交代一聲。她感到冤屈與恥辱。西院的哭聲，她好像完全沒有聽到。她是「一個心眼」的人。

瑞豐忙過去安慰她：「錢家大概死了人！不是老頭子教日本人給槍斃了，就是大少爺病重。咱們家去吧！在咱們院子裡不至於聽得這麼清楚！走哇？」

瑞豐太太一把拾起自己的小皮包，一把將那手很不錯的牌推倒，怒沖沖的往外走。

「別走哇！」曉荷閃開了路，而口中挽留她。

她一聲沒出。瑞豐搭訕著也往外走，口中啊啊著些個沒有任何意思的字。

「再來玩！」曉荷不知送他們出去好，還是只送到院中好。他有點怕出大門。

大赤包要往西院去的勇氣，到院中便消去了一大半。看瑞豐夫婦由屋裡出來，她想一手拉住一個，都把他們拉回屋中。可是，她又沒作到。她只能說出：「不要走！這太對不起了！改天來玩呀！」她自己也覺出她的聲音裡並沒帶著一點水分，而像枯朽了的樹枝被風颳動的不得已而發出些乾澀的響聲來。

瑞豐又啊啊了幾聲，像個驚惶失措的小家兔兒似的，蹦打蹦打的，緊緊的跟隨在太太的後面。

祁家夫婦剛走出去，大赤包對準了曉荷放去一個魚雷。「你怎麼了？怎麼連客也不知道送送呢？你怕出大門，是不是？西院的娘們是母老虎，能一口吞了你？」

曉荷決定不反攻，他的心裡像打牌到天亮的時候那麼一陣陣兒的發迷糊。他的臉上還笑著，唯一的原因是沒有可以代替笑的東西。楞了半天，他低聲的對自己說：「這也許就是個小報應呢！」

「什嗎？」大赤包聽見了，馬上把雙手叉在腰間，像一座「怒」的刻像似的。「放你娘的驢屁！」

「什麼屁不好放，單放驢屁？」曉荷覺得質問的非常的得體，心中輕鬆了些。

第十七章 錢家的哭聲

孫七，李四媽，瑞宣，李四爺，前後腳的來到錢家。事情很簡單！錢孟石病故，他的母親與太太在哭。

李四媽知道自己的責任是在勸慰兩位婦人。可是，她自己已哭成了個淚人。「這可怎麼好噢！怎麼好噢！」她雙手拍著大腿說。

孫七，淚在眼圈裡，跺開了腳！「這是什麼世界！抓去老的，逼死小的！我——」他想破口大罵，而沒敢罵出來。瑞宣，在李四爺身後，決定要和四爺學，把一就看成一，二看成二；哀痛，憤怒，發急，都辦不了事。儘管錢老人是他的朋友，孟石是他的老同學，他決定不撒開他的感情去慟哭，而要極冷靜的替錢太太辦點事。可是，一眼看到死屍與哭著的兩個婦人，他的心中馬上忘了棺材、裝殮、埋葬，那些實際的事，而由孟石的身上看到一部分亡國史。錢老人和孟石的學問、涵養、氣節，與生命，就這麼糊裡糊塗的全結束了。還有千千萬萬人的生命，恐怕也將要這麼結束！人將要像長熟了的稻麥那樣被鐮刀割倒，連他自己也必定受那一刀之苦。他並沒為憂慮自己的死亡而難過，他是想死的原因與關係。孟石為什麼應當死？他自己為什麼該當死？在一個人死了之後，他的長輩與晚輩應當受著什麼樣的苦難與折磨？想到這裡，他的淚，經過多少次的阻止，終於大串的落下來。

孟石，還穿著平時的一身舊夾褲褂，老老實實的躺在床上，和睡熟了的樣子沒有多大區別。他的臉瘦得剩了一條。在這瘦臉上，沒有苦痛，沒有表情，甚至沒有了病容，就那麼不言不語的，閉著眼安睡。瑞宣要過去拉起他的瘦，長，蒼白的手，喊叫著問他：「你就這麼一聲不響的走了嗎？你不曉得仲石的壯烈嗎？為什麼臉上不掛起笑紋？你不知道父親在獄中嗎？為什麼不怒目？」可是，他並沒有走過去拉死鬼的手。他知道在死前不抵抗的，只能老老實實的閉上眼，而北平人倒有百分之九十九是不抵抗的，他自己也是其中的一個，他自己也會有那麼一天就這樣閉上了眼，連臉上也不帶出一點怒氣。他哭出了聲。多日來的羞愧、憂鬱、顧慮、因循、不得已，一股腦兒都哭了出來。他不是專為哭一位亡友，而是多一半哭北平的滅亡與恥辱！

四大媽拉住兩個婦人的手，陪著她們哭。錢太太與媳婦已經都哭傻了，張著嘴，合著眼，淚與鼻涕流濕了胸前，她們的哭聲裡並沒有一個字，只是由心裡往外傾倒眼淚，由喉中激出悲聲。哭一會兒，她們噎住，要閉過氣去。四大媽急忙給她們捶背，淚和言語一齊放出來：「不能都急死喲！錢太太！錢少奶奶！別哭嘍！」她們緩過氣來，哼唧著，抽搭著，生命好像只剩了一根線那麼細，而這一根線還要湧出無窮的淚來。氣順開，她們重新大哭起來。冤屈，憤恨，與自己的無能，使她們願意馬上哭死。

李四爺含著淚在一旁等著。他的年紀與領槓埋人的經驗，教他能忍心的等待。等到她們死去活來的有好幾次了，他抹了一把鼻涕，高聲的說：「死人是哭不活的喲！都住聲！我們得辦事！不能教死人臭在家裡！」

孫七不忍再看，躲到院中去。院中的紅黃雞冠花開得正旺，他恨不能過去拔起兩棵，好解解心中的憋悶：「人都死啦，你們還開得這麼有來有去的！他媽的！」

瑞宣把淚收住，低聲的叫：「錢伯母！錢伯母！」他想說兩句有止慟收淚的作用的話，可是說不出來；一個亡了國的人去安慰另一個亡了國的人，等於屠場中的兩頭牛相對哀鳴。

錢太太哭得已經沒有了聲音，沒有了淚，也差不多沒有了氣。她直著眼，楞起來。她的手和腳已經冰冷，失去了知覺。她已經忘了為什麼哭，和哭誰，除了心中還跳，她的全身都已不會活動。她楞著，眼對著死去的兒子楞著，可是並沒看見什麼；死亡似乎已離她自己不遠，只要她一閉目，一垂頭，她便可以很快的離開這苦痛的人世。

錢少奶奶還連連的抽搭。四大媽拉著她的手，擠咕著兩隻哭紅了的眼，勸說：「好孩子！好孩子！要想開點呀！你要哭壞了，誰還管你的婆婆呢？」

少奶奶橫著心，忍住了悲慟。楞了一會兒，她忽然的跪下了，給大家磕了報喪的頭。大家都楞住了；想了一下，才明白過來。四大媽的淚又重新落下來：「起來吧！苦命的孩子！」可是，少奶奶起不來了。這點控制最大的悲哀的努力，使她筋疲力盡。手腳激顫著，她癱在了地上。

這時候，錢太太吐出一口白沫子來，哼哼了兩聲。

「想開一點呀，錢太太！」李四爺勸慰：「有我們這群人呢，什麼事都好辦！」

「錢伯母！我也在這兒呢！」瑞宣對她低聲的說。

孫七輕輕的進來：「錢太太！咱們的胡同裡有害人的，也有幫助人的，我姓孫的是來幫忙的，有什麼事！請你說就是了！」

錢太太如夢方醒的看了大家一眼，點了點頭。

桐芳和高第已在門洞裡立了好半天。聽院內的哭聲止住了，她們才試著步往院裡走。

孫七看見了她們，趕緊迎上來，要細看看她們是誰。及至看清楚了，他頭上與脖子上的青筋立刻凸起來。他久想發作一番，現在他找到了合適的對象：「小姐太太們，這兒沒唱戲，也不耍猴子，沒有什麼好看的！請出！」

桐芳把外場勁兒拿出來：「七爺，你也在這兒幫忙哪？有什麼我可以作的事沒有？」

孫七聽小崔說過，桐芳的為人不錯。他是錯怪了人，於是弄得很僵。

桐芳和高第搭訕著往屋裡走。瑞宣認識她們，可是向來沒和她們說過話。李四媽的眼神既不好，又忙著勸慰錢家婆媳，根本不曉得屋裡又添了兩個人。錢家婆媳不大認識她們；就是相識，也沒心思打招呼。她們倆看看這個，看看那個，心中極不得勁兒。李四爺常給冠家作事，當然認識她們，他可是故意的不打招呼。

桐芳無可奈何的過去拉了李四爺一下，把他叫到院中來。高第也跟了出來。

「四爺！」桐芳低聲而親熱的叫。「我知道咱們的胡同裡都怎麼恨我們一家子人！可是我和高第並沒過錯。我們倆沒出過壞主意，陷害別人！我和高第想把這點意思告訴給錢老太太，可是看她哭得死去活來的，實在沒法子張嘴。得啦，我求求你吧，你老人家得便替我們說一聲吧！」

四爺不敢相信她的話，也不敢不信。最初，他以為她倆是冠家派來的「偵探」。聽桐芳說得那麼懇切，他又覺得不應當過度的懷疑她們。他不好說什麼，只不著邊際的點了點頭。

「四爺！」高第的短鼻子上縱起許多帶著感情的碎紋。「錢太太是不是很窮呢？」

李四爺對高第比對桐芳更輕視一些，因為高第是大赤包的女兒。他又倔又硬的回答出一句：「窮算什麼呢？錢家這一下子斷了根，絕了後！」

「仲石是真死啦？錢老先生也——」高第說不下去了。她一心只盼仲石的死是個謠言，而錢先生也會不久被釋放出來，好能實現她自己的那個神秘的小夢。可是，看到錢家婦女的悲傷，和孟石的死，她知道自己的夢將永遠是個夢了。她覺得她應當和錢家婆媳一同大哭一場，因為她也變成了寡婦——一個夢中的寡婦。

李四爺有點不耐煩，很不客氣的說：「你們二位要是沒別的事，就請便吧！我還得——」

桐芳把話搶過來：「四爺，我和高第有一點小意思！」她把手中握了半天的一個小紙包——紙已被手心上的汗漚得皺起了紋——遞過來：「你不必告訴錢家的婆媳，也不必告訴別人，你愛怎麼用就怎麼用，給死鬼買點紙燒也好，給——也好，都隨你的便！這並不是誰教給我們這麼作的，我們只表一表我們自己的心意；為這個，回頭大概我們還得和家中打一架呢！」

李四爺的心中暖和了一點，把小紙包接了過來。他曉得錢家過的是苦日子，而喪事有它的必須花錢的地方。當著她倆，他把小包兒打開，以便心明眼亮；裡面是桐芳的一個小金戒指，和高第的二十五塊鈔票。

「我先替你們收著吧！」老人說。「用不著，我原物交還；用得著，我有筆清賬！我不告訴她們，好在她們一家子都不懂得算賬！」

桐芳和高第的臉上都光潤了一點，覺得她們是作了一件最有意義的事。

她們走後，李老人把瑞宣叫到院中商議：「事情應該快辦哪，錢少爺的身上還沒換一換衣服呢！要老這麼耽擱著，什麼時候能抬出去呢？入土為安；又趕上這年月，更得快快的辦啦！」

瑞宣連連點頭。「四爺，要依著我，連壽衣都不必去買，有什麼穿什麼；這年月不能再講體面。棺材呢，買口結實點的，弄十六個人趕快抬出去，你老人家看是不是？」李老人抓了抓脖子上的大肉包。「我也這麼想。恐怕還得請幾位——至少是五眾兒——和尚，超渡超渡吧？別的都可以省，這兩錢兒非花不可！」

孫七湊了過來：「四大爺！難道不報喪嗎？錢家有本家沒有，我不曉得；老太太和少奶奶的娘家反正非趕緊去告訴一聲不可呀！別的我盡不了力，這點跑腿的事，我辦得了！我一個人不行，還有小崔呢！」

「四爺爺！」瑞宣親熱的叫著：「現在我們去和錢太太商議，管保是毫無結果，她已經哭昏了。」

李老人猜到瑞宣的心意：「咱們可作不了主，祁大爺！事情我都能辦，棺材鋪，槓房，我都熟，都能替錢太太省錢。可是，沒有她的話，我可不敢去辦。」

「對！」瑞宣沒說別的，趕快跑回屋中，把四大媽叫出來：「老太太，你先去問她們有什麼至親，請了來，好商議商議怎辦事呀！」

李四媽的大近視眼已哭成了一對小的紅桃，淨顧了難受，什麼主意也沒有，而且耳朵似乎也發聾，聽不清任何人的話。瑞宣急忙又改了主意：「四爺爺！孫師傅！你們先家去歇一會兒，教四祖母在這裡照應著她們婆媳。」

「可憐的少奶奶！一朵花兒似的就守了寡！」四大媽的雙手又拍起大腿來。

沒人注意她的話。瑞宣接著說：「我家去把小順兒的媽找來，叫她一邊勸一邊問錢太太。等問明白了，我通知你們兩位，好不好？」

孫七忙接過話來：「四大爺，你先回家吃飯，我在這兒守著點門！祁大爺，你也請吧！」說完，他像個放哨的兵似的，很勇敢的到門洞裡去站崗。

李四爺同瑞宣走出來。

瑞宣忘了亡國的恥辱與錢家的冤屈，箭頭兒似的跑回家中。他的眼還紅著，而心中痛快了許多。現在，他似乎只求自己能和李四爺與孫七一樣的幫錢家的忙；心中的委屈彷彿已經都被淚沖洗乾淨，像一陣大雨把胡同裡的樹葉與渣滓洗淨了那樣。找到了韻梅，他把剛才吵嘴的事已經忘淨，很簡單而扼要的把事情告訴明白了她。她還沒忘了心中的委屈，可是一聽到錢家的事，她馬上挺了挺腰，忙而不慌的擦了把手，奔了錢家去。

祁老人把瑞宣叫了去。瑞宣明知道說及死亡必定招老人心中不快，可是他沒法作善意的欺哄，因為錢家的哭聲是隨時可以送到老人的耳中的。

聽到孫子的報告，老人好大半天沒說上話來。患難打不倒他的樂觀，死亡可使他不能再固執己見。說真的，城池的失守並沒使他怎樣過度的惶惑不安；他有他自己的老主意；主意拿定，他覺得就是老天爺也沒法難倒他。及至「小三兒」不辭而別，錢默吟被捕，生日沒有過成，墳墓有被發掘的危險，最後，錢少爺在中秋節日死去，一件一件像毒箭似的射到他心中，他只好閉口無言了！假若他爽直的說出他已經不應當再樂觀，他就只好馬上斷了氣。他還希望再活幾年！可是，錢少爺年輕輕的就會已經死了！哼，誰知道老天要怎樣收拾人呢！他的慣於切合實際的心本想拿出許多計劃：錢家的喪事應當怎樣辦，錢家婆媳應當取什麼態度，和祁家應該怎樣幫錢家的忙——可是，他一句沒說出來。他已不大相信自己的智慧與經驗了！

瑞豐在窗外偷偷的聽話兒呢。他們夫婦的「遊歷」冠家，據胖太太看，並沒有多大的成功。她的判斷完全根據著牌沒有打好這一點上。她相信，假若繼續打下去，她必定能夠大捷，而贏了錢買點能給自己再增加些脂肪的吃食，在她想，是最足以使她的心靈得到慰藉的事。可是，牌局無結果而散！她有點看不起大赤包！

瑞豐可並不這麼看。學著冠先生的和悅而瀟灑的神氣與語聲，他說：「在今天的情形之下，我們很難怪她。我們必須客觀的，客觀的，去判斷一件事！說真的，她的咖啡，點心，和招待的慇勤，到底是只此一家，並無分號，在咱們這條胡同裡！」他很滿意自己的詞令，只可惜嗓音還少著一點汁水，不十分像冠先生——冠先生的聲音裡老像有個剛咬破的蜜桃。

胖太太，出乎瑞豐意料之外，居然沒有反駁，大概是因為除了牌局的未能圓滿結束，她實在無法否認冠家的一切確是合乎她的理想的。看到太太同意，瑞豐馬上建議：「我們應當多跟他們來往！別人不瞭解他們，我們必須獨具隻眼！我想我和冠曉荷一定可以成為莫逆之交的！」說完，他的眼珠很快的轉了好幾個圈；他滿意運用了「獨具隻眼」與「莫逆之交」，像詩人用恰當了兩個典故似的那麼得意。

他去偷聽瑞宣對老祖父說些什麼，以便報告給冠家。他須得到曉荷與大赤包的歡心，他的前途才能有希望。退一步講，冠家即使不能給他實利，那麼常能弄到一杯咖啡，兩塊洋點心，和白瞧瞧桐芳與招弟，也不算冤枉！

瑞宣走出來，弟兄兩個打了個照面。瑞豐見大哥的眼圈紅著，猜到他必是極同情錢太太。他把大哥叫到棗樹下面。棗樹本來就不甚體面，偏又愛早早的落葉，像個沒有模樣而頭髮又稀少的人似的那麼難看。幸而枝子的最高處還掛著幾個未被小順兒的磚頭照顧到的紅透了的棗子，算是稍微遮了一點醜。瑞豐和小順兒一樣，看到棗子總想馬上放到口中。現在，他可是沒顧得去打那幾個紅棗，因為有心腹話要對哥哥說。

「大哥！」他的聲音很低，神氣懇切而詭秘：「錢家的孟石也死啦！」「也」字說得特別的用力，倒好像孟石的死是為湊熱鬧似的。

「啊！」瑞宣的聲音也很低，可是不十分好聽。「他也是你的同學！」他的「也」字幾乎與二弟的那個同樣的有力。瑞豐仰臉看了看樹上的紅棗，然後很勉強的笑了笑。「儘管是同學！我對大哥你不說泛泛的話，因為你闖出禍來，也跑不了我！我看哪，咱們都少到錢家去！錢老人的生死不明，你怎知道沒有日本偵探在暗中監視著錢家的人呢？再說，冠家的人都怪好的，咱們似乎也不必因為幫忙一家鄰居，而得罪另一家鄰居，是不是？」

瑞宣舔了舔嘴唇，沒說什麼。

「錢家，」瑞豐決定要把大哥說服，「現在是家破人亡，我們無論怎樣幫忙，也不會得到絲毫的報酬。冠家呢——」說到這裡，他忽然改了話：「大哥，你沒看報嗎？」

瑞宣搖了搖頭。真的，自從敵人進了北平，報紙都被姦污了以後，他就停止了看報。在平日，看報紙是他的消遣之一。報紙不但告訴他許多事，而且還可以掩護他，教他把臉遮蓋起來，在他心中不很高興的時候。停止看報，對於他，是個相當大的折磨，幾乎等於戒煙或戒酒那麼難過。可是，他決定不破戒。他不願教那些帶著血的謊話欺哄他，不教那些為自己開脫罪名的漢奸理論染髒了他的眼睛。

「我天天看一眼報紙上的大字標題！」瑞豐說。「儘管日本人說話不盡可靠，可是我們的仗打得不好是真的！山西，山東，河北，都打得不好，南京還保得住嗎？所以，我就想：人家冠先生的辦法並不算錯！本來嗎，比如說南京真要也丟了，全國還不都得屬東洋管；就是說南京守得住，也不老容易的打回來呀！咱們北平還不是得教日本人管著？胳臂擰不過大腿去，咱們一家子還能造反，打敗日本人嗎？大哥，你想開著點，少幫錢家的忙，多跟冠家遞個和氣，不必緊自往死牛犄角裡鑽！」

「你說完了？」瑞宣很冷靜的問。

老二點了點頭。他的小乾臉上要把智慧、忠誠、機警、嚴肅，全一下子拿出來，教老大承認他的才氣的優越與心地的良善。可是，他只表現了一點掩飾不住的急切與不安。眉頭皺著一點，他用手背抹了抹嘴角上的一堆小白沫兒。

「老二！」瑞宣想說的話像剛倒滿了杯的啤酒，都要往外流了。可是，看了老二一眼，他決定節省下氣力。他很冷淡的笑了笑，像冰上炸開一點紋兒似的。「我沒有什麼可說的！」老二的小乾臉僵巴起來。

「大哥！我很願意把話說明白了，你知道，她——」他向自己的屋中很恭敬的指了指，倒像屋中坐著的是位女神。「她常勸我分家，我總念其手足的情義，不忍說出口來！你要是不顧一切的亂來，把老三放走，又幫錢家的忙，我可是真不甘心受連累！」他的語聲提高了許多。

天祐太太在南屋裡發問：「你們倆嘀咕什麼呢？」

老大極快的回答：「說閒話呢，媽！」

老二打算多給哥哥一點壓力：「你要是不能決定，我跟媽商議去！」

「媽和祖父都病著呢！」瑞宣的聲音還是很低。「等他們病好了再說不行嗎？」

「你跟她說說去吧！」老二又指了指自己的屋子。「這並不是我一個人的主意！」

瑞宣，一個受過新教育的人，曉得什麼叫小家庭制度。他沒有一點反對老二要分出去的意思。不過，祖父、父親，和母親，都絕對不喜歡分家，他必得替老人們設想，而敷衍老二。老二在家裡，與分出去，對瑞宣在家務上的，經濟上的，倫理上的，負擔並沒什麼差別。可是，老二若是分出去，三位老人就必定一齊把最嚴重的譴責加在他的身上。所以，他寧可多忍受老二夫婦一些冤枉氣，而不肯叫老人們心中都不舒服。他受過新教育，可是須替舊倫理盡義務。他沒有一時一刻忘了他的理想，可是整天，整月，整年的，他須為人情與一家大小的飽暖去工作操勞。每逢想到這種矛盾，他的心中就失去平靜，而呆呆的發楞。現在，他又楞起來。

「怎樣？」老二緊催了一板。

「啊？」瑞宣眨巴了幾下眼，才想起剛才的話來。想起老二的話來，正像一位在思索著宇宙之謎的哲學家忽然想起缸裡沒有了米那樣，他忽然的發了氣。他的臉突然的紅了，緊跟著又白起來。「你到底要幹嗎？」他忘了祖父與母親的病，忘了一切，聲音很低，可是很寬，像憋著大雨的沉雷。「分家嗎？你馬上滾！」

南屋的老太太忘了病痛，急忙坐起來，隔著窗戶玻璃往外看：「怎麼啦？怎麼啦？」

老大上了當。老二湊近窗前：「媽！這你可聽見了？大哥叫我滾蛋！」

幸而，母親的心是平均的拴在兒女身上的。她不願意審判他們，因為審判必須決定屈直勝負。她只用她的地位與慈愛的威權壓服他們：「大節下的呀！不准吵嘴！」

老二再向窗前湊了湊，好像是他受了很大的委屈，而要求母親格外愛護他。

老大又楞起來。他很後悔自己的鹵莽，失去控制，而惹得帶病的媽媽又來操心！

瑞豐太太肉滾子似的扭了出來。「豐！你進來！有人叫咱們滾，咱們還不忙著收拾收拾就走嗎？等著叫人家踢出去，不是白饒一面兒嗎？」

瑞豐放棄了媽媽，小箭頭似的奔了太太去。

「瑞宣——」祁老人在屋裡扯著長聲兒叫：「瑞宣——」並沒等瑞宣答應，他發開了純為舒散肝氣的議論：「不能這樣子呀！小三兒還沒有消息，怎能再把二的趕出去呢！今天是八月節，家家講究團圓，怎麼單單咱們說分家呢？要分，等我死了再說；我還能活幾天？你們就等不得呀！」

瑞宣沒答理祖父，也沒安慰媽媽，低著頭往院外走。在大門外，他碰上了韻梅。她紅著眼圈報告：「快去吧！錢太太不哭啦！孫七爺已經去給她和少奶奶的娘家送信，你趕緊約上李四爺，去商議怎麼辦事吧！」

瑞宣的怒氣還沒消，可是決定盡全力去幫錢家的忙。他覺得只有盡力幫助別人，或者可以減輕他的憂慮，與不能像老三那樣去赴國難的罪過。

他在錢家守了一整夜的死人。

第十八章　全胡同最悲慘的一天

除了娘家人來到，錢家婆媳又狠狠的哭了一場之外，她們沒有再哭出聲來。錢太太的太陽穴與腮全陷進去多麼深，以致鼻子和顴骨都顯著特別的堅硬，有稜有角。二者必居其一：不是她已經把淚都傾盡，就是她下了決心不再哭。恐怕是後者，因為在她的陷進很深的眼珠裡，有那麼一點光。這點光像最溫柔的女貓怕淘氣的小孩動她的未睜開眼的小貓那麼厲害，像帶著雞雛的母雞感覺到天上來了老鷹那麼勇敢，像一個被捉住的麻雀要用牠的小嘴咬斷了籠子棍兒那麼堅決。她不再哭，也不多說話，而只把眼中這點光一會兒放射出來，一會兒又收起去；存儲了一會兒再放射出來。

大家很不放心這點光。

李四爺開始喜歡錢太太，因為她是那麼簡單痛快，只要他一出主意，她馬上點頭，不給他半點麻煩和淤磨。從一方面看，她對於一切東西的價錢和到什麼地方去買，似乎全不知道，所以他一張口建議，她就點頭。從另一方面看，她的心中又像頗有些打算，並不糊裡糊塗的就點頭。比如說：四爺說，棺材只求結實，不管式樣好看不好看；她點點頭。四爺說，靈柩在家裡只停五天，出殯只要十六個槓兒和一班兒清音吹鼓手；她又點點頭。可是，當他提到請和尚放焰口的時候，她搖了頭，因為錢先生和少爺們都不信佛，家裡從來沒給任何神佛燒過香。這，教李四爺覺得很奇怪。他很想問明白，錢家是不是「二毛子」，信洋教。可是他沒敢問，因為他想不起錢家的人在什麼時候上過教堂，而且這一家子無論在什麼地方都絲毫不帶洋氣兒。李四爺不能明白她，而且心中有點不舒服——在他想，無論怎樣不信佛的人，死後唸唸經總是有益無損的事。錢太太可是很堅決，她連著搖了兩次頭。

李四爺也看出來：她的反對唸經，一定不是為省那幾個錢，因為當他建議買棺材與別的事的時候，雖然他立意要給她節省，可是並沒有明說出來；她只點頭，而並沒問：「那得要多少錢哪？」她既像十分明白李四爺必定會給省錢，又像隨便花多少也不在乎的樣子。李四爺一方面喜歡她的簡單痛快。另一方面又有點擔心——她到底有多少錢呢？

為慎重起見，李四爺避著錢太太，去探聽少奶奶的口氣。她沒有任何意見，婆婆說怎辦，就怎辦。四爺又特別提出請和尚唸經的事，她說：「公公和孟石都愛作詩，什麼神佛也不信。」四爺不知道詩是什麼，更想不透為什麼作詩就不信佛爺。他只好放棄了自己的主張，雖然在心中已經算計好，他會給她們請來五位頂規矩而又便宜的和尚。他問到錢太太到底有多少錢，少奶奶毫不遲疑的回答：「一個錢沒有！」

李四爺抓了頭。不錯，他自己準備好完全盡義務，把槓領出城去。但是，槓錢，棺材錢，和其他的開銷，儘管他可以設法節省，可也要馬上就籌出款子來呀！他把瑞宣拉到一邊，咬了咬耳朵。

瑞宣按著四爺的計劃，先糙糙的在心中造了個預算表，然後才說：「我曉得咱們胡同裡的人多數的都肯幫忙。但是錢太太絕不喜歡咱們出去替她化緣募捐。咱們自己呢，至多也不過能掏出十塊八塊的，那和總數還差得多呢！咱們是不是應當去問問她們的娘家人呢？」

「應當問問！」老人點了頭。「這年月，買什麼都要付現錢！要不是鬧日本鬼子，我準擔保能賒出一口棺材來；現在，連一斤米全賒不出來，更休提壽材了！」

錢太太的弟弟，和少奶奶的父親，都在這裡。錢太太的弟弟陳野求，是個相當有學問，而心地極好的中年瘦子。臉上瘦，所以就顯得眼睛特別的大。當他的眼珠定住的時候，他好像是很深沉，個性很強似的。可是他不常定住眼珠；反之，他的眼珠總愛「多此一舉」的亂轉，倒好像他是很浮躁，很好事。有這麼一對眼，再加上兩片薄得像刀刃似的，極好開合（找不到說話的對象，他自己會叨嘮得很熱鬧）的嘴唇，他就老那麼飄輕飄輕的，好像一片飛在空中的雞毛那樣被人視為無足重輕。

事實上，他既不深沉，也不浮躁。他的好轉眼珠只是一種習慣，他的好說話是為特意討別人的好。他是個好人。假若不是因為他有一位躺在墳地的，和一位躺在床上的，太太，這兩位太太給他生的八個孩子，他必定不會老被人看成空中飛動的一片雞毛。只要他用一點力，他就能成為一位學者。可是，八張像蝗蟲的小嘴，和十六對象鐵犁的腳，就把他的學者資格永遠褫奪了。無論他怎樣賣力氣，八個孩子的鞋襪永遠教他愛莫能助！

他和錢默吟是至近的親戚，也是最好的朋友。姐丈與舅爺所學的不同，但是談到學問，彼此都有互相尊敬的必要。至於談到人生的享受，野求就非常的羨慕默吟了；默吟有詩有畫有花木與茵陳酒，而野求只有吵起來像一群餓狼似的孩子。他非常的喜歡來看姐姐與姐丈，因為即使正趕上姐丈也斷了糧，到底他們還可以上下古今的閒扯——他管這個閒扯叫作「磨一磨心上的銹」。可是，他不能常來，八個孩子與一位常常生病的太太，把他拴在了柴米油鹽上。

當孫七把口信捎到的時候，他正吃著晚飯——或者應當說正和孩子們搶著飯吃。孫七把話說完，野求把口中沒咽淨的東西都吐在地上。沒顧得找帽子，他只向屋裡嚷了一聲，就跑了出來；一邊走一邊落淚。

就是他，陪著瑞宣熬了第一夜。瑞宣相當的喜歡這個人。最足以使他們倆的心碰到一處的是他們對國事的憂慮，儘管憂慮，可是沒法子去為國盡忠。他告訴瑞宣：「從歷史的久遠上看，作一個中國人並沒什麼可恥的地方。但是，從只顧私而不顧公，只講鬥心路而不敢真刀真槍的去幹這一點看，我實在不佩服中國人。北平亡了這麼多日子了，我就沒看見一個敢和敵人拚一拚的！中國的人惜命忍辱實在值得詛咒！話雖這樣說，可是你我——」他很快的停住，矯正自己：「不，我不該這麼說！」

「沒關係！」瑞宣慘笑了一下：「你我大概差不多！」

「真的？我還是只說我自己吧！八個孩子，一個老鬧病的老婆！我就像被黏在蒼蠅紙上的一個蒼蠅，想飛，可是身子不能動！」唯恐瑞宣張嘴，他搶著往下說：「是的，我知道連小燕還不忍放棄了一窩黃嘴的小雛兒，而自己到南海上去飛翔。可是，從另一方面看，岳武穆，文天祥，也都有家庭！咱們，嘔，請原諒！我，不是咱們！我簡直是個婦人，不是男子漢！再抬眼看看北平的文化，我可以說，我們的文化或者只能產生我這樣因循苟且的傢伙，而不能產生壯懷激烈的好漢！我自己慚愧，同時我也為我們的文化擔憂！」

瑞宣長嘆了一聲：「我也是個婦人！」

連最愛說話的陳野求也半天無話可說了。

現在，瑞宣和李四爺來向野求要主意。野求的眼珠定住了。他的輕易不見一點血色的瘦臉上慢慢的發暗——他的臉紅不起來，因為貧血。張了幾次嘴，他才說出話來：「我沒錢！我的姐姐大概和我一樣！」

怕野求難堪，瑞宣嘟囔著：「咱們都窮到一塊兒啦！」

他們去找少奶奶的父親——金三爺。他是個大塊頭。雖然沒有李四爺那麼高，可是比李四爺寬的多。寬肩膀，粗脖子，他的頭幾乎是四方的。頭上臉上全是紅光兒，臉上沒有鬍鬚，頭上只剩了幾十根灰白的頭髮。最紅的地方是他的寬鼻頭，放開量，他能一頓喝斤半高粱酒。在少年，他踢過梅花樁，摔過私跤，扔過石鎖，練過形意拳，而沒讀過一本書。經過五十八個春秋，他的工夫雖然已經擱下了，可是身體還像一頭黃牛那麼結實。

金三爺的辦公處是在小茶館裡。泡上一壺自己帶來的香片，吸兩袋關東葉子煙，他的眼睛看著出來進去的人，耳中聽著四下裡的話語，心中盤算著自己的錢。看到一個合適的人，或聽到一句有靈感的話，他便一個木楔子似的擠到生意中去。他說媒，拉縴，放賬！他的腦子裡沒有一個方塊字，而有排列得非常整齊的一片數目字。他非常的愛錢，錢就是他的「四書」或「四叔」——他分不清「書」與「叔」有多少不同之處。可是，他也能很大方。在應當買臉面的時候，他會狠心的拿出錢來，好不致於教他的紅鼻子減少了光彩。假若有人給他一瓶好酒，他的鼻子就更紅起來，也就更想多發點光。

他和默吟先生作過同院的街坊。默吟先生沒有借過他的錢，而時常送給他點茵陳酒，因此，兩個人成了好朋友。默吟先生一肚子詩詞，三爺一肚子賬目，可是在不提詩詞與賬目，而都把臉喝紅了的時候，二人發現了他們都是「人」。

因為友好，他們一來二去的成了兒女親家。在女兒出閣以後，金三爺確是有點後悔，因為錢家的人永遠不會算賬，而且也無賬可算。但是，細看一看呢，第一，女兒不受公婆的氣；第二，小公母倆也還和睦；第三，錢家雖窮，而窮的硬氣，不但沒向他開口借過錢，而且彷彿根本不曉得錢是什麼東西；第四，親家公的茵陳酒還是那麼香咧，而且可以白喝。於是，他把後悔收起來，而時時暗地裡遞給女兒幾個錢，本利一概犧牲。

這次來到錢家，他準知道買棺材什麼的將是他的責任。可是，他不便自告奮勇。他須把錢花到亮颼的地方。他沒問親家母的經濟情形如何，她也沒露一點求助的口氣。他忍心的等著；他的錢像舞台上的名角似的，非敲敲鑼鼓是不會出來的。

李四爺和瑞宣來敲鑼鼓，他大仁大義的答應下：「二百塊以內，我兜著！二百出了頭，我不管那個零兒！這年月，誰手裡也不方便！」說完，他和李四爺又討論了幾句；對四爺的辦法，他都點了頭；他從幾句話中看出來四爺是內行，絕對不會把他的「獻金」隨便被別人賺了去。對瑞宣，他沒大招呼，他覺得瑞宣太文雅，不會是能辦事的人。

李四爺去奔走。瑞宣，因為喪事的「基金」已有了著落，便陪著野求先生談天。好像是有一種暗中的諒解似的，他們都不敢提默吟先生。在他們的心裡，都知道這是件最值得談的事，因為孟石仲石都已死去，而錢老先生是生死不明；他們希望老人還活著，還能恢復自由，好使這一家人有個辦法。但是，他們都張不開口來談，因為他們對營救錢先生絲毫不能盡力，空談一談有什麼用呢？因此，他們口中雖然沒有閒著，可是心中非常的難過，他們的眼神互相的告訴：「咱們倆是最沒有用的蠢材！」

談來談去，談到錢家婆媳的生活問題。瑞宣忽然靈機一動：「你知道不知道，他們收藏著什麼有價值的東西呢？字畫，或是善本的書？假若有這一類的東西，我們負責給賣一賣，不是就能進一筆錢嗎？」

「我不知道！」野求的眼珠轉得特別的快，好像願意馬上能發現一兩件寶物，足以使姐姐免受饑寒似的。「就是有，現在誰肯出錢買字畫書籍呢？咱們的想法都只適用於太平年日，而今天──」他的薄嘴唇緊緊的閉上，貧血的腦中空了一塊，像個擱久了的雞蛋似的。

「問問錢太太怎樣？」瑞宣是急於想給她弄一點錢。

「那，」野求又轉了幾下眼珠。「你不曉得我姐姐的脾氣！她崇拜我的姐丈！」很小心的，他避免叫出姐丈的名字來。「我曉得姐丈是個連一個蒼蠅也不肯得罪的人，他一定沒強迫過姐姐服從他。可是他一句話，一點小小的癖好，都被姐姐看成神聖不可侵犯的，絕對不能更改的事。她寧可挨一天的餓，也不肯缺了他的酒；他要買書，她馬上會摘下頭上的銀釵。你看，假若他真收藏著幾件好東西，她一定不敢去動一動，更不用說拿去賣錢了！」

「那麼，出了殯以後怎麼辦呢？」

野求好大半天沒回答上來，儘管他是那麼喜歡說話的人。楞夠了，他才遲遲頓頓的說：「為她們有個照應，我可以搬來住。她們需要親人的照應，你看出來沒有我姐姐的眼神？」瑞宣點了點頭。

「她眼中的那點光兒不對！誰知道她要幹什麼呢？丈夫被捕，兩個兒子一齊死了，恐怕她已打定了什麼主意。她是最老實的人，但是被捆好的一隻雞也要掙扎掙扎吧？我很不放心！我應當來照應著她！話可是又說回來，我還自顧不暇，怎能再多養兩口人呢？光是來照應著她們，而看著她們挨餓，那算什麼辦法呢？假若這是在戰前，我無論怎樣，可以找一點兼差，供給她們點粗茶淡飯。現在，教我上哪兒找兼差去呢？亡了國，也就亡了親戚朋友之間的善意善心！征服者是狼，被征服的是一群各自逃命的羊！再說，她們清靜慣了，我要帶來八個孩子，一天就把這滿院的花草踏平，半天就把她們的耳朵震聾，大概她們也受不了！簡單的說吧，我沒辦法！我的心快碎了，可是想不出辦法！」

棺材到了，一口極笨重結實，而極不好看的棺材！沒上過漆，木材的一切缺陷全顯露在外面，顯出凶惡狠毒的樣子。

孟石只穿了一身舊衣服，被大家裝進那個沒有一點感情的大白匣子去。

金三爺用大拳頭捶了棺材兩下子，滿臉的紅光忽然全晦暗起來，高聲的叫著：「孟石！孟石！你就這麼忍心的走啦？」

錢太太還是沒有哭。在棺材要蓋上的時候，她顫抖著從懷中掏出一小卷，沒有裱過，顏色已灰黃了的紙來，放在兒子的手旁。

瑞宣向野求遞了個眼神。他們倆都猜出來那必是一兩張字畫。可是他們都不敢去問一聲，那個蠢笨的大白匣子使他們的喉中發澀，說不出話來。他們都看見過棺材，可是這一口似乎與眾不同，它使他們意味到全個北平就也是一口棺材！

少奶奶大哭起來。金三爺的淚是輕易不落下來的，可是女兒的哭聲使他的眼失去了控制淚珠的能力。這，招起他的暴躁；他過去拉著女兒的手，厲聲的喝喊：「不哭！不哭！」女兒繼續的悲號，他停止了呼喝，淚也落了下來。

出殯的那天是全胡同最悲慘的一天。十六個沒有穿袈衣的窮漢，在李四爺的響尺的指揮下，極慢極小心的將那口白辣辣的棺材在大槐樹下上了槓。沒有喪種，少奶奶披散著頭髮，穿著件極長的粗布孝袍在棺材前面領魂。她像一個女鬼。金三爺悲痛的，暴躁的，無可如何的，攙著她；紅鼻子上掛著一串眼淚。在起槓的時節，他跺了跺兩隻大腳。一班兒清音，開始奏起簡單的音樂。李四爺清脆的嗓子喊起「例行公事」的「加錢」，只喊出半句來。他的響尺不能擊錯一點，因為它是槓夫的耳目，可是敲得不響亮；他絕對不應當動心，但是動了心。一輛極破的轎車，套著一匹連在棺材後面都顯出緩慢的瘦騾子，拉著錢太太。她的眼，乾的，放著一點奇異的光，緊釘住棺材的後面；車動，她的頭也微動一下。祁老人，還病病歪歪的，扶著小順兒，在門內往外看。他不敢出來。小妞子也要出來著，被她的媽扯了回去。瑞宣太太的心眼最軟。把小妞子扯到院中，她聽見婆婆在南屋裡問她：「錢家今天出殯啊？」她只答應了一聲「是！」然後極快的走到廚房，一邊切著菜，一邊落淚。

瑞宣，小崔，孫七，都去送殯。除了冠家，所有的鄰居都立在門外含淚看著。看到錢少奶奶，馬老寡婦幾乎哭出聲來，被長順攙了回去：「外婆！別哭啊！」勸著外婆，他的鼻子也酸起來。小文太太扒著街門，只看了一眼，便轉身進去了。四大媽的責任是給錢家看家。她一直追著棺材，哭到胡同口，才被四大爺叱喝回來。

死亡，在亡國的時候，是最容易碰到的事。錢家的悲慘景象，由眼中進入大家的心中；在心中，他們回味到自己的安全。生活在喪失了主權的土地上，死是他們的近鄰！

第十九章　亡國史

冠宅的稠雲再也不能控制住雷雨了。幾天了，大赤包的臉上老掛著一層發灰光的油。她久想和桐芳高第開火。可是，西院裡還停著棺材；她的嗓子像銹住了的槍筒，發不出火來。她老覺得有一股陰氣，慢慢的從西牆透過來；有一天晚上，在月光下，她彷彿看見西牆上有個人影。她沒敢聲張，可是她的頭髮都偷偷的豎立起來。

西院的棺材被抬了走。她的心中去了一塊病。臉上的一層灰色的油慢慢變成暗紅的，她像西太后似的坐在客室的最大的一張椅子上。像火藥庫忽然爆炸了似的，她喊了聲：「高第！來！」

高第，雖然見慣了陣式，心中不由的顫了一下。把短鼻子上擰起一朵不怕風雨的小花，她慢慢的走過來。到了屋中，她沒有抬頭，問了聲：「幹嗎？」她的聲音很低很重，像有鐵筋洋灰似的。

大赤包臉上的雀斑一粒粒的都發著光，像無數的小黑槍彈似的。「我問問你！那天，你跟那個臭娘們上西院幹什麼去了？說！」

桐芳，一來是激於義憤，二來是不甘心領受「臭娘們」的封號，三來是不願教高第孤立無援，一步便竄到院中，提著最高的嗓音質問：「把話說明白點兒，誰是臭娘們呀？」

「心裡沒病不怕冷年糕！」大赤包把聲音提得更高一點，企圖著壓倒桐芳的聲勢。「來吧！你敢進來，算你有膽子！」

桐芳的個子小，力氣弱，講動武，不是大赤包的對手。但是，她的勇氣催動著她，像小鷂子並不怕老鷹那樣，撲進了北屋。

大赤包，桐芳，高第的三張嘴一齊活動，誰也聽不清誰的話，而都盡力的發出聲音，像林中的群鳥只管自己啼喚，不顧得聽取別人的意見那樣。她們漸漸的失去了爭吵的中心，改為隨心所欲的詬罵，於是她們就只須把毒狠而污穢的字隨便的編串到一塊，而無須顧及文法和修辭。這樣，她們心中和口中都感到爽快，而越罵越高興。她們的心中開了閘，把平日積聚下的污垢一下子傾瀉出來。她們平日在人群廣眾之間所帶著的面具被扯得粉碎，露出來她們的真正的臉皮，她們得到了「返歸自然」的解放與欣喜！

曉荷先生藏在桐芳的屋裡，輕輕的哼唧著《空城計》的一段「二六」，右手的食指中指與無名指都富有彈性的在膝蓋上點著板眼。現在，他知道，還不到過去勸架的時候；雨要是沒下夠，就是打雷也不會晴天的。他曉得：等到她們的嘴角上已都起了白沫兒，臉上已由紅而白，舌頭都短了一些的時候，他再過去，那才能收到馬到成功的效果，不費力的便振作起家長的威風。

瑞豐，奉了太太之命，來勸架。勸架這件工作的本身，在他看，是得到朋友的信任與增高自己的身分的捷徑。當你給朋友們勸架的時候，就是那占理的一面，也至少在言語或態度上有他的過錯——你抓住了他的缺陷。在他心平氣和了之後，他會怪不好意思和你再提起那件事，而即使不感激你，也要有點敬畏你。至於沒有理的一面，因為你去調解而能逃脫了無理取鬧所應得的懲罰，自然就非感激你不可了。等到事情過去，你對別的朋友用不著詳述鬧事理的首尾，而只簡直的——必須微微的含笑——說一聲：「他們那件事是我給了的！」你的身分，特別是在這人事關係比法律更重要的社會裡，便無疑的因此而增高了好多。

瑞豐覺得他必須過去勸架，以便一舉兩得：既能獲得冠家的信任，又能增高自己的身分。退一步講，即使他失敗了，冠家的人大概也不會因為他的無能而忽視了他的熱心的。是的，他必須去，他須像個木楔似的硬楔進冠家去，教他們沒法不承認他是他們的好朋友。況且，太太的命令是不能不遵從的呢。

他把頭髮梳光，換上一雙新鞋，選擇了一件半新不舊的綢夾袍，很用心的把袖口捲起，好露出裡面的雪白的襯衣來。他沒肯穿十成新的長袍，一來是多少有點不適宜去勸架，二來是穿新衣總有些不自然——他是到冠家去，人家冠先生的文雅風流就多半仗著一切都自自然然。

到了戰場，他先不便說什麼，而只把小乾臉板得緊緊的，皺上眉頭，倒好像冠家的爭吵是最嚴重的事，使他心中感到最大的苦痛。

三個女的看到他，已經疲乏了的舌頭又重新活躍起來，像三大桶熱水似的，把話都潑在他的頭上。他嘆了一口氣。然後，他的眼向大赤包放出最誠懇的關切，頭向高第連連的點著，右耳向桐芳豎著，鼻子和口中時時的哼著，唧著，歎息著。他沒聽清一句話，可是他的耳目口鼻全都浸入她們的聲音中，像只有他能瞭解她們似的。

她們的舌頭又都周轉不靈了，他乘機會出了聲：「得了！都看我吧！冠太太！」

「真氣死人哪！」大赤包因為力氣已衰，只好用咬牙增高感情。

「冠小姐！歇歇去！二太太！瞧我啦！」

高第和桐芳連再瞪仇敵一眼的力氣也沒有了，搭訕著作了光榮的退卻。

大赤包喝了口茶，打算重新再向瑞豐述說心中的委屈。瑞豐也重新皺上眉，準備以算一道最難的數學題的姿態去聽取她的報告。

這時候，曉荷穿著一身淺灰色湖綢的裌襖夾褲，裌襖上罩著一件深灰色細毛線打的菊花紋的小背心，臉上儲蓄著不少的笑意，走進來。

「瑞豐！今天怎麼這樣閒在？」他好像一點不曉得她們剛吵完架似的。沒等客人還出話來，他對太太說：「給瑞豐弄點什麼吃呢？」

雖然還想對瑞豐訴委屈，可是在鬧過那麼一大場之後，大赤包又覺得把心思與話語轉變個方向也未為不可。她是相當爽直的人。「對啦！瑞豐，我今天非請請你不可！你想吃什麼？」

沒有太太的命令，瑞豐不敢接受冠家的招待。轉了一下他的小眼珠，他扯了個謊：「不，冠太太！家裡還等著我吃飯呢！今天，有人送來了一隻烤鴨子！我決不能跟你鬧客氣！改天，改天，我和內人一同來！」

「一言為定！明天好不好？」大赤包的臉，現在，已恢復了舊觀，在熱誠懇切之中帶著不少的威嚴。見瑞豐有立起來告辭的傾向，她又補上：「喝杯熱茶再走，還不到吃飯的時候！」她喊僕人泡茶。

瑞豐，急於回去向太太報功，可是又不願放棄多和冠氏夫婦談一談的機會，決定再多坐一會兒。

曉荷很滿意自己的從容不迫，調度有方；他覺得自己確有些諸葛武侯的氣度與智慧。他也滿意大赤包今天的態度，假若她還是不依不饒的繼續往下吵鬧，即使他是武侯，大概也要手足失措。因此，他要在客人面前表示出他對她們的衝突並不是不關心，好教太太得到點安慰，而且也可以避免在客人走後再挨她的張手雷的危險。

未曾開言，他先有滋有味的輕歎了一聲，以便惹起客人與太太的注意。歎罷了氣，他又那麼無可如何的，啼笑皆非的微笑了一下。然後才說：「男大當婚，女大當聘，一點也不錯！我看哪，」他瞟了太太一眼，看她的神色如何，以便決定是否說下去。見大赤包的臉上的肌肉都鬆懈著，有些個雀斑已被肉折兒和皺紋掩藏住，他知道她不會馬上又變臉，於是決定往下說：「我看哪，太太！咱們應當給高第找婆家了！近來她的脾氣太壞了，鬧得簡直有點不像話！」

瑞豐不敢輕易發表意見，只把一切所能集合起來的表情都擺在臉上，又是皺眉，又是眨眼，還舔一舔嘴唇，表現出他的關切與注意。

大赤包沒有生氣，而只把嘴角往下撇，撇到成了一道很細很長的曲線，才又張開：「你橫是不敢說桐芳鬧得不像話！」

瑞豐停止了皺眉，擠眼。他的小乾臉上立刻變成了「沒字碑」。他不敢因為「作戲」而顯出偏祖，招任何一方面的不快。

曉荷從太太的臉色和語聲去判斷，知道她不會馬上作「總攻擊」，搭訕著說：「真的，我真不放心高第！」

「瑞豐！」大赤包馬上來了主意：「你幫幫忙，有合適的人給她介紹一個！」

瑞豐受寵若驚的，臉上像打了個閃似的，忽然的一亮：「我一定幫忙！一定！」說完，他開始去檢查他的腦子，頗想能馬上找到一兩位合適的女婿，送交大赤包審核備案。同時，他心裡說：「嘿！假若我能作大媒！給冠家！給冠家！」也許是因為太慌促吧，他竟自沒能馬上想起配作冠家女婿的「舉子」來。他改了話，以免老楞著：「家家有本難念的經！」

「怎麼？府上也——」曉荷也皺了皺眉，知道這是輪到他該表示同情與關切的時候了。

「提起來話長得很！」瑞豐的小乾臉上居然有點濕潤的意思，像臉的全部都會落淚似的。

「閒談！閒談！我反正不會拉老婆舌頭！」曉荷急於要聽聽祁家的爭鬥經過。

憑良心說，瑞豐實在沒有什麼委屈可訴。可是，他必須說出點委屈來，以便表示自己是怎樣的大仁大義；假若沒有真的，他也須「創作」出一些實事。一個賢人若是甘心受苦難而一聲不出，一個凡人就必須說出自己的苦難，以便自居為賢人。吸著剛泡來的香茶，他像個受氣的媳婦回到娘家來似的，訴說著祁家四代的罪狀。最後，他提到已經不能再住在家裡，因為大哥瑞宣與大嫂都壓迫著他教他分家。這，分明是個十成十的謊言，可是為得別人的同情，謊言是必須用的工具。

曉荷很同情瑞豐，而不便給他出什麼主意，因為一出主意便有非實際去幫忙不可的危險。最使他滿意的倒是聽到祁家人的不大和睦，他的心就更寬綽了一些，而把自己家事的糾紛看成了事有必至，理有固然。

大赤包也很同情瑞豐，而且馬上出了主意。她的主意向來是出來的很快，因為她有這個主意不好就馬上另出一個，而絲毫不感到矛盾的把握！

「瑞豐，你馬上搬到我這裡來好啦！我的小南屋閒著沒用，只要你不嫌窄別，搬來就是了！我一定收你的房錢，不教你白住，你不用心裡過意不去！好啦，就這樣辦啦！」

這，反倒嚇了瑞豐一跳。他沒想到事情能會這麼快就有辦法！有了辦法，他反倒沒了主意。他不敢謝絕冠太太的厚意，也不敢馬上答應下來。他的永遠最切實際的心立刻看到，假若他搬了來，只就打牌那一件事，且不說別的，他就「奉陪」不起。他的小乾臉忽然縮小了一圈。他開始有點後悔，不該為閒扯而把自己弄得進退兩難。

冠先生看出客人的為難，趕緊對太太說：「別勸著人家分家呀！」

大赤包的主意，除了她自己願意馬上改變，永遠是不易撤銷的：「你知道什麼！我不能看著瑞豐——這麼好的人——在家裡小菜碟似的受欺負！」她轉向瑞豐：「你什麼時候願意來，那間小屋總是你的！君子一言，快馬一鞭！」

瑞豐覺得點頭是他必盡的義務。他點了頭。口中也想說兩句知恩感德的話，可是沒能說出來。

曉荷看出瑞豐的為難，趕緊把話岔開。「瑞豐，這兩天令兄頗幫錢家的忙。錢家到底怎麼辦的喪事，令兄也許對你講過了吧？」

瑞豐想了一會兒才說：「他沒對我講什麼！他——唉！他跟我說不到一塊兒！我們只有手足之名，而無手足之情！」他的頗像初中學生的講演稿子的詞令，使他很滿意自己的口才。

「噢！那就算了吧！」曉荷的神情與語調與其說是不願為難朋友，還不如說是激將法。

瑞豐，因為急於討好，不便把談話結束在這裡：「曉翁，要打聽什麼？我可以去問瑞宣！即使他不告訴我，不是還可以從別的方面——」

「沒多大了不起的事！」曉荷淡淡的一笑。「我是要打聽打聽，錢家有什麼字畫出賣沒有？我想，錢家父子既都能寫能畫，必然有點收藏。萬一因為辦喪事需錢而想出手，我倒願幫這個忙！」他的笑意比剛才加重了好多，因為他的話是那麼巧妙，居然把「乘人之危」變成「幫這個忙」，連他自己都覺得有點「太」聰明了，而不能不高興一下。

「你要字畫幹什麼？這年月花錢買破紙？你簡直是個半瘋子！」大赤包覺得一件漂亮的衣服可以由家裡美到街上去，而字畫只能掛在牆上；同樣的花錢，為什麼不找漂亮的，能在大街上出風頭的東西去買呢？

「這，太太，你可不曉得！」曉荷笑得很甜美的說。「我自有妙用！自有妙用！噢，」他轉向瑞豐：「你給我打聽一下！先謝謝！」他把脊背挺直，而把腦袋低下，拱好的拳頭放在頭上，停了有五六秒鐘。

瑞豐也忙著拱手，但是沒有冠先生那樣的莊嚴漂亮。他心中有點發亂。他的比雞鴨的大不了多少的腦子擱不下許多事——比打哈哈湊趣，或搶兩個糖豌豆重大一點的事。他決定告辭回家，去向太太要主意。

回到家中，他不敢開門見山的和太太討論，而只皺著眉在屋中來回的走——想不出主意，而覺得自己很重要。直到太太下了命令，他才無可如何的據實報告。

太太，聽到可以搬到冠家去，像餓狗看見了一塊骨頭：「那好極了！豐！你這回可露了本事！」

太太的褒獎使他沒法不笑著接領，但是：「咱們月間的收入是——」他不能說下去，以免把自己的重要剝奪淨盡。「掙錢少，因為你倆眼兒黑糊糊，不認識人哪！」瑞豐太太直挺脖子，想教喉中清亮一些，可是沒有效果；她的話都像帶著肉餡兒似的。「現在咱們好容易勾上了冠家，還不一撲納心的跟他們打成一氣？我沒看見過你這麼沒出息的人！」瑞豐等了一會兒，等她的氣消了一點，才張嘴：「咱們搬過去，連伙食錢都沒有！」

「不會在那院住，在這院吃嗎？難道瑞宣還不准咱們吃三頓飯？」

瑞豐想了想，覺得這的確是個辦法！

「去，跟他們說去！你不去，我去！」

「我去！我去！我想大哥總不在乎那點飯食！而且，我會告訴明白他，多咱我有了好事，就馬上自己開伙；這不過是暫時之計！」

錢家的墳地是在東直門外。槓到了鼓樓，金三爺替錢太太打了主意，請朋友們不必再遠送。

瑞宣知道自己不慣於走遠路，不過也還想送到城門。可是野求先生很願接受這善意的勸阻，他的貧血的瘦臉上已經有點發青，假若一直送下去，他知道他會要鬧點毛病的。他至少須拉個伴兒，因為按照北平人的規矩，喪家的至親必須送到墳地的；他不好意思獨自「向後轉」。他和瑞宣咬了個耳朵。看了看野求的臉色，瑞宣決定陪著他「留步」。

小崔和孫七決定送出城去。

野求怪難堪的，到破轎車的旁邊，向姐姐告辭。錢太太兩眼釘住棺材的後面，好像聽明白了，又像沒大聽明白他的話，只那麼偶然似的點了一下頭。他跟著車走了幾步。「姐姐！別太傷心啦！明天不來，我後天必來看你！姐姐！」他似乎還有許多話要說，可是腿一軟，車走過去。他呆呆的立在馬路邊上。

瑞宣也想向錢太太打個招呼，但是看她那個神氣，他沒有說出話來。兩個人呆立在馬路邊上，看著棺材向前移動。天很晴，馬路很長，他們一眼看過去，就能看到那像微微有些塵霧的東直門。秋晴並沒有教他們兩個覺到爽朗。反之，他們覺得天很低，把他們倆壓在那裡不能動。他們所看到的陽光，只有在那口白而醜惡的，很痛苦的一步一步往前移動的，棺材上的那一點。那幾乎不是陽光，而是一點無情的，惡作劇的，像什麼蒼蠅一類的東西，在死亡上面顫動。慢慢的，那口棺材離他們越來越遠了。馬路兩邊的電杆漸漸的往一處收攏，像要鉗住它，而最遠處的城門樓，靜靜的，冷酷的，又在往前吸引它，要把它吸到那個穿出去就永退不回來的城門洞裡去。

楞了好久，兩個人才不約而同的往歸路走，誰也沒說什麼。

瑞宣的路，最好是坐電車到太平倉；其次，是走煙袋斜街，什剎海，定王府大街，便到了護國寺。可是，他的心彷彿完全忘了選擇路線這件事。他低著頭，一直往西走，好像要往德勝門去。陳野求跟著他。走到了鼓樓西，瑞宣抬頭向左右看了看。極小的一點笑意顯現在他的嘴唇上：「喲！我走到哪兒來啦？」

「我也不應該往這邊走！我應當進後門！」野求的眼垂視著地上，像有點怪不好意思似的。

瑞宣心裡想：這個人的客氣未免有點過火！他打了個轉身。陳先生還跟著。到煙袋斜街的口上，他向陳先生告別。陳先生還跟著。瑞宣有些不大得勁兒了，可是不好意思說什麼。最初，他以為陳先生好說話，所以捨不得分離。可是，陳先生並沒說什麼。他偷眼看看，陳先生的臉色還是慘綠的，分明已經十分疲乏。他納悶：為什麼已經這樣的疲倦了，還陪著朋友走冤枉路呢？

眼看已到斜街的西口，瑞宣實在忍不住了。「陳先生！別陪我啦吧？你不是應該進後門？」

野求先生的頭低得不能再低，用袖子擦了擦嘴。楞了半天。他的最靈巧的薄嘴唇開始顫動。最後，他的汗和話一齊出來：「祁先生！」他還低著頭，眼珠剛往上一翻便趕緊落下去。「祁先生！唉——」他長嘆了一口氣。「你，你，有一塊錢沒有？我得帶回五斤雜合麵去！八個孩子！唉——」瑞宣很快的摸出五塊一張的票子來，塞在野求的手裡。他沒說什麼，因為找不到恰當的話。

野求又歎了口氣。他想說很多的話，解釋明白他的困難，和困難所造成的無恥。

瑞宣沒容野求解釋，而只說了聲：「咱們都差不多！」是的，在他心裡，他的確看清楚：恐怕有那麼一天，他會和野求一樣的無恥與難堪，假若日本兵老佔據住北平！他絲毫沒有輕視野求先生的意思，而只求早早的結束了這小小的一幕悲喜劇。沒再說什麼，他奔了什剎海去。

什剎海周圍幾乎沒有什麼行人。除了遠遠的，隨著微風傳來的，電車的鈴聲，他聽不到任何的響聲。「海」中的菱角，雞頭米，與荷花，已全只剩了一些殘破的葉子，在水上漂著或立著。水邊上柳樹的葉子已很稀少，而且多半變成黃的。在水心裡，立著一隻像雕刻的，一動也不動的白鷺。「海」的秋意，好像在白鷺身上找到了集中點，牠是那麼靜，那麼白，那麼幽獨悽慘。瑞宣好像被牠吸引住了，呆呆的立在一株秋柳的下面。他想由七七抗戰起一直想到錢孟石的死亡，把還活在心中的一段亡國史重新溫習一遍，以便決定此後的行動。

可是，他的心思不能集中。在他剛要想起一件事，或拿定一個主意的時候，他的心中就好像有一個小人兒，掩著口在笑他：你想那個幹嗎？反正你永遠不敢去抵抗敵人，永遠不敢決定什麼！他有許多事實上的困難，足以使他為自己辯護。但是心中那個小人兒不給他辯護的機會。那個小人兒似乎已給他判了案：「不敢用血肉相拚的，只能臭死在地上！」極快的，他從地上拔起腿來，沿著「海」岸疾走。到了家中，他想喝口茶，休息一會兒，便到錢家去看看。他覺得錢家的喪事彷彿給了他一點寄託，幫人家的忙倒能夠暫時忘記了自己的憂愁。

他的一杯茶還沒吃完，瑞豐便找他來談判。

瑞宣聽完二弟的話，本要動氣。可是，他心中忽而一亮，從二弟身上找到了一個可以自諒自慰的理由——還有比我更沒出息的人呢！這個理由可並沒能教他心裡快活；反之，他更覺得難過了。他想：有他這樣的明白而過於老實的人，已足以教敵人如入無人之境的攻入北平；那麼，再加上老二與冠曉荷這類的人，北平就恐怕要永難翻身了。由北平而想到全國，假若到處的知識分子都像他自己這樣不敢握起拳頭來，假若到處有老二與冠曉荷這樣的蛆蟲，中國又將怎樣呢？想到了這個，他覺得無須和老二動氣了。

等老二說完，他聲音極低的，像怕得罪了老二似的，說：「分家的事，請你對父親說吧，我不能作主！至於搬出去，還在這裡吃飯，只要我有一碗，總會分給你一半的，不成問題！還有別的話嗎？」

瑞豐反倒楞住了。他原是準備好和老大「白刃相接」的；老大的態度和語聲使他沒法不放下刺刀，而不知如何是好了。楞了一會兒，他的小乾臉上發了亮，他想明白啦：他的決定必是無懈可擊的完全合理，否則憑老大的精明，決不會這麼容易點頭吧！有了這點瞭解，他覺得老大實在有可愛的地方；於是，他決定乘熱打鐵，把話都說淨。怪親熱的，他叫了聲：「大哥！」

瑞宣心中猛跳了一下，暗自說：我是「他」的大哥！

「大哥！」老二又叫了聲，彷彿決心要親熱到家似的。「你知道不知道，錢家可有什麼好的字畫？」他的聲音相當的高，表示出內心的得意。

「幹嗎？」

「我是說，要是有的話，我願意給找個買主；錢家兩位寡婦——」

「錢老先生還沒死！」

「管他呢！我是說，她們倆得點錢，不是也不錯？」

「錢太太已經把字畫放在孟石的棺材裡了！」

「真的？」老二嚇了一大跳。「那個老娘們，太，太，」他沒好意思往下說，因為老大的眼釘著他呢。停了一會兒，他才一計不成再生一計的說：「大哥，你再去看看！萬一能找到一些，我們總都願幫她們的忙！」說完，他搭訕著走出去，心中預備好一句「我們大成功！」去說給太太聽，好教她的臉上掛出些胖的笑紋！

老二走出去，瑞宣想狂笑一陣。可是，他馬上後了悔。不該，他不該，對老二取那個放任的態度！他是哥哥，應當以作兄長的誠心，說明老二的錯誤，不應該看著弟弟往陷阱裡走！他想跑出去，把老二叫回來。只是想了想，他並沒有動。把微微發熱的手心按在腦門上，他對自己說：「算了吧，我和他還不一樣的是亡國奴！」

第二十章 你的心是哪一國的？

瑞宣和四大媽都感到極度的不安：天已快黑了，送殯的人們還沒有回來！四大媽早已把屋中收拾好，只等他們回來，她好家去休息。他們既還沒有回來，她是閒不住的人，只好拿著把破掃帚，東掃一下子，西掃一下子的消磨時光。瑞宣已把「歇會兒吧，四奶奶！」說了不知多少次，她可是照舊的走出來走進去，口中不住的抱怨那個老東西，倒好像一切錯誤都是四大爺的。

天上有一塊桃花色的明霞，把牆根上的幾朵紅雞冠照得像發光的血塊。一會兒，霞上漸漸有了灰暗的地方；雞冠花的紅色變成深紫的。又隔了一會兒，霞散開，一塊紅的，一塊灰的，散成許多小塊，給天上擺起幾穗葡萄和一些蘋果。葡萄忽然明起來，變成非藍非灰，極薄極明，那麼一種妖艷使人感到一點恐怖的顏色；紅的蘋果變成略帶紫色的小火團。緊跟著，像花忽然謝了似的，霞光變成一片灰黑的濃霧；天忽然的暗起來，像掉下好幾丈來似的。

瑞宣看看天，看看雞冠花；天忽然一黑，他覺得好像有塊鉛鐵落在他的心上。他完全失去他的自在與沉穩。他開始對自己嘟囔：「莫非城門又關了？還是——」天上已有了星，很小很遠，在那還未盡失去藍色的天上極輕微的眨著眼。「四奶奶！」他輕輕的叫。「回去休息休息吧！累了一天！該歇著啦！」

「那個老東西！埋完了，還不說早早的回來！墳地上難道還有什麼好玩的？老不要臉！」她不肯走。雖然住在對門，她滿可以聽到她們歸來的聲音而趕快再跑過來，可是她不肯那麼辦。她必須等著錢太太回來，交代清楚了，才能離開。萬一日後錢太太說短少了一件東西，她可吃不消！

天完全黑了。瑞宣進屋點上了燈。院裡的蟲聲吱吱的響成一片。蟲聲是那麼急，那麼慘，使他心中由煩悶變成焦躁。案頭上放著幾本破書，他隨手拿起一本來：放翁的《劍南集》。就著燈，他想讀一兩首，鎮定鎮定自己的焦急不安。一掀，他看見一張紙條，上面有些很潦草的字——孟石的筆跡，他認得。在還沒看清任何一個字之前，他似乎已然決定：他願意偷走這張紙條，作個紀念。馬上他又改了主意：不能偷，他須向錢太太說明，把它要了走。繼而又一想：死亡不定什麼時候就輪到自己，紀念？笑話！他開始看那些字：「初秋：萬里傳烽火，驚心獨倚樓；雲峰餘夏意，血海洗秋收！」下面還有兩三個字，寫得既不清楚，又被禿筆隨便的塗抹了幾下，沒法認出來。一首未寫完的五律。

瑞宣隨手拉了一隻小凳，坐在了燈前，像第一次並沒看明白似的，又讀了一遍。平日，他不大喜歡中國詩詞。雖然不便對別人說，可是他心中覺得他閱過的中國詩詞似乎都像鴉片煙，使人消沉懶散，不像多數的西洋詩那樣像火似的燃燒著人的心。這個意見，他謙退的不便對別人說；他怕自己的意見只是淺薄的成見。對錢家父子，他更特別的留著神不談文藝理論，以免因意見或成見的不同而引起友誼的損傷，今日，他看到孟石的這首未完成的五律，他的對詩詞的意見還絲毫沒有改變。可是，他捨不得放下它。他翻過來掉過去的看，想看清那抹去了的兩三個字；如果能看清，他想把它續成。他並沒覺到孟石的詩有什麼好處，他自己也輕易不弄那纖巧的小玩藝兒。可是，他想把這首詩續成。

想了好半天，他沒能想起一個字來。他把紙條放在原處，把書關好。「國亡了，詩可以不亡！」他自言自語的說：「不，詩也得亡！連語言文字都可以亡的！」他連連的點頭。「應當為孟石復仇，詩算什麼東西呢！」他想起陳野求，全胡同的人，和他自己，歎了一口氣：「都只鬼混，沒人，沒人，敢拿起刀來！」

四大媽的聲音嚇了他一跳：「大爺，聽！他們回來啦！」說完，她瞎摸闔眼的就往外跑，幾乎被門檻絆了一跤。「慢著！四奶奶！」瑞宣奔過她去。

「沒事！摔不死！哼，死了倒也乾脆！」她一邊嘮叨，一邊往外走。

破轎車的聲音停在了門口。金三爺帶著怒喊叫：「院裡還有活人沒有？拿個亮兒來！」

瑞宣已走到院中，又跑回屋中去端燈。

燈光一晃，瑞宣看見一群黃土人在閃動，還有一輛黃土蓋嚴了的不動的車，與一匹連尾巴都不搖一搖的，黃色的又像驢又像騾子的牲口。

金三爺還在喊：「死鬼們！往下抬她！」

四大爺，孫七，小崔，臉上頭髮上全是黃土，只有眼睛是一對黑洞兒，像泥鬼似的，全沒出聲，可全都過來抬人。

瑞宣把燈往前伸了伸，看清抬下來的是錢少奶奶。他欠著腳，從車窗往裡看，車裡是空的，並沒有錢太太。四大媽揉了揉近視眼，依然看不清楚：「怎麼啦？怎麼啦？」她的手已顫起來。

金三爺又發了命令：「閃開路！」

四大媽趕緊躲開，幾乎碰在小崔的身上。

「拿燈來領路！別在那兒楞著！」金三爺對燈光兒喊。瑞宣急忙轉身，一手掩護著燈罩，慢慢的往門裡走。

到了屋中，金三爺一屁股坐在了地上；雖然身體那麼硬棒，他可已然筋疲力盡。

李四爺的腰已彎得不能再彎，兩隻大腳似乎已經找不著了地，可是他還是照常的鎮靜，婆婆媽媽的處理事：「你趕緊去泡白糖薑水！這裡沒有火，家裡弄去！快！」他告訴四大媽。四大媽連聲答應：「這裡有火，我知道你們回來要喝水！到底怎回事呀？」

「快去作事！沒工夫說閒話！」四大爺轉向孫七與小崔：「你們倆回家去洗臉，待一會兒到我家裡去吃東西，車把式呢？」

車伕已跟了進來，在屋門外立著呢。

四大爺掏出錢來：「得啦，把式，今天多受屈啦！改天我請喝酒！」他並沒在原價外多給一個錢。

車伕，一個驢臉的中年人，連錢看也沒有看就塞在身裡。

「四大爺，咱們爺兒們過的多！那麼，我走啦？」

「咱們明天見啦！把式！」四大爺沒往外送他，趕緊招呼金三爺：「三爺，誰去給陳家送信呢？」

「我管不著！」三爺還在地上坐著，紅鼻子被黃土蓋著，像一截剛挖出來的胡蘿蔔。「姓陳的那小子簡直不是玩藝兒！這樣的至親，他會偷油兒不送到地土上，我反正不能找他去，我的腳掌兒都磨破了！」

「怎麼啦，四爺爺？」瑞宣問。

李四爺的嗓子裡堵了一下。「錢太太碰死在棺材上了！」

「什，」瑞宣把「什」下面的「麼」嚥了回去。他非常的後悔，沒能送殯送到地土；多一個人，說不定也許能手急眼快的救了錢太太。況且，他與野求是注意到她的眼中那點「光」的。

這時候，四大媽已把白糖水給少奶奶灌下去，少奶奶哼哼出來。

聽見女兒出聲，金三爺不再顧腳疼，立了起來。「苦命的丫頭！這才要咱們的好看呢！」一邊說著，他一邊走進裡間，去看女兒。看見女兒，他的暴躁減少了許多，馬上打了主意：「姑娘，用不著傷心，都有爸爸呢！爸爸缺不了你的吃穿！願意跟我走，咱們馬上回家，好不好？」

瑞宣知道不能放了金三爺，低聲的問李四爺：「屍首呢？」

「要不是我，簡直沒辦法！廟裡能停靈，可不收沒有棺材的死屍！我先到東直門關廂賒了個火匣子，然後到蓮花庵連說帶央告，差不多都給人家磕頭了，人家才答應下暫停兩天！換棺材不換，和怎樣抬埋，馬上都得打主意！嘿！我一輩子淨幫人家的忙，就沒遇見過這麼撓頭的事！」

一向沉穩老練的李四爺現在顯出不安與急躁。「四媽！你倒是先給我弄碗水喝呀！我的嗓子眼裡都冒了火！」

「我去！我去！」四大媽聽丈夫的語聲語氣都不對，不敢再罵「老東西」。

「咱們可不能放走金三爺！」瑞宣說。

金三爺正從裡間往外走。「幹嗎不放我走？我該誰欠誰的是怎著？我已經發送了一個姑爺，還得再給親家母打幡兒嗎？你們找陳什麼球那小子去呀！死的是他的親姐姐！」瑞宣納住了氣，慘笑著說：「金三伯伯，陳先生剛剛借了我五塊錢去，你想想，他能發送得起一個人嗎？」

「我要有五塊錢，就不借給那小子！」金三爺坐在一條凳子上，一手揉腳，一手擦臉上的黃土。

「嗯——」瑞宣的態度還是很誠懇，好教三爺不再暴躁。「他倒是真窮！這年月，日本人佔著咱們的城，作事的人都拿不到薪水，他又有八個孩子，有什麼辦法呢？得啦，伯伯你作善作到底！乾脆的說，沒有你就沒有辦法！」

四大媽提來一大壺開水，給他們一人倒了一碗。四大爺蹲在地上，金三爺坐在板凳上，一齊吸那滾熱的水。水的熱氣好像化開了三爺心裡的冰。把水碗放在凳子上，他低下頭去落了淚。一會兒，他開始抽搭，老淚把臉上的黃土沖了兩道溝兒。然後，用力的捏了捏紅鼻子，又唾了一大口白沫子，他抬起頭來。「真沒想到啊！真沒想到！就憑咱們九城八條大街，東單西四鼓樓前，有這麼多人，就會幹不過小日本，就會教他們治得這麼苦！好好的一家人，就這麼接二連三的會死光！好啦，祁大爺，你找姓陳的去！錢，我拿；可是得教他知道！明人不能把錢花在暗地裡！」

瑞宣，雖然也相當的疲乏，決定去到後門裡，找陳先生。四大爺主張教小崔去，瑞宣不肯，一來因為小崔已奔跑了一整天，二來他願自己先見到陳先生，好教給一套話應付金三爺。

月亮還沒上來，門洞裡很黑。約摸著是在離門檻不遠的地方，瑞宣踩到一條圓的像木棍而不那麼硬的東西上。他本能的收住了腳，以為那是一條大蛇。還沒等到他反想出北方沒有像手臂粗的蛇來，地上已出了聲音：「打吧！沒的說！我沒的說！」

瑞宣認出來語聲：「錢伯伯！錢伯伯！」

地上又不出聲了。他彎下腰去，眼睛極用力往地上找，才看清：錢默吟是臉朝下，身在門內，腳在門檻上爬伏著呢。他摸到一條臂，還軟和，可是濕碌碌的很涼。他頭向裡喊：「金伯伯！李爺爺！快來！」他的聲音的難聽，馬上驚動了屋裡的兩位老人。他們很快的跑出來。金三爺嘟囔著：「又怎麼啦？又怎麼啦？狼嚎鬼叫的？」

「快來！抬人！錢伯伯！」瑞宣發急的說。

「誰？親家？」金三爺撞到瑞宣的身上。「親家？你回來的好！是時候！」雖然這麼叨嘮，他可是很快的辨清方位，兩手抄起錢先生的腿來。

「四媽！」李四爺摸著黑抄起錢先生的脖子。「快，拿燈！」四大媽的手又哆嗦起來，很忙而實際很慢的把燈拿出來，放在了窗檯上。「誰？怎麼啦？簡直是鬧鬼喲！」

到屋裡，他們把他放在了地上。瑞宣轉身把燈由窗檯上拿進來，放在桌上。地上躺著的確是錢先生，可已經不是他們心中所記得的那位詩人了。

錢先生的胖臉上已沒有了肉，而只剩了一些鬆的，無倚無靠的黑皮。長的頭髮，都黏合到一塊兒，像用膠貼在頭上的，上面帶著泥塊與草棍兒。在太陽穴一帶，皮已被燙焦，斑斑塊塊的，像拔過些「火罐子」似的。他閉著眼，而張著口，口中已沒有了牙。身上還是那一身單褲褂，已經因顏色太多而辨不清顏色，有的地方撕破，有的地方牢牢的黏在身上，有的地方很硬，像血或什麼黏東西凝結在上面似的。赤著腳，滿腳是污泥，腫得像兩隻剛出泥塘的小豬。

他們呆呆的看著他。驚異，憐憫，與憤怒擰絞著他們的心，他們甚至於忘了他是躺在冰涼的地上。李四媽，因為還沒太看清楚，倒有了動作；她又泡來一杯白糖水。

看見她手中的杯子，瑞宣也開始動作。他十分小心，恭敬的，把老人的脖子抄起來，教四大媽來灌糖水。四大媽離近了錢先生，看清了他的臉，「啊」了一聲，杯子出了手！李四爺想斥責她，但是沒敢出聲。金三爺湊近了一點，低聲而溫和的叫：「親家！親家！默吟！醒醒！」這溫柔懇切的聲音，出自他這個野調無腔的人的口中，有一種分外的悲慘，使瑞宣的眼中不由的濕了。

錢先生的嘴動了動，哼出兩聲來。李四爺忽然的想起動作，他把裡間屋裡一把破籐子躺椅拉了出來。瑞宣慢慢的往起搬錢先生的身子，金三爺也幫了把手，想把錢先生攙到躺椅上去。錢先生由仰臥改成坐的姿勢。他剛一坐起來，金三爺「啊」了一聲，其中所含的驚異與恐懼不減於剛才李四媽的那個。錢先生背上的那一部分小褂只剩了兩個肩，肩下面只剩了幾條，都牢固的鑲嵌在血的條痕裡。那些血道子，有的是定好了黑的或黃的細長疤痕；有的還鮮紅的張著，流著一股

瑞宣扶著錢先生，對小崔說：「崔爺，再跑一趟後門吧，請陳先生馬上來！」

「好孩子！」李四媽的急火橫在胸裡，直打嗝兒。「你去嚼兩口饅頭，趕緊跑一趟！」

「這——」小崔想問明白錢先生的事。

「快去吧，好孩子！」四媽央告著。

小崔帶著點捨不得走的樣子走出去。

糖水灌下去，錢先生的腹內響了一陣。沒有睜眼，他的沒了牙的嘴輕輕的動。瑞宣辨出幾個字，而不能把它們聯成一氣，找出意思來。又待了一會兒，錢先生正式的說出話來：「好吧！再打吧！我沒的說！沒的說！」說著，他的手——與他的腳一樣的污黑——緊緊抓在地上，把手指甲摳在方磚的縫子裡，像是為增強抵抗苦痛的力量。他的語聲還和平日一樣的低碎，可是比平日多著一點把生死置之度外的勁兒。忽然的，他睜開了眼——一對像廟中佛像的眼，很大很亮，而沒看見什麼。

「親家！我，金三！」金三爺蹲在了地上，臉對著親家公。

「錢伯伯！我，瑞宣！」

錢先生把眼閉了一閉，也許是被燈光晃的，也許是出於平日的習慣。把眼再睜開，還是向前看著，好像是在想一件不易想起的事。

裡屋裡，李四媽一半勸告，一半責斥的，對錢少奶奶說：「不要起來！好孩子，多躺一會兒！不聽話，我可就不管你啦！」錢先生似乎忘了想事，而把眼閉成一道縫，頭偏起一點，像偷聽話兒似的。聽到裡間屋的聲音，他的臉上有一點點怒意。「啊！」他巴唧了兩下唇：「又該三號受刑了！挺著點，別嚎！咬上你的唇，咬爛了！」

錢少奶奶到底走了出來，叫了聲：「爸爸！」

瑞宣以為她的語聲與孝衣一定會引起錢先生的注意。可是，錢先生依然沒有理會什麼。

扶著那把破籐椅，少奶奶有淚無聲的哭起來。

錢先生的兩手開始用力往地上拄。像要往起立的樣子。瑞宣想就勁兒把他攙到椅子上去。可是，錢先生的力氣，像狂人似的，忽然大起來。一使勁，他已經蹲起來。他的眼很深很亮，轉了幾下：「想起來了！他姓冠！哈哈！我去教他看看，我還沒死！」他再一使力，立了起來。身子搖了兩下，他立穩。他看到了瑞宣，但是不認識。他的凹進去的腮動了動，身子向後躲閃：「誰？又拉我去上電刑嗎？」他的雙手很快的捂在太陽穴上。

「錢伯伯！是我！祁瑞宣！這是你家裡！」

錢先生的眼像困在籠中的饑虎似的，無可如何的看著瑞宣，依然辨不清他是誰。

金三爺忽然心生一計：「親家！孟石和親家母都死啦！」他以為錢先生是血迷了心，也許因為聽見最悲慘的事大哭一場，就會清醒過來的。

錢先生沒有聽懂金三爺的話。右手的手指輕按著腦門，他彷彿又在思索。想了半天，他開始往前邁步——他腫得很厚的腳已不能抬得很高；及至抬起來，他不知道往哪裡放它好。這樣的走了兩步，他彷彿高興了一點。「忘不了！是呀，怎能忘了呢！我找姓冠的去！」他一邊說，一邊吃力的往前走，像帶著腳鐐似的那麼緩慢。

因為想不起更好的主意，瑞宣只好相信金三爺的辦法。他想，假若錢先生真是血迷了心，而心中只記著到冠家去這一件事，那就不便攔阻。他知道，錢先生若和冠曉荷見了面，一定不能不起些衝突；說不定錢先生也許一頭碰過去，與冠曉荷同歸於盡！他既不便阻攔，又怕出了凶事；所以很快的他決定了，跟著錢先生去。主意拿定，他過去攙住錢詩人。

「躲開！」錢先生不許攙扶。「躲開！拉我幹什麼？我自己會走！到行刑場也是一樣的走！」

瑞宣只好跟在後面。金三爺看了女兒一眼，遲疑了一下，也跟上來。李四大媽把少奶奶攙了回去。

不知要倒下多少次，錢先生才來到三號的門外。金三爺與瑞宣緊緊的跟著，唯恐他倒下來。三號的門開著呢。院中的電燈雖不很亮，可是把走道照得相當的清楚。錢先生努力試了幾次，還是上不了台階；他的腳腕已腫得不靈活。瑞宣本想攙他回家去，但是又一想，他覺得錢先生應當進去，給曉荷一點懲戒。金三爺大概也這麼想，所以他扶住了親家，一直扶進大門。

冠氏夫婦正陪著兩位客人玩撲克牌。客人是一男一女，看起來很像夫婦，而事實上並非夫婦。男的是個大個子，看樣子很像個在軍閥時代作過師長或旅長的軍人。女的有三十來歲，看樣子像個從良的妓女。他們倆的樣子正好說明了他們的履歷——男的是個小軍閥，女的是暫時與他同居的妓女，他一向住在天津，新近才來到北平，據說頗有所活動，說不定也許能作警察局的特高科科長呢。因此，冠氏夫婦請他來吃飯，而且誠懇的請求他帶來他的女朋友。飯後，他們玩起牌來。他的牌品極壞。遇到「愛司」，「王」，「后」，他便用他的並不很靈巧的大手，給作上記號。發牌的時候，他隨便的翻看別家的牌，而且扯著臉說：「喝，你有一對紅桃兒愛司！」把牌發好，他還要翻開餘牌的第一張看個清楚。他的心和手都很笨，並不會暗中鬧鬼兒耍手彩；他的不守牌規只是一種變相的敲錢。等到贏了幾把以後，他會腆著臉說：「這些辦法都是跟張宗昌督辦學來的！」冠氏夫婦是一對老牌油子，當然不肯吃這個虧。可是，今天他們倆決定認命輸錢，因為對於一個明天也許就走馬上任的特務主任是理當納貢稱臣的。曉荷的確有涵養，越輸，他的態度越自然，談笑越活潑。還不時的向那位女「朋友」飛個媚眼。大赤包的氣派雖大，可是到底還有時候沉不住氣，而把一臉的雀斑都氣得一明一暗的。曉荷不時的用腳尖偷偷碰她的腿，使她注意不要得罪了客人。

曉荷的臉正對著屋門。他是第一個看見錢先生的。看見了，他的臉登時沒有了血色。把牌放下，他要往起立。

「怎麼啦？」大赤包問。沒等他回答，她也看見了進來的人。「幹什麼？」她像叱喝一個叫花子似的問錢先生。她確是以為進來的是個要飯的。及至看清那是錢先生，她也把牌放在了桌上。

「出牌呀！該你啦，老冠！」軍人的眼角撩到了進來的人，可是心思還完全注意在賭牌上。

錢先生看著冠曉荷，嘴唇開始輕輕的動，好像是小學生在到老師跟前背書以前先自己暗背一過兒那樣。金三爺緊跟著親家，立在他的身旁。

瑞宣本想不進屋中去，可是楞了一會兒之後，覺得自己太缺乏勇氣。笑了一下，他也輕輕的走進去。

曉荷看見瑞宣，想把手拱起來，搭訕著說句話。但是他的手抬不起來。肯向敵人屈膝的，磕膝蓋必定沒有什麼骨頭，他僵在那裡。

「這是他媽的怎回事呢？」軍人見大家楞起來，發了脾氣。

瑞宣極想鎮定，而心中還有點著急。他盼著錢先生快快的把心中繞住了的主意拿出來，快快的結束了這一場難堪。

錢先生往前湊了一步。自從來到家中，誰也沒認清，他現在可認清了冠曉荷。認清了，他的話像背得爛熟的一首詩似的，由心中湧了出來。

「冠曉荷！」他的聲音幾乎恢復了平日的低柔，他的神氣也頗似往常的誠懇溫厚。「你不用害怕，我是詩人，不會動武！我來，是為看看你，也叫你看看我！我還沒死！日本人很會打人，但是他們打破了我的身體，打斷了我的骨頭，可打不改我的心！我的心永遠是中國人的心！你呢，我請問你，你的心是哪一國的呢？請你回答我！」說到這裡，他似乎已經筋疲力盡，身子晃了兩晃。

瑞宣趕緊過去，扶住了老人。

曉荷沒有任何動作，只不住的舐嘴唇。錢先生的樣子與言語絲毫沒能打動他的心，他只是怕錢先生撲過來抓住他。

軍人說了話：「冠太太，這是怎回事？」

大赤包聽明白錢先生並不是來動武，而且旁邊又有剛敲過她的錢的候補特務處處長助威，她決定拿出點厲害來。「這是成心搗蛋，你們全滾出去！」

金三爺的方頭紅鼻子一齊發了光，一步，他邁到牌桌前。「誰滾出去？」

曉荷想跑開。金三爺隔著桌子，一探身，老鷹掐膝的揪住他的脖領，手往前一帶，又往後一放，連曉荷帶椅子一齊翻倒。

「打人嗎？」大赤包立起來，眼睛向軍人求救。

軍人——一個只會為虎作倀的軍人——急忙立起來，躲在了一邊。妓女像個老鼠似的，藏在他的身後。「好男不跟女鬥！」金三爺要過去抓那個像翻了身的烏龜似的冠曉荷。可是，大赤包以氣派的關係，躲晚了一點，金三爺不耐煩，把手一撩，正撩在她的臉上。以他的扔過石鎖的手，只這麼一撩，已撩活動了她的兩個牙，血馬上從口中流出來。她抱著腮喊起來：「救命啊！救命！」

「出聲，我捶死你！」

她捂著臉，不敢再出聲，躲在一旁。她很想跑出去，喊巡警。可是，她知道現在的巡警並不認真的管事。這時節，連她都彷彿感覺到亡了國也有彆扭的地方！

軍人和女友想跑出去。金三爺怕他們出去調兵，喝了聲：「別動！」軍人很知道服從命令，以立正的姿態站在了屋角。

瑞宣雖不想去勸架，可是怕錢先生再昏過去，所以兩手緊握著老人的胳臂，而對金三爺說：「算了吧！走吧！」金三爺很俐落，又很安穩的，繞過桌子去：「我得管教管教他！放心，我會打人！教他疼，可不會傷了筋骨！」

曉荷這時候手腳亂動的算是把自己由椅子上翻轉過來。看逃無可逃，他只好往桌子下面鑽。金三爺一把握住他的左腳腕，像拉死狗似的把他拉出來。

曉荷知道北平的武士道的規矩，他「叫」了：「爸爸！別打！」

金三爺沒了辦法。「叫」了，就不能再打。捏了捏紅鼻子頭，他無可如何的說：「便宜你小子這次！哼！」說完，他挺了挺腰板，蹲下去，把錢先生背了起來；向瑞宣一點頭：「走！」走出屋門，他立住了，向屋中說，「我叫金三，住在蔣養房，什麼時候找我來，清茶恭候！」

招弟害怕，把美麗的小臉用被子蒙起，蜷著身躺在床上，一動也不敢動。

桐芳與高第在院中看熱鬧呢。

藉著院中的燈光，錢先生看見了她們。他認清了高第：「你是個好孩子！」

金三爺問了聲：「什麼」，沒得到回答，於是放開兩隻蹋梅花樁的大腳，把親家背回家去。

見「敵人」走淨，冠家夫婦一齊量好了聲音，使聲音不至傳到西院去，開始咒罵。大赤包漱了漱口，宣佈她非報仇不可，而且想出許多足以使金三爺碎屍萬斷的計策來。曉荷對客人詳細的說明，他為什麼不抵抗，不是膽小，而是好鞋不踩臭狗屎！那位軍人也慷慨激壯的述說：他是沒動手，若是動了手的話，十個金三也不是他的對手。女的沒說什麼，只含笑向他們點頭。

第二十一章 捲入漩渦

李四爺對西半城的中醫，閉眼一想，大概就可以想起半數以上來。他們的住址，和他們的本領，他都知道。對於西醫，他只知道幾位的姓名與住址，而一點也不曉得他們都會治什麼病。碰了兩三家，他才在武定侯胡同找到了一位他所需要的外科大夫。這是一位本事不大，而很愛說話的大夫，臉上很瘦，身子細長，動作很慢，像有一口大煙癮似的。問了李四爺幾句話，他開始很慢很慢的，把刀剪和一些小瓶往提箱裡安放。對每件東西，他都遲疑不決的看了再看，放進箱內去又拿出來，而後再放進去。

李四爺急得出了汗，用手式和簡短的話屢屢暗示出催促的意思。大夫仍然不慌不忙，一邊收拾東西，一邊慢慢的說：「不忙！那點病，我手到擒來，保管治好！我不完全是西醫，我也會中國的接骨拿筋。中西貫通，我決誤不了事！」這幾句「自我介紹」，教李四爺的心舒服了一點。老人相信白藥與中國的接骨術。

像是向來沒出診過似的，大夫好容易才把藥箱裝好。他又開始換衣服。李四爺以為半夜三更的，實在沒有打扮起來的必要，可是不敢明說出來。及至大夫換好了裝，老人覺得他的忍耐並沒有白費。他本來以為大夫必定換上一身洋服，或是洋醫生愛穿的一件白袍子。可是，這位先生是換上了很講究的軟綢子夾袍，和緞子鞋。把袖口輕輕的，慢慢的，捲起來，大夫的神氣很像準備出場的說相聲的。李四爺寧願意醫生像說相聲的，也不喜歡穿洋服的假洋人。

看大夫捲好袖口，李四爺把那個小藥箱提起來。大夫可是還沒有跟著走的意思。他點著了一支香煙，用力往裡吸，而後把不能不往外吐的一點煙，吝嗇的由鼻孔裡往外放；他不是吐煙，而像是給煙細細的過濾呢。這樣吸了兩口煙，他問：「我們先講好了診費吧？先小人後君子！」

李四爺混了一輩子，他的辦法永遠是交情第一，金錢在其次。在他所認識的幾位醫生裡，還沒有一位肯和他先講診費的。只要他去請，他們似乎憑他的年紀與客氣，就得任勞任怨，格外的克己。聽了這位像說相聲的醫生這句話，老人覺得有點像受了污辱。同時，為時間的關係，他又不肯把藥箱放下，而另去請別人。他只好問：「你要多少錢呢？」這句話說得很不好聽，彷彿是意在言外的說：「你不講交情，我也犯不上再客氣！」

醫生又深深的吸了口煙，才說：「出診二十元，藥費另算。」

「藥費也說定了好不好？歸了包堆，今天這一趟你一共要多少錢？」李四爺曉得八元的出診費已經是很高的，他不能既出二十元的診金，再被醫生敲一筆藥費。沒等大夫張口，他把藥箱放下了。「乾脆這麼說吧，一共攏總，二十五元，去就去，不去拉倒！」二十五元是相當大的數目，他去年買的那件小皮襖連皮筒帶面子，才一共用了十九塊錢。現在，他不便因為嘎登價錢[8]而再多

8. 嘎登價錢，討價還價的意思。

耽誤工夫，治病要緊。好在，他心中盤算，高第的那點錢和桐芳的小金戒指還在他手裡，這筆醫藥費總不至於落空。

「少點！少點！」醫生的瘦臉上有一種沒有表情的表情，像石頭那麼堅硬，無情，與固定。「藥貴呀！上海的仗老打不完，藥來不了！」

四爺的疲乏與著急使他控制不住了自己的脾氣：「好吧，不去就算啦！」他要往外走。

「等一等！」大夫的臉上有了點活動氣兒。「我走這一趟吧，賠錢的買賣！一共二十五元。外加車費五元！」四爺歎了口無可如何的氣，又把藥箱提起來。

夜間，沒有什麼人敢出來，胡同裡找不到一部洋車。到胡同口上，四爺喊了聲：「車！」大夫，雖然像有口大煙癮，走路倒相當的快。「不用喊車，這幾步路我還能對付！這年月，真叫無法！我要車錢，而不坐車，好多收幾個錢！」

李四爺只勉強的哼了兩聲。他覺得這個像說相聲的醫生是個不折不扣的騙子手！他心中很後悔自己沒堅持教錢先生服點白藥，或是請位中醫，而來找這麼個不三不四的假洋大夫。他甚至於決定：假若這位大夫光會敲錢，而不認真去調治病人，他會毫不留情的給他幾個有力的嘴巴的。可是，大夫慢慢的和氣起來：「我告訴你，假若他們老佔據著這座城，慢慢的那些短腿的醫生會成群的往咱們這裡灌，我就非餓死不可！他們有一切的方便，咱們什麼也沒有啊！」

李老者雖是個沒有受過教育的人，心中卻有個極寬廣的世界。他不但關切著人世間的福利，也時時的往那死後所應去的地方望一眼。他的世界不只是他所認識的北平城，而是也包括著天上與地下。他總以為戰爭、災患，不過都是一時的事；那永遠不改的事卻是無論在什麼時候，人們都該行好作善，好使自己縱然受盡人間的苦處，可是死後會不至於受罪。因此，他不大怕那些外來的危患。反之，世上的苦難越大，他反倒越活躍，越肯去幫別人的忙。他是要以在苦難中所盡的心力，去換取死後與來生的幸福。他自己並說不上來他的信仰是從哪裡來的，他既不信佛，不信玉皇大帝，不信孔聖人，他也又信佛，信玉皇與孔聖人。他的信仰中有許多迷信，而迷信並沒能使他只憑燒高香拜神像去取得好的報酬。他是用義舉善行去表現他的心，而他的心是——他自己並不能說得這麼清楚——在人與神之間發生作用的一個機關。自從日本人進了北平城，不錯，他的確感到了悶氣與不安。可是他的眼彷彿會從目前的危難躍過去，而看著那更遠的更大的更有意義的地點。

他以為日本鬼子的猖狂只是暫時的，他不能只管暫時的患難而忽略了那久遠的事件。現在，聽到了大夫的話，李老人想起錢先生的家敗人亡。在平日，他看大夫與錢先生都比他高著許多，假若他們是有彩羽的鸚鵡，他自己不過是屋簷下的麻雀。他沒想到日本人的侵襲會教那些鸚鵡馬上變成丟棄在垃圾堆上的腐鼠。他不再討厭在他旁邊走著的瘦醫生了。他覺得連他自己也許不定在哪一天就被日本人砍去頭顱！

月亮上來了。星漸漸的稀少，天上空闊起來。和微風勻到一起的光，像冰涼的刀刃兒似的，把寬靜的大街切成兩半，一半兒黑，一半兒亮。那黑的一半，使人感到陰森，亮的一半使人感到淒涼。李四爺，很想繼續聽著大夫的話，可是身上覺得分外的疲倦。他打了個很長的哈欠，涼風兒與涼的月光好像一齊進入他的口中；涼的，疲倦的，淚，順著鼻子往下滾。揉了揉鼻子，他稍微精神了一點。他看見了護國寺街口立著的兩個敵兵。他輕顫了一下，全身都起了極細碎的小白雞皮疙疸。

大夫停止了說話，眼看著那一對只有鋼盔與刺刀發著點光的敵兵，他的身子緊貼著李四爺，像求老人保護他似的，快也不是，慢也不是的往前走。李四爺也失去了態度的自然，腳落在有月光的地上倒彷彿是落在空中；他的腳，在平日，是最穩當的，現在他覺得飄搖不定。他極不放心手中的藥箱，萬一敵兵要起疑呢？他恨那只可以被誤認為子彈箱的東西，也恨那兩個兵！

敵兵並沒干涉他們。可是他們倆的脊骨上感到寒涼。有敵兵站著的地方，不管他們在發威還是含笑，總是地獄！他們倆的腳是在他們自己的國土上走，可是像小賊似的不敢把腳放平。極警覺，極狼狽的，他們走到了小羊圈的口兒上。像老鼠找到了洞口似的，他們感到了安全，鑽了進去。

錢先生已被大家給安放在床上。他不能仰臥，而金三爺又不忍看他臉朝下爬著。研究了半天，瑞宣決定教老人橫臥著，他自己用雙手撐著老人的脖子與大腿根。怕碰了老人的傷口，他把自己的夾袍輕輕的搭上。老人似乎是昏昏的睡過去，但是每隔二三分鐘，他的嘴與腮就猛的抽動一下，腿用力的往下一登；有時候，隨著口與腿的抽動，他輕喊一聲——像突然被馬蜂或蠍子螫了似的。扶著，看著，老人，瑞宣的夾肢窩裡流出了涼汗。他心中的那個幾乎近於抽象的「亡國慘」，變成了最具體的，最鮮明的事實。一個有學識有道德的詩人，在亡國之際，便變成了橫遭刑戮的野狗！他想流淚，可是憤恨橫在他的心中，使他的淚變成一些小的火苗，燒著他的眼與喉。他不住的乾嗽。

李四媽把錢少奶奶攙到西屋去，教她睡下。四大媽還不覺得餓，而只想喝水。喝了兩三大碗開水，她坐在床邊，一邊擦著腦門上的汗，一邊和自己嘀咕：「好好的一家子人喲！怎麼會鬧成這個樣子呢？」她的大近視眼被汗淹得更迷糊了，整個的世界似乎都變成一些模糊不清的黑影。

金三爺在門口兒買了幾個又乾又硬的硬麵餑餑，啃兩口餑餑，喝一點開水。他時時的湊過來，看親家一眼。看親家似睡似死的躺著，他的硬麵餑餑便塞在食管中，噎得直打嗝兒。躲開，灌一口開水，他的氣又順過來。他想回家去休息，可是又不忍得走。他既然惹了冠曉荷，他就須挺起腰板等著下回分解。他不能縮頭縮腦的躲開。無論怎麼說，剛才在冠家的那一幕總是光榮的；那麼，他就不能跳出是非場去，教人家笑他有始無終！把餑餑吃到一個段落，他點上了長煙袋，挺著腰板吸著煙。他覺得自己很像秉燭待旦的關老爺！醫生來到，金三爺急扯白臉的教李四爺回家：「四爺！你一定得回家歇歇去！這裡全有我呢！走！你要不走，我是狗日的！」

四爺見金三爺起了關門子誓，不便再說什麼，低聲的把診費多少告訴了瑞宣，把那個戒指與那點錢也遞過去。「好啦，我回家吃點東西去，哪時有事只管喊我一聲。金三爺，祁大少爺，你們多辛苦吧！」他走了出去。

醫生輕輕跺了跺鞋上的塵土，用手帕擦了擦臉，又捲了捲袖口，才坐在了金三爺的對面。他的眼神向金三爺要茶水，臉上表示出他須先說些閒話兒，而不忙著去診治病人。假若他的行頭像說相聲的，他的習慣是地道北平人的——在任何時間都要擺出閒暇自在的樣子來，在任何急迫中先要說道些閒話兒。

金三爺，特別是在戰勝了冠曉荷以後，不想扯什麼閒盤兒，而願直截了當的作些事。

「病人在那屋裡呢！」他用大煙袋指了指。

「嘔！」大夫的不高興與驚異摻混在一塊兒，這麼出了聲兒，怕金三爺領略不出來其中的滋味，他又「嘔」了一聲，比第一聲更沉重一些。

「病人在那屋裡呢！快著點，我告訴你！」金三爺立了起來，紅鼻子向大夫發著威。

大夫覺得紅鼻子與敵兵的刺刀有相等的可怕，沒敢再說什麼，像條小魚似的溜開。看見了瑞宣，他彷彿立刻感到「這是個好打交代的人」。他又挽了挽袖口，眼睛躲著病人，而去挑逗瑞宣。

瑞宣心中也急，但是老實的狗見了賊也不會高聲的叫，他還是婆婆媽媽的說：「醫生，請來看看吧！病得很重！」

「病重，並不見得難治。只要斷症斷得準，下藥下得對！斷症最難！」大夫的眼始終沒看病人，而很有力量的看著瑞宣。「你就說，那麼大名氣的尼古拉，出診費二百元，汽車接送，對斷症都並沒有把握！我自己不敢說高明，對斷症還相當的，相當的，準確！」

「這位老先生是被日本人打傷的，先生！」瑞宣想提出日本人來，激起大夫一點義憤，好快快的給調治。可是，瑞宣只恰好把大夫的話引到另一條路上來：「是的！假若日本醫生隨著勝利都到咱們這兒來掛牌，我就非挨餓不可！我到過日本，他們的醫藥都相當的發達！這太可慮了！」

金三爺在外屋裡發了言：「你磨什麼豆腐呢？不快快的治病！」

瑞宣覺得很難以為情，只好滿臉陪笑的說：「他是真著急！大夫，請過來看看吧！」

大夫向外面瞪了一眼，無可如何的把錢先生身上蓋著的夾袍拉開，像看一件絲毫無意購買的東西似的，隨便的看了看。

「怎樣？」瑞宣急切的問。

「沒什麼！先上點白藥吧！」大夫轉身去找藥箱。

「什麼？」瑞宣驚訝的問，「白藥？」

大夫找到了藥箱，打開，拿出一小瓶白藥來。「我要是給它個外國名字，告訴你它是拜耳的特效藥，你心裡大概就舒服了！我可是不欺人！該用西藥，我用西藥；該用中藥，就用中藥；我是要溝通中西醫術，自成一家！」

「不用聽聽心臟嗎？」瑞宣看不能打倒白藥，只好希望大夫施展些高於白藥的本事。

「用不著！咱們有消炎的好藥，吃幾片就行了！」大夫又在小箱裡找，找出幾片白的「布朗陶西耳」來。

瑞宣曉得那些小白片的用處與用法。他很後悔，早知道大夫的辦法是這麼簡單，他自己就會治這個病，何必白花三十元錢呢！他又發了問，還希望大夫到底是大夫，必定有些他所不知道的招數：「老人有點神經錯亂，是不是——」

「沒關係！身上疼，就必影響到神經；吃了我的藥，身上不疼了，心裡也自然會平靜起來。

要是你真不放心的話，給他買點七厘散，或三黃寶蠟，都極有效。我不騙人，能用有效的中國藥，就不必多教洋藥房賺去咱們的錢！」瑞宣沒了辦法。他很想自己去另請一位高明的醫生來，可是看了看窗外的月影，他只好承認了白藥與布朗陶西耳。「是不是先給傷口消一消毒呢？」

大夫笑了一下。「你彷彿倒比我還內行！上白藥用不著消毒！中國藥，中國辦法；西洋藥，西洋辦法。我知道怎樣選擇我的藥，也知道各有各的用法！好啦！」他把藥箱蓋上，彷彿一切已經辦妥，只等拿錢了。

瑞宣決定不能給大夫三十塊錢。錢還是小事，他不能任著大夫的意這樣戲弄錢詩人。說真的，假若他的祖父或父親有了病，他必定會盡他該盡的責任；可是，盡責任總多少含有一點勉強。對錢詩人，他是自動的，真誠的，願盡到朋友所能盡的心力。錢先生是他所最佩服的人；同時，錢先生又是被日本人打傷的。對錢先生個人，和對日本人的憤恨，他以為他都應該負起使老人馬上能恢復健康的責任——沒有一點勉強！

他的眼睜得很大，而黑眼珠凝成很小的兩個深黑的點子，很不客氣的問大夫說：「完啦？」

「完啦！」大夫板著瘦臉說。「小病，小病！上上藥，服了藥，準保見好！我明天不來，後天來；大概我一共來看四五次就可以毫無問題了！」

「你用不著再來！」瑞宣真動了氣。「有你這樣的大夫，不亡國才怪！」

「扯那個幹什麼呢？」大夫的瘦臉板得很緊，可是並沒有帶著怒。「該怎麼治，我怎麼治，不能亂來！亡國？等著看吧，日本大夫們一來到，我就非挨餓不可！說老實話，我今天能多賺一個銅板，是一個銅板！」

瑞宣的臉已氣白，但是不願再多和大夫費話，掏出五塊錢來，放在了藥箱上：「好，你請吧！」

大夫見了錢，瘦臉上忽然一亮。及至看明白只是五塊錢，他的臉忽然黑起來，像疾閃後的黑雲似的。「這是怎回事？」

金三爺在外間屋坐著打盹，大夫的聲音把他驚醒。巴唧了兩下嘴，他立起來。「怎麼啦？」

「憑這一小瓶，和這幾小片，他要三十塊錢！」瑞宣向來沒作過這樣的事。這點事若放在平日，他一定會嚥口氣，認吃虧，決不能這樣的因不吃虧而顯出自己的小氣、褊狹。金三爺往前湊了湊，紅鼻子有聲有色的出著熱氣。一把，他將藥箱拿起來。

大夫慌了。他以為金三爺要把藥箱摔碎呢。「那可摔不得！」

金三爺處置這點事是很有把握的。一手提著藥箱，一手捏住大夫的脖子：「走！」這樣，他一直把大夫送到門外。把小箱放在門檻外，他說了聲：「快點走！這次我便宜了你！」大夫，拿著五塊錢，提起藥箱，向著大槐樹長嘆了口氣。

瑞宣，雖然不信任那個大夫，可是知道布朗陶西耳與白藥的功效。很容易的，他掰開錢先生的嘴（因為已經沒有了門牙），灌下去一片藥。很細心的，他把老人的背輕輕的用清水擦洗了一遍，而後把白藥敷上。錢先生始終一動也沒動，彷彿是昏迷過去了。

這時候，小崔領著陳野求走進來。野求，臉上掛著許多細碎的汗珠，進了屋門，晃了好幾晃，像要暈倒的樣子。小崔扶住了他。他吐出了兩口清水，臉上出了更多的汗，才緩過一口氣。

手扶著腦門，又立了半天，他才很勉強的說出話來。「金三爺！我先看看姐丈去！」他的臉色是那麼綠，語氣是那麼低卑，兩眼是那麼可憐的亂轉，連金三爺也不便說什麼了。金三爺給了小崔個命令：「你回家睡覺去吧！有什麼事，咱們明天再說！」

小崔已經很疲倦，可是捨不得走開。他恭敬的，低聲的問：「錢老先生怎樣了？」在平日，全胡同裡與他最少發生關係的人恐怕就是錢先生，錢先生連街門都懶得出，就更沒有照顧小崔的車子的機會了。可是小崔現在極敬重錢先生，不是因為平日的交情，而是為錢先生的敢和日本人拚命！

「睡著了！」金三爺說：「你走吧！明天見！」

小崔還要說些什麼，表示他對錢老人的敬重與關切，可是他的言語不夠用，只好把手心的汗都擦在褲子上，低著頭走出去。

看到了姐丈，也就想起親姐姐，野求的淚像開了閘似的整串的往下流。他沒有哭出聲來。疲乏、憂鬱、痛心，和營養不良，使他癱倒在床前。

金三爺雖然很看不起野求，可是見他癱倒，心中不由的軟起來。「起來！起來！哭辦不了事！城外頭還放著一口子呢！」他的話還很硬，可是並沒有為難野求的意思。

野求有點怕金三爺，馬上楞楞磕磕的立起來。淚還在流，可是臉上沒有了任何痛苦的表情，像雷閃已停，雖然還落著雨，而天上恢復了安靜的樣子。

「來吧！」金三爺往外屋裡叫野求和瑞宣。「你們都來！商量商量，我好睡會兒覺！」

自從日本兵進了北平城，除了生意冷淡了些，金三爺並沒覺得有什麼該關心的地方。他的北平，只是一個很大的瓦片廠。當他立在高處的時候，他似乎看不見西山和北山，也看不見那黃瓦與綠瓦的宮殿，而只看見那灰色的，一壟一壟的，屋頂上的瓦。那便是他的田，他的貨物。有他在中間，賣房子的與買房子的便會把房契換了手，而他得到成三破二[9]的報酬。日本人進了城，並沒用轟炸南苑與西苑的飛機把北平城內的「瓦片」也都炸平；那麼，有房子就必有買有賣，也就有了金三爺的「莊稼」。所以，他始終覺得北平的被日本人佔據與他並沒多大的關係。

及至他看到了女婿與親家太太的死亡，和親家的遍體鱗傷，他才覺出來日本人的攻城奪地並不是與他毫無關係——他的女兒守了寡，他最好的朋友受了重傷！趕到他和冠曉荷發生了衝突，他開始覺得不但北平的淪陷與他有關係，而且使他直接的捲入漩渦。他說不清其中的始末原由，而只覺到北平並不僅僅是一大片磚瓦，而是與他有一種特別的關係。這種關係只能用具體的事實來說明，而具體的事實就在他的心上與眼前——北平屬了日本人，他的至親好友就會死亡；他們的死亡不僅損失了他的金錢，而且使他看到更大的危險，大家都可以無緣無故死去的危險。在平日，他幾乎不知道什麼是國家；現在，他微微的看見了一點國家的影子。這個影子使他的心擴大了一些，寬大了一些。他還想不出他是否該去，和怎樣去，抵抗日本人；可是，他彷彿須去作一點異於只為自己賺錢的事，心裡才過得去。

9. 成三破二的報酬，舊社會買賣房地產的陋規，即買主應付出買房總價錢的三成，賣房人應付出總賣價的二成給介紹人作為報酬。

陳野求的可憐的樣子，和瑞宣的熱誠的服侍錢老人，都使他動了一點心。他本來看不起他們；現在，他想和他們商議商議錢家的事，像好朋友似的坐在一塊兒商議。

瑞宣本來就沒心去計較金三爺曾經冷淡過他；在看見金三爺怎樣收拾了冠曉荷以後，他覺得這個老人是也還值得欽佩的。在危患中，他看出來，只有行動能夠自救與救人。說不定，金三爺的一伸拳頭，就許把冠曉荷嚇了回去，而改邪歸正。假使全北平的人都敢伸拳頭呢？也許北平就不會這麼像死狗似的，一聲不出的受敵人的踢打吧？他認識了拳頭的偉大與光榮。不管金三爺有沒有知識，有沒有愛國的心，反正那對拳頭使金三爺的頭上發出聖潔的光。他自己呢，只有一對手，而沒有拳頭。他有知識，認識英文，而且很愛國，可是在城亡了的時候，他像藏在洞裡的一條老鼠！他的自慚使他欽佩了金三爺。

「都坐下！」金三爺下了命令。他已經十分疲乏，白眼珠上橫著幾條細的血道兒，可是他還強打精神要把事情全盤的討論一過兒——他覺得自己非常的重要，有主意，有辦法，因為他戰勝了冠曉荷。又點上了煙，巴唧了兩口，話和煙一齊放出來：「第一件，」他把左手的拇指屈起來，「明天怎麼埋親家太太。」

野求顧不得擦拭臉上的淚；眼珠兒定住，淚道兒在鼻子兩旁掛著，他對金三爺的紅鼻子發楞。聽到三爺的話，他低下頭去；即使三爺沒有看他，他也覺到有一對眼睛釘在了他的頭上。

瑞宣也沒話可說。

他們彷彿是用沉默哀懇著金三爺再發發善心。

金三爺咧了咧嘴，無可如何的一笑。「我看哪，事情還求李四爺給辦，錢，」他的眼真的釘在野求的頭上。

野求的頭低得更深了些，下巴幾乎碰到鎖子骨上面。「錢，唉！還得我出吧？」

野求大口的嚥著吐沫，有點響聲。

「誰教三爺你——」瑞宣停頓住，覺得在國破家亡的時候，普通的彼此敷衍的話是不應當多說的。「第二件，埋了親家太太以後，又該怎麼辦。我可以把姑娘接回家去，可是那麼一來，誰照應著親家呢？要是叫她在這兒伺候著公公，誰養活著他們呢？」

野求抬了抬頭，想建議他的全家搬來，可是緊跟著便又低下頭去，不敢把心意說出來；他曉得自己的經濟能力是擔負不起兩個人的一日三餐的；況且姐丈的調養還特別要多花錢呢！

瑞宣心中很亂，假若事情發生在平日，他想他一定會有辦法。可是事情既發生在現時，即使他有妥當的辦法，誰能保險整個的北平不在明天變了樣子呢？誰敢保證明天錢先生不再被捕呢？誰知道冠曉荷要怎樣報復呢？誰敢說金三爺，甚至連他自己，不遇到凶險呢？在屠戶刀下的豬羊還能提出自己的辦法嗎？

他乾嗽了好幾下，才說出話來。他知道自己的話是最幼稚，最沒力量，可是不能不說。即使是個半死的人，說一句話總還足以表示他有點活氣兒。「三伯伯！我看少奶奶得在這兒伺候著錢伯伯。我，和我的內人，會幫她的忙。至於他們公媳二人的生活費用，只好由咱們大家湊一湊了。我這些話都不是長遠的辦法，而只是得過且過，混過今天再說明天。誰敢說，明天咱們自己不被日本人拿去呢！」

野求長嘆了一口氣。

金三爺把大手放在光頭上，用力的擦了幾下子。他要發怒，他以為憑自己的武功和膽氣，他是天不怕地不怕，絕對不會受欺侮的。

這時候，裡屋裡錢先生忽然「啊」了一聲，像一隻母雞在深夜裡，冷不防的被黃狼咬住，那麼尖銳，苦痛，與絕望。野求的臉，好容易稍微轉過一點顏色來，聽到這一聲，馬上又變成慘綠的。瑞宣像被針刺了似的猛的站起來。金三爺頭上僅有的幾根頭髮全忽的豎起，他忘了自己的武功與膽氣，而覺得像有一把尖刀刺入他的心。

三個人前後腳跑進裡屋。錢老人由橫躺改為臉朝下的趴伏，兩臂左右的伸開，雙手用力的抓著床單子，指甲差不多摳進了布中。他似乎還睡著呢，可是口中出著點被床單阻住的不甚清楚的聲音。瑞宣細聽才聽明白：「打！打！我沒的說！沒有！打吧！」

野求的身上顫抖起來。

金三爺把頭轉向了外，不忍再看。咬了咬牙，他低聲的說：「好吧，祁大爺，先把親家治好了，再說別的吧！」

第二十二章　真正的苦痛是說不出來的

無論刮多大的風，下多大的雨，無論天氣怎樣的寒，還是怎樣的熱，無論家中有什麼急事，還是身體不大舒服，瑞宣總不肯告假。假若不得已的請一兩點鐘假，他也必定補課，他不肯教學生在功課上吃一點虧。

一個真認識自己的人，就沒法不謙虛。謙虛使人的心縮小，像一個小石卵，雖然小，而極結實。結實才能誠實。瑞宣認識他自己。他覺得他的才力、智慧、氣魄，全沒有什麼足以傲人的地方；他只能儘可能的對事對人盡到他的心，他的力。他知道在人世間，他的盡心盡力的結果與影響差不多等於把一個石子投在大海裡，但是他並不肯因此而把石子可惜的藏在懷中，或隨便的擲在一汪兒臭水裡。他不肯用壞習氣減少他的石子的堅硬與力量。打鈴，他馬上拿起書上講堂；打鈴，他才肯離開教室。他沒有遲到早退的，裝腔作勢的惡習。不到萬不得已，他也永遠不曠課。上堂教課並不給他什麼欣悅，他只是要對得住學生，使自己心中好受。

學校開了課。可是他並不高興去。他怕見到第二代的亡國奴。他有許多理由與事實，去原諒自己在北平低著頭受辱。他可是不能原諒自己，假若他腆著臉到講台上立定，彷彿是明告訴學生們他已承認了自己無恥，也教青年們以他為榜樣！

但是，他不能不去。為了收入，為了使老人們心安，為了對學校的責任，他不能藏在家裡。他必須硬著頭皮去受刑——教那些可愛的青年們的眼，像鐵釘似的，釘在他的臉上與心中。

校門，雖然是開學的日子，卻沒有國旗。在路上，他已經遇到三三兩兩的學生；他不敢和他們打招呼。靠著牆根，他低著頭疾走，到了校門外，學生們更多了。他不知道怎樣的走進了那個沒有國旗的校門。

教員休息室是三間南房，一向潮濕；經過一夏天未曾打開門窗，潮氣像霧似的凝結在空中，使人不敢呼吸。屋裡只坐著三位教師。見瑞宣進來，他們全沒立起來。在往常，開學的日子正像家庭中的節日，大家可以會見一個夏天未見面的故人，和新聘來的生朋友，而後不是去聚餐，便是由校長請客，快活的過這一天。這一天，是大家以笑臉相迎，而後臉上帶著酒意，熱烈的握手，說「明天見」的日子。

今天，屋裡像墳墓那樣潮濕，靜寂。三位都是瑞宣的老友。有兩位是楞磕磕的吸著煙，一位是注視著桌子上縱起的一片漆皮。他們都沒向瑞宣打招呼，而只微微的一點頭，像大家都犯了同樣的罪，在監獄中不期而遇的那樣。瑞宣向來是得拘謹就拘謹的人，現在就更不便破壞了屋中沉寂的空氣。他覺得只有冷靜，在今天，才似乎得體。在今天，只有冷靜沉寂才能表示出大家心中的苦悶。在靜寂中，大家可以漸漸的聽到彼此心中的淚在往外湧。

坐下，他翻弄翻弄一本上學期用過的點名簿。簿子的紙非常的潮濕，好幾頁聯到一處，很不易揭開。揭開，紙上出了一點點聲音。這一點聲音，在屋中凝結住的潮氣中發出，使他的身上忽然微癢，像要出汗的樣子。他趕緊把簿子合上。雖然這麼快的把簿子合上，他可是已經看到一列學生的名字——上學期還是各別的有名有姓的青年，現在已一律的，沒有例外的，變成了亡國奴。他幾乎坐不住了。

聽一聽院裡，他希望聽到學生們的歡笑與喊叫。在往日，學生們在上課前後的亂鬧亂吵老給他一種刺激，使他覺到：青春的生命力量雖然已從他自己身上漸漸消逝，可是還在他的周圍；使他也想去和他們一塊兒蹦蹦跳跳，吵吵鬧鬧。現在，院裡沒有任何聲音！學生們——不，不是學生們，而是亡國奴們——也和他一樣因羞愧而靜寂！這比成群的飛機來轟炸還更殘酷！

他喜歡聽學生的歡笑，因為沒有歡笑的青春便是夭折。今天，他可是不能希望他們和往日一樣的活潑；他們都是十四五歲左右的人，不能沒心沒肺！同時，他們確是不喊不叫了，難道他們從此永遠如此嗎？假若他們明天就又喊又鬧了，難道他們就該為亡國而只沉默一天嗎？他想不清楚，而只覺得房裡的潮氣像麻醉藥似的糊在他的鼻子上，使他堵得慌！

噝了幾口氣，他渴盼校長會忽然的進來，像一股陽光似的進來，把屋中的潮氣與大家心中的悶氣都趕了走。

校長沒有來。教務主任輕輕的把門拉開。他是學校中的老人，已經作了十年的教務主任。扁臉，矮身量，愛說話而說不上什麼來，看著就是個沒有才幹，而頗勤懇負責的人。進了屋門，他的扁臉轉了一圈；他的看人的方法是臉隨著眼睛轉動，倒好像是用一面鏡子照大家呢。看清了屋中的四位同事，他緊趕幾步，撲過瑞宣來，很親熱的握手；而後，他又趕過那三位去，也一一的握手。在往常，他的話必定在握手以前已經說出來好幾句。今天，他的手握得時間比較的長，而沒有話可說。都握完手，大家站了一圈兒，心中都感到應當出點聲音，打破屋中的被潮濕浸透了的沉寂。

「校長呢？」瑞宣問。

「嗯——」教務主任的話來得很不順暢：「校長不大舒服，不大舒服。今天，他不來了；囑咐我告訴諸位，今天不舉行開學式；一打鈴，諸位老師上班就是了；和學生們談一談就行了，明天再上課——啊，再上課。」

大家又楞住了。他們都在猜想：校長也許是真病了，也許不是。和學生們談一談？談什麼呢？

教務主任很願再說些什麼，使大家心中痛快一些，可是他想不起說什麼才好。摸了摸扁臉，他口中出著點沒有字的聲音，搭訕著走出去。

四位先生又僵在了那裡。

鈴聲，對於一個作慣了教員的，有時候很好聽，有時候很不悅耳。瑞宣向來不討厭鈴聲，因為他只要決定上課，他必定已經把應教的功課或該發還的捲子準備得好好的。他不怕學生質問，所以也不怕鈴聲。今天，他可是怕聽那個管轄著全校的人的行動的鈴聲，像一個受死刑的囚犯怕那綁赴刑場的號聲或鼓聲似的。他一向鎮定，就是十年前他首次上課堂講書的時節，他的手也沒有發顫。現在，他的手在袖口裡顫起來。

鈴聲響了。他迷迷糊糊的往外走，腳好像踩在棉花上。他似乎不曉得往哪裡走呢。憑著幾年的習慣，他的腳把他領到講堂上去。低著頭，他進了課堂。屋裡極靜，他只能聽到自己的心跳。上了講台，把顫動著的右手放在講桌上，他慢慢的抬起頭來。學生們坐得很齊，一致的豎直了背，揚著臉，在看他。他們的臉都是白的，沒有任何表情，像是石頭刻的。一點辣味兒堵塞住他的嗓子，他嗽了兩聲。淚開始在他的眼眶裡轉。

他應當安慰他們，但是怎樣安慰呢？他應當鼓舞起他們的愛國心，告訴他們抵抗敵人，但是他自己怎麼還在這裡裝聾賣傻的教書，而不到戰場上去呢？他應當勸告他們忍耐，但是怎麼忍耐呢？他可以教他們忍受亡國的恥辱嗎？

把左手也放在桌上，支持著他的身體，他用極大的力量張開了口。他的聲音，好像一根細魚刺似的橫在了喉中。張了幾次嘴，他並沒說出話來。他希望學生們問他點什麼。可是，學生們沒有任何動作；除了有幾個年紀較大的把淚在臉上流成很長很亮的道子，沒有人出聲。城亡了，民族的春花也都變成了木頭。

糊裡糊塗的，他從嗓子裡擠出兩句話來：「明天上課。今天，今天，不上了！」

學生們的眼睛開始活動，似乎都希望他說點與國事有關的消息或意見。他也很想說，好使他們或者能夠得著一點點安慰。可是，他說不出來。真正的苦痛是說不出來的！狠了狠心，他走下了講台。大家的眼失望的追著他。極快的，他走到了屋門；他聽到屋中有人歎氣。他邁門檻，沒邁俐落，幾乎絆了一跤。屋裡開始有人活動，聲音很微，像是偷手摸腳的那樣往起立和往外走呢。他長吸了一口氣，沒再到休息室去，沒等和別的班的學生會面，他一氣跑回家中，像有個什麼鬼追著似的。

到家裡，誰也沒理，他連鞋也沒脫，便倒在床上。他的腦中已是空的，只有一些好像可以看得見的白的亂絲在很快的轉。他用力的閉著眼。腦中的亂絲好似轉疲了，漸漸的減低速度。單獨的，不相關聯的，忽現忽沒的觀念，像小星星似的，開始由那團亂絲中往起跳。他沒有能力使它們集合到一處，他覺得煩躁。

他忽然坐起來。彷彿像萬花筒受了震動似的，他的腦中忽然結成一朵小花——「這就是愛國吧？」他問自己。問完，他自己低聲的笑起來。他腦中的花朵又變了：「愛國是一股熱情所激發出來的崇高的行動！光是想一想，說一說，有什麼用處呢？」

一聲沒出，他又跑到錢家去。服侍錢先生，現在，變成他的最有意義，最足以遮羞的事！

另外請來一位西醫，詳細的給錢先生檢查過，錢先生的病是：「身上的傷沒有致命的地方，可以治好；神經受了極大的刺激，也許一時不能恢復原狀；他也許忘了以前一切的事，也許還能有記憶；他需要長時間的靜養。」

金三爺，李四爺，陳野求和小崔一清早就出了城，去埋葬錢太太。看家的還是四大媽。瑞宣來到，她叫他招呼著錢先生，她照應著少奶奶。

各線的戰事消息都不大好。北平的街上增加了短腿的男女，也開始見到日本的軍用票。用不著看報，每逢看見街上的成群的日本男女，瑞宣就知道我們又打了個敗仗。上海的戰事，不錯，還足以教他興奮。可是，誰也能看出來，上海的戰事並沒有多少希望，假若其餘的各線都吃敗仗。在最初，他把希望同等的放在北方的天險與南方的新軍上。他知道北方的軍隊組織與武器是無法和日本兵較量的，所以他希望以天險補救兵力與武器的缺陷。可是，天險一個個的好像紙糊的山與關，很快的相繼陷落。每逢這些地方陷落，他的心中就好像被利刃刺進一次。他所知道的一點地理是歷史的附屬。

由歷史中，他記得山海關、娘子關、喜峰口、雁門關。他沒到過這些地方，不曉得它們到底「險」到甚麼程度。他只覺得這些好聽的地名給他一些安全之感——有它們便有中國歷史的安全。可是，這些地方都並不足以阻擋住敵人。在惶惑不安之中，他覺得歷史彷彿是個最會說謊的騙子，使他不敢再相信自己的國家中的一切。假若還有不騙人的事情，那便是在上海作戰的，曾經調整過的新軍。

上海無險可守，可是倒能打得那麼出色。有「人」才有歷史與地理。可是，上海的國軍能支持多久？到底有多少師人？多少架飛機？他無從知道。他知道上海在海上，而海是日本人的。他懷疑日本以海陸空的聯合攻擊，我們只以陸軍迎戰，是否能致勝？同時，他覺得應當馬上離開家，去參加鬥爭；有人才有歷史與地理，難道他自己應該袖手旁觀麼？可是他走不動，「家」把他的生命埋在了北平，而北平已經失去它的歷史，只是個地理上的名詞。

他的胖臉瘦了一圈，眼睛顯著特別的大。終日，他老像想著點什麼不該隨便忘記了的事，可是一經想起，他又願意把它忘掉。亡了國的人既沒有地方安置身體，也沒有地方安置自己的心。他幾乎討厭了他的家。他往往想像：假若他是單身一人，那該多麼好呢？沒有四世同堂的鎖鐐，他必會把他的那一點點血灑在最偉大的時代中，夠多麼體面呢？可是，人事不是想像的產物；骨肉之情是最無情的鎖鏈，把大家緊緊的穿在同一的命運上。他不願再到學校去。那已經不是學校，而是青年的集中營，日本人會不久就來到，把嗎啡與毒藥放進學生們的純潔的腦中，教他們變成了第二等的「滿洲人」。

他只願看著錢先生。老人的痛苦像是一種警告：「你別忘了敵人的狠毒！」老人的哀鳴與各處的炮火彷彿是相配合的兩種呼聲：「舊的歷史，帶著它的詩，畫，與君子人，必須死！新的歷史必須由血裡產生出來！」這種警告與呼聲並不能使他像老三似的馬上逃出北平，可是消極的，他能因此而更咬緊一點牙，在無可如何之中不至於喪失了節操。這就有一點意義。至少，也比蹲在家裡，聽著孩子哭與老人們亂叨嘮強上一點。

同時，他深想明白明白錢老人為什麼能逃出虎口，由監獄跑回家中。老人已經落在虎口中，居然會又逃出來，這簡直不可置信！莫非日本人覺得戰事沒有把握，所以不願多殺人？還是日本的軍人與政客之間有什麼鬥爭與衝突，而使錢先生找到可以鑽出來的隙縫？或者是日本人雖然正打著勝仗，可是事實上卻有很大的犧牲，以致軍人和政客都各處亂動，今天來了明天走，沒有一定的辦法，沒有一定的主意，「二郎」拿來的人，「三郎」可以放了走？他想不清楚。他希望錢老人會詳詳細細的告訴他。現在，老人可還不會講話。他願意慇勤的看護，使老人早日恢復健康，早些對他說了一切。這是亡國的過程中的一個小謎。猜破了這個謎，他才能夠明白一點征服者與被征服者中間的一點關係，一個實在的具體的事件——假若記載下來，也頗可以給歷史留下點兒「揚州十日」裡的創痕與仇恨！

服了止痛安神的藥，錢先生睡得很好。傷口和神經還時常教他猛的扭動一下，或哀叫一聲，可是他始終沒有睜開眼。

看著這像是沉睡，又像是昏迷的老人，瑞宣不由的時時不出聲的禱告。他不知向誰禱告好，而只極虔誠的向一個什麼具有的人形的「正義」與「慈悲」祈求保佑。這樣的禱告，有時候使他覺得心裡舒服一點，有時候又使他暗笑自己。當他覺得心裡舒服一點的時候，他幾乎要後悔為什麼平日那麼看不起宗教，以致缺乏著熱誠，與從熱誠中激出來的壯烈的行動。可是，再一想，那些來到中國殺人放火的日本兵們幾乎都帶著佛經，神符，和什麼千人針；他們有宗教，而宗教會先教他們變成野獸，而後再入天堂！想到這裡，他又沒法不暗笑自己了。

看著昏睡的錢老人，瑞宣就這麼東想想西想想。一會兒，他覺得自己是有最高文化的人——愛和平，喜自由，有理想，和審美的心；不野調無腔，不迷信，不自私。一會兒，他又以為自己是最沒有用處的廢物：城亡了，他一籌莫展；國亡了，他還是低著頭去作個順民；他的文化連絲毫的用處也沒有！

想到他的頭都有點疼了，他輕手躡腳的走出去，看看院裡的秋花，因為錢先生不喜用盆，而把花草多數都種在地上，所以雖然已經有許多天沒有澆灌，可是牆陰下的雞冠與葵花什麼的還照常開著花。看著一朵金黃的，帶著幾條紅道道的雞冠，他點點頭，對自己說：「對了！你溫柔，美麗，像一朵花。你的美麗是由你自己吸取水分，日光，而提供給世界的。可是，你缺乏著保衛自己的能力；你越美好，便越會招來那無情的手指，把你折斷，使你死滅。一朵花，一座城，一個文化，恐怕都是如此！玫瑰的智慧不僅在乎它有色有香，而也在乎它有刺！刺與香美的聯合才會使玫瑰安全、久遠、繁榮！中國人都好，只是缺少自衛的刺！」想到這裡，他的心中光亮起來；他認清了自己的長處，不再以自己為廢物；同時，他也認清，自己的短處，知道如何去堅強自己。他的心中有了力量。

正在這時候，祁老人拉著小順兒慢慢的走進來。時間是治療痛苦的藥。老人的病，與其說是身體上的，還不如說是精神上的。他心裡不痛快。慢慢的，他覺得終日躺在床上適足以增加病痛，還不如起來活動活動。有些病是起於憂鬱，而止於自己解脫的。時間會巧妙的使自殺的決心改為「好死不如癩活」。他從床上起來；一起來，便不再只愁自己，而漸漸的想起別人。他首先想到他的好友，錢先生。孟石出殯的時候，他在大門內看了一眼；而後又躺著哼哼了整一天。每一口棺材，在老人眼中，都彷彿應當屬於自己。他並沒為孟石多想什麼，因為他只顧了想像自己的一把骨頭若裝在棺材裡該是什麼滋味。他很怕死。快入墓的人大概最注意永生。他連著問小順兒的媽好幾次：「你看我怎樣啊？」

她的大眼睛裡為錢家含著淚，而聲音裡為祖父拿出輕鬆與快活來：「爺爺，你一點病也沒有！老人哪，一換節氣都得有點腰酸腿疼的，躺兩天就會好了的！憑你的精神，老爺子，頂少頂少也還得活二十年呢！」

孫媳婦的話像萬應錠似的，什麼病都不治，而什麼病都治，把老人的心打開。她順水推舟的建議：「爺爺，大概是餓了吧？我去下點掛麵好不好？」老人不好意思馬上由死亡而跳到掛麵上來，想了一會兒，把議案修正了一下：「沖一小碗藕粉吧！嘴裡老白唧唧的沒有味兒！」

及至老人聽到錢先生的回來，他可是一心一意的想去看看，而完全忘了自己的病痛。錢先生是他的好友，他應當儘可能的去安慰與照應，他不能再只顧自己。

他叫瑞豐攙著他去。瑞豐不敢去，第一，他怕到錢家去；第二，更怕被冠家的人看見他到錢家去；第三，特別怕在錢家遇見瑞宣——他似乎已痛深惡絕了大哥，因為大哥竟敢公然與冠家為敵，幫著錢默吟和金三爺到冠家叫鬧，打架。聽祖父叫他，他急忙躺在了床上，用被子蒙上頭，而由胖太太從胖喉嚨中擠出點聲音來：「他不大舒服，剛吃了阿司匹靈！」

「嘔！還是吃一丸子羚翹解毒呀！秋瘟！」

這樣，老人才改派了小順兒作侍從。

小順兒很得意。看見了爸爸，他的小尖嗓子像開了一朵有聲的花似的：「爸爸！太爺爺來啦！」

怕驚動了錢老人與少奶奶，瑞宣忙向小順兒擺手。小順兒可是不肯住聲：「錢爺爺在哪兒哪？他叫日本鬼子給打流了血，是嗎？臭日本鬼子！」

祁老人連連的點頭，覺得重孫子聰明絕頂，值得驕傲。「這小子！什麼都知道！」

瑞宣一手攙著祖父，一手拉著兒子，慢慢往屋中走。進了屋門，連小順兒似乎都感到點不安，他不敢再出聲了。進到裡屋，祁老人一眼看到了好友——錢先生正臉朝外躺著呢。那個臉，沒有一點血色，可是並不很白，因為在獄中積下的泥垢好像永遠也不能再洗掉。沒有肉，沒有活軟氣兒，沒有睡覺時的安恬的樣子，腮深深的陷入，唇張著一點，嘴是個小黑洞，眼閉著，可是沒有閉嚴，眼皮下時時露出一點輕輕動的白膜，黑紫黑紫的炙痕在太陽穴與腦門上印著，那個臉已經不像個臉，而像個被一層乾皮包著的頭顱骨。

他的呼吸很不平勻。堵住了氣，他的嘴就張得更大一些，眼皮似要睜開那麼連連的眨巴。小順兒用小手捂上了眼。祁老人呆呆的看著好友的臉，眼中覺得發乾，發辣，而後又發濕。他極願意發表一點意見，但是說不上話來，他的口與舌都有些麻木。

他的意見，假若說出來，大概是：「瑞宣，你父親和錢先生的年紀仿上仿下。不知道為什麼，我好像看到你父親也變成這樣！」

由這幾句要說而說不出的話，他慢慢的想起日本人。一個飽經患難的老人，像他，很會冷靜的，眼不見心不煩的，拒絕相信別人的話，好使自己的衰老了的心多得到一些安靜。從九一八起，他聽到多少多少關於日本人怎樣野蠻殘暴的話，他都不願信以為真。在他的心靈的深處，他早就知道那些話並不會虛假，可是他不願相信，因為相信了以後，他就會看出危險，而把自己能平平安安活到八十歲的一點分內的希望趕快扔棄了。現在，看到了好友的臉，他想到了自己的兒子，也就想到他自己。日本人的刺刀是並不躲開有年紀的人的。他可以故意的拒絕相信別人的話，但是沒法不相信錢先生的臉。那張臉便是殘暴的活廣播。

楞了不知有多久，他才迷迷糊糊的往前湊了一步。他想看看錢先生的身上。

「爺爺！」瑞宣低聲的叫。「別驚動他吧！」他曉得教老人看了錢先生的脊背，是會使老人幾天吃不下飯去的。

「太爺爺！」小順兒扯了扯老人的袍襟：「咱們走吧！」

老人努力的想把日本人放在腦後，而就眼前的事，說幾句話。他想告訴瑞宣應當給錢先生買什麼藥，請那位醫生，和到什麼地方去找專治跌打損傷的秘方。他更希望錢先生此時會睜開眼，和他說一兩句話。他相信，只要他能告訴錢先生一兩句話，錢先生的心就會寬起來；心一寬，病就能好得快。可是，他還是說不上話來。他的年紀，經驗，智慧，好像已經都沒有了用處。日本人打傷了他的好友，也打碎了他自己的心。他的鬍子嘴動了好幾動，只說出：「走吧，小順兒！」

瑞宣又攙住了祖父，他覺得老人的胳臂像鐵一樣重。好容易走到院中，老人立住，對那些花木點了點頭，自言自語的說：「這些花草也得死！唉！」

第二十三章　體面的蒼蠅

錢先生慢慢的好起來。日夜裡雖然還是睡的時間比醒的時間多，可是他已經能知道飢渴，而且吃的相當的多了。瑞宣偷偷的把皮袍子送到典當鋪去，給病人買了幾隻母雞，專為熬湯喝。他不曉得到冬天能否把皮袍贖出來，但是為了錢先生的恢復康健，就是冬天沒有皮袍穿，他也甘心樂意。

錢少奶奶，臉上雖還是青白的，可是堅決的拒絕了李四大媽的照應，而掙扎著起來服侍公公。

金三爺，反正天天要出來坐茶館，所以一早一晚的必來看看女兒與親家。錢先生雖然會吃會喝了，可是還不大認識人。所以，金三爺每次來到，不管親家是睡著還是醒著，總先到病榻前點一點他的四方腦袋，而並不希望和親家談談心，說幾句話兒。點完頭，他擰上一袋葉子煙，巴唧幾口，好像是表示：「得啦，親家，你的事，我都給辦了！只要你活著，我的心就算沒有白費！」然後，他的紅臉上會發出一點快活的光兒來，覺得自己一輩子有了件值得在心中存記著的事——發送了女婿，親家母，還救活了親家！

對女兒，他也沒有多少話可講。他以為守寡就是守寡，正像賣房的就是賣房一樣的實際，用不著格外的痛心與啼哭。約摸著她手中沒了錢，他才把兩三塊錢放在親家的床上，高聲的彷彿對全世界廣播似的告訴姑娘：「錢放在床上啦！」

當他進來或出去的時候，他必在大門外稍立一會兒，表示他不怕遇見冠家的人。假若遇不見他們，他也要高聲的咳嗽一兩聲，示一示威。不久，全胡同裡的小兒都學會了他的假嗽，而常常的在冠先生的身後演習。

冠先生並不因此而不敢出門。他自有打算，沉得住氣。「小兔崽子們！」他暗中咒罵：「等著你們冠爺爺的，我一旦得了手，要不像抹臭蟲似的把你們都抹死才怪！」他的奔走，在這些日子，比以前更加活躍了許多。最近，因為勤於奔走的緣故，他已摸清了一點政局的來龍去脈。由一位比他高明著許多倍的小政客口中，他聽到：在最初，日本軍閥願意把華北的一切權利都拿在自己的手中，所以他們保留著那個已經破碎不全的華北政務委員會。同時，為維持北平一城的治安，他們從棺材裡扒出來幾個老漢奸組織起維持會。

其實維持會只是個不甚體面的古董舖，並沒有任何實權。那真正替敵人打掃街道與維持秩序的，卻是市政府。在市政府中，天津幫佔了最大的勢力。現在，山東，河北，河南，山西，敵軍都有迅速的進展：敵軍既不能用刺刀隨在每個中國人的背後，就勢必由日本政客與中國漢奸合組起來個代替「政務委員會」的什麼東西，好掛起五色旗來統治整個的華北，好教漢奸們替「皇軍」使用軍用票，搜刮物資，和發號施令。這個機構很難產出，因為日本軍人根本討厭政治，根本不願意教類似政治的東西拘束住他們的肆意燒殺。他們在找到完全聽他們的話的，同時又能敷衍中國百姓的，漢奸以前，決不肯輕意擺出個政府來。在天津，在敵人佔據了各學校之後，他們本無意燒掉各圖書館的書籍，不是愛惜它們，而是以為書籍也多少可以換取幾個錢的。可是，及至他們的駐津領事勸告他們，把書籍都運回國去。他們馬上給圖書館們舉行了火葬。他們討厭外交官的多口。他們願像以總督統管朝鮮那樣，來統治華北和一切攻陷的地方，把文官的勢力削減到零度。可是，軍隊的活動，不能只仗著幾個命令；軍隊需要糧草，服裝，運輸工具，和怎樣以最少的士兵取得最大的勝利。這，使討厭文官與政治的軍閥沒法不想到組織政府，沒法不借重於政客與漢奸。軍閥的煩惱永遠是「馬上得之，不能馬上治之」。

在日軍進入北平的時候，最先出現於北平人眼前的新組織是新民會，一個從炮火煙霧中鑽出來的宣傳機關。冠曉荷聽見說有這麼個機關，而沒有十分注意它，他不大看得起宣傳工作。他心目中的「差事」是稅局，鹽務；他心中的頭銜是縣長，科長，處長——他覺得一個「會」，既無稅局與鹽務署的收入，又無縣長，處長的頭銜，一定就沒有什油水與前途。現在，他才明白過來：這個「會」是大有前途的，因為他是緊跟著軍隊的，替軍隊宣揚「德威」的親近的侍從。有它，日本軍隊才能在屠殺之後把血跡埋掩起來；有它，日本軍隊才能欺哄自己：他們對被征服的民眾的確有了「和平的」辦法。它不跟軍閥爭什麼，而是老老實實的在軍人身後唱著「太平歌詞」。軍人以炮火打癱了一座城，新民會趕緊過來輕輕的給上一點止痛的藥。

那位小政客告訴冠曉荷：「要謀大官，你非直接向日本軍官手裡去找不可。維持會不會有很長的壽命。到市政府找事呢，你須走天津幫的路線。新民會較比容易進去，因為它是天字第一號的順民，不和日本軍人要什麼——除了一碗飯與幾個錢——而緊跟著日本兵的槍口去招撫更多的順民，所以日本軍人願意多收容些這樣的人。只要你有一技之長，會辦報，會演戲，會唱歌，會畫圖，或者甚至於會說相聲，都可以作為進身的資格。此外，還有個萬不可忽視的力量——請注意地方上的『老頭子』！老頭子們是由社會秩序的不良與法律保障的不足中造成他們的勢力。他們不懂政治，而只求實際的為自己與黨徒們謀安全。他們也許知道仇視敵人，但是敵人若能給他們一點面子，他們就會因自己的安全而和敵人不即不離的合作。他們未必出來作官，可是願意作敵人用人選士的顧問。這是個最穩固最長久的力量！」

這一點分析與報告，使冠曉荷聞所未聞。雖然在官場與社會中混了二三十年，他可是始終沒留過心去觀察和分析他的環境。他是個很體面的蒼蠅，哪裡有糞，他便與其他的蠅子擠在一處去湊熱鬧；在找不到糞的時候，他會用腿兒玩弄自己的翅膀，或用頭輕輕的撞窗戶紙玩，好像表示自己是普天下第一號的蒼蠅。他永遠不用他的心，而只憑喝酒打牌等等的技巧去湊熱鬧。從湊熱鬧中，他以為他就會把油水撈到自己的碗中來。

聽到人家這一片話，他閉上了眼，覺得他自己很有思想，很深刻，倒好像那都是他自己思索出來的。過了一會兒，他把這一套話到處說給別人聽，而且聲明馬上要到天津去，去看看老朋友們。把這一套說完，他又謙虛的承認自己以前的浮淺：「以前，我說過：藝術是沒有國界的，和——那些不著邊際的話。那太浮淺了！人是活到老，學到老的！現在，我總算抓到了問題的根兒，總算有了進步！有了進步！」他並不敢到天津去。不錯，他曾經在各處做過事；可是，在他的心的深處卻藏著點北平人普遍的毛病——怕動，懶得動。他覺得到天津去——雖然僅坐三小時的火車——就是「出外」，而出外是既冒險而又不舒服的事。再說，在天津，他並沒有真正的朋友。那麼，白花一些錢，而要是還找不到差事，豈不很不上算？

對日本的重要軍人，他一個也不認識。他很費力的記住了十來個什麼香月，大角，板垣，與這個郎，那個田，而且把報紙上記載的他們的行動隨時在他的口中「再版」，可是他自己曉得他們與他和老虎與他距離得一樣的遠。至於「老頭子」們，他更無法接近，也不大高興接近。他的不動產雖不多，銀行的存款也並沒有超過一萬去，可是他總以為自己是個紳士。他怕共產黨，也怕老頭子們。他覺得老頭子就是竇爾墩，而竇爾墩的劫富安貧是不利於他的。

他想應當往新民會走。他並沒細打聽新民會到底都作些什麼，而只覺得自己有作頭等順民的資格與把握。至不濟，他還會唱幾句二簧，一兩折奉天大鼓（和桐芳學的），和幾句相聲！況且，他還作過縣長與局長呢！他開始向這條路子進行。奔走了幾天，毫無眉目，可是他不單不灰心，反倒以為「心到神知」，必能有成功的那一天。無事亂飛是蒼蠅的工作，而亂飛是早晚會碰到一隻死老鼠或一堆牛糞的。冠先生是個很體面的蒼蠅。

不知別人怎樣，瑞豐反正是被他給「唬」住了。那一套分析，當冠先生從容不迫的說給瑞豐聽的時候，使瑞豐的小乾臉上灰暗起來。他——瑞豐——沒想到冠先生能這麼有眼光，有思想！他深怕自己的才力太小，不夠巴結冠先生的了！

冠先生可是沒對瑞豐提起新民會來，因為他自己既正在奔走中，不便教瑞豐知道了也去進行，和他競爭；什麼地方該放膽宣傳，什麼地方該保守秘密，冠先生的心中是大有分寸的。

二三十年的軍閥混戰，「教育」成像曉荷的一大夥蒼蠅。他們無聊，無知，無心肝，無廉恥，因為軍閥們不懂得用人，而只知道豢養奴才。在沒有外患的時候，他們使社會腐爛。當外患來到，他們使國家亡得快一點。

受過只管收學費與發文憑的教育的瑞豐，天然的羨慕曉荷。他自己沒作過官，沒接近過軍閥，可是他的文憑既是換取生活費用的執照，他就沒法不羨慕冠先生的衣食住行的舒服與款式。他以為冠先生是見過世面的「人物」，而他自己還是口黃未退的「雛兒」。瑞豐決定趕快搬到三號的那間小屋子去住。那間小屋小到僅足以放下一張床的，只有個小門，沒有窗戶。當瑞豐去看一眼的時候，他沒看見什麼──因為極黑暗──而只聞到一些有貓屎味的潮氣。他願意住這間小屋，他的口氣表示出來：只要能和冠家住在一處，哪怕是教他立著睡覺也無所不可！

這時候，西長安街新民報社樓上升起使全城的人都能一抬頭便看見的大白氣球，球下面扯著大旗，旗上的大字是「慶祝保定陷落」！保定，在北平人的心裡幾乎是個地理上的名詞。它的重要彷彿還趕不上通州，更不用說天津或石家莊了。他們只知道保定出醬菜與帶響的大鐵球。近些年來，揉鐵球的人越來越少了，保定與北平人的關係也就越發模糊不清了。現在，「保定陷落」在白氣球底下刺著大家的眼，大家忽然的想起它來，像想起一個失蹤很久的好友或親戚似的。大家全低下頭去。不管保定是什麼樣的城，它是中國的地方！多失陷一座別的城，便減少克復北平的一分希望。他們覺得應該為保定帶孝，可是他們看到的是「氣球」與「慶祝」！亡國是最痛心，最可恥，可是他們得去慶祝！自己慶祝亡國！

日本的「中國通」並不通。他們不曉得怎麼給北平人留面子。假若他們一聲不出的，若無其事的，接受勝利，北平人是會假裝不知道而減少對征服者的反感的。但是，日本人的「小」心眼裡，既藏不住狠毒，也藏不住得意。像貓似的，他們捉住老鼠不去馬上吃掉，而要戲耍好大半天；用爪牙戲弄被征服者是他們的唯一的「從容」。他們用氣球扯起保定陷落的大旗來！

新民會抓到表功的機會。即使日本人要冷靜，新民會的頭等順民也不肯不去鋪張。在他們的心裡，他們不曉得哪是中國，哪是日本。只要有人給飯吃，他們可以作任何人的奴才。他們像蒼蠅與臭蟲那樣沒有國籍。

他們決定為自慶亡國舉行大遊行。什麼團體都不易推動與召集，他們看準了學生——決定利用全城的中學生和小學生來使遊行成功。

瑞豐喜歡熱鬧。在平日，親友家的喜事，他自然非去湊熱鬧不可了；就是喪事，他也還是「爭先恐後」的去吃，去看，去消遣。他不便設身處地的去想喪主的悲苦；那麼一來，他就會「自討無趣」。他是去看穿著白孝，哭紅了眼圈兒的婦女們；他覺得她們這樣更好看。他注意到酒飯的好壞，和僧人們的嗓子是否清脆，唸經比唱小曲更好聽；以便回到家中批評給大家聽。喪事是人家的，享受是他自己的，他把二者極客觀的從當中畫上一條清楚的界線。對於慶祝亡國，真的，連他也感到點不大好意思。可是及至他看到街上鋪戶的五色旗，電車上的松枝與綵綢，和人力車上的小紙旗，他的心被那些五光十色給吸住，而覺得國家的喪事也不過是家庭喪事的擴大，只要客觀一點，也還是可以悅心與熱鬧耳目的。他很興奮。無論如何，他須看看這個熱鬧。

同時，在他的同事中有位姓藍名旭字紫陽的，賞給了他一個笑臉和兩句好話——「老祁，大遊行你可得多幫忙啊！」他就更非特別賣點力氣不可了。他佩服藍紫陽的程度是不減於他佩服冠曉荷的。

紫陽先生是教務主任兼國文教員，在學校中的勢力幾乎比校長的還大。但是，他並不以此為榮。他的最大的榮耀是他會寫雜文和新詩。他喜歡被稱為文藝家。他的雜文和新詩都和他的身量與模樣具有同一的風格：他的身量很矮，臉很瘦，鼻子向左歪著，而右眼向右上方吊著；這樣的左右開弓，他好像老要把自己的臉扯碎了似的；他的詩文也永遠寫得很短，像他的身量；在短短的幾行中，他善用好幾個「然而」與「但是」，扯亂了他的思想而使別人莫測高深，像他的眉眼。

他的詩文，在寄出去以後，總是不久或好久而被人家退還，他只好降格相從的在學校的壁報上發表。在壁報上發表了以後，他懇切的囑咐學生們，要拿它們當作模範文讀。同時，他恨那些成名的作家。想起成名的作家，他的鼻子與右眼便分向左右拚命的斜去，一直到五官都離了本位，才放鬆了一會兒。他以為作家的成名都仗著巴結出版家與彼此互相標榜。他認為作家們偶爾的被約去講演或報紙上宣佈了到哪裡旅行或參觀，都是有意的給自己作宣傳與登廣告。他並不去讀他們的著作，而只覺得有了他們的著作才削奪了他自己發表作品的機會。他自己的心眼兒是一團臭糞，所以他老用自己的味兒把別人在他的思索中熏臭。因為他的心是臭的，所以他的世界也是臭的，只有他自己——他覺得——可憐可愛而且像花一樣的清香。

他已經三十二歲，還沒有結婚。對於女人，他只能想到性慾。他的臉與詩文一樣的不招女人喜愛，所以他因為接近不了女人而也恨女人。看見別人和女性一塊走，他馬上想起一些最髒最醜的情景，去寫幾句他自己以為最毒辣而其實是不通的詩或文，發洩他心中的怨氣。他的詩文似乎是專為罵人的，而自以為他最富正義感。

他的口很臭，因為身子虛，肝火旺，而又不大喜歡刷牙。他的話更臭，無論在他所謂的文章裡還是在嘴中，永遠不惜血口噴人。因此，學校裡的同事們都不願招惹他，而他就變本加厲的猖狂，漸漸的成了學校中的一霸。假若有人肯一個嘴巴把他打出校門，他一定連行李也不敢回去收拾，便另找吃飯的地方去。可是，北平人與吸慣了北平的空氣的人——他的同事們——是對任何人任何事都不敢伸出手去的。他們敷衍他，他就成了英雄。

藍先生不佩服世界史中的任何聖哲與偉人，因而也就不去摹仿他們的高風亮節。當他想起一位聖哲的時候，他總先想到聖哲的大便是不是臭的。趕到想好了聖哲的大便也必然的發臭，他就像發現了一個什麼真理似的去告訴給學生們，表示他是最有思想的人。對同事們，除非在嘴巴的威脅之下，他永遠特立獨行，說頂討厭的話，作頂討厭的事。他自居為「異人」。對瑞豐，他可是一向相當的客氣。瑞豐是庶務。每逢他受藍先生的委託買些私人用的東西，像毛巾與稿紙什麼的，他總買來頂好的東西而不說價錢。藍先生每次都要問價錢，而後還發一大套議論——貪污是絕對要不的！儘管是公家的一根草，我們也不能隨便的拿！瑞豐笑著聽取「訓話」。聽完了，他只說一聲：「改天再說，忙什麼？」於是，「改天再說」漸漸的變為「不再提起」，而藍先生覺得瑞豐是有些道理的人，比聖哲和偉人還更可喜一點！

日本人進了城，藍先生把「紫陽」改為「東陽」，開始向敵人或漢奸辦的報紙投稿。這些報紙正缺乏稿子，而藍先生的詩文，雖然不通，又恰好都是攻擊那些逃出北平，到前線或後方找工作的作家們，所以「東陽」這個筆名幾乎天天像兩顆小黑痣似的在報屁股上發現。他恨那些作家，現在他可以肆意的詬罵他們了，因為他們已經都離開了北平。他是專會打死老虎的。

看見自己的稿子被登出，他都細心的剪裁下來，用學校的信箋裱起，一張張的掛在牆上。他輕易不發笑，可是在看著這些裱好了的小紙塊的時候，他笑得出了聲。他感激日本人給了他「成名」的機會，而最使他動心的是接到了八角錢的稿費。看著那八角錢，他想像到八元，八十元，八百元！他不想再扯碎自己的臉，而用右手壓著向上吊著的眼，左手搬著鼻子，往一塊兒攏合，同時低呼著自己的新筆名：「東陽！東陽！以前你老受著壓迫，現在你可以自己創天下了！你也可以結合一群人，領導一群人，把最高的稿費拿到自己手中了！鼻子不要再歪呀！你，鼻子，要不偏不倚的指向光明的前途喲！」

他入了新民會。這兩天，他正忙著籌備慶祝大會，並趕製宣傳的文字。在他的文字裡，他並不提中日的戰爭與國家大事，而只三言五語的諷刺他所嫉恨的作家們：「作家們，保定陷落了，你們在哪裡呢？你們又在上海灘上去喝咖啡與跳舞吧？」這樣的短文不十分難寫，忙了一個早半天，他就能寫成四五十段；冠以總題：「匕首文」。對慶祝大會的籌備，可並不這麼容易。他只能把希望放在他的同事與學生們身上。他通知了全體教職員與全體學生，並且說了許多恫嚇的話，可是還不十分放心。照常例，學生結隊離校總是由體育教師領隊。他不敢緊緊的逼迫體育教員，因為他怕把他逼急而掄起拳頭來。別位教師，雖然拳頭沒有那麼厲害，可是言語都說的不十分肯定。於是，他抓到了瑞豐。

「老祁！」他費了許多力氣才把眉眼調動得有點笑意。「他們要都不去的話，咱們倆去！我作正領隊——不，總司令，你作副司令！」

瑞豐的小乾臉上發了光。他既愛看熱鬧，又喜歡這個副司令的頭銜。「我一定幫忙！不過，學生們要是不聽話呢？」

「那簡單的很！」東陽的鼻眼又向相反的方向扯開。「誰不去，開除誰！簡單的很！」

回到家中，瑞豐首先向胖太太表功：「藍東陽入了新民會。他找我幫忙，領著學生去遊行。他總司令，我副司令！我看，只要巴結好了他，我不愁沒有點好事作！」說完，他還覺得不甚滿意，因為只陳述了事實，而沒拿出足以光耀自己的理由來。他想了一會兒，又找補上：「他為什麼不找別人，而單單的找咱們？」他等著胖太太回答。她沒答理他。他只好自動的說出：「這都是因為咱們平日會作事！你看，每逢他託我買東西，我總給他買頂好的，而不說價錢。一條毛巾或兩刀稿紙什麼的，難道他自己不會去買，而必定託我去？這裡就有文章！可是，咱們也會作文章！一條毛巾或兩刀稿紙，咱們還能沒地方去『拿』？『拿』來，送給他，這就叫不費之惠！我要連這個小過門都不會，還當什麼庶務？」

胖太太微微的點一點頭，沒有特別的誇讚他。他心中不甚滿意，所以找了大嫂去再說一遍，以期得到預期的稱讚。「大嫂，你等著看這個熱鬧吧！」

「喲！這年月還有什麼熱鬧呀？」大嫂的一向很水靈的眼近來有點發昏，白眼珠上老有些黃暗的朦子——老太爺的不舒服，婆婆的病，丈夫的憂鬱，老三的出走，家計的困難，都給她增多了關切與工作。她仍然不大清楚日本人為什麼要和我們打仗，和為什麼佔據了北平，可是她由困難與勞累中彷彿咂摸到了這些不幸與苦痛都是日本人帶給她的。她覺得受更大更多的苦難已經是命中注定的事了，她想不到還會有什麼熱鬧可看；就是有，她也沒心去看！

「頂熱鬧的大遊行！學校裡由我領隊！不是吹，大嫂，我老二總算有一套！你多咱看見過庶務作領隊的？」「真的！」大嫂不曉得怎樣回答好，只用這個有一百多種解釋的字表示她的和藹。

老二把嫂嫂的「真的」解釋成：庶務領隊真乃「出類拔萃」。於是，有枝添葉的把事情的經過與將來的希望都又說了一遍。

「你哥哥也得去吧？」韻梅從老二的敘述中聽出點不大是味兒的地方來。她知道那個出好醬菜的城也是中國的，而中國人似乎不該去慶祝它的陷落。假若她沒想錯，她以為，瑞宣就又必很為難，因為難而也許又生她的氣。她很怕丈夫生氣。

在結婚以前，她就由娘家人的神色與低聲的嘀咕中領會到她的未婚夫不大喜歡她。雖然心中反對自由結婚，她可是不能不承認現在的世界上確乎可以「自由」一下，而未婚夫的不歡喜她，或者正因為不「自由」！她認定了自己是毫無罪過的苦命人。假若瑞宣堅持不要她，她願意把這條苦命結束了。幸而瑞宣沒堅持己見，而把她娶過來。她並不感激他，因為既是明媒正娶，她自有她的身分與地位。可是，她心中始終有點不大安逸，總覺得丈夫與她之間有那麼一層薄紗，雖然不十分礙事，可是他們倆老因此而不能心貼著心的完全黏合在一處。沒有別的辦法，她只能用「盡責」去保障她的身分與地位——她須教公婆承認她是個能幹的媳婦，教親友承認她是很像樣的祁家少奶奶，也教丈夫無法不承認她的確是個賢內助。

她——即使在結婚和生兒養女以後——也不能學那些「自由」的娘們那種和男人眉來眼去的醜相。她不能把太太變為妖精，像二弟婦那樣。她只能消極的不招丈夫生氣，使夫婦相安無事。在思想上，言論上，和一部分行動上，瑞宣簡直是她的一個永不可解的謎。她不願費她的腦子去猜破這個謎，而只求盡到自己的責任，慢慢的教「謎」自動的說出謎底來。是的，她有時候也忍無可忍的和他吵幾句嘴，不過，在事後一想，越吵嘴便相隔越遠；吵嘴會使謎更難猜一些。她看清楚：不急，不氣，才會使日子過得平安。

最近，丈夫更像個謎了。可是她看得很明白，這個謎已經不是以前的那個了。現在這個謎是日本人給她出的。日本人使她的丈夫整天的沒個笑容，臉上濕碌碌的罩著一層憂鬱的雲。她可憐丈夫，而無從安慰他。她既不知道日本人都懷著什麼鬼胎，又不清楚日本人的鬼胎在什麼地方影響著她的丈夫。她不敢問他，可又替他憋悶的慌。她只能擺出笑臉操作一切，而不願多說多道惹他生氣。只要他不對她發脾氣，她就可以安一點心，把罪惡都歸在日本人身上。因此，她也盼望中日的戰爭早早結束了，所有在北平的日本人全滾出去，好使瑞宣仍舊作她一個人的謎，而是全家的當家人，有說有笑有生趣。

瑞宣從錢家剛回來。關於學生遊行的事，他已經聽到，而且打定主意不去參加。他的校長，在開學的那天沒有到校，現在還請著假。瑞宣猜想：假若大遊行成為事實，校長大概十之八九會辭職的。他頗想到校長家中去談一談，假若校長真要辭職，他自己也該趕早另找事作；他知道校長是能負責必負責，而不能因負責累及自己的氣節的人。他願和這樣的人談一談。

他剛走到棗樹那溜兒，老二便由東屋的門外迎接上來。「大哥，你們學校裡籌備得怎樣了？我們那裡由我領隊！」

「好！」瑞宣的臉上沒有絲毫的表情，這個「好」字是塊更無表情的硬石子。

韻梅在廚房的門口，聽到那塊石子的聲響。她心中跳了一下。假若她怕丈夫對她生氣的話，她就更怕他和別人發脾氣。她曉得丈夫在平日很會納著氣敷衍大家，使家中的暗潮不至於變為狂風大浪。現在，她不敢保險丈夫還能忍氣，因為北平全城都在風浪之中，難道一隻小木船還能不搖動嗎？

她說了話。她寧願話不投機，招丈夫對她發怒，也不願看著他們兄弟之間起了口舌。「剛由錢家回來吧？錢先生怎樣了？是不是能吃點什麼啦？跌打損傷可非吃不可呀！」

「哪——好點啦！」瑞宣仍舊板著臉，可是他的回答教韻梅明白，並且放心，他理解了她的用意。

他走進自己的屋中。她相當的滿意自己。老二沒有聲音的笑了笑，笑老大的不識時務。

這時候，冠先生穿著半舊的綢袍走出門來。由他的半舊的衣服可以看出來，他要拜訪的一定不是什麼高貴的人。他奔了六號去。

第二十四章　新民會

在冠家的歷史中，曾經有過一個時期，大赤包與尤桐芳聯合起來反抗冠曉荷。六號住的文若霞，小文的太太，是促成冠家兩位太太合作的「禍首」。

小文是中華民國元年元月元日降生在一座有花園亭榭的大宅子中的。在幼年時期，他的每一秒鐘都是用許多金子換來的。在他的無數的玩具中，一兩一個的小金錠與整塊翡翠琢成的小壺都並不算怎樣的稀奇。假若他早生三二十年，他一定會承襲上一等侯爵，而坐著八人大轎去見皇帝的。

他有多少對美麗的家鴿，每天按著固定的時間，像一片流動的霞似的在青天上飛舞。他有多少對能用自己的長尾包到自己的頭的金魚，在年深苔厚的缸中舞動。他有多少罐兒入譜的蟋蟀，每逢競鬥一次，就須過手多少塊白花花的洋錢。他有在冬天還會振翅鳴叫的，和翡翠一般綠的蟈蟈，用雕刻得極玲瓏細緻的小葫蘆裝著，揣在他的懷裡；葫蘆的蓋子上鑲著寶石。——他吃、喝、玩、笑，像一位太子那麼舒適，而無須乎受太子所必須受的拘束。在吃，喝，玩，笑之外，他也常常生病；在金子裡生活著有時候是不大健康的。不過，一生病，他便可以得到更多的憐愛，糟蹋更多的錢，而把病痛變成一種也頗有意思的消遣；貴人的臥病往往是比窮人的健壯更可羨慕的。他極聰明，除了因與書籍不十分接近而識字不多外，對什麼遊戲玩耍他都一看就成了專家。在八歲的時候，他已會唱好幾齣整本的老生戲，而且腔調韻味極像譚叫天的。在十歲上，他已經會彈琵琶，拉胡琴——胡琴拉得特別的好。

在滿清的末幾十年，旗人的生活好像除了吃漢人所供給的米，與花漢人供獻的銀子而外，整天整年的都消磨在生活藝術中。上自王侯，下至旗兵，他們都會唱二簧、單弦、大鼓，與時調。他們會養魚、養鳥、養狗、種花，和鬥蟋蟀。他們之中，甚至也有的寫一筆頂好的字，或畫點山水，或作些詩詞——至不濟還會謅幾套相當幽默的悅耳的鼓兒詞。他們的消遣變成了生活的藝術。他們沒有力氣保衛疆土和穩定政權，可是他們會使雞鳥魚蟲都與文化發生了最密切的關係。他們聽到了革命的槍聲便全把頭藏在被窩裡，可是他們的生活藝術是值得寫出多少部有價值與趣味的書來的。就是從我們現在還能在北平看到的一些小玩藝兒中，像鴿鈴、風箏、鼻煙壺兒、蟋蟀罐子、鳥兒籠子、兔兒爺，我們若是細心的去看，就還能看出一點點旗人怎樣在最細小的地方花費了最多的心血。

文侯爺不是旗人。但是，因為爵位的關係，他差不多自然而然的便承襲了旗人的那一部文化。假若他不生在民國元年，說不定他會成為穿宮過府的最漂亮的人物，而且因能拉會唱和鬥雞走狗得到最有油水的差事。不幸，他生在民國建國的第一天。他的思想——假若他也有思想——趣味，生活習慣與本領，完全屬於前朝，而只把兩隻腳立在民國的土地上。民國的國民不再作奴隸，於是北平那些用楠木為柱，琉璃作瓦的王府，不到幾年就因老米與銀錠的斷絕而出賣，有的改為軍閥的私宅，有的改為學校，有的甚至拆毀了而把磚瓦零賣出去，換些米麵。貴族的衰落多半是像雨後的鮮蘑的，今天還是龐大的東西，明天就變成一些粉末，隨風而逝！文侯爺的亭台閣榭與金魚白鴿，在他十三四歲的時候，也隨著那些王公的府邸變成了換米麵的東西。他並沒感到怎樣的難過，而只覺得生活上有些不方便。那些值錢的東西本來不是他自己買來的，所以他並不戀戀不捨的，含著淚的，把它們賣出去。他不知道那些物件該值多少錢，也不曉得米麵賣多少錢一斤；他只感到那些東西能換來米麵便很好玩。經過多少次好玩，他發現了自己身邊只剩下了一把胡琴。

他的太太，文若霞，是家中早就給他定下的。她的家庭沒有他的那麼大，也沒有那麼闊綽，可是也忽然的衰落，和他落在同一的情形上。他與她什麼也沒有了，可是在十八歲上他們倆有了個須由他們自己從一棵蔥買到一張桌子的小家庭。他們為什麼生在那用金子堆起來的家庭，是個謎；他們為什麼忽然變成連一塊瓦都沒有了的人，是個夢；他們只知道他們小兩口都像花一樣的美，只要有個屋頂替他們遮住雨露，他們便會像一對春天的小鳥那麼快活。

在他們心中，他們都不曉得什麼叫國事，與世界上一共有幾大洲。他們沒有留戀過去的傷感，也沒有顧慮明天的憂懼，他們今天有了飯便把握住了今天的生活；吃完飯，他們會低聲的歌唱。他們的歌唱慢慢的也能供給他們一些米麵，於是他們就無憂無慮的，天造地設的，用歌唱去維持生活。他們經歷了歷史的極大的變動，而像嬰兒那麼無知無識的活著；他們的天真給他們帶來最大的幸福。

小文——現在，連他自己似乎也忘了他應當被稱為侯爺——在結婚之後，身體反倒好了一點，雖然還很瘦，可是並不再三天兩頭兒的鬧病了。矮個子，小四方臉，兩道很長很細的眉，一對很知道好歹的眼睛，他有個令人喜愛的清秀模樣與神氣。在他到票房和走堂會去的時候，他總穿起相當漂亮的衣裳，可是一點也不顯著匪氣。

平時，他的衣服很不講究，不但使人看不出他是侯爺，而且也看不出他是票友。無論他是打扮著，還是隨便的穿著舊衣裳，他的風度是一致的：他沒有驕氣，也不自卑，而老是那麼從容不迫的，自自然然的，眼睛平視，走著他的不緊不慢的步子。對任何人，他都很客氣；同時，他可是決不輕於去巴結人。在街坊四鄰遇到困難，而求他幫忙的時候，他決不搖頭，而是手底下有什麼便拿出什麼來。因此，鄰居們即使看不起他的職業，可還都相當的尊敬他的為人。

在樣子上，文若霞比她的丈夫更瘦弱一點。可是，在精力上，她實在比他強著好多。她是本胡同中的林黛玉。長臉蛋，長脖兒，身量不高，而且微有一點水蛇腰，看起來，她的確有些像林黛玉。她的皮膚很細很白，眉眼也很清秀。她走道兒很慢，而且老低著頭，像怕踩死一個蟲兒似的。當她這麼羞怯怯的低頭緩步的時候，沒人能相信她能登台唱戲。可是，在她登台的時候，她的眉畫得很長很黑，她的眼底下染上藍暈，在台口一揚臉便博個滿堂好兒；她的眉眼本來清秀，到了台上便又添上英竦。她的長臉蛋揉上胭脂，淡淡的，極勻潤的，從腮上直到眼角，像兩片有光的淺粉的桃瓣。她「有」脖子。她的水蛇腰恰好能使她能伸能縮，能軟能硬。她走得極穩，用輕移緩進控制著鑼鼓。在必要時，她也會疾走；不是走，而是在台上飛。她能唱青衣，但是拿手的是花旦；她的嗓不很大，可是甜蜜，帶著膛音兒。

論唱，論做，論扮相，她都有下海的資格。可是，她寧願意作拿黑杵的票友，而不敢去搭班兒。

她唱，小文給她拉琴。他的胡琴沒有一個花招兒，而托腔托得極嚴。假若內行們對若霞的唱作還有所指摘，他們可是一致的佩服他的胡琴。有他，她的不很大的嗓子就可以毫不費力的得到預期的采聲。在維持生活上，小文的收入比她的多，因為他既無須乎像她那麼置備行頭和頭面，而且經常的有人來找他給托戲。

在他們小夫婦初遷來的時候，胡同裡的青年們的頭上都多加了些生髮油——買不起油的也多抿上一點水。他們有事無事的都多在胡同裡走兩趟，希望看到「她」。她並不常出來。就是出來，她也老那麼低著頭，使他們無法接近。住過幾個月，他們大家開始明白這小夫婦的為人，也就停止了給頭髮上加油。大家還感到她的秀美，可是不再懷著什麼惡意了。

為她而出來次數最多的是冠曉荷。他不只在胡同裡遇見過她，而且看過她的戲。假若她是住在別處，倒也罷了；既是近鄰，他覺得要對她冷淡，便差不多是疏忽了自己該盡的義務。再說，論年紀，模樣，技藝，她又遠勝尤桐芳；他要是漠不關心她，豈不是有眼而不識貨麼。他知道附近的年輕人都在頭髮上加了油，可是他也知道只要他一往前邁步，他們就沒有絲毫的希望；他的服裝，氣度，身分，和對婦女的經驗，都應當作他們的老師。從另一方面看呢，小文夫婦雖然沒有挨餓的危險，可是說不上富裕來；那麼，他要是常能送過去一兩雙絲襪子什麼的，他想他必能討過一些便宜來的；有這麼「經濟」的事兒，他要是不向前進攻，也有些不大對得住自己。他決定往前伸腿。

在胡同中與大街上，他遇上若霞幾次。他靠近她走，他嬌聲的咳嗽，他飛過去幾個媚眼，都沒有效果。他改了主意。

拿著點簡單的禮物，他直接的去拜訪新街坊了。小文夫婦住的是兩間東房，外間是客廳，內間是臥室；臥室的門上掛著張很乾淨的白布簾子。客廳裡除了一張茶几，兩三個小凳之外，差不多沒有什麼東西。牆上的銀花紙已有好幾張脫落下來的。牆角上放著兩三根籐子棍。這末一項東西說明了屋中為什麼這樣簡單——便於練武把子。

小文陪著冠先生在客廳內閒扯。冠先生懂得「一點」二簧戲，將將夠在交際場中用的那麼一點。他決定和小文談戲。敢在專家面前拿出自己的一知半解的人不是皇帝，便是比皇帝也許更糊塗的傻蛋。冠先生不傻。他是沒皮沒臉。

「你看，是高慶奎好，還是馬連良好呢？」冠先生問。小文極自然的反問：「你看呢？」小文的態度是那麼自然，使冠曉荷絕不會懷疑他是有意的不回答問題，或是故意的要考驗考驗客人的知識。不，沒人會懷疑他。他是那麼自然，天真。他是貴族。在幼年時，他有意無意的學會這種既不忙著發表意見，而還能以極天真自然的態度使人不至於因他的滑頭而起反感。

冠曉荷不知道怎樣回答好了。對那兩位名伶，他並不知道長在哪裡，短在何處。「哪——」他微一皺眉，「恐怕還是高慶奎好一點！」唯恐說錯，趕緊又補上：「一點——點！」小文沒有搖頭，也沒有點頭。他乾脆的把這一頁揭過去，而另提出問題。假若他搖頭，也許使冠先生心中不悅；假若點頭，自己又不大甘心。所以，他硬把問題擺在當地，而去另談別的。幼年時，他的侯府便是一個小的社會；在那裡，他見過那每一條皺紋都是用博得「天顏有喜」的狡猾與聰明鑄成的大人物——男的和女的。見識多了，他自然的學會幾招。

臉上一點沒露出來，他的心中可實在沒看起冠先生。又談了一會兒，小文見客人的眼不住的看那個白布門簾，他叫了聲：「若霞！冠先生來啦！」倒好像冠先生是多年的老友似的。

冠先生的眼盯在了布簾上，心中不由的突突亂跳。很慢很慢的，若霞把簾子掀起，而後像在戲台上似的，一閃身出了場。她穿著件藍布半大的褂子，一雙白緞子鞋；臉上只淡淡的拍了一點粉。從簾內一閃出來，她的臉就正對著客人，她的眼極大方的天真的看著他。她的隨便的裝束教她好像比在舞台上矮小了好多，她的臉上下似在舞台上那麼艷麗，可是肉皮的細潤與眉眼的自然教她更年輕一些，更可愛一些。可是，她的聲音好像是為她示威。一種很結實，很清楚，教無論什麼人都能聽明白這是一個大方的，見過世面的，好聽而不好招惹的聲音。這個聲音給她的小長臉上忽然的增加了十歲。

「冠先生，請坐！」

冠先生還沒有站好，便又坐下了。他的心裡很亂。她真好看，可是他不敢多看。她的語音兒好聽，可是他不願多聽——那語聲不但不像在舞台上那麼迷人，反而帶著點令人清醒的冷氣兒。

冠曉荷，在進到這小夫婦的屋裡以前，以為他必受他們倆的歡迎，因為他十分相信自己的地位身分是比他們倆高得很多的。因此，他所預備下的話，差不多都屬於「下行」的：他會照應他們，他們理應感激與感謝他。他萬沒想到他們倆的氣度會是這麼自自然然的不卑不亢！他有點發慌！預備好的話已經拿不出來，而臨時找話說總容易顯出傻氣。

他扯什麼，他們夫婦倆就隨著扯什麼。但是，無論扯什麼，他們倆的言語與神氣都老有個一定的限度。他們自己不越這個限度，也不容冠曉荷越過去。他最長於裝瘋賣傻的「急進」。想當初，他第一次約尤桐芳吃飯的時候，便假裝瘋魔的吻了她的嘴。今天，他施展不開這套本事。

來看小文夫婦的人相當的多。有的是來約幫忙，有的是來給若霞說戲，或來跟她學戲，有的是來和小文學琴，有的——這些人中有男有女，有老有少，他們都像是毫無用處的人，可是社會要打算成個社會，又非有他們不可。他們有一種沒有用處的用處。他們似乎都曉得這一點，所以他們只在進來的時候微向冠先生一點頭，表示出他們自己的尊傲。到臨走的時候，他們都會說一聲「再見」或「您坐著」，而並沒有更親密的表示。

冠先生一直坐了四個鐘頭。他們說戲，練武把，或是學琴，絕對不因他在那裡而感到不方便。他們既像極坦然，又像沒把冠先生放在眼裡。他們說唱便唱，說比畫刀槍架兒便抄起牆角立著的籐子棍兒。他們在學本事或吊嗓子之外，也有說有笑。他們所說的事情與人物，十之八九是冠先生不知道的。他們另有個社會。他們口中也帶著髒字，可是這些字用得都恰當，因恰當而健康。他們的行動並沒有像冠先生所想像的那麼卑賤，隨便，與亂七八糟！他覺得大家對他太冷淡。他幾次想告辭而又不忍得走。又坐了會兒，他想明白：大家並沒冷淡他，而是他自視太高，以為大家應當分外的向他獻慇勤；那麼，大家一不「分外」的表示親熱，自然就顯著冷淡了。他看明白這一點，也就決定不僅呆呆的坐在那裡，而要參加他們的活動。在一個適當的機會，他向小文說，他也會哼哼兩句二簧。他的意思是教小文給他拉琴。小文又沒點頭，也沒搖頭，而把冠先生的請求擱在了一旁。冠先生雖然沒皮沒臉，也不能不覺得發僵。他又想告辭。

正在這時候，因為屋裡人太多了，小文把白布簾折捲起來。冠曉荷的眼花了一下。裡間的頂棚與牆壁是新糊的四白落地，像洞房似的那麼乾淨溫暖。床是鋼絲的。不多的幾件木器都是紅木的。牆上掛著四五個名伶監製的泥花臉，一張譚叫天的戲裝照片，和一張相當值錢的山水畫。在小文夫婦到須睡木板與草墊子的時候，他們並不因沒有鋼絲床而啼哭。可是，一旦手中有了錢，他們認識什麼是舒服的，文雅的；他們自幼就認識鋼絲床，紅木桌椅，與名貴的字畫。

冠曉荷看楞了。這間臥室比他自己的既更闊氣，又文雅。最初，他立在屋門口往裡看。過了一會兒，假裝為細看那張山水畫，而在屋中巡閱了一遭。巡閱完，他坐在了床沿上，細看枕頭上的繡花。他又坐了一個鐘頭。在這最後的六十分鐘裡，他有了新的發現。他以為文若霞必定兼營副業，否則怎能置備得起這樣的桌椅擺設呢？他決定要在這張床上躺那麼幾次！

第二天，他很早的就來報到。小文夫婦沒有熱烈的歡迎他，也沒有故意的冷淡他，還是那麼不即不離的，和昨天差不多。到快吃飯的時候，他約他們去吃個小館，他們恰巧因有堂會不能相陪。

第三天，冠先生來的更早。小文夫婦還是那樣不卑不亢的對待他。他不能否認事情並沒什麼發展，可是正因為如此，他才更不能放鬆一步。在這裡，即使大家都沒話可說，相對著發楞，他也感到舒服。

在這三五天之內，大赤包已經與尤桐芳聯了盟。大赤包的娘家很有錢。在當初，假若不是她家中的銀錢時常在冠曉荷的心中一閃一閃的發光，他絕不會跟她結婚；在結婚之前，她的臉上就有那麼多的雀斑。

結婚之後，大赤包很愛冠曉荷——他的確是個可愛的風流少年。同時，她也很害怕，她感覺到他並沒把風流不折不扣的都拿了出來給她——假若他是給另一個婦人保存著可怎麼好呢！因此，她的耳目給冠曉荷撒下了天羅地網。在他老老實實的隨在她身後的時候，她知道怎樣憐愛他，打扮他，服侍他，好像一個老姐姐心疼小弟弟那樣。趕到她看出來，或是猜想到，他有衝出天羅地網的企圖，她會毫不留情的管教他，像繼母打兒子那麼下狠手。可惜，她始終沒給冠家生個男娃娃。無論她怎樣厲害，她沒法子很響亮的告訴世界上：沒有兒子是應當的呀！所有的婦科醫院，她都去訪問過；所有的司管生娃娃的神仙，她都去燒過香；可是她攔不住冠曉荷要娶小——他的宗旨非常的光明正大，為生兒子接續香煙！她翻滾的鬧，整桶的流淚，一會兒聲言自殺，一會兒又過來哀求——把方法用盡，她並沒能攔住他娶了尤桐芳。

在作這件事上，冠曉荷表現了相當的膽氣與聰明。三天的工夫，他把一切都辦好；給朋友們擺上了酒席，他告訴他們他是為要兒子而娶姨太太。他在南城租了一間小北屋，作為第二洞房。

大赤包在洞房中人還未睡熟，便帶領著人馬來偷營劫寨。洞房裡沒有多少東西，但所有的那一點，都被打得粉碎。她給尤桐芳個下馬威。然後，她僱了輛汽車，把桐芳與曉荷押解回家。她沒法否認桐芳的存在，但是她須教桐芳在她的眼皮底下作小老婆。假若可能，她會把小老婆折磨死！

幸而桐芳建穩了陣地，對大赤包的每一進攻都予以有力的還擊。這樣，大赤包與尤桐芳雖然有機會就吵，可是暗中彼此伸了大指，而桐芳的生命與生活都相當的有了保障。

冠曉荷天天往文家跑，使大赤包與尤桐芳兩位仇敵變成了盟友。大赤包決定不容丈夫再弄一個野娘們來。桐芳呢，既沒能給曉荷生兒子，而年歲又一天比一天大起來，假若曉荷真的再來一份兒外家，她的前途便十分暗淡了。她們倆聯了盟。桐芳決定不出一聲，而請大赤包作全權代表。大赤包一張口就說到了家：「曉荷！請你不要再到六號去！你要非去不可呢，我和桐芳已商量好，會打折你的腿。把你打殘廢了，我們倆情願養活著你，伺候著你！」

曉荷想辯駁幾句，說他到文家去不過是為學幾句戲，並無他意。

大赤包不准他開口。

「現在，你的腿還好好的，願意去，只管去！不過，去過以後，你的腿——我說到哪裡，作到哪裡！」她的語聲相當的低細，可是臉煞白煞白的，十足的表明出可以馬上去殺人的決心與膽氣。

曉荷本想鬥一鬥她，可是幾次要抬腿出去，都想到太太的滿臉煞氣，而把腿收回來。

桐芳拜訪了若霞一次。她想：她自己的，與文若霞的，身分，可以說是不分上下。那麼，她就可以利用這個職業相同的關係——一個唱鼓書的與一個女票友——說幾句坦白而發生作用的話。

桐芳相當痛苦的把話都說了。若霞沒有什麼表示，而只淡淡的說了句：「他來，我沒法攆出他去；他不來，我永遠不會下帖請他去。」說完，她很可愛的笑了一小聲。

桐芳不甚滿意若霞的回答。她原想，若霞會痛痛快快的一口答應下不准冠曉荷再進來的。若霞既沒這樣的堅決的表示，桐芳反倒以為若霞真和曉荷有點感情了。她沒敢登時對若霞發作，可是回到家中，她決定與大赤包輪流在大門洞內站崗，監視曉荷的出入。

曉荷沒法逃出監視哨的眼睛。他只好留神打聽若霞在何時何地清唱或彩唱，好去捧場，並且希望能到後台去看她，約她吃回飯什麼的。他看到了她的戲，可是她並沒從戲台上向他遞個眼神。他到後台約她，也不知道怎麼一轉動，她已不見了！

不久，這點只為「心到神知」的秘密工作，又被大赤包們看破。於是，冠先生剛剛的在戲院中坐下，兩位太太也緊跟著坐下；冠先生剛剛拚著命喊了一聲好，歡迎若霞出場，不知道他的兩隻耳朵怎麼就一齊被揪住，也說不清是誰把他腳不擦地的拖出戲院外。糊裡糊塗的走了好幾十步，他才看清，他是作了兩位太太的俘虜。

從這以後，曉荷雖然還不死心，可是表面上服從了太太的話，連向六號看一看都不敢了。

在日本兵入了城以後，他很「關切」小文夫婦。不錯，小文夫婦屋中擺著的是紅木桌椅，可是戲園與清唱的地方都關起門來，而又絕對不會有堂會，他們大概就得馬上挨餓！他很想給他們送過一點米或幾塊錢去。可是，偷偷的去吧，必惹起口舌；向太太說明吧，她一定不會相信他還能有什麼「好」意。他越關切文家，就越可憐自己在家庭中竟自這樣失去信用與尊嚴！

現在，他注意到了新民會，也打聽明白慶祝保定陷落的大遊行是由新民會主持，和新民會已去發動各行各會參加遊行。所謂各會者，就是民眾團體的，到金頂妙峰山或南頂娘娘廟等香火大會去朝香獻技的開路，獅子，五虎棍，耍花壇，槓箱官兒，秧歌等等單位。近些年來，因民生的凋敝，迷信的破除，與娛樂習尚的改變，這些「會」好像已要在北京城內絕跡了。在抗戰前的四五年中，這些幾乎被忘掉的民間技藝才又被軍隊發現而重新習練起來——它們表演的地方可不必再是香火大會，表演的目的也往往由敬神而改為競技。許多老人們看見這些檔子玩藝兒，就想起太平年月的光景而不住的感歎。許多浮淺的青年以為這又是一個復古的現象，開始詛咒它們。

新民會想起它們來，一來因為這種會都是各行業組織起來的；那麼，有了它們就差不多是有了民意；二來因為這不是田徑賽或搏擊那些西洋玩藝，而是地道的中國東西，必能取悅於想以中國辦法滅亡中國的日本人。

冠曉荷這次的到六號去是取得了太太的同意的。他是去找棚匠劉師傅。耍太獅少獅是棚匠們的業餘的技藝。當幾檔子「會」在一路走的時候，遇見橋樑，太獅少獅便須表演「吸水」等極危險，最見工夫的玩藝。只有登梯爬高慣了的棚匠，才能練獅子。劉師傅是耍獅子的名手。

冠曉荷不是替別人來約劉師傅去獻技，而是打算由他自己「送給」新民會一兩檔兒玩藝。不管新民會發動得怎樣，只要他能送上一兩組人去，就必能引起會中對他的注意。他已和一位新聞記者接洽好，替他作點宣傳。

剛到六號的門外，他的心已有點發跳。進到院中，他願像一枝火箭似的射入東屋去。可是，他用力剎住心裡的鬧，而把腳走向北小屋去。

「劉師傅在家？」他輕輕的問了聲。

劉師傅的身量並不高，可是因為渾身到處都有力氣，所以顯著個子很大似的。他已快四十歲，臉上可還沒有什麼皺紋。臉色相當的黑，所以白眼珠與一口很整齊的牙就顯著特別的白。有一口白而發光的牙的人，像劉師傅，最容易顯出精神，健壯來。圓臉，沒有什麼肉，處處都有稜有角的發著光。

聽見屋外有人叫，他像一條豹子那麼矯健輕快的迎出來。他已預備好了一點笑容，臉上的稜角和光亮都因此而軟化了一些。及至看清楚，門外站著的是冠曉荷，他的那點笑容突然收回去，臉上立刻顯著很黑很硬了。

「嘔，冠先生！」他在階下擋住客人，表示出有話當面講來，不必到屋中去。他的屋子確是很窄別，不好招待貴客，但是假若客人不是冠曉荷，他也決不會逃避讓座獻茶的義務的。冠先生沒有接受劉師傅的暗示，大模大樣的想往屋裡走。對比他地位高的人，他把人家的屁也看成暗示；對比他低下的人，暗示便等於屁。

「有事嗎？冠先生！」劉師傅還用身子擋著客人。「要是──我們茶館坐坐去好不好？屋裡太不像樣兒！」他覺得冠先生不會還聽不出他的意思來，而閃開了一點身子──老擋著客人像什麼話呢。

冠先生似乎根本沒聽見劉師傅的話。「無聊」，假若詳細一點來解釋，便是既不怕白費了自己的精神，又不怕討別人的厭。冠先生一生的特長便是無聊。見劉師傅閃開了點，他伸手去拉門。劉師傅的臉沉下來了。「我說，冠先生，屋裡不大方便，有什麼話咱們在這裡說！」

見劉師傅的神氣不對了，冠先生才想起來：他今天是來約請人家幫忙的，似乎不該太不客氣了。他笑了一下，表示並不惱劉師傅的沒有禮貌。然後，很甜蜜的叫了聲「劉師傅」，音調頗像戲台上小旦的。「我求你幫點忙！」

「說吧，冠先生！」

「不！」曉荷作了個媚眼。「不！你得先答應我！」

「你不告訴我明白了，我不能點頭！」劉師傅說得很堅決。

「不過，一說起來，話就很長，咱們又沒個地方——」曉荷看了四圍一眼，覺得此地實在不是講話的所在。

「沒關係！我們粗鹵人辦事，三言兩語，脆快了當，並不挑地方！」劉師傅的白牙一閃一閃的說，臉上很難看。

「劉師傅，你知道，」冠先生又向四外看了一眼，把聲音放得很低，「保定——不是要大遊行嗎？」

「嘔！」劉師傅忽然笑了，笑得很不好看。「你是來約我耍獅子去？」

「小點聲！」冠先生開始有點急切。「你怎麼猜著的？」

「他們已經來約過我啦！」

「誰？」

「什麼民會呀！」

「嘔！」

「我告訴了他們，我不能給日本人耍！我的老家在保定，祖墳在保定！我不能慶祝保定陷落！」

冠曉荷楞了一小會兒，忽然的一媚笑：「劉師傅，你不幫忙他們，可否給我個臉呢？咱們是老朋友了！」說罷，他皺上點眉看著劉師傅，以便增補上一些感動力。

「就是我爸爸來叫我，我也不能去給日本人耍獅子！」說完，劉師傅拉開屋門，很高傲，威嚴的走進去。

冠先生的氣不打一處來！他恨不能追進屋去，把劉棚匠飽打一頓！可是，他不敢發作；論力氣，劉師傅能打他這樣的四五個人；論道理，儘管他恨劉師傅，可是他不能派給合適的罪名。他呆呆的立在那裡，非常的僵得慌！小文從外面走來，非常的安詳，自然。

冠先生急中生智，忙向劉師傅的屋門推了兩下子，「不送！不送！」他的聲音帶出那麼多的誠懇與著急，劉師傅似乎非服從不可了。

小文看見了冠先生的動作，彷彿也聽見了劉師傅在屋裡說：「那麼，就真不送了！」他的小四方臉上泛起一層笑意，準備和冠先生搭話。

「文先生！幹嗎去啦？」冠先生親熱的打招呼。小文大大方方的一笑，把左手抬了起來，教冠先生看：「剛由當舖回來！」

冠先生看清他的手裡攥著一張當票兒。他想順著這張當票子說出他對文宅的關切與願意幫忙。可是，小文的神氣既不以當當為恥，也似乎沒感到生活有什麼可怕的壓迫。他把當票子給冠先生看，似乎完全出於天真好玩，而一點也沒有向他求憐的意思。看著小文，冠先生一時不能決定怎樣張嘴好。他微一楞住，小文可就不知怎的笑了笑，點了頭，躲開了。他第二次獨自立在了院中。

他的氣更大了！他本想搭訕著和小文一同走進東屋，看看若霞——能多親近她一次，就是回家多挨幾句罵也值得！小文這樣的溜開，教他不好意思邁大步趕上前去——人的行動和在舞台上的差不多，丟了一板，便全盤錯亂了。他低著頭往外走。

看！誰在大槐樹下立著呢？祁瑞豐！

冠先生的眼剛剛看清瑞豐的小乾臉，他的心就像噹的響了一聲似的那麼痛快，高興在這張小乾臉上，他看到了一點他自己；像小兒看見親娘似的，他撲了過來。

瑞豐看著小妞子玩耍呢——他自己還沒有兒女，所以對侄男侄女倒確乎很愛護。在小順兒與妞子之間，他又特別的喜愛妞子；一個男孩子不知怎的就容易惹起什麼「後代香煙」之感，而難免有點嫉妒；女孩子似乎就沒有這點作用。為將要有領隊遊行的榮耀，他今天特別的高興，所以把妞子帶到門外來玩耍；假若遇到賣糖果的，他已決定要給妞子五分錢，教她自己挑選幾塊糖。

沒有等冠先生問，他把藍東陽與遊行等等都一五一十的說了。他非常的得意，說話的時候直往起欠腳，好像表示自己的身量和身分都高起一塊似的。

冠先生有點嫉妒。一個像針尖那麼小的心眼，要是連嫉妒也不會了，便也就不會跳動了。可是，他不便表示出他的妒意。他勉強的笑，笑得很用力，而沒有多少笑意。他拉住了瑞豐的手：

「我能不能見見這位藍東陽先生呢？嘔，乾脆我請他來吃晚飯好不好？你夫婦作陪！」

瑞豐的心開開一朵很大的花。請吃飯便是他的真、善、美！可是，他不敢替東陽先生答應什麼。論實際的情形，他不能替東陽作主；論作戲，他也須思索一下，好顯出自己的重要。「一定這麼辦了！」冠先生不許瑞豐再遲疑。「你勞駕跑一趟吧，我馬上就去備一份兒帖子！好在，就是他今天不能來，你和他商定一個時間好啦！」

瑞豐受了感動。他也想由心的最深處掏出一點什麼來，還敬給冠先生。想了一會兒，他心裡冒出來一串「嘔！嘔！嘔！」他想起來了：

「冠先生！東陽先生還沒結過婚！你不是囑託過我，給大小姐留點心？」

「是呀！那就更好啦！他是學──」

「文學的！手底下很硬！啊──硬得很！」

「好極了！高第看過好多本小說！我想，她既喜愛文學，就必也喜愛文學家！這件事麼──好得很！」

大槐樹下兩張最快活的臉，在一塊兒笑了好幾分鐘，而後依依不捨的分開──一個進了三號，一個進到五號。

第二十五章　天安門遊行

北平，那剛一降生似乎就已衰老，而在滅亡的時候反倒顯著更漂亮的北平，那因為事事都有些特色，而什麼事也顯不出奇特的北平，又看見一樁奇事。

北平人，正像別處的中國人，只會吵鬧，而不懂得什麼叫嚴肅。

北平人，不論是看著王公大人的，行列有兩三里長的，執事樂器有幾百件的，大殯，還是看著一把紙錢，四個槓夫的簡單的出喪，他們只會看熱鬧，而不會哀悼。

北平人，不論是看著一個綠臉的大王打跑一個白臉的大王，還是八國聯軍把皇帝趕出去，都只會咪嘻咪嘻的假笑，而不會落真的眼淚。

今天，北平可是——也許是第一次吧——看見了嚴肅的，悲哀的，含淚的，大遊行。

新民會的勢力還小，辦事的人也還不多，他們沒能發動北平的各界都來參加。參加遊行的幾乎都是學生。

學生，不管他們學了什麼，不管他們怎樣會服從，不管他們怎麼幼稚，年輕，他們知道個前人所不知道的「國家」。低著頭，含著淚，把小的紙旗倒提著，他們排著隊，像送父母的喪似的，由各處向天安門進行。假若日本人也有點幽默感，他們必會咂摸出一點諷刺的味道，而申斥新民會——為什麼單教學生們來作無聲的慶祝呢？

瑞宣接到學校的通知，細細的看過，細細的撕碎，他準備辭職。

瑞豐沒等大哥起來，便已梳洗完畢，走出家門。一方面，他願早早的到學校裡，好多幫藍東陽的忙；另一方面，他似乎也有點故意躲避著大哥的意思。

他極大膽的穿上了一套中山裝！自從日本人一進城，中山裝便與三民主義被大家藏起去，正像革命軍在武漢勝利的時候，北平人——包括一些旗人在內——便迎時當令的把髮辮捲藏在帽子裡那樣。瑞豐是最識時務的人。他不但把他的那套藏青嗶嘰的中山裝脫下來，而且藏在箱子的最深處。可是，今天他須領隊。他怎想怎不合適，假若穿著大衫去的話。他冒著汗從箱子底上把那套中山裝找出來，大膽的穿上。他想：領隊的必須穿短裝，恐怕連日本人也能看清他之穿中山裝是只為了「裝」，而絕對與革命無關。假若日本人能這樣原諒了中山裝，他便是中山裝的功臣，而又有一片牛好向朋友們吹了。

穿著中山裝，他走到了葫蘆肚的那片空地。他開始喊嗓子：立——正，齊步——走——。他不知道今天是否由他喊口令，可是有備無患，他須喊一喊試試。他的嗓音很尖很乾，連他自己都覺得不甚好聽。可是他並不灰心，還用力的喊叫；只要努力，沒有不成的事，他對自己說。

到了學校，東陽先生還沒起來。

學生也還沒有一個。

瑞豐，在這所幾乎是空的學校裡，感到有點不大得勁兒。他愛熱鬧，可是這裡極安靜；他要表演表演他的口令，露一露中山裝，可是等了半天，還不見一個人。他開始懷疑自己的舉動──答應領隊，和穿中山裝──是否聰明？直到此刻，他才想到，這是為日本人辦事，而日本人，據說，是不大好伺候的。哼，帶著學生去見日本人！學生若是一群小猴，日本人至少也是老虎呀！這樣一想，他開始害了怕；他打算乘藍東陽還沒有起來，就趕緊回家，脫了中山裝，還藏在箱子底兒上。

不知怎的，他今天忽然這樣怕起日本人來；好像是直覺的，他感到日本人是最可怕的，最不講情理的，又像人，又像走獸的東西。他永遠不和現實為敵。亡國就是亡國，他須在亡了國的時候設法去吃，喝，玩，與看熱鬧。自從日本人一進城，他便承認了日本是征服者。他覺得只要一這樣的承認，他便可以和日本人和和氣氣的住在一處──憑他的聰明，他或者還能佔日本人一點小便宜呢！奇怪，今天他忽然怕起日本人來。假若不幸（他閉上眼亂想），在學生都到了天安門的時候，而日本人開了機關鎗呢？像一滴冰水落在脊背上那樣，他顫抖了一下。他，為了吃喝玩樂，真願投降給日本人；可是，連他也忽然的怕起來。

學生，慢慢的，三三兩兩的來到。瑞豐開始放棄了胡思亂想；只要有人在他眼前轉動，他便能因不寂寞而感到安全。

在平日，他不大和學生們親近。他是職員，他知道學生對職員不像對教員那麼恭敬，所以他以為和學生們隔離得遠一些也許更能維持自己的尊嚴。今天，他可是決定和學生們打招呼。

學生們對他都很冷淡。起初，他還以為這是平日與他們少聯絡的關係；及至學生差不多都來齊，而每個人臉上都是那麼憂鬱，不快活，他才又感到點不安。他還是沒想到學生是為慶祝保定陷落而羞愧，沉默；他又想起那個「萬一學生都到了天安門，而日本人開了機關鎗呢？」他感到事情有些不妙。大家不笑不鬧，他便覺得要有什麼禍事發生。他找了藍先生去。藍先生剛醒，而還沒有起床的決心；閉著眼，享受著第一支香煙。看到了煙，瑞豐才敢問：「醒啦？藍先生！」

藍先生最討厭人家擾他的早睡和早上吸第一支菸時的小盹兒。他沒出聲，雖然聽清楚了瑞豐的話。

瑞豐又試著說了聲：「學生們都到得差不多了。」

藍東陽發了怒：「到齊了就走吧，緊著吵我幹嗎呢？」

「校長沒來，先生只來了一位，怎能走呢？」

「不走就不走！」藍先生狠命的吸了一口煙，把煙頭摔在地上，把腦袋又鑽到被子裡面去。

瑞豐楞在了那裡，倒好像發楞有什麼作用似的。雖然他無聊，無知，他卻沒有完全丟掉北平人的愛面子。雖然巴結藍先生是關係著他的前途，他可是不能忍受這樣的沒禮貌。他願意作真奴隸，而被呼為先生；虛偽是文化的必要的粉飾！他想放手不管遊行這回事了，他的臉面不能就這麼隨便的丟掉！可是，他又不願就這麼乾巴巴的和藍先生斷絕了關係；一個北平人是不妨為維持臉面而丟一點臉面的。他想，他應當平心靜氣的等藍先生完全醒清楚了再說。假如藍先生在完全清醒了之後，而改變了態度，事情就該從新另想一番了。

正在瑞豐這麼遲疑不決的當兒，藍先生的頭又從那張永遠沒有拆洗過的被子裡鑽了出來。為趕走睏倦，他那一向會扯動的鼻眼像都長了腿兒似的，在滿臉上亂跑，看著很可笑，又很可怕。鼻眼扯動了一大陣，他忽然的下了床。他用不著穿襪子什麼的，因為都穿著呢；他的睡衣也就是「醒衣」。他的服裝，白天與夜間的不同只在大衫與被子上；白天不蓋被，夜間不穿大衫，其餘的都晝夜不分。

下了床，他披上了長袍，又點上一支菸。香煙點好，他感覺得生活恰好與昨晚就寢時聯接到一塊——吸著煙就寢，吸著煙起床，中間並無空隙，所以用不著刷牙漱口洗臉等等麻煩。

沒有和瑞豐作任何的商議，藍先生發了話：「集合！」

「這麼早就出發嗎？」瑞豐問。

「早一點晚一點有什麼關係呢！有詩感的那一秒鐘便是永生，沒有詩的世紀等於零！」東陽得意的背誦著由雜誌上拾來的話。

「點名不點？」

「當然點名！我好懲辦那偷懶不來的！」

「要打校旗？」

「當然！」

「誰喊口令？」

「當然是你了！你想起什麼，作就是了！不必一一的問！」東陽的脾氣，在吃早點以前，是特別壞的。

「不等一等校長？」

「等他幹嗎？」東陽右眼的黑眼珠猛的向上一吊，嚇了瑞豐一跳。「他來，這件事也得由我主持！我，在，新，民，會，裡！」這末幾個字是一個一個由他口中像小豆子似的蹦出來的，每蹦出一個字，他的右手大指便在自己的胸上戳一下。他時常作出這個樣子，而且喜歡這個樣子，他管這叫作「鬥爭的姿態」。

瑞豐有點摸不清頭腦了，心中很不安。不錯，他的確是喜歡熱鬧，愛多事，可是他不願獨當一面的去負責任，他的膽子並不大。立在那裡，他希望藍先生同他一道到操場去集合學生。他不敢獨自去。可是，藍先生彷彿把事情一總全交給了瑞豐；對著唇間的煙屁股，他又點著了一支菸；深深的呼了一口，他把自己摔倒在床上，閉上了眼。

瑞豐雖然不大敢獨自去集合學生，可也不敢緊自麻煩藍先生。看藍先生閉上了眼，他覺得只好乖乖的走出去，不便再說什麼。事實上，藍東陽的成功，就是因為有像瑞豐這樣的人甘心給他墊腰。藍先生並沒有什麼才氣——不論是文學的，還是辦事的。在他沒有主意的時候，他會發脾氣，而瑞豐這樣的人偏偏會把這樣的發脾氣解釋成有本事的人都脾氣不好。在他的幾年社會經驗中，藍先生沒有學會了別的，而只學到：對地位高的人要拚命諂媚——無論怎樣不喜歡捧的人也到底是喜歡捧！對地位相同和地位低的人要儘量的發脾氣，無理取鬧的發脾氣。地位相同的人，假若因不惹閒氣而躲避著他，他便在精神上取得了上風。對比他地位低的人，就更用不著說，他的脾氣會使他的地位特別的凸出，倒好像他天生的應當是太子或皇帝似的。

瑞豐把校旗和點名簿都找出來。幾次，他想拿著點名冊子到操場去；幾次，他又把它們放下。事前，他絕對沒有想到領隊出去會是這麼困難。現在，他忽然的感覺到好多好多足以使他脊骨上發涼的事——假若他拿著校旗到操場去而被學生打罵一頓呢！假若到了天安門而日本人開了機關鎗呢！他的小乾腦袋上出了汗。

他又找了藍先生去。話是很難編造得精巧周到的，特別是在頭上出著汗的時候。可是他不能不把話說出來了，即使話中有揭露自己的軟弱的地方。

藍先生聽到瑞豐不肯獨自到操場去的話，又發了一陣脾氣。他自己也不願意去，所以想用脾氣強迫著瑞豐獨自把事辦了。等瑞豐真的把學生領走，他想，他再偷偷的隨在隊伍後邊，有事呢就溜開，沒事呢就跟著。到了天安門，也還是這樣，天下太平呢，他便帶出大會幹事的綢條，去規規矩矩的向台上的日本人鞠躬；見風頭不順呢，他便輕手躡腳的躲開。假若詩歌是狡猾卑鄙的結晶，藍東陽便真可以算作一個大詩人了。

瑞豐很堅決，無論如何也不獨自去集合，領隊。他的膽子小，不敢和藍先生發脾氣。但是，為了自己的安全，他不惜拿出近乎發氣的樣子來。

結果，在打了集合的鈴以後，藍先生拿著點名冊，瑞豐拿著校旗，又找上已經來到的那一位先生，一同到操場去。兩位工友抱著各色的小紙旗，跟在後面。

瑞豐的中山裝好像有好幾十斤重似的，他覺得非常的壓得慌。一進操場，他預料學生們必定哈哈的笑他；即使不笑出聲來，他們也必會偷偷的唧唧咕咕。

出他意料之外，學生三三兩兩的在操場的各處立著，幾乎都低著頭，沒有任何的聲響。他們好像都害著什麼病。瑞豐找不出別的原因，只好抬頭看了看天，陰天會使人沒有精神。可是，天上的藍色像寶石似的發著光，連一縷白雲都看不到。他更慌了，不曉得學生們憋著什麼壞胎，他趕快把校旗——還捲著呢——斜倚在牆根上。

見瑞豐們進來，學生開始往一處集攏，排成了兩行。大家還都低著頭，一聲不出。

藍先生，本來嘴唇有點發顫，見學生這樣老實，馬上放寬了點心，也就馬上想拿出點威風來。這位詩人的眼是一向只看表面，而根本連想也沒想到過人的軀殼裡還有一顆心的。今天，看到學生都一聲不出，他以為是大家全怕他呢。腋下夾著那幾本點名冊子，向左歪著臉，好教向上吊著的那隻眼能對準了大家，他發著威說：「用不著點名，誰沒來我都知道！一定開除！日本友軍在城裡，你們要是不和友軍合作，就是自討無趣！友軍能夠對你們很客氣，也能夠十分的嚴厲！你們要看清楚！為不參加遊行而被開除的，我必報告給日本方面，日本方面就必再通知北平所有的學校，永遠不收容他。這還不算，日本方面還要把他看成亂黨，不一定什麼時候就抓到監牢裡去！聽明白沒有？」藍先生的眼角糊著一灘黃的膏子，所以不住的眨眼；此刻，他一面等著學生回答，一面把黃糊子用手指挖下來，抹在袍襟上。

學生還沒出聲。沉默有時候就是抵抗。

藍先生一點沒感到難堪，回頭囑咐兩位工友把各色的小旗分給每個學生一面。無語的，不得已的，大家把小旗接過去。旗子散完，藍先生告訴瑞豐：「出發！」

瑞豐跑了兩步，把校旗拿過來，打開。那是一面長方的，比天上的藍色稍深一點的藍綢旗。沒有鑲邊，沒有綴穗，這是面素淨而大方的旗子；正當中有一行用白緞子剪刻的字。

校旗展開，學生都自動的立正，把頭抬起來。大家好像是表示：教我們去就夠了，似乎不必再教代表著全校的旗幟去受污辱吧！這點沒有明說出來的意思馬上表面化了——瑞豐把旗子交給排頭，排頭沒有搖頭，也沒有出聲，而只堅決的不肯接受。這是個十五歲而發育得很高很大的，重眉毛胖臉的，誠實得有點傻氣的，學生。他的眼角窩著一顆很大的淚，腮上漲得通紅，很困難的呼吸著，雙手用力的往下垂。他的全身都表示出：假若有人強迫他拿那桿藍旗，他會拚命！

瑞豐看出來胖學生的不好惹，趕緊把旗子向胖子背後的人遞，也同樣的遇到拒絕。瑞豐僵在了那裡，心中有點氣而不敢發作。好像有一股電流似的一直通到排尾，極快的大家都知道了兩個排頭的舉動。照舊的不出聲，大家一致的把臉板起來，表示誰也不肯接受校旗。瑞豐的小眼珠由排頭溜到排尾，看出來在那些死板板的臉孔下都藏著一股怒氣；假若有人不識時務的去戳弄，那股怒氣會像炸彈似的炸開，把他與藍東陽都炸得粉碎。他木在那裡。那面校旗像有毒似的他不願意拿著，而別人也不願意接過去。

藍先生偏著點臉，也看清自己在此刻萬不可以發威。他告訴一位工友：「你去打旗！兩塊錢的酒錢！」

這是個已快五十歲的工友。在這裡，他已一氣服務過十五年。在職務上，他不過是工友。在維持學校的風紀上，他的功勞實在不亞於一位盡心的訓導員。以他服務多年的資格，他對教員與學生往往敢說出使他們愧悔的忠言。他的忠告，有時候足以調解了兩三個人的糾紛，有時候甚至於把一場風潮從暗中撲滅。大家都敬愛他，他也愛這個學校——校長、教員、學生，都年年有變動，只有他老在這裡。

今天，論年紀、資格，都不該叫老姚——那位老工友——打旗，跑那麼遠的路。老姚心裡對慶祝保定陷落也和學生們一樣的難過。聽藍先生派他，他楞了一會兒。他不願意去。可是，他看出來，教員已經和學生為校旗而僵持著，假若他也拒絕打旗，就也許激起一些不快的事兒來。歎了口氣，他過去把旗子接到手中，低著頭立在隊伍的前面。

現在該瑞豐喊口令了。他向後退著跑了幾步，自己覺得這幾步跑得很有個樣子。跑到適當的距離，他立住，雙腳並齊，從丹田上使力，喊出個很尖很刺耳的「立」字來。他的頭揚起來，脖筋都漲起多高，支持著「立」字的拉長；而後，腳踵離開了地，眼睛很快的閉上，想喊出個很脆很有力的「正」字來。力量確是用了，可是不知怎的「正」字竟會像啞叭爆竹，沒有響。他的小乾臉和脖子都紅起來。他知道學生們一定會笑出聲兒來。他等著他們發笑，沒有旁的辦法。奇怪，他們不但沒有笑聲，連笑意也沒有。他乾嗽了兩下，想敷衍了事的喊個向右轉和齊步走，好教自己下台。可是他的嗓音彷彿完全丟失了。他張了張嘴，而沒有聲音出來。

老姚對立正，齊步走，這一套是頗熟習的。看見瑞豐張嘴，他就向右轉，打起旗來，慢慢的走。

學生們跟著老姚慢慢的走，走出操場，走出校門，走出巷口。他們的頭越來越低，手中的小紙旗緊緊的貼著褲子。他們不敢出一聲，也不敢正眼的看街上的人。他們今天是正式的去在日本人面前承認自己是亡國奴！

北平特有的秋晴裡走著一隊隊的男女學生——以他們的小小的，天真的心，去收容歷史上未曾有過的恥辱！他們沒法子抵抗。他們在不久之前都聽過敵人的炮聲與炸彈聲，都看見過敵人的坦克車隊在大街上示威，他們知道他們的父兄師長都不打算抵抗。他們只能低著頭為敵人去遊行。他們的手中的小旗上寫著「大日本萬歲！」

這最大的恥辱使甚至於還不過十歲的小孩也曉得了沉默，他們的口都被恥辱給封嚴。汽車上，電車上，人力車上，人家與鋪戶的門前，都懸著旗，結著彩，可是北平像死了似的那麼靜寂。一隊隊的低頭不語的小學生走過，這默默的隊伍使整條條的街都登時閉住了氣。在往日，北平的街上有兩條狗打架，也會招來多少人圍著看；或者還有人喊幾聲好。

今天，行人都低著頭。鋪戶裡外沒有看熱鬧的。學生的隊伍前面沒有喇叭與銅鼓，領隊的人既不喊一二一，也不吹著哨子，使大家的腳步齊一。大家只是那麼默默的，喪膽遊魂的，慢慢的走。排在隊伍中的不敢往左右看，路上的行人也不敢向隊伍看。他們都曉得今天不是什麼遊行，而是大家頭一次公開的與敵見面，公開的承認敵人是北平的主人！路上的人都曉得：往日的學生遊行多半是向惡勢力表示反抗；他們有時候贊同學生的意見，也有時候不十分滿意學生的舉動；但是不管怎樣，他們知道學生是新的國民，表現著新的力量；學生敢反抗，敢鬧事。今天，學生們卻是到天安門去投降，而他們自己便是學生們的父兄！

瑞豐本是為湊熱鬧來的，他萬沒想到街上會這麼寂寞。才走了一里多路，他就感覺到了疲乏；這不是遊行，而是送殯呢！不，比送殯還更無聊，難堪！雖然他的腦子相當的遲鈍，可是看看街上，再看看學生，他也沒法否認事情大概有點不對！隊伍剛一走入大街的時候，他還跳前跳後，像看羊群的犬似的，表示自己的確有領隊的能力與熱心。為挽救適才在操場中沒有把口號喊好的丟臉，他一邊跳前跳後，還一邊點動著小乾腦袋，喊起一二一，好教大家把腳步放齊，振作精神。

可是，他白費了力。大家的腳抬不起來。慢慢的，他停止了喊一二一；慢慢的，他也停止了跳前跳後，而只在隊伍的中溜兒老老實實的走；慢慢的，他也低下頭去。他不曉得為什麼自己會這樣了。他愛熱鬧，他一向不懂得什麼叫作嚴肅。可是，今天北平的街上與北平的學生使他第一次低下頭去，感覺到他應該一聲不出。

他很後悔參加這次的遊行。他偷眼向前後找藍東陽，已然不見了。他的心中有點發慌。雖然陽光是那麼晴美，街上到處都懸旗結綵，可是他忽然覺得怪可怕！他不知道天安門安排著什麼險惡的埋伏，他只覺得北平的天，北平的地，與北平的人，今天都有點可怕。他沒有多少國家觀念，可是，現在他似乎感到了一點不合適——亡了國的不合適！

迷迷糊糊的走到東四牌樓，他很想偷偷的離開隊伍。可是他又不敢這樣辦，怕藍先生責罵他。他只好硬著頭皮向前走，兩個腿肚子好像要轉筋似的那麼不好受。

這時節，瑞宣正在屋裡對著日曆發楞，今天是雙十節！

他拒絕了參加遊行。於是，無可避免的，他就須聯想到辭職。在學校裡，他是個在盡心教功課而外別無野心的人。雖然在更換教務主任與校長的時節，他常常被大家看成為最有希望的候補人，可是這純粹出於他的資望與人品的感召，而與他自己絲毫不相干；他絕對不肯運動任何人幫忙他作主任或校長。他的盡心教課是目的，不是為達到什麼目的的手段。在教課而外，對於學生團體的活動，只要是學校認為正當的，只要他接到正式的約請，他就必定參加。他以為教育不僅是教給學生一點課本上的知識，而也需要師生間的感情的與人格的接觸。他知道在團體的活動中，他自己不是個愛出風頭的人，但是他並不因此而偷懶——他會很冷靜的熱心。

在他的心裡他反對學生們的時常出去遊行。可是，每逢遊行，他必定參加，不管他對遊行的目的贊同與否。他以為自己既是教師，就該負看管學生的責任，特別是在學生結隊離開學校的時候。誠然，他的熱心絕不會使他侵犯了校長或任何教員職員的職權，或分外多管些閒事，可是跟著隊伍走動的本身，就叫他心中安適——他應當在學生的左右。假若學生們遇到什麼不幸與危險，他自己必會盡力保護他們。隨著學生平安無事的回來，看著學生都進了校門，他才把心放下。然後，不進校門，便急快的回家——他並不為參加遊行而多用學校一盆水，洗去臉上的灰土。

今天，他沒去參加遊行。他不能去！他不能去大睜白眼的看著男女學生在國慶日向日本旗與日本人鞠躬！可是，從另一方面想，他這是不盡責。他應當辭職。他生平最看不起那些拿著薪金而不負責辦事的人。不過，辭職只是安慰自己的良心，並無補於眼前的危難——假若，他想，日本人把學生集合在天安門而施行大屠殺呢？在理智上，他找到許多日本人不致於那麼毒狠的理由，而且也想到：即使有他跟隨著學生，日本人若是要屠殺，他有什麼能力去阻止呢？日本人若用機關鎗掃射，他也必死無疑；而他是一家人的家長！思前想後，他決定不了什麼。越決定不了，他就越焦躁；他頭上出了汗。

最後，他想到：即使日本人本不想在今天屠殺，焉知道我們的學生中沒有向日本人扔一兩個炸彈的呢？那麼多的學生難道真的就沒有一個有膽氣的？是的，今天在北平投一兩個炸彈也不過像往大海中扔一塊小磚兒；可是，歷史是有節奏的，到時候就必須有很響的一聲鼓或一聲鑼。豪俠義士們便是歷史節奏中的大鑼大鼓。他們的響聲也許在當時沒有任何效果，可是每到民族危亡的時機，那些巨響就又在民族的心中鳴顫。那是天地間永久不滅的聲音。想到這裡，他的理智無論如何再也不能控制住情感。不管是生是死，他須到天安門去看看。

披上長袍，他一邊扣著鈕釦，一邊往外疾走，連小順兒的「爸，你上哪兒？」也沒顧得回答！

剛出了大門，他便碰到了小崔——剛剛把車由街上拉回來。瑞宣本不想和小崔打招呼，可是一眼看到了車子，他楞了一下。他要坐小崔的車，不僅是為路相當的遠，也是因心中急躁，不耐煩一步一步的走去。

小崔，在拉著車子的時節，永遠不肯對鄰居們先打招呼，怕是被人誤會他是攬生意。他的車子新，腿快，所以要價兒也高一些。他怕因自己的車價兒高而使鄰居們為難。現在，看祁瑞宣向他一打楞，他先說了話；他是把瑞宣算在坐得起他的車子的階級中的。

「祁先生坐車嗎？要坐的話，我就拉一趟！」沒等瑞宣答話，他絮絮叨叨的說下去，好像心中久已憋得慌了的樣子：「街上光一隊一隊的過學生，碰不著一個坐車子的！學生，幹什麼都是學生，真也有臉！去年，給委員長打旗子遊街的是他們；今天，給日本人打旗子遊街的又是他們！什麼學生，簡直是誠心找罵！你說是不是？」

瑞宣的臉成了大紅布；假若可能，連頭髮根也都發了紅！他知道小崔罵的是學生，而並非罵他。他也知道小崔的見解並不完全正確，小崔是不會由一件事的各方面都想到而後再下判斷的。雖然這樣，他可是沒法子止住臉紅，小崔罵的是學生，而他祁——瑞宣——便是學生的老師呀！他自己現在也是要上天安門去呀！再說，小崔的見解，不管對與不對恐怕也就是一般人共同的見解，而一般人共同的見解，不管對與不對，是會很快的變成類似信仰的東西的！他不知道是誰——日本人還是中國的漢奸——出的這樣的絕戶主意，教學生們在國慶日到天安門去向敵人磕頭。萬般皆下品，惟有讀書高！讀書人是小崔們的偶像。讀書人是有腿兒的禮義廉恥，是聖人的門徒。讀書人領頭兒喊抵制日貨，擁護國民政府，還有許多不可解的什麼男女平權，自由獨立——今天，讀書人卻領著頭兒去喊大日本萬歲！

瑞宣極快的想起這些，又極快的止住思索：他須決定是否還到天安門去。假若還去的話，他會坐在車上和小崔談，教小崔知道些學生們的困難與痛苦。可是，他決定了不去。他的話不會說服了小崔，不是因為小崔的腦袋是木頭的，而是因為小崔的帶著感情的判斷恐怕是無可駁倒的，除非今天在會場上有一兩個學生扔出炸彈去；可是，到底有這樣的學生沒有呢？

冠先生，穿著藍緞子硬夾袍，滿面春風的從三號扭了出來。他的眼珠微一移動，就把小崔像米中的一粒細砂似的篩了出去，而把全副的和顏悅色都向瑞宣擺正。

小崔把車放在門口，提起車墊子來。他很納悶為什麼祁瑞宣這樣手足失措的，但又不肯和冠曉荷在一處立著，所以很不高興的走進家門去。

「瑞宣！」冠先生的聲音非常的溫柔親熱。「是不是要到天安門去？這個熱鬧倒還值得一看！要去，我們一道走？」瑞宣願意和小崔談一整天，而不高興和冠曉荷過一句話。小崔恨學生們，冠先生卻愛看學生們的熱鬧。「這——」瑞宣不曉得自己口中說了幾個什麼字，迷迷糊糊的便走了回來，在院中低著頭走。

冠先生並不是去看熱鬧，而是想教日本人看看他。對怎樣加入新民會去，他還沒找到什麼門路。本來想約劉師傅去給弄兩檔兒「玩藝」，引起日本人的注意，誰知道劉師傅會那麼不知趣，毫不客氣的拒絕了。玩藝兒既獻不上去，他想他至少須教日本人看看他自己。不錯，在逮捕錢默吟的時候，日本憲兵已看見了他。但是，憲兵不過是憲兵，憲兵大概不會放給他差事。今天，在天安門前，必定有一些日本要人，叫要人看見才有作官的希望。

瑞豐和他的隊伍差不多是最早來到天安門的。他預料著，會場四圍必定像開廟會一樣的熱鬧，一群群賣糖食和水果的小販，一群群的紅男綠女，必定沿著四面的紅牆，裡三層外三層的呼喊，擁擠，來回的亂動；在稍遠的地方甚至有照西湖景和變戲法的，敲打著簡單而有吸引力的鑼鼓。他也希望山東面西面和南面，一會兒傳來一線軍樂的聲音，而後，喇叭與銅鼓的聲音越來越大，他能探一探頭便看見一張在空中飄動著的旗子。北平學校的校旗是一校一個樣子，一個顏色，誰也不和誰相同的。在旗子後邊，他喜歡看那耀武揚威的體操教員與那滿身是繩子棒子的童子軍。他特別歡喜那嘀嗒嘀嗒的軍樂，音調雖然簡單，可是足以使他心跳；當他的心這樣跳動的時候，他總覺得自己頗瞭解鐵血主義似的。在他高興而想哼唧的時候，十之八九他是哼唧著軍號的簡單的嗒嘀嗒。

可是，眼前的實在景物與他所期望看到的簡直完全不同。天安門的，太廟的，與社稷壇的紅牆，紅牆前的玉石欄杆，紅牆後的黑綠的老松，都是那麼雄美莊嚴，彷彿來到此處的晴美的陽光都沒法不收斂起一些光芒，好使整個的畫面顯出肅靜。這裡不允許吵鬧與輕佻。高大的天安門面對著高大的正陽門，兩個城樓離得那麼近，同時又像離得極遠。在兩門之間的行人只能覺得自己像個螞蟻那麼小。可憐的瑞豐和他的隊伍，立在西門之間的石路上，好像什麼也不是了似的。瑞豐看不到熱鬧，而只感到由城樓，紅牆，和玉石出來一股子什麼沉重的空氣，壓在他的小細脖頸；他只好低下頭去。

為開會，在玉石的橋前已搭好一座簡單的講台。席棚木板的講台，雖然插滿了大小的旗子，可是顯著非常的寒傖，假若那城樓、石橋，是不朽的東西，這席棚好像馬上就可以被一陣風颳得無影無蹤！台上還沒有人。瑞豐看看空台，看看城樓，趕緊又低下頭去。他覺得可怕。在秋日的晴光中，城樓上的一個個的黑的眼睛好像極慢極慢的眨動呢！誰敢保，那些黑眼睛裡沒有機關鎗呢！他極盼多來些人，好撐滿了廣場，給他仗一些膽氣！慢慢的，從東、西、南，三面都來了些學生。沒有軍鼓軍號，沒有任何聲響，一隊隊的就那麼默默的，無可如何的，走來，立住。車馬已經停止由這裡經過。四外可是沒有趕檔子的小販，也沒有看熱鬧的男女。瑞豐參加過幾次大的追悼會，哪一次也沒有像今天這麼安靜——今天可是慶祝會呀！

學生越來越多了。人雖多，可是仍舊填不滿天安門前的廣場。人越多，那深紅的牆與高大的城樓彷彿也越紅越高，鎮壓下去人的聲勢。人、旗幟，彷彿不過是一些毫無份量的毛羽。而天安門是一座莊嚴美麗的山。巡警、憲兵，也增多起來；他們今天沒有一點威風。他們，在往日，保護過學生，也毆打過學生，今天，他們卻不知如何是好——天安門、學生、日本人、亡國、警察、憲兵，這些連不到一氣的，像夢似的聯到了一氣！懶懶的、羞愧的，他們站在學生一旁，大家都不敢出聲。天安門的莊嚴尊傲使他們沉默，羞愧——多麼體面的城，多麼可恥的人啊！

藍東陽把幹事的綢條還在衣袋裡藏著，不敢掛出來。他立在離學生差不多有半里遠的地方，不敢擠在人群裡。常常欠起一點腳來，他向台上望，切盼他的上司與日本人來到，好掛出綢條，抖一抖威風。台上還沒有人。吊起他的眼珠，他向四外尋，希望看見個熟人；找不到，天安門前是多麼大呀，找人和找針一樣的難。像剛停落下來的鳥兒似的，他東張張西望望，心裡極不安。天安門的肅靜和學生的沉默教他害了怕。他那比雞腦子大不了多少的詩心，只會用三五句似通不通的話去幸災樂禍的譏誚某人得了盲腸炎，或嫉妒的攻擊某人得到一百元的稿費。他不能欣賞天安門的莊嚴，也不能瞭解學生們的憤愧與沉默。他只覺得這麼多人而沒有聲音，沒有動作，一定埋藏著什麼禍患，使他心中發顫。

學生們差不多已都把腳站木了，台上還沒有動靜。他們飢渴、疲倦，可是都不肯出聲，就是那不到十歲的小兒女們也懂得不應當出聲，因為他們知道這是日本人叫他們來開會。他們沒法不來，他們可是恨日本鬼子。一對對的小眼睛眨巴眨巴的看著天安門，那門洞與門樓是多麼高大呀，高大得使他們有點害怕！一對對的小眼睛眨巴眨巴的看著席棚，席棚上掛著日本旗，還有一面大的，他們不認識的五色旗。他們莫名其妙，這五道兒的旗子是幹什麼的，莫非這就是亡國旗麼？誰知道！他們不敢問老師們，因為老師們今天都低著頭，眼中像含著淚似的。他們也只好低下頭去，用小手輕輕的撕那寫著中日親善等等字樣的紙旗。

學生差不多已到齊，但是天安門前依舊顯著空虛冷落。人多而不熱鬧比無人的靜寂更難堪——甚至於可怕。在大中華的歷史上，沒有過成千上萬的學生在敵人的面前慶祝亡國的事實。在大中華的歷史上，也沒有過成千上萬的學生，立在一處而不出一聲。最不會嚴肅的中國人，今天嚴肅起來。

開會是帶有戲劇性的；台上的播音機忽然的響了，奏著悲哀陰鬱的日本歌曲。四圍，忽然來了許多持槍的敵兵，遠遠的把會場包圍住。台上，忽然上來一排人，有穿長袍的中國人，也有武裝的日本人。忽然，帶著綢條的人們——藍東陽在內——像由地裡剛鑽出來的，跳跳鑽鑽的在四處跑。不知是誰設的計，要把大會開得這麼有戲劇性。可是，在天安門前，那偉大莊嚴的天安門前，這點戲劇性沒有得到任何效果。一個小兒向大海狂喊一聲是不會有效果的。那廣播的音樂沒有使天安門前充滿了聲音，而只像遠遠的有人在唸經或悲啼——一種好自殺的民族的悲啼。遠遠的那些兵，在天安門與正陽門的下面，是那麼矮小，好像是一些小的黑黑的寬寬的木棒子；在天安門前任何醜惡的東西都失掉了威風。台上，那穿長袍的與武裝的，都像些小傀儡，在一些紅紅綠綠的小旗子下，坐著或立著；他們都覺得自己很重要，可是他們除了像傀儡而外，什麼也不像。藍東陽與他的「同志」們，滿以為忽然的掛出綢條，會使自己全身都增加上光彩，而且使別人敬畏他們，可是天安門與學生們只是那麼靜靜的，一動不動，一聲不出，似乎根本沒有理會他們。

一個穿長袍的立起來了，對著擴聲機發言。由機器放大了的聲音，碰到那堅厚的紅牆，碰到那高大的城樓，而後散在那像沒有邊際似的廣場上，只像一些帶著痰的咳嗽。學生們都低著頭，聽不到什麼，也根本不想聽見什麼；他們管那穿長袍而伺候日本人的叫作漢奸。

穿長袍的坐下，立起個武裝的日本人。藍東陽與他的「同志」們，這時候已分頭在各衝要的地方站好，以便「領導」學生。他們拚命的鼓掌，可是在天安門前，他們的掌聲直好像大沙漠上一隻小麻雀在拍動翅膀。他們也示意教學生們鼓掌，學生們都低著頭，沒有任何動作，台上又發出了那種像小貓打胡嚕的聲音，那個日本武官是用中國話說明日本兵的英勇無敵，可是他完全白費了力，台下的人聽不見，也不想聽。他的力氣白費了，而且他自己似乎也感到沒法使天安門投降；天安門是那麼大，他自己是那麼小，好像一個猴向峨嵋山示威呢。

一個接著一個，台上的東洋小木人們都向天安門發出嗡嗡的蚊鳴，都感到不如一陣機關鎗把台下的人掃射乾淨倒還痛快。他們也都感到彷彿受了誰的愚弄。那些學生的一聲不出，天安門的莊嚴肅靜，好像都強迫著他們承認自己是幾個猴子，耍著猴子戲。他們在城樓上，玉石橋下面，都埋伏了兵與機關鎗，防備意外的襲擊。在台上，他們還能遠遠的望到會場外圍給他們放哨的兵——看著也像小傀儡。可是，天安門和學生們好像不懂得炸彈與手槍有什麼用處，沉默與淡漠彷彿也是一種武器，一種不武而也可怕的武器。

台上和台下的幹事們喊了幾句口號。他們的口都張得很大，手舉得很高，可是聲音很小，很不清楚。學生們一聲不出。慶祝保定的勝利？誰不知道保定是用炸彈與毒氣攻下來的呢！

台上的傀儡們下了台，不見了。帶綢條的幹事們拿著整籃子的昭和糖來分發，每個學生一塊。多麼高大的天安門啊，每人分得那麼小的一塊糖！中日親善啊，每人分得一塊糖，在保定被毒氣與炸彈毀滅之後！昭和糖與小旗子都被扔棄在地上。

冠先生早已來到，而不敢往前湊，怕有人放炸彈。台上已經有兩三個人講過話，他才大著膽來到台前。他很想走上台去，可是被巡警很不客氣的攔住。他只好站在學生的前面。學生的第一行離講台也有五六丈遠，台上的人不容易看清楚了他。他想往前挪一挪，按照舊戲中呈遞降表的人那樣打躬，報門而進，好引起台上的注意。巡警不准他往前挪動。他給巡警解釋了幾句：

「請放心，我沒有別的意思！我是要給台上的人們行個禮！」

「難道台上的人是尊家的爸爸？」巡警沒有好氣的問。

冠先生沒再說什麼，也沒再想往前挪動，只那麼心到神知的，遠遠的，向上深深鞠了躬。而後，他必恭必敬的聽著台上發出來的聲音；揚著臉，希望台上的人或者能看清了他的眉眼。最

第二十六章　他怎會變成了日本人？

瑞宣在院中走來走去，像個熱鍋上的螞蟻。他以為無論如何今天天安門前必要出點岔子。這是日本人公開的與北平市民見面的第一次。日本人當然以戰勝者的姿態出現。北平人呢？瑞宣曉得北平人的軟弱，可是他也曉得在最軟弱的人裡也會有敢冒險去犧牲的，在亡了國的時候。這麼大的北平，難道還沒有一兩個敢拚命的人？只要有這麼一兩個人，今天的天安門前便一定變成屠場。

瑞宣，和一般的北平人一樣，是不喜歡流血的。可是，他以為今天天安門前必不可免的要流血，不管他喜歡與否。他甚至想到，假若今天北平還不濺出點血去，北平人就似乎根本缺乏著一點什麼基本的東西，而可以嬉皮笑臉的接受最大的恥辱了。他幾乎盼望流血了！

同時，他又怕天安門前有什麼不幸。今天赴會的都是被強迫了去的學生。以往的軍事的政治的失敗，其咎不在學生，那麼學生也就沒有用血替別人洗刷點羞恥的責任。況且國內讀書的人是那麼少，大家應當為保護學生而犧牲，而不應當先去犧牲學生，儘管是在國家危亡的時候。他想起許多相熟的年輕可愛的面孔，有的跟他感情特別好，有的對他很冷淡，但是客觀的看來他們都可愛，因為他們都天真，年輕。假若這些面孔，這些民族的花朵，今天在天安門前，遭受到槍彈的射擊，或刺刀的戳傷——他不敢再往下想。他們是他的學生，也是中華民族的讀書種子！

但是，從另一方面想，學生，只有學生，才是愛國的先鋒隊。他們有血氣，有知識。假若他們也都像他的祖父那樣萎縮，或者像他自己這樣前怕狼後怕虎的不敢勇往直前，豈不就是表示著民族的血已經涸竭衰老了麼？況且，小崔的也不完全錯誤呢！反抗帝國主義的侵略，反抗帝制，反抗舊禮教的束縛，反抗——都是學生；學生在五十年來的中國革命史上有過光榮的紀錄——這紀錄有好些個地方是用血寫下來的！那麼，難道今天，北平的學生，就忘了自己的光榮，而都乖乖的拿起「中日親善」的小紙旗，一聲不出嗎？

他想不清楚。他只覺得煩躁不安。他甚至於關心到瑞豐的安全。他看不起二弟，但他們到底是一奶同胞的手足。他切盼瑞豐快快回來，告訴他開會的經過。

瑞豐一直到快三點鐘了才回來。他已相當疲乏，可是臉上帶著點酒意，在疲乏中顯著興奮。從一清早到開完會，他心中都覺得很彆扭。他想看熱鬧，可是什麼熱鬧也沒看見。開完了會，他的肚子裡已餓得咕嚕咕嚕的亂響。他想找機會溜開，不管把學生帶回學校去。看藍東陽那麼滑頭，他覺得自己是上了當，所以他不願再負領隊的責任。可是，在他還沒能偷偷的溜開以前，學生們已自動的散開；他們不願排著隊回校，在大街上再丟一次臉。年紀很小的，不大認識路的，學生，很自然的跟在工友老姚後面；他們知道隨著他走是最可靠的。別的學校也採取了這個辦法。一會兒，學生向四外很快的散淨，只剩下一地的破紙旗與被棄擲的昭和糖。瑞豐看學生散去，心中鬆了一口氣。順手拾起塊昭和糖，剝去了紙皮兒，放在口中，他開始慢慢的，不大起勁的，往西走。

他本想穿過中山公園──已改稱中央公園──走，可以省一點路。看了看，公園的大門沒有一個人出入，他改了主意。他怕靜寂的地方。順著馬路往西走，他想他應當到西單牌樓，找個小館，吃點東西。他沒想到藍東陽會這麼滑頭，不通情理，教他操心領隊，而還得自己掏腰包吃午飯。「什麼玩藝兒！」他一邊嚼著糖，一邊低聲的罵：「這算那道朋友呢！」他越想越氣，而那最可氣的地方是：「哪怕到大酒缸請我喝二兩白乾，吃一碟鹹水豆兒呢，也總算懂點人情啊！」正這麼罵著，身後忽然笑了一聲，笑得非常的好聽。他急一回頭。冠先生離他只有一步遠，笑的聲音斷了，笑的意思還在臉上蕩漾著。

「你好大膽子！」冠先生指著瑞豐的臉說。

「我怎麼啦？」瑞豐莫名其妙的問。

「敢穿中山裝！」冠先生臉上顯出淘氣的樣子，顯然的他是很高興。沒等瑞豐說話，他接續著：「瑞豐，我佩服你的膽量！你行！」

聽到這誇讚，瑞豐把所有的煩惱與不滿都一下子掃除淨盡，而馬上天真的笑起來。（容易滿足的人有時候比貪而無厭的人更容易走到斜路上去！）

二人齊著肩往西走。瑞豐笑了好幾氣才說出話來：「真的，這不能不算冒險！頭一個敢在日本人眼前穿中山裝的，我，祁瑞豐！」然後，他放低了聲音：「萬一咱們的人要是能打回來，憑我這一招——敢穿中山裝——我大概也得有點好處？」冠先生不願討論「萬一」的事，他改了話路：「今天的會開得不壞呢！」

瑞豐不知道會開得好與不好，而只知道它不很熱鬧，怪彆扭。現在，聽了冠先生的話，他開始覺得會的確開得不錯。他所受過的教育，只教給了他一些七零八碎的知識，而沒教給他怎麼思想，和怎麼判斷；因此，他最適宜於當亡國奴——他沒有自己的見解，而願意接受命令；只要命令後面還隨著二兩酒或半斤肉。

「不在乎那幾塊糖！」冠先生給瑞豐解釋。「難道沒有昭和糖，我們就不來開會嗎？我是說，今天的大會平平安安的開過去，日本人沒開槍，咱們的學生也沒扔炸彈——阿彌陀佛！——得啦，這總算買金的遇見了賣金的！今天大家見了面，以後就好說話了。說實話，剛開會的時候，我簡直的不敢過去！那是玩的嗎，一個爆竹就能勾出機關鎗來！得，現在我心裡算是一塊石頭落了地！從今天起，咱們該幹什麼就幹什麼，不必再藏藏躲躲的了；反正連學生今天都在天安門前，青天大日頭底下，向日本人鞠了躬，吃了昭和糖！你說是不是？」

「就是！就是！」瑞豐的小乾腦袋很清脆的點動。冠先生這番話使他恍然大悟：他不應當只為藍東陽耍滑頭而恨藍東陽，他還是應當感謝藍東陽——到底是藍東陽教他領隊來參加這次大會的。要按照冠先生的說法去推斷，他今天的舉動簡直是有歷史的意義，他差不多可以算個開國的功臣。他很高興。高興往往使人慷慨，他建議請冠先生吃頓小館。「瑞豐！」冠先生好像生了氣似的。「你請我？笑話了！論年紀，輩數——憑哪一樣你應當請我？」

假若虛偽極了就有點像真誠，冠先生的要請瑞豐吃飯是真誠的。他的虛偽極了的真誠是來自北平的文化，這文化使他即使在每天亡一次國的情形下，也要爭著請客。這是個極偉大的亡國的文化。

瑞豐不敢再說什麼。若要再爭一爭，便破壞了彼此的真誠與熱烈。

「吃什麼？瑞豐！」這又完全是出於客氣。只要冠先生決定了請客，他就也決定了吃什麼與吃哪個飯館。對於吃，他的經驗與知識足以使他自信，而且使別人絕不吃虧的。「吃安兒胡同的烤肉怎樣？」他沒等瑞豐建議出來，就這樣問。

瑞豐聽到安兒胡同與烤肉，口中馬上有一大團饞涎往喉中流去，噎得他沒能說出話來，而只極懇切的點頭。他的肚中響得更厲害了。

不知不覺的，他們倆腳底下都加了勁。烤肉是最實際的東西，他們暫時忘了其他的一切。可是，戰爭到底也鞭撻到了他們倆，不管他們倆是怎樣的樂觀，無恥，無聊。那名氣很大的烤肉的小舖子沒有開張，因為市上沒有牛羊肉。城內的牛羊已被宰光，遠處的因戰爭的阻隔，來不到城中。看著那關著門的小舖，他們倆幾乎要落淚。

很抱歉的，冠先生把瑞豐領到西長安街的一家四川館，找了個小單間。瑞豐沒有多大的吃辣子的本事，而又不便先聲明，心中頗不自在。冠先生沒看菜牌子，而只跟跑堂的嘀咕了兩句。一會兒，跑堂的拿上來一個很精緻的小拼盤，和一壺燙得恰到好處的竹葉青。

抿了一口色香俱美的竹葉青，瑞豐叫了聲：「好！」冠先生似笑不笑的笑了一下：「先別叫好！等著嘗嘗我要的菜吧！」

「不辣吧？」瑞豐對自己口腹的忠誠勝過了客氣。「真正的川菜並不辣！請你放心！」冠先生的眼中發出了點知識淵博的光。用嘴唇裹了一點點酒，他咂著滋味說：「酒燙得還好！」

跑堂的好像跟冠先生很熟，除了端菜伺候而外，還跟冠先生說閒話。冠先生為表示這是隨便吃點便飯，不必講究什麼排場，也就和跑堂的一問一答的，透出點親熱勁兒。跑堂的端上來一個炒菜，冠先生順口隨便的問：「生意怎樣？」「不好呢！」跑堂的——一位三十多歲，每說一句話，必笑一下的，小矮個兒——皺了皺眉，又趕快的笑了一下。「簡直的不好作生意！不預備調貨吧，怕有吃主兒來；預備吧，碰巧了，就一天沒有一個吃主兒！」他又笑了一下，笑得很慘。

「乾這杯！」冠先生先讓瑞豐的酒，而後才又安慰跑堂的：「生意就快好起來了！」

「是嗎？」這回，跑堂的一連笑了兩下。可是，剛笑完，他就又覺出來笑得太幼稚了一些。

「保定也丟了，生意還能——」

「我哪回吃飯沒給錢？你怎麼這樣不信我的話呢？」冠先生假裝兒皺上眉，和跑堂的逗著玩。「我告訴你，越丟多了地方，才越好作生意！一朝天子一朝臣；就怕一個地方一個天子，到處是天子，亂打一鍋粥，那才沒辦法！你明白我的意思？」

跑堂的不敢得罪照顧主兒，可也不便十分得罪自己的良心，他沒置可否的笑了下，趕緊出去端菜。

當一個文化熟到了稀爛的時候，人們會麻木不仁的把驚魂奪魄的事情與刺激放在一旁，而專注意到吃喝拉撒中的小節目上去。瑞豐，在吃過幾杯竹葉青之後，把一切煩惱都忘掉，而覺得世界像剛吐蕊的花那樣美好。

在今天早半天，不論是在學校裡，還是在天安門前，假若有人對他說兩句真話，他或者能明白過來一點，而多少的要收起去一些無聊。不幸，他又遇見了冠曉荷，與冠曉荷的竹葉青和精美的四川菜。只要他的口腹得到滿足，他就能把靈魂當五分錢賣出去。他忘了藍東陽的可惡，天安門前的可怕，和他幾乎要想起來的日本人的狠毒，而只覺得那淺黃的竹葉青酒在渾身蕩漾，像春暖花開時候的溪水似的。白斬雞的油掛在他的薄嘴唇上，使他感到上下唇都厚起來，有了力量。他覺得生命真正可愛，而所以可愛者就是因為肉美酒香。只要有人給他酒肉，他以為，他就應當誠心的感激。現在，這頓飯是冠先生給他的，他就該完全同意飯主子所說的。他的小乾臉上紅潤起來，小乾腦袋裡被酒力催的嗡嗡的輕響，小眼睛裡含著顆小淚珠——他感激冠先生！

冠先生雖然從敵人一進城就努力運動，而至今還沒能弄到一官半職的，他可是依然樂觀。他總以為改朝換代的時候是最容易活動的時候，因為其中有個肯降與不肯降的問題——他是決定肯投降的。對瑞豐，他先誇獎天安門大會開得很好，而後稱讚新民會的成績——誰還沒有成績，只有新民會居然在天安門前露了臉，教學生們和日本人打了對面！然後，他又提起藍東陽來：「你給我約了他沒有啊？還沒有？為什麼呢？嘴上無毛，辦事不牢！無論如何，你給我把他請到！什麼？明天晚飯，再好沒有啦！告訴你，瑞豐，你要樂觀，要努力，要交結的廣，有這三樣，一個人就可以生生不已，老有飽飯吃！」

瑞豐聽一句，點一下頭。越聽越痛快，也就越吃的多。說真的，自從敵人攻陷北平，他還沒吃過這麼舒服的一頓飯。他感激冠先生，他相信冠先生所說的話句句是有價值的。因為相信冠先生的話，他對自己的前途也就看出來光明。只要他樂觀，努力去活動，他一定會走一步好運的！

吃過飯，冠先生在西單牌樓底下和瑞豐分了手，他還要「看兩個朋友。咱們家裡見！別忘了請藍東陽去喲！再見！」瑞豐疲倦而又興奮的回到家中。

瑞宣見弟弟安全的回來，心中安定了些。可是，緊跟著，他就難過起來，心裡說：「那麼多的學生和教師，就楞會沒有一個敢幹一下子的！」他並不輕看他們，因為他自己也是知識分子，他自己不是連天安門都沒敢去麼？他知道，他不應當以勇敢或懦弱評判任何個人，而應當先責備那個甚至於把屈膝忍辱叫作喜愛和平的文化。那個文化產生了靜穆雍容的天安門，也產生了在天安門前面對著敵人而不敢流血的青年！不，他似乎連那個文化也不應責備。難道喜愛和平是錯誤嗎？他說不清，心中憋悶的慌。他不喜歡和老二談話，可是又不能不和他談幾句，好散散心中的煩悶。

瑞豐身上的那點酒精使他覺得自己很充實，很偉大。最初，他迷迷糊糊的，想不出自己為何充實與偉大。及至到了家中，他忽然明白過來，他的確是充實，並且偉大，因為他參加了天安門的大會。他相信自己必定很有膽氣，否則哪敢和日本人面對面的立著呢。想到此處，他就越發相信了冠曉荷的話——大家在天安門前見了面，從此就中日一家，天下太平，我們也可以暢快的吃涮羊肉了。是的，他覺到自己的充實與偉大，只要努力活動一下，吃涮羊肉是毫無問題的。更使他高興的，是瑞宣大哥今天看他回來並沒那麼冷淡的一點頭，而含著笑過來問了聲：「老二，回來啦？」這一問，使瑞豐感到驕傲，他就更充實偉大了一些。同時，他也覺得更疲乏了一些；疲乏足以表示出自己的重要。

小順兒的媽看丈夫在院中繞來繞去，心中非常的不安。她不敢解勸他，而一語不發又很難過。她只能用她的兩隻水靈的大眼睛偷偷的撩著他，以便抓住機會教小順兒或小妞子跑過去，拉住他的手，或說幾句話。她曉得丈夫是向來不遷怒到兒女身上去的。現在，看到他的臉上有了笑容，她也趕快走過來，聽聽老二帶回來的新聞。

祁老太爺每逢聽到一個壞消息，就更思念「小三兒」。他不知道別的，而準知道小三兒的性情非常倔強，不打了勝仗是不會回來的。那麼，我們多打一個敗仗，小三兒也自然的就離家更遠了些！老人不願為國家擔憂，因為他以為宰相大臣才是管國事的，而他自己不過是個無知的小民。但是，對於孫子，他覺得他的確有關切的權利；沒人能說祖父惦念孫子是不對的！他聽到了保定的陷落，就不由的嘟嘟囔囔的念叨小三兒，見老二回來，老人也走了出來，聽聽消息——即使沒有消息可聽，看孫子一眼也是好的。

只要祁老人一念叨小三兒，天祐太太自然而然的就覺得病重了一些。祖父可以用思念孫子當作一種消遣，母親的想兒子可是永遠動真心的。今天，在惦念三兒子以外，她還注意到二兒子的很早出去，和大兒子的在院中溜來溜去。她心中十分的不安。聽見老二回來，她也喘噓噓的走出來。大家圍住了瑞豐。他非常的得意。他覺得大家在聰明上，膽量上，見解上，都遠不及他，所以他應當給大家說些樂觀的話，使他們得到點安慰。

「我告訴你，大哥！」老二的牙縫裡還塞著兩小條兒肉，說話時口中滿有油水：「真想不到學生們今天會這麼乖！太乖了，連一個出聲的也沒有！會開得甭提多麼順當啦！鴉雀無聲！你看，日本官兒們都很體面，說話也很文雅。學生們知趣，日本官兒們也知趣，一個針尖大的岔子也沒出，沒想到，真沒想到！這就行嘍，醜媳婦見了公婆的面，以後就好說了。有今天這一場，咱們大家就都可以把長臉往下一拉，什麼亡國不亡國的！大哥你——」他的眼向四下裡找瑞宣，瑞宣不知在什麼時候已經輕輕的走開了。他不由的「嗯？」了一聲。小妞子看明白了二叔的意思，微突的小嘴說：「爸，出出啦。」短的食指指著西邊。

瑞宣偷偷的溜了出去。他不能再往下聽。再聽下去，他知道，他的一口毒惡的唾沫一定會啐在瑞豐的臉的正中間！

他曉得，學生教員們若是在天安門前，有什麼激烈的舉動，是等於無謂的犧牲。我們打死一兩個日本要人，並不能克復北平；日本人打死我們許多青年，也不見得有什麼不利。他曉得這個。可是，在感情上他還是希望有那麼一點壯烈的表現，不管上算與吃虧。壯烈不是算盤上能打出來的。再退一步！即使大家不肯作無益的犧牲，那麼嚴肅的沉默也還足以表示出大家的不甘於嬉皮笑臉的投降。由瑞豐的話裡，他聽出來，大家確是採取了默默的抵抗。可是，這沉默竟自被瑞豐解釋作「很乖！」瑞豐的無恥也許是他個人的，但是他的解釋不見得只限於他自己，許多許多人恐怕都要那麼想，因為學生一向是為正義，為愛國而流血的先行。這一回，大家必定說，學生洩了氣！這一次是這樣無聲無色的過去了，下一次呢？還沉默嗎？萬一要改為嬉皮笑臉呢？瑞宣在門外槐樹下慢慢的走，簡直不敢再往下想。

小崔由街上回來，沒有拉著車，頭上有個紫裡蒿青的大包。

瑞宣沒意思招呼小崔，不是小看一個拉車的，而是他心中煩悶，不想多說話，可是，小崔像憋著一肚子話，好容易找到可以談一談的人似的，一直撲了過來。小崔的開場白便有戲劇性：

「你就說，事情有多麼邪行！」

「怎麼啦？」瑞宣沒法不表示點驚疑。只有最狠心的人才會極冷淡的使有戲劇性的話失去效果。

「怎麼啦？邪！」小崔顯然的是非常的興奮。「剛才我拉了個買賣。」他的眼向四外一掃，然後把聲音放低。「一個日本兵！」

「日本兵！」瑞宣不由的重了一句，而後他慢慢的往「葫蘆腰」那邊走。小崔的故事既關聯著日本兵，他覺得不該立在胡同裡賣嚷嚷。

小崔跟著，把聲音放得更低了些：「一個二十上下歲的日本兵。記住了，我說的是一個日本兵，因為他渾身上下沒有一絲一毫不像日本兵的地方。我告訴你，祁大爺，我恨日本人，不願意拉日本人，不管給我多少錢！今天早半天不是慶祝保定的——」

「——陷落！」瑞宣給補上。

「是呀！我心裡甭提多麼難受啦，所以快過午我才拉出車去。誰想到，剛拉了一號小買賣之後，就遇上了這個日本兵！」說著，他們倆已來到空曠的葫蘆肚兒裡。

在這裡，小崔知道，不管是立著還是走著談，都不會被別人聽見。往前走，不遠便是護國寺的夾道，也是沒有多少行人的。他沒立住，而用極慢極緩的步子似走似不走的往前挪蹭。「遇上他的地方，沒有別的車子，你看多麼彆扭！他要坐車，我沒法不拉，他是日本兵啊！拉吧，有什麼法子呢？拉到了雍和宮附近，我以為這小子大概要逛廟。我沒猜對。他向旁邊的一條很背靜的胡同指了指，我就進了胡同，心裡直發毛咕，胡同裡直彷彿連條狗也沒有。走兩步，我回回頭；走兩步，我回回頭！好傢伙，高麗棒子不是幹過嗎——在背靜地方把拉車的一刀扎死，把車拉走！我不能不留這點神！高麗棒子，我曉得，都是日本人教出來的。我的車上，現在可坐著個真正日本人！不留神？好，噗哧一下兒，我不就一命歸西了嗎！

「忽然的，他出了聲。胡同兩面沒有一個門。我一楞，他由車上跳下去。我不明白他要幹什麼。等他已經走出好幾步去了，我才明白過來，原來他沒給我錢；進這條背靜胡同大概就為是不給錢。我楞了一會兒，打不定主意。這可只是一會兒，聽明白了！把車輕輕的放下，我一個箭步躥出去，那小子就玩了個嘴吃屎。我早看明白了，單打單，他不是我的對手；我的胳臂比他的粗！不給錢，我打出他的日本屎來！他爬起來，也打我。用日本話罵我——我懂得一個『巴嘎亞路』。我不出聲，只管打；越打我越打得好！什麼話呢，今個早上，成千上萬的學生滿街去打降旗；我小崔可是在這兒，赤手空拳，收拾個日本兵！我心裡能夠不痛快嗎？打著打著，出了奇事。他說了中國話，東北人！我的氣更大了，可是我懶得再打了。我說不上來那時候我心裡是怎麼股子味兒，彷彿是噁心要吐，又彷彿是——我說不上來！他告了饒，我把他當個屁似的放了！

第二十七章 會思想的廢物

瑞宣不再到學校去。他可是並沒正式的辭職，也沒請假。他從來是個丁是丁，卯是卯的人，永遠沒幹過這種拖泥帶水的事。現在，他好像以為辭職與請假這些事都太小，用不著注意了；作亡國奴才真正是大事，連作夢他都夢見我們打勝仗，或是又丟失了一座城。

他必須去掙錢。父親的收入是仗著年底分紅；一位掌櫃的，按照老規矩，月間並沒有好多的報酬；父親的鋪子是遵守老規矩的。可是，從七七起，除了雜糧店與煤炭廠，恐怕沒有幾家鋪店還照常有交易，而父親的布匹生意是最清淡的一個——誰在兵荒馬亂之際還顧得作新衣服呢。這樣，到年終，父親恐怕沒有什麼紅利好拿。

老二瑞豐呢，瑞宣看得很清楚，只要得到個收入較多的事情，就必定分居另過。老二，和二奶奶，不是肯幫助人的人。

積蓄嗎，祖父和母親手裡也許有幾十或幾百塊現洋。但是這點錢，除非老人們肯自動的往外拿，是理應沒人過問的——老人的錢，正和老人的病相反，是不大願意教別人知道的。瑞宣自己只在郵局有個小摺子，至多過不去百塊錢。

這樣，他是絕對閒不起的。他應當馬上去找事情。要不然，他便須拿著維持費，照常的教書；等教育局有了辦法，再拿薪水。無論怎樣吧，反正他不應當閒起來。他為什麼不肯像老三那樣跺腳一走？還不是因為他須奉養著祖父與父母和看管著全家？那麼，既不肯忍心的拋棄下一家老少，他就該設法去掙錢。他不該既不能盡忠，又不能盡孝。他曉得這些道理。可是，他沒法子打起精神去算計煤米柴炭，當華北的名城一個接著一個陷落的時候。他不敢再看他的那些學生，那些在天安門慶祝過保定陷落的學生。假若整個的華北，他想，都淪陷了，而一時收復不來；這群學生豈不都變成像被小崔打了的小兵？他知道，除了教書，他很不易找到合適的事作。但是，他不能為掙幾個錢，而閉上眼不看學生們漸漸的變成奴隸！什麼都可以忍，看青年變成奴隸可不能忍！

瑞豐屋裡的廣播收音機只能收本市的與冀東的播音，而瑞宣一心一意的要聽南京的消息。他能在夜晚走十幾里路，有時候還冒著風雨，到友人家中去，聽南京的聲音，或看一看南京播音的記錄。他向來是中庸的，適可而止的；可是，現在為聽南京的播音，他彷彿有點瘋狂了似的。不管有什麼急事，他也不肯放棄了聽廣播。氣候或人事阻礙他去聽，他會大聲的咒罵——他從前幾乎沒破口罵過人。南京的聲音叫他心中溫暖，不管消息好壞，只要是中央電台播放的，都使他相信國家不但沒有亡，而且是沒有忘了他這個國民——國家的語聲就在他的耳邊！

什麼是國家？假若在戰前有人問瑞宣，他大概須遲疑一會兒才回答得出，而所回答的必是毫無感情的在公民教科書上印好的那個定義。現在，聽著廣播中的男女的標準國語，他好像能用聲音辨別出哪是國家，就好像辨別一位好友的腳步聲兒似的。國家不再是個死板的定義，而是個有血肉，有色彩，有聲音的一個巨大的活東西。聽到她的聲音，瑞宣的眼中就不由的濕潤起來。他沒想到過能這樣的捉摸到了他的國家，也沒想到過他有這麼熱烈的愛它。平日，他不否認自己是愛國的。可是愛到什麼程度，他便回答不出。今天，他知道了：南京的聲音足以使他興奮或頹喪，狂笑或落淚。

他本來已經拒絕看新民會控制著的報紙，近來他又改變了這個態度。他要拿日本人所發的消息和南京所廣播的比較一下。在廣播中，他聽到了北平報紙上所不載的消息。因此，他就完全否定了北平所有的報紙上的消息的真實性。即使南京也承認了的軍事挫敗，只要報紙上再登出來，他便由信而改為半信半疑。他知道不應當如此主觀的比較來源不同的報導，可是只有這麼作，他才覺得安心，好受一點。愛國心是很難得不有所偏袒的。

最使他興奮的是像胡阿毛與八百壯士一類的消息。有了這種壯烈犧牲的英雄們，他以為，即使軍事上時時挫敗，也沒什麼關係了。有這樣的英雄的民族是不會被征服的！每聽到這樣一件可歌可泣的故事，他便興奮得不能安睡。在半夜裡，他會點上燈，把它們記下來。記完了，他覺得他所知道的材料太少，不足以充分的表現那些英雄的忠心烈膽；於是，就把紙輕輕的撕毀，而上床去睡——這才能睡得很好。

對外交消息，在平日他非常的注意，現在他卻很冷淡。由過去的百年歷史中，他——正如同別的曉得一點歷史的中國人——曉得列強是不會幫助弱國的。他覺得國聯的展緩討論中日問題，與九國公約的要討論中日問題，都遠不如胡阿毛的舉動的重要。胡阿毛是中國人。多數的中國人能像胡阿毛那樣和日本人幹，中國便成了有人的國家，而不再是任人割取的一塊老實的肥肉。胡阿毛敢跟日本人幹，也就敢跟世界上的一切「日本人」幹。中國人是喜歡和平的，但是在今天必須有胡阿毛那樣敢用生命換取和平的，才能得到世人的欽仰，從而真的得到和平。

這樣，他忙著聽廣播，忙著看報，忙著比較消息，忙著判斷消息的可靠與否，有時候狂喜，有時候憂鬱，他失去平日的穩重與平衡，好像有點神經病似的了。

他可是沒有忘了天天去看錢默吟先生。錢先生漸漸的好起來。最使瑞宣痛快的是錢老人並沒完全失去記憶與思想能力，而變為殘廢。老人慢慢的會有系統的說幾句話了。這使瑞宣非常的高興。他曉得日本人的殘暴。錢老人的神志逐漸清爽，在他看，便是殘暴的日本人沒有能力治服了一位詩人的證明。同時，他把老人看成了一位戰士，仗雖然打輸了，可是並未屈服。只要不屈服，便會復興；他幾乎把錢詩人看成為中國的象徵了。同時，他切盼能聽到錢先生述說被捕受刑的經過，而詳細的記載下來，成為一件完整的，信實的，亡城史料。

可是，錢老人的嘴很嚴。他使瑞宣看出來，他是絕對不會把被捕以後的事說給第二個人的。他越清醒，便越小心；每每在他睡醒以後，他要問：「我沒說夢話吧？」他確是常說夢話的，可是因為牙齒的脫落，與聲音的若斷若續，即使他有條理的說話，也不會被人聽懂。在清醒的時候，他閉口不談被捕的事。瑞宣用盡了方法，往外誘老人的話，可是沒有結果。每逢老人一聽到快要接觸到被捕與受刑的話，他的臉馬上發白，眼中也發出一種光，像老鼠被貓兒堵住了的時候那種懼怕的，無可如何的光。這時候，他的樣子，神氣都變得像另一個人了。以前，他是胖胖的，快樂的，天真的，大方的；現在，他的太陽穴與腮全陷進去，缺了許多牙齒，而神氣又是那麼驚慌不安。一看到這種神氣，瑞宣就十分慚愧。可是，慚愧並沒能完全勝過他的好奇。本來嗎，事情的本身是太奇——被日本憲兵捕去，而還能活著出來，太奇怪了！況且，錢老人為什麼這樣的不肯說獄中那一段事實呢？

慢慢的，他測悟出來：日本人，當放了老人的時候，一定強迫他起下誓，不准把獄中的情形告訴給第二個人。假若這猜得不錯，以老人的誠實，必定不肯拿起誓當作白玩。可是，從另一方面看，老人的通達是不亞於他的誠實的，為什麼一定要遵守被迫起下的誓言呢？不，事情恐怕不能就這麼簡單吧？

再一想，瑞宣不由的便想到老人的將來：老人是被日本人打怕了，從此就這麼一聲不響的活下去呢？還是被打得會懂得了什麼叫作仇恨，而想報復呢？他不敢替老人決定什麼。毒刑是會把人打老實了的，他不願看老人就這麼老老實實的認了輸。報復吧？一個人有什麼力量呢！他又不願看老人白白的去犧牲——老人的一家子已快死淨了！

對錢太太與錢大少爺的死，老人一來二去的都知道了。在他的夢中，他哭過，哭他的妻和子。醒著的時候，他沒有落一個淚。他只咬著那未落淨的牙，腮上的陷坑兒往裡一嘬一嘬的動。他的眼會半天不眨巴的向遠處看，好像要自殺和要殺人似的楞著。他什麼也不說，而只這麼楞著。瑞宣很怕看老人這麼發呆。他不曉得怎樣去安慰才好，因為他根本猜不到老人為什麼這樣發楞——是絕望，還是計劃著報仇。

老人很喜歡聽戰事的消息，瑞宣是當然的報導者。這也使瑞宣很為難。他願意把剛剛聽來的消息，與他自己的意見，說給老人聽；老人的理解是比祁老人和韻梅的高明得很多的。可是，只要消息不十分好，老人便不說什麼，而又定著眼楞起來。他已不像先前那樣婆婆媽媽的和朋友談話了，而是在聽了友人的話以後，他自己去咂摸滋味——他把心已然關在自己的腔子裡。他好像有什麼極應保守秘密的大計劃，必須越少說話越好的鎖在心裡。瑞宣很為難，因為他不會撒謊，不會造假消息，而又不願教老人時時的不高興。他只能在不完全欺騙中，設法誇大那些好消息，以便使好壞平衡，而減少一些老人的苦痛。可是，一聽到好消息，老人便要求喝一點酒，而酒是，在養病的時候，不應當喝的。

雖然錢詩人有了那麼多的改變，並且時時使瑞宣為難，可是瑞宣仍然天天來看他，伺候他，陪著他說話兒。伺候錢詩人差不多成了瑞宣的一種含有宗教性的服務。有一天不來，他就有別種鬱悶難過而外又加上些無可自恕的罪過似的。錢先生也不再注意冠曉荷。金三爺或瑞宣偶然提起冠家，他便閉上口不說什麼，也不問什麼。只有在他身上不大好受，或心裡不甚得勁兒的時候，若趕上冠家大聲的猜拳或拉著胡琴唱戲，他才說一聲「討厭」，而閉上眼裝睡。瑞宣猜不透老先生的心裡。老人是完全忘了以前的事呢？還是假裝的忘記，以便不露痕跡的去報仇呢？真的，錢先生已經變成了一個謎！瑞宣當初之所以敬愛錢先生，就是因為老人的誠實，爽直，坦白，真有些詩人的氣味。現在，他極怕老人變成個喪了膽的，連句帶真感情的話也不敢說的人。不，老人不會變成那樣的人，瑞宣心中盼望著。可是，等老人的身體完全康復了之後，他究竟要作些什麼呢？一個謎！金三爺來的次數少一些了。看親家的病一天比一天的好，又搭上冠家也沒敢再過來尋釁，他覺得自己已盡了責任，也就不必常常的來了。

可是，每逢他來到，錢老人便特別的高興。這使瑞宣幾乎要有點嫉妒了。瑞宣曉得往日金三爺在錢老人的眼中，只是個還不壞的親友，而不是怎樣了不起的人物。雖然詩人的心中也許儘可能的消滅等級，把只要可以交往的人都看作朋友，一律平等，可是瑞宣曉得老人到底不能不略分一分友人的高低——他的確曉得往日金三爺並不這樣受錢老人的歡迎。

瑞宣，當金三爺也來看病人的時候，很注意的聽兩位老人都說些什麼，以便猜出錢老人特別喜歡金三爺的理由。他只有納悶。金三爺的談話和平日一樣的簡單，粗魯，而且所說的都是些最平常的事，絕對沒有啟發心智或引人作深想的地方。

在慶祝保定陷落的第二天，瑞宣在錢家遇到了金三爺。這是個要變天氣的日子，天上有些不會落雨，而只會遮住陽光的灰雲，西風一陣陣的颼得很涼。樹葉子紛紛的往下落。瑞宣穿上了件舊薄棉袍。金三爺卻還只穿著又長又大的一件粗白布小褂，上面罩著件銅鈕釦的青布大坎肩——已是三十年的東西了，青色已變成了暗黃，胸前全裂了口。在坎肩外邊，他繫了一條藍布搭包。

錢詩人帶著滿身的傷，更容易感覺到天氣的變化；他的渾身都痠疼。一見金三爺進來，他便說：「天氣要變呀，風多麼涼啊！」

「涼嗎？我還出汗呢！」真的，金三爺的腦門上掛著不少很大的汗珠。從懷裡摸出塊像小包袱似的手絹，彷彿是擦別人的頭似的，把自己的禿腦袋用力的擦了一番。隨擦，他隨向瑞宣打了個招呼。對瑞宣，他的態度已改變了好多，可是到底不能像對李四爺那麼親熱。坐下，好大一會兒，他才問親家：「好點吧？」

錢老人，似乎是故意求憐的，把身子蜷起來。聲音也很可憐的，他說：「好了點！今天可又疼得厲害！要變天！」說罷，老人眨巴著眼等待安慰。

金三爺捏了捏紅鼻頭，聲如洪鐘似的：「也許要變天！一邊養，一邊也得忍！忍著疼，慢慢的就不疼了！」

在瑞宣看，金三爺的話簡直說不說都沒大關係。可是錢老人彷彿聽到了最有意義的勸慰似的，連連的點頭。瑞宣知道，當初金三爺是崇拜錢詩人，才把姑娘給了孟石的。現在，他看出來，錢詩人是崇拜金三爺了。為什麼呢？他猜不出。

金三爺坐了有十分鐘。錢老人說什麼，他便順口答音的回答一聲「是」，或「不是」，或一句很簡單而沒有什麼意思的短話。錢老人不說什麼，他便也一聲不響，呆呆的坐著。楞了好一大會兒，金三爺忽然立起來。「看看姑娘去。」他走了出去。在西屋，和錢少奶奶說了大概有兩三句話，他找了個小板凳，在院中坐好，極深沉嚴肅的抽了一袋老關東葉子煙。噹噹的把煙袋鍋在階石上磕淨，立起來，沒進屋，只在窗外說了聲：「走啦！再來！」

金三爺走後好半天，錢老人對瑞宣說：「在這年月，有金三爺的身體比有咱們這一肚子書強得太多了！三個讀書的也比不上一個能打仗的！」

瑞宣明白了。原來老人羨慕金三爺的身體。為什麼？老人要報仇！想到這兒，他不錯眼珠的看著錢先生，看了足有兩三分鐘。是的，他看明白了：老人不但在模樣上變了，他的整個的人也都變了。誰能想到不肯損傷一個螞蟻的詩人，會羨慕起來，甚至是崇拜起來，武力與身體呢？

看著老人陷下去的腮，與還有時候帶出癡呆的眼神，瑞宣不敢保證老先生能夠完全康復，去執行報仇的計劃。可是，只要老人有這麼個報仇的心思，也就夠可敬的了。他覺得老人與中國一樣的可敬。中國在忍無可忍的時候，便不能再因考慮軍備的不足，而不去抗戰。老人，在受了侮辱與毒刑之後，也不再因考慮身體精力如何，而不想去報復。

在太平的年月，瑞宣是反對戰爭的。他不但反對國與國的武力衝突，就是人與人之間的彼此動武，他也認為是人類的野性未退的證據。現在，他可看清楚了：在他的反戰思想的下面實在有個像田園詩歌一樣安靜老實的文化作基礎。這個文化也許很不錯，但是它有個顯然的缺陷，就是：它很容易受暴徒的蹂躪，以至於滅亡。會引來滅亡的，不論是什麼東西或道理，總是該及時矯正的。北平已經亡了，矯正是否來得及呢？瑞宣說不上來。他可是看出來，一個生活與趣味全都是田園詩樣的錢先生現在居然不考慮一切，而只盼身體健壯，好去報仇，他沒法不敬重老人的膽氣。老人似乎不考慮什麼來得及與來不及，而想一下子由飲酒栽花的隱士變成敢流血的戰士。難道在國快亡了的時候，有血性的人不都應當如此麼？

因為欽佩錢老人，他就更看不起自己。他的腦子一天到晚像陀螺一般的轉動，可是連一件事也決定不了。他只好管自己叫作會思想的廢物！

乘著錢先生閉上了眼，瑞宣輕輕的走出來。在院中，他看見錢少奶奶在洗衣服。她已有了三個多月的身孕。在孟石死去的時候，因為她的衣裳肥大，大家都沒看出她有「身子」。在最近，她的「懷」開始顯露出來。金三爺在前些天，把這件喜信告訴了親家。

錢先生自從回到家來，沒有笑過一次，只在聽到這個消息的時候，他笑了笑，而且說了句金三爺沒聽明白的話：「生個會打仗的孩子吧！」

瑞宣也聽見了這句話，在當時也沒悟出什麼道理來。今天，看見錢少奶奶，他又想起來那句話，而且完全明白了其中的含義。錢少奶奶沒有什麼模樣，可是眉眼都還端正，不難看。她沒有剪髮，不十分黑而很多的頭髮梳了兩根鬆的辮子，繫著白頭繩。她不高，可是很結實，腰背直直的好像擔得起一切的委屈似的。她不大愛說話，就是在非說不可的時候，她也往往用一點表情或一個手勢代替了話。假若有人不曉得這個，而緊跟她說，並且要求她回答，她便紅了臉而更說不出來。瑞宣不敢跟她多說話，而只指了指北屋，說了聲：「又睡著了。」

她點了點頭。

瑞宣每逢看見她，也就立刻看到孟石——他的好朋友。有好幾次，他幾乎問出來：「孟石呢？」為避免這個錯誤，他總是看著她的白辮梢，而且不敢和她多說話——免得自己說錯了話，也免得教她為難。今天，他仍然不敢多說，可是多看了她兩眼。他覺得她不僅是個年輕的可憐的寡婦，而也是負著極大的責任的一位母親。她，他盼望，真的會給錢家和中國生個會報仇的娃娃！

一邊這麼亂想，一邊走，不知不覺的他走進了家門。小順兒的媽正責打小順兒呢。她很愛孩子，也很肯管教孩子。她沒受過什麼學校教育，但從治家與教養小孩子來說，她比那受過學校教育，反對作賢妻良母，又不幸作了妻與母，而把家與孩子一齊活糟蹋了的婦女，高明得多了。她不准小孩子有壞習慣，從來不溺愛他們。她曉得責罰有時候是必要的。

瑞宣不大愛管教小孩。他好像是兒女的朋友，而不是父親。他總是那麼婆婆媽媽的和他們玩耍和瞎扯。等到他不高興的時候，孩子們也自然的會看出不對，而離他遠遠的。當韻梅管孩子的時候，他可是絕對守中立，不護著孩子，也不給她助威。他以為夫妻若因管教兒女而打起架來，就不但管不了兒女，而且把整個的家庭秩序完全破壞了。這最不上算。假若小順兒的媽從丈夫那裡得到管教兒女的「特權」，她可還另有困難，當她使用職權的時候。婆母是個明白人：當她管教自己的孩子的時候，她的公平與堅決差不多是與韻梅相同的。可是現在她老了。她仍然願意教孫輩所受的管束與昔年自己的兒子所受的一樣多，一樣好；但是，也不是怎的，她總以為兒媳婦的管法似乎太嚴厲，不合乎適可而止的中道。她本想不出聲，可是聲音彷彿沒經她的同意便自己出去了。

即使幸而通過了祖母這一關，小順兒們還會向太爺爺請救，而教媽媽的巴掌或笤帚疙疸落了空。在祁老人眼中，重孫兒孫女差不多就是小天使，永遠不會有任何過錯；即使有過錯，他也要說：「孩子哪有不淘氣的呢？」

祁老人與天祐太太而外，還有個瑞豐呢。他也許不甚高興管閒事，但是趕上他高興的時候，他會掩護著小順兒與妞子，使他們不但挨不上打，而且教給他們怎樣說謊扯皮的去逃避責罰。

現在，瑞宣剛走進街門，便聽到了小順兒的尖銳的，多半是為求救的，哭聲。他知道韻梅最討厭這種哭聲，因為這不是哭，而是呼喚祖母與太爺爺出來干涉。果然，他剛走到棗樹旁，南屋裡的病人已坐起來，從窗上的玻璃往外看。看到了瑞宣，老太太把他叫住：「老大！別教小順兒的媽老打孩子呀！這些日子啦，孩子們吃也吃不著，喝也喝不著，還一個勁兒的打，受得了嗎！」

瑞宣心裡說：「媽媽的話跟今天小順兒的犯錯兒挨打，差不多沒關係！」可是，他連連的點頭，往「戰場」走去。他不喜歡跟病著的母親辯論什麼。

「戰場」上，韻梅還瞪著大眼睛責備小順兒，可是小順兒已極安全的把臉藏在太爺爺的手掌裡。他仍舊哭得很厲害，表示向媽媽挑戰。

祁老人一面給重孫子擦淚，一面低聲嘟囔著。他只能低聲的，因為第一，祖公對孫媳婦不大好意思高聲的斥責；第二，他準知道孫媳婦是講理的人，決不會錯打了孩子。「好乖孩子！」他嘟囔著：「不哭啦！多麼好的孩子，還打哪？真！」瑞宣聽出來：假若祖母是因為這一程子的飲食差一點，所以即使孩子犯了過也不該打；太爺爺便表示「多麼好的孩子」，而根本不應當責打，不管「好」孩子淘多大的氣！

小妞子見哥哥挨打，唯恐連累了自己，藏在了自以為很嚴密，而事實上等於不藏的，石榴盆後面，兩個小眼卜噠卜噠的從盆沿上往外偷看。

瑞宣從祖父一直看到自己的小女兒，沒說出什麼來便走進屋裡去。到屋裡，他對自己說：「這就是亡國奴的家庭教育，只有淚，哭喊，不合理的袒護，而沒有一點點硬氣兒！錢老人盼望有個會打仗的孩子，這表明錢詩人——受過日本人的毒打以後——徹底的覺悟過來：會打仗的孩子是並不多見的，而須趕快的產生下來。可是，這是不是晚了一些呢？日本人，在佔據著北平的時候，會允許中國人自由的教育小孩子，把他們都教育成敢打仗的戰士嗎？錢詩人的醒悟恐怕已經太遲了？」正這麼自言自語的叨嘮，小妞子忽然從外面跑進來，院中也沒了聲音。瑞宣曉得院中已然風平浪靜，所以小妞子才開始活動。

小妞兒眼中帶出點得意與狡猾混合起來的神氣，對爸爸說：

「哥，挨打！妞妞，藏！藏！藏花盆後頭！」說完，她露出一些頂可愛的小白牙，笑了。

瑞宣沒法子對妞子說：「你狡猾，壞，和原始的人一樣的狡猾，一樣的壞！你怕危險，不義氣！」他不能說，他知道妞子是在祖母和太爺爺的教養下由沒有牙長到了滿嘴都是頂可愛的小牙的年紀；她的油滑不是天生的，而是好幾代的聰明教給她的！這好幾代的聰明寧可失去他們的北平，也不教他們的小兒女受一巴掌的苦痛！

第二十八章　亡國奴的烙印

不管是有意的，還是無意的，冠先生交朋友似乎有個一定的方法。他永遠對最新的朋友最親熱。這也許是因為有所求而交友的緣故。等到新勁兒一過去，熱勁兒就也漸漸的消散，像晾涼了的饅頭似的。

現在，藍東陽是冠先生的寶貝。

即使我們知道冠先生對最新的朋友最親熱的原因，我們也無法不欽佩他的技巧。這技巧幾乎不是努力學習的結果，而差不多全部都是天才的產物。冠先生的最見天才的地方就是「無聊」。只有把握到一切都無聊——無聊的啼笑，無聊的一問一答，無聊的露出牙來，無聊的眨巴眼睛，無聊的說地球是圓的，或燒餅是熱的好吃——才能一見如故的，把一個初次見面的友人看成自己的親手足一般，或者比親手足還更親熱。也只有那在什麼有用的事都可以不作，而什麼白費時間的事都必須作的文化裡，像在北平的文化裡，無聊的天才才能如魚得水的找到一切應用的工具。冠先生既是天才，又恰好是北平人。

相反的，藍東陽是沒有文化的，儘管他在北平住過了十幾年。藍先生的野心很大。因為野心大，所以他幾乎忘了北平是文化區；雖然他大言不慚的自居為文化的工程師，可是從生活上與學識上，他都沒注意到過文化的內容與問題。他所最關心的是怎樣得到權利、婦女、金錢，與一個虛假的文藝者的稱呼。

因此，以冠曉荷的浮淺無聊，會居然把藍東陽「唬」得一楞一楞的。凡是曉荷所提到的煙，酒，飯，茶的作法，吃法，他幾乎都不知道。及至冠家的酒飯擺上來，他就更佩服了冠先生——冠先生並不瞎吹，而是真會享受。在他初到北平的時期，他以為到東安市場吃天津包子或褡褳火燒，喝小米粥，便是享受。住過幾年之後，他才知道西車站的西餐與東興樓的中菜才是說得出口的吃食。今天，他才又知道鋪子中所賣的菜飯，無論怎麼精細，也說不上是生活的藝術；冠先生這裡是在每一碟鹹菜裡都下著一番心，在一杯茶和一盅酒的色、香、味，與杯盞上都有很大的考究；這是吃喝，也是歷史與藝術。是的，冠先生並沒有七盤八碗的預備整桌的酒席；可是他自己家裡作的幾樣菜是北平所有的飯館裡都吃不到的。除了對日本人，藍東陽是向來不輕於佩服人的。現在，他佩服了冠先生。

在酒飯之外，他還覺出有一股和暖的風，從冠先生的眼睛、鼻子、嘴、眉，和喉中刮出來。這是那種在桃花開了的時候的風，拂面不寒，並且使人心中感到一點桃色的什麼而發癢，癢得怪舒服。冠先生的親熱周到使東陽不由的要落淚。他一向以為自己是受壓迫的，因為他的文稿時常因文字不通而被退回來；今天，冠先生從他一進門便呼他為詩人，而且在吃過兩杯酒以後，要求他朗讀一兩首他自己的詩。他的詩都很短，朗誦起來並不費工夫。他讀完，冠先生張著嘴鼓掌。

掌拍完，他的嘴還沒並上；好容易並上了，他極嚴肅的說：「好啞！好啞！的確的好啞！」藍詩人笑得把一向往上吊著的那個眼珠完全吊到太陽穴裡去了，半天也沒落下來。

捧人是需要相當的勇氣的。冠先生有十足的勇氣——他會完全不要臉。

「高第！」冠先生親熱的叫大女兒。「你不是喜歡新文藝嗎？跟東陽學學吧！」緊跟著對東陽說：「東陽，你收個女弟子吧！」

東陽沒答出話來。他晝夜的想女人，見了女人他可是不大說得出正經話來。

高第低下頭去，她不喜歡這個又瘦又髒又難看的詩人。

冠先生本盼望女兒對客人獻點慇勤，及至看高第不哼一聲，他趕緊提起小磁酒壺來，讓客：「東陽，咱們就是這一斤酒，你要多喝也沒有！先乾了杯！嘔！嘔！對！好，乾脆，這一壺歸你，你自己斟！咱們喝良心酒！我和瑞豐另燙一壺！」

瑞豐和胖太太雖然感到一點威脅——東陽本是他們的，現在頗有已被冠先生奪了去的樣子——可是還很高興。一來是大赤包看丈夫用全力對付東陽，她便設法不教瑞豐夫婦感到冷淡；二來是他們夫婦都喜歡熱鬧，只要有好酒好飯的鬧哄著，他們倆就決定不想任何足以破壞眼前快樂的事情。以瑞豐說，只要教他吃頓好的，好像即使吃完就殺頭也沒什麼不可以的。胖太太還另有一件不好意思而高興的事：東陽不住的看她。她以為這是她戰敗了冠家的兩位姑娘，而值得驕傲。事實上呢，東陽是每看到女人便想到實際的問題；論起實際，他當然看胖乎乎的太太比小姐們更可愛。招弟專會戲弄「癩蝦蟆」。頂俏美的笑了一下，她問東陽：「你告訴告訴我，怎樣作個文學家，好不好？」並沒等他回答，她便提出自己的意見：「是不是不刷牙不洗臉，就可以作出好文章呢？」

東陽的臉紅了。

高第和尤桐芳都咯咯的笑起來。

冠先生很自然的，拿起酒杯，向東陽一點頭：「來，罰招弟一杯，咱們也陪一杯，誰教她是個女孩子呢！」

吃過飯，大家都要求桐芳唱一支曲子。桐芳最討厭有新朋友在座的時候「顯露原形」。她說這兩天有點傷風，嗓子不方便。瑞豐——久已對她暗裡傾心——幫她說了幾句話，解了圍。桐芳，為贖這點罪過，提議打牌。瑞豐領教過了冠家牌法的厲害，不敢應聲。胖太太比丈夫的膽氣大一點，可是也沒表示出怎麼熱烈來。藍東陽本是個「錢狠子」，可是現在有了八成兒醉意，又看這裡有那麼多位女性，他竟自大膽的說：「我來！說好，十六圈！不多不少，十扭圈！」他的舌頭已有點不大俐落了。

大赤包、桐芳、招弟、東陽，四位下了場。招弟為怕瑞豐夫婦太僵得慌，要求胖太太先替她一圈或兩圈。

冠先生稍有點酒意，拿了兩個細皮帶金星的鴨兒梨，向瑞豐點了點頭。瑞豐接過一個梨，隨主人來到院中。兩個人在燈影中慢慢的來回溜。冠先生的確是有點酒意了。他忽然噗哧的笑了一聲。而後，親熱的叫：「瑞豐！瑞豐！」瑞豐嘴饞，像個餓猴子似的緊著啃梨，嘴唇輕響的嚼，不等嚼碎就吞下去。滿口是梨，他只好由鼻子中答應了聲：「嗯！」

「你批評批評！」冠先生口中謙虛，而心中驕傲的說：「你給我批評一下，不准客氣！你看我招待朋友還有什麼不周到的地方？」

瑞豐是容易受感動的，一見冠先生這樣的「不恥下問」，不由的心中顫動了好幾下。趕快把一些梨渣滓啐出去，他說：「我決不說假話！你的——無懈可擊！」

「是嗎？你再批評批評！你看，就是用這點兒——」他想不起個恰當的字，「這點兒，啊——親熱勁兒，大概和日本人來往，也將就了吧？你看怎麼樣？批評一下！」

「一定行！一定！」瑞豐沒有伺候過日本人，但是他以為只要好酒好菜的供養著他們，恐怕他們也不會把誰活活的吃了。

冠先生笑了一下，可是緊跟著又歎了口氣。酒意使他有點感傷，心裡說：「有這樣本事，竟自懷才不遇！」

瑞豐聽見了這聲歎氣，而不便說什麼。他不喜歡憂鬱和感傷！快活，哪怕是最無聊無恥的快活，對於他都勝於最崇高的哀怨。他急忙往屋裡走。曉荷，還拿著半個梨獨自站在院裡。

文章不通的人，據說，多數會打牌。東陽的牌打得不錯。一上手，他連胡了兩把。這兩把都是瑞豐太太放的沖。假若她知趣，便應該馬上停手，教招弟來。可是，她永遠不知趣，今天也不便改變作風。瑞豐倒還有這點敏感，可是不敢阻攔太太的高興；他曉得，他若開口教她下來，他就至少須犧牲這一夜的睡眠，好通宵的恭聽太太的訓話。大赤包給了胖子一點暗示，他說日本人打牌是誰放沖誰給錢。胖太太還是不肯下來。打到一圈，大赤包笑著叫招弟：「看你這孩子，你的牌，可教祁太太受累！快來！好教祁二嫂休息休息！」胖太太這才無可如何的辦了交代，紅著臉張羅著告辭。瑞豐怕不好看，直搭訕著說：「再看兩把！天還早！」

第二圈，東陽聽了兩次和，可都沒和出來，因為他看時機還早而改了叫兒，以便多和一番。他太貪。這兩把都沒和，他失去了自信，而越打越慌，越背。他是打贏不打輸的人，他沒有牌品。在平日寫他那自認為是批評文字的時候，他總是攻擊別人的短處，而這些短處正是他想作而作不到的事。一個寫家被約去講演，或發表了一點政見，都被他看成是出風頭，為自己宣傳；事實上，那只是因為沒人來請他去講演，和沒有人請他發表什麼意見。他的嫉妒變成了諷刺，他的狹窄使他看起來好像挺勇敢，敢去戰鬥似的。他打牌也是這樣，當牌氣不大順的時候。他摔牌，他罵骰子，他怨別人打的慢，他嫌燈光不對，他挑剔茶涼。他自己毫無錯處，他不和牌完全因為別人的瞎打亂鬧。

瑞豐看事不祥，輕輕的拉了胖太太一把，二人沒敢告辭，以免擾動牌局，偷偷的走出去。冠先生輕快的趕上來，把他們送到街門口。

第二天，瑞豐想一到學校便半開玩笑的向東陽提起高第姑娘來。假若東陽真有意呢，他就不妨真的作一次媒，而一箭雙鵰的把藍與冠都捉到手裡。

見到東陽，瑞豐不那麼樂觀了。東陽的臉色灰綠，一扯一扯的像要裂開。他先說了話：「昨天冠家的那點酒，菜，茶，飯，一共用多少錢？」

瑞豐知道這一問或者沒懷著好意，但是他仍然把他當作好話似的回答：「嘔，總得花二十多塊錢吧，儘管家中作的比外叫的菜便宜；那點酒不會很賤了，起碼也得四五毛一斤！」

「他們贏了我八十！夠吃那麼四回的！」東陽的怒氣象夏天的雲似的湧上來，「他們分給你多少？」

「分給我？」瑞豐的小眼睛睜得圓圓的。

「當然嘍！要不然，我跟他們絲毫的關係都沒有，你幹嗎給兩下裡介紹呢？」

瑞豐，儘管是淺薄無聊的瑞豐，也受不了這樣的無情的，髒污的，攻擊。他的小乾腦袋上的青筋全跳了起來。他明知道東陽不是好惹的，不該得罪的，可是他不能太軟了，為了臉面，他不能太軟了！他拿出北平人的先禮後拳的辦法來：「你這是開玩笑呢，還是——」

「我不會開玩笑！我輸了錢！」

「打牌還能沒有輸贏？怕輸就別上牌桌呀！」

論口齒，東陽是鬥不過瑞豐的。可是東陽並不怕瑞豐的嘴。專憑瑞豐平日的處世為人的態度來說，就有許多地方招人家看不起的；所以，無論他怎樣能說會道，東陽是不會怕他的。

「你聽著！」東陽把臭黃牙露出來好幾個，像狗打架時那樣。「我現在是教務主任，不久就是校長，你的地位是在我手心裡攥著的！我一撒手，你就掉在地上！我告訴你，除非你賠償上八十塊錢，我一定免你的職！」

瑞豐笑了。他雖浮淺無聊，但究竟是北平人，懂得什麼是「裡兒」，哪叫「面兒」。北平的娘兒們，也不會像東陽這麼一面理。「藍先生，你快活了手指頭，紅中白板的摸了大半夜，可是教我拿錢；哈，天下哪有這麼便宜的事？要是有的話，我早去了，還輪不到尊家你呢！」

東陽不敢動武，他怕流血。當他捉到一個臭蟲——他的床上臭蟲很多——的時候，他都閉上眼睛去抹殺牠，不敢明目張膽的作。今天，因為太看不起瑞豐了，他居然說出：「你不賠償的話，可留神我會揍你！」

瑞豐沒想到東陽會這樣的認真。他後悔了，後悔自己愛多事。可是，自己的多事並不是沒有目的；他是為討東陽的喜歡，以便事情有些發展，好多掙幾個錢。這，在他想，不能算是錯誤。他原諒了自己，那點悔意像蜻蜓點水似的，輕輕的一挨便飛走了。

他沒有錢。三個月沒有發薪了。他曉得學校的「金庫」裡也不過統共有十幾塊錢。想到學校與自己的窘迫，他便也想到東陽的有錢。東陽的錢，瑞豐可以猜想得到，一部分是由新民會得來的，一部分也必是由愛錢如命才積省下來的。既然是愛錢如命，省吃儉用的省下來的，誰肯輕易一輸，就輸八十呢？這麼一想，瑞豐明白了，東陽的何以那麼著急，而且想原諒了他的無禮。他又笑了一下，說：「好吧，我的錯兒，不該帶你到冠家去！我可是一番好意，想給你介紹那位高第小姐；誰想你會輸那麼多的錢呢！」

「不用費話！給我錢！」東陽的散文比他的詩通順而簡明的多了。

瑞豐想起來關於東陽的笑話。據說：東陽給女朋友買過的小梳子小手帕之類的禮物，在和她鬧翻了的時候，就詳細的開一張單子向她索要！瑞豐開始相信這笑話的真實，同時也就很為了難——他賠還不起那麼多錢，也沒有賠還的責任，可是藍東陽又是那麼蠻不講理！

「告訴你！」東陽滿臉的肌肉就像服了毒的壁虎似乎全部抽動著。「告訴你！不給錢，我會報告上去，你的弟弟逃出北平——這是你親口告訴我的——加入了游擊隊！你和他通氣！」

瑞豐的臉白了。他後悔，悔不該那麼無聊，把家事都說與東陽聽，為是表示親密！不過，後悔是沒用的，他須想應付困難的辦法。

他想不出辦法。由無聊中鬧出來的事往往是無法解決的。他著急！真要是那麼報告上去，得抄家！

他是最怕事的人。因為怕事，所以老實；因為老實，所以他自居為孝子賢孫。可是，孝子賢孫現在惹下了滅門之禍！他告訴過東陽，老三逃出去了。那純粹因為表示親密；假若還有別的原因的話，也不過是因為除了家長裡短，他並沒有什麼可對友人說的。他萬也沒想到東陽會硬說老三參加了游擊隊！他沒法辯駁，他覺得忽然的和日本憲兵，與憲兵的電椅皮鞭碰了面！他一向以為日本人是不會和他發生什麼太惡劣的關係的，只要他老老實實的不反日，不惹事。今天，料想不到的，日本人，那最可怕的，帶著鞭板鎖棍的，日本人，卻突然的立在他面前。

他哄的一下出了汗。

他非常的著急，甚至於忘了先搪塞一下，往後再去慢慢的想辦法。急與氣是喜歡相追隨的弟兄，他瞪了眼。

東陽本來很怕打架，可是絲毫不怕瑞豐的瞪眼，瑞豐平日給他的印象太壞了，使他不去考慮瑞豐在真急了的時節也敢打人。「怎樣？給錢，還是等我去給你報告？」

一個人慌了的時候，最容易只沿著一條路兒去思索。瑞豐慌了。他不想別的，而只往壞處與可怕的地方想。聽到東陽最後的恐嚇，他又想出來：即使真賠了八十元錢，事情也不會完結；東陽哪時一高興，仍舊可以給他報告呀！「怎樣？」東陽又催了一板，而且往前湊，逼近了瑞豐。

瑞豐像一條癩狗被堵在死角落裡，沒法子不露出抵抗的牙與爪來了。他一拳打出去，倒彷彿那個拳已不屬他管束了似的。他不曉得這一拳應當打在哪裡，和果然打在哪裡，他只知道打著了一些什麼；緊跟著，東陽便倒在了地上。他沒料到東陽會這麼不禁碰。他急忙往地上看，東陽已閉上了眼，不動。輕易不打架的人總以為一打就會出人命的；瑞豐渾身上下都忽然冷了一下，口中不由的說出來：「糟啦！打死人了！」說完，不敢再看，也不顧得去試試東陽還有呼吸氣兒與否，他拿起腿便往外跑，像七八歲的小兒惹了禍，急急逃開那樣。

他生平沒有走過這麼快。像有一群惡鬼趕著，而又不願教行人曉得他身後有鬼，他賊眉鼠眼的疾走。他往家中走。越是怕給家中惹禍的，當惹了禍的時候越會往家中跑。

到了家門口，他已喘不過氣來。扶住門垛子，他低頭閉上了眼，大汗珠拍噠拍噠的往地上落。這麼忍了極小的一會兒，他用袖子抹了抹臉上的汗，開始往院裡走。他一直奔了大哥屋中去。

瑞宣正在床上躺著。瑞豐在最近五年中沒有這麼親熱的叫過大哥：「大哥！」他的淚隨著聲音一齊跑出來。這一聲「大哥」，打動了瑞宣的心靈。他急忙坐起來問：「怎麼啦？老二！」

老二從牙縫裡擠出來：「我打死了人！」

瑞宣立起來，心裡發慌。但是，他的修養馬上來幫他的忙，教他穩定下來。他低聲的，關心而不慌張的問：「怎麼回事呢？坐下說！」說罷，他給老二倒了杯不很熱的開水。老二把水一口喝下去。老大的不慌不忙，與水的甜潤，使他的神經安貼了點。他坐下，極快，極簡單的，把與東陽爭吵的經過說了一遍。他沒說東陽的為人是好或不好，也沒敢給自己的舉動加上誇大的形容；他真的害了怕，忘記了無聊與瞎扯。說完，他的手顫動著掏出香煙來，點上一支。瑞宣聲音低而懇切的問：「他也許是昏過去了吧？一個活人能那麼容易死掉？」

老二深深的吸了口煙。「我不敢說！」

「這容易，打電話問一聲就行了！」

「怎麼？」老二現在彷彿把思索的責任完全交給了大哥，自己不再用一點心思。

「打電話找他，」瑞宣和善的說明：「他要是真死了或是沒死，接電話的人必定能告訴你。」

「他要是沒死呢？我還得跟他說話？」

「他若沒死，接電話的人必說：請等一等。你就把電話掛上好啦。」

「對！」老二居然笑了一下，好像只要聽從哥哥的話，天大的禍事都可以化為無有了似的。

「我去，還是你去？」老大問。

「一道去好不好？」老二這會兒不願離開哥哥。在許多原因之中，有一個是他暫時還不願教太太知道這回事。他現在才看清楚：對哥哥是可以無話不說的，對太太就不能不有時候閉上嘴。

附近只有一家有電話的人家。那是在葫蘆肚裡，門前有排得很整齊的四棵大柳樹，院內有許多樹木的牛宅。葫蘆肚是相當空曠的。四圍雖然有六七家人家，可沒有一家的建築與氣勢能稍稍減去門外的荒涼的。牛宅是唯一的體面宅院，但是它也無補於事，因為它既是在西北角上，而且又深深的被樹木掩藏住——不知道的人很不易想到那片樹木裡還有人家。這所房與其說是宅院，還不如說是別墅或花園——雖然裏邊並沒有精心培養著的奇花異草。

牛先生是著名的大學教授，學問好，而且心懷恬淡。雖然在這裡已住了十二三年，可是他幾乎跟鄰居們全無來往。這也許是他的安分守己，無求於人的表示，也許是別人看他學識太深而不願來「獻醜」。瑞宣本來有機會和他交往，可是他——瑞宣——因不願「獻醜」而沒去遞過名片。瑞宣永遠願意從書本上欽佩著者的學問，而不肯去拜見著者——他覺得那有點近乎巴結人。

瑞豐常常上牛宅來借電話，瑞宣今天是從牛宅遷來以後第一次來到四株柳樹底的大門裡。

老二借電話，而請哥哥說話。電話叫通，藍先生剛剛的出去。

「不過，事情不會就這麼完了吧？」從牛宅出來，老二對大哥說。

「慢慢的看吧！」瑞宣不很帶勁兒的回答。

「那不行吧？我看無論怎著，我得趕緊另找事，不能再到學校去；藍小子看不見我，也許就忘了這件事！」

「也許！」瑞宣看明白老二是膽小，不敢再到學校去，可是不好意思明說出來。真的，他有許許多多的話要說。其中的最現成的恐怕就是：「這就是你前兩天所崇拜的人物，原來不過如此！」或者：「憑你藍東陽，冠曉荷，就會教日本人平平安安的統治北平？你們自己會為爭一個糖豆而打得狗血噴頭！」可是，他閉緊了嘴不說，他不願在老二正很難過的時候去教訓或譏諷，使老二更難堪。

「找什麼事情呢？」老二嘟囔著。「不管怎樣，這兩天反正我得請假！」

瑞宣沒再說什麼。假若他要說，他一定是說：「你不到學校去，我可就得去了呢！」是的：他不能和老二都在家裡蹲著，而使老人們看著心焦。他自從未參加那次遊行，就沒請假，沒辭職，而好幾天沒到學校去。現在，他必須去了，因為老二也失去了位置。他很難過；他生平沒作過這樣忽然曠課，又忽然復職的事！學校裡幾時才能發薪，不曉得。管它發薪與否，佔住這個位置至少會使老人們稍微安點心。他準知道：今天老二必不敢對家中任何人說道自己的丟臉與失業；但是，過了兩三天，他必會打開嘴，向大家乞求同情。假若瑞宣自己也還不到學校去，老人們必會因可憐老二而責備老大。他真的不喜歡再到學校去，可是非去不可，他歎了口氣。「怎麼啦？」老二問。

「沒什麼！」老大低著頭說。

弟兄倆走到七號門口，不約而同的停了一步。老二的臉上沒了血色。

有三四個人正由三號門外向五號走，其中有兩個是穿制服的！

瑞豐想回頭就跑，被老大攔住：「兩個穿制服的是巡警。那不是白巡長？多一半是調查戶口。」

老二慌得很：「我得躲躲！穿便衣的也許是特務！」沒等瑞宣再說話，他急忙轉身順著西邊的牆角疾走。

瑞宣獨自向家中走。到了門口，巡警正在拍門。他笑著問：「幹什麼？白巡長！」

「調查戶口，沒別的事。」白巡長把話說得特別的溫柔，為是免得使住戶受驚。

瑞宣看了看那兩位穿便衣的，樣子確乎有點像偵探。他想，他們倆即使不為老三的事而來，至少也是被派來監視白巡長的。瑞宣對這種人有極大的反感。他們永遠作別人的爪牙，而且永遠威風凜凜的表示作爪牙的得意；他們寧可失掉自己的國籍，也不肯失掉威風。

白巡長向「便衣」們說明：「這是住在這裡最久的一家！」說著，他打開了簿子，問瑞宣：「除了老三病故，人口沒有變動吧？」

瑞宣十分感激白巡長，而不敢露出感激的樣子來，低聲的回答了一聲：「沒有變動。」

「沒有親戚朋友住在這裡？」白巡長打著官腔問。

「也沒有！」瑞宣回答。

「怎麼？」白巡長問便衣，「還進去嗎？」

這時候，祁老人出來了，向白巡長打招呼。

瑞宣很怕祖父把老三的事說漏了兜。幸而，兩個便衣看見老人的白鬚白髮，彷彿放了點心。他們倆沒說什麼，而只那麼進退兩可的一猶豫。白巡長就利用這個節骨眼兒，笑著往六號領他們。

瑞宣同祖父剛要轉身回去，兩個便衣之中的一個又轉回來，很傲慢的說：「聽著，以後就照這本簿子發良民證！我們說不定什麼時候，也許是在夜裡十二點，來抽查；人口不符，可得受罰，受頂大的罰！記住！」

瑞宣把一團火壓在心裡，沒出一聲。

老人一輩子最重要的格言是「和氣生財」。他極和藹的領受「便衣」的訓示，滿臉堆笑的說：「是！是！你哥兒們多辛苦啦！不進來喝口茶嗎？」

便衣沒再說什麼，昂然的走開。老人望著他的後影，還微笑著，好像便衣的餘威未盡，而老人的謙卑是無限的。瑞宣沒法子責備祖父。祖父的過度的謙卑是從生活經驗中得來，而不是自己創製的。從同一的觀點去看，連老二也不該受責備。從祖父的謙卑裡是可以預料到老二的無聊的。蘋果是香美的果子，可是爛了的時候還不如一條鮮王瓜那麼硬氣有用。中國確是有深遠的文化，可惜它已有點發霉發爛了；當文化霉爛的時候，一位絕對良善的七十多歲的老翁是會向「便衣」大量的發笑，鞠躬的。

「誰知道，」瑞宣心裡說：「這也許就是以柔克剛的那點柔勁。有這個柔勁兒，連亡國的時候都軟軟糊糊的，不知道怎麼一下子就全完了，像北平亡了的那樣！有這股子柔勁兒，說不定哪一會兒就會死而復甦啊！誰知道！」他不敢下什麼判斷，而只過去攙扶祖父——那以「和氣生財」為至理的老人。祁老人把門關好，還插上了小橫閂，才同長孫往院裡走；插上了閂，他就感到了安全，不管北平城是被誰佔據著。「白巡長說什麼來著？」老人低聲的問，彷彿很怕被便衣聽了去。「他不是問小三兒來著？」

「老三就算是死啦！」瑞宣也低聲的說。他的聲音低，是因為心中難過。

「小三兒算死啦？從此永遠不回來啦？」老人因驚異而有點發怒。「誰說的？怎麼個理兒？」

天祐太太聽見了一點，立刻在屋中發問：「誰死啦？老大！」

瑞宣知道說出來就得招出許多眼淚，可是又不能不說——家中大小必須一致的說老三已死，連小順兒與妞子都必須會扯這個謊。是的，在死城裡，他必須說那真活著的人死去了。他告訴了媽媽。

媽媽不出聲的哭起來。她最怕的一件事——怕永不能再見到小兒子——已經實現了一半兒！瑞宣說了許多他自己也並不十分相信的話，去安慰媽媽。媽媽雖然暫時停止住哭，可是一點也不信老大的言語。

祁老人的難過是和兒媳婦的不相上下，可是因為安慰她，自己反倒閘住了眼淚。

瑞宣的困難反倒來自孩子們。小順兒與妞子刨根問底的提出好多問題：三叔哪一天死的？三叔死在了哪裡？三叔怎麼死的？死了還會再活嗎？他回答不出來，而且沒有心思去編造一套——他已夠苦痛的了，沒心陪著孩子們說笑。他把孩子們交給了韻梅。她的想像力不很大，可是很會回答孩子們的問題——這是每一位好的媽媽必須有的本事。

良民證！瑞宣死死的記住了這三個字！誰是良民？怎樣才算良民？給誰作良民？他不住的這麼問自己。回答是很容易找到的：不反抗日本人的就是日本人的良民！但是，他不願這麼簡單的承認了自己是亡國奴。他盼望能有一條路，教他們躲開這最大的恥辱。沒有第二條路，除了南京勝利。想到這裡，他幾乎要跪下，祈禱上帝，他可是並不信上帝。瑞宣是最理智，最不迷信的人。

良民證就是亡國奴的烙印。一旦伸手接過來，就是南京政府打了勝仗，把所有在中國的倭奴都趕回三島去，這個烙印還是烙印，還是可恥！一個真正的國民就永遠不伸手接那個屈膝的證件！永遠不該指望別人來替自己洗刷恥辱！可是，他須代表全家去接那作奴隸的證書；四世同堂，四世都一齊作奴隸！

輕蔑麼？對良民證冷笑麼？那一點用處也沒有！作亡國奴沒有什麼好商議的，作就伸手接良民證，不作就把良民證摔在日本人的臉上！冷笑，不抵抗而否認投降，都是無聊，懦弱！

正在這個時候，老二回來了，手裡拿著一封信。恐怕被別人看見似的。他向老大一點頭，匆匆的走進哥哥的屋中。瑞宣跟了進去。

「剛才是調查戶口，」瑞宣告訴弟弟。

老二點點頭，表示已經知道了。然後，用那封信——已經拆開——拍著手背，非常急躁的說：「要命就乾脆拿了去，不要這麼鈍刀慢剮呀！」

「怎麼啦？」老大問。

「我活了小三十歲了，就沒見過這麼沒心沒肺的人！」老二的小乾臉上一紅一白的，咬著牙說。

「誰？」老大眨巴著眼問。

「還能有誰！」老二拍拍的用信封抽著手背。「我剛要進門，正碰上郵差。接過信來，我一眼就認出來，這是老三的字！怎這麼糊塗呢！你跑就跑你的得了，為什麼偏偏要我老二陪綁呢！」

他把信扔給了大哥。

瑞宣一眼便看明白，一點不錯，信封上是老三的筆跡。字寫得很潦草，可是每一個都那麼硬棒，好像一些跑動著的足球隊員似的。看清楚了字跡，瑞宣的眼中立刻濕了。他想念老三，老三是他的弟弟，也是他的好友。

信是寫給老二的，很簡單：「豐哥：出來好，熱鬧，興奮！既無兒女，連二嫂也無須留在家裡，外面也有事給她作，外面需要一切年輕的人！母親好嗎？大哥」到此為止，信忽然的斷了。大哥怎樣？莫非因為心中忽然一難過而不往下寫了麼？誰知道！沒有下款，沒有日月，信就這麼有頭無尾的完了。

瑞宣認識他的三弟，由這樣的一段信裡，他會看見老三的思路：老三不知因為什麼而極興奮。他是那樣的興奮，所以甚至忘了老二的沒出息，而仍盼他逃出北平——外面需要一切年輕的人。他有許多話要說，可是顧慮到信件的檢查，而忽然的問母親好嗎？母親之外，大哥是他所最愛的人，所以緊跟著寫上「大哥」。可是，跟大哥要說的話也許須寫十張二十張紙；作不到，爽性就一字也不說了。

看著信，瑞宣也看見了老三，活潑，正直，英勇的老三！他捨不得把眼從信上移開。他的眼中有一些淚，一些欣悅，一些悲傷，一些希望，和許多許多的興奮。他想哭，也想狂笑。他看見了老二，也看見老三。他悲觀，又樂觀。他不知如何是好。

瑞豐一點也不能明白老大，正如同他一點也不能明白老三。他的心理很簡單——怕老三連累了他。「告訴媽不告訴？哼！他還惦記著媽！信要被日本人檢查出來，連媽也得死！」他沒好氣的嘟囔。

瑞宣的複雜的，多半是興奮的，心情，忽然被老二這幾句像冰一樣冷的話驅逐開，驅逐得一乾二淨。他一時說不上話來，而順手把那封信掖到衣袋裡去。

「還留著？不趕緊燒了？那是禍根！」老二急扯白臉的說。老大笑了笑。「等我再看兩遍，一定燒！」他不願和老二辯論什麼。「老二！真的，你和二妹一同逃出去也不錯；學校的事你不是要辭嗎？」

「大哥！」老二的臉沉下來。「教我離開北平？」他把「北平」兩個字說得那麼脆，那麼響，倒好像北平就是他的生命似的，絕對不能離開，一步不能離開！

「不過是這麼一說，你的事當然由你作主！」瑞宣耐著性兒說。「藍東陽，啊，我怕藍東陽陷害你！」

「我已經想好了辦法。」老二很自信的說。「先不告訴你，大哥。我現在只愁沒法給老三去信，囑咐他千萬別再給家裡來信！可是他沒寫來通訊處；老三老那麼慌慌張張的！」說罷，他走了出去。

第二十九章　人世間悲慘的極度

天越來越冷了。在往年，祁家總是在陰曆五六月裡叫來一兩大車煤末子，再卸兩小車子黃土，而後從街上喊兩位「煤黑子」來搖煤球，搖夠了一冬天用的。今年，從七七起，城門就時開時閉，沒法子僱車去拉煤末子。而且，在日本人的橫行霸道之下，大家好像已不顧得注意這件事，雖然由北平的冬寒來說這確是件很重要的事。連小順兒的媽和天祐太太都忘記了這件事。只有祁老人在天未明就已不能再睡的時候，還盤算到這個問題，可是當長孫媳婦告訴他種種的困難以後，他也只好抱怨大家都不關心家事，沒能在七七以前就把煤拉到，而想不出高明的辦法來。

煤一天天的漲價。北風緊吹，煤緊加價。唐山的煤大部分已被日本人截了去，不再往北平來，而西山的煤礦已因日本人與我們的游擊隊的混戰而停了工。北平的煤斷了來源！

祁家只有祁老人和天祐的屋裡還保留著炕，其餘的各屋裡都早已隨著「改良」與「進步」而拆去，換上了木床或鐵床。祁老人喜歡炕，正如同他喜歡狗皮襪頭，一方面可以表示出一點自己不喜新厭故的人格，另一方面也是因為老東西確實有它們的好處，不應當一筆抹殺。在北平的三九天，儘管祁老人住的是向陽的北房，而且牆很厚，窗子糊得很嚴，到了後半夜，老人還是感到一根針一根針似的小細寒風，向腦門子，向肩頭，繼續不斷的刺來。儘管老人把身子蜷成一團，像隻大貓，並且蓋上厚被與皮袍，他還是覺不到溫暖。只有炕洞裡升起一小爐火，他才能舒舒服服的躺一夜。

天祐太太並不喜歡睡熱炕，她之所以保留著它是她準知道孫子們一到三四歲就必被派到祖母屋裡來睡，而有一鋪炕是非常方便的。炕的面積大，孩子們不容易滾了下去；半夜裡也容易照管，不至於受了熱或著了涼。可是，她的南屋是全院中最潮濕的，最冷的；到三九天，夜裡能把有水的瓶子凍炸。因此，她雖不喜歡熱炕，可也得偶爾的燒它一回，趕趕濕寒。

沒有煤！祁老人感到一種恐怖！日本人無須給他任何損害與干涉，只須使他在涼炕上過一冬天，便是極難熬的苦刑！天祐太太雖然沒有這麼惶恐，可也知道冬天沒有火的罪過是多麼大！

瑞宣不敢正眼看這件事。假若他有錢，他可以馬上出高價，乘著城裡存煤未賣淨的時候，囤起一冬或一年的煤球與煤塊。但是，他與老二都幾個月沒拿薪水了，而父親的收入是很有限的。

小順兒的媽以家主婦的資格已向丈夫提起好幾次：「冬天要是沒有火，怎麼活著呢？那，北平的人得凍死一半！」

瑞宣幾次都沒正式的答覆她，有時候他慘笑一下，有時候假裝耳聾。有一次，小順兒代替爸爸發了言：「媽，沒煤，順兒去揀煤核兒！」又待了一會兒，他不知怎麼想起來：「媽！也會沒米，沒白麵吧？」

「別胡說啦！」小順兒的媽半惱的說：「你願意餓死！混小子！」

瑞宣楞了半天，心裡說：「怎見得不會不絕糧呢！」他一向沒想到過這樣的問題。經小順兒這麼一說，他的眼忽然看出老遠老遠去。今天缺煤，怎見得明天就不缺糧呢？以前，他以為亡城之苦是乾脆的受一刀或一槍；今天，他才悟過來，那可能的不是脆快的一刀，而是慢慢的，不見血的，凍死與餓死！想到此處，他否認了自己不逃走的一切理由。凍，餓，大家都得死，誰也救不了誰；難道因為他在家裡，全家就可以沒煤也不冷，沒米也不餓嗎？他算錯了賬！

掏出老三的那封信，他讀了再讀的讀了不知多少遍。他渴望能和老三談一談。只有老三能明白他，能替他決定個主意。

他真的憋悶極了，晚間竟自和韻梅談起這回事。平日，對家務事，他向來不但不專制，而且多少多少糖豆酸棗兒的事都完全由太太決定，他連問也不問。現在，他不能再閉著口，他的腦中已漲得要裂。

韻梅不肯把她的水靈的眼睛看到山後邊去，也不願丈夫那麼辦。「孩子的話，幹嗎記在心上呢？我看，慢慢的就會有了煤！反正著急也沒用！挨餓？我不信一個活人就那麼容易餓死！你也走？老二反正不肯養活這一家人！我倒肯，可又沒掙錢的本事！算了吧，別胡思亂想啦，過一天是一天，何必繞著彎去發愁呢！」

她的話沒有任何理想與想像，可是每一句都那麼有份量，使瑞宣無從反駁。是的，他無論怎樣，也不能把全家都帶出北平去。那麼，一家老幼在北平，他自己就也必定不能走。這和二加二是四一樣的明顯。

他只能盼望國軍勝利，快快打回北平！

太原失陷！廣播電台上又升起大氣球，「慶祝太原陷落！」學生們又須大遊行。

他已經從老二不敢再到學校裡去的以後就照常去上課。他不敢教老人們看著他們哥兒倆都在家中閒著。

慶祝太原陷落的大遊行，他是不是去參加呢？既是學校中的教師，他理應去照料著學生。另一方面，從一種好奇心的催促，他也願意去參加——他要看看學生與市民是不是還像慶祝保定陷落時那麼嚴肅沉默。會繼續的嚴肅，就會不忘了復仇。

可是，他又不敢去，假若學生們已經因無可奈何而變成麻木呢？他曉得人的面皮只有那麼厚，一揭開就完了！他記得學校裡有一次鬧風潮，有一全班的學生都退了學。可是，校長和教員們都堅不讓步，而學生們的家長又逼著孩子們回校。他們只好含羞帶愧的回來。當瑞宣在風潮後第一次上課的時候，這一班的學生全低著頭，連大氣都不出一聲，一直呆坐了一堂；他們失敗了，他們羞愧！他們是血氣方剛的孩子！可是，第二天再上課，他們已經又恢復了常態，有說有笑的若無其事了。他們不過是孩子！他們的面皮只有那麼厚，一揭開就完了！一次遊行，兩次遊行，三次五次遊行，既不敢反抗，又不便老擰著眉毛，學生們就會以嬉皮笑臉去接受恥辱，而慢慢的變成了沒有知覺的人。學生如是，市民們就必更容易撕去臉皮，苟安一時。

他不知怎樣才好，他恨自己沒出息，沒有拋妻棄子，去奔赴國難的狠心與決心！

這幾天，老二的眉毛要擰下水珠來。胖太太已經有三四天沒跟他說話。他不去辦公的頭兩天，她還相信他的亂吹，以為他已另有高就。及至他們倆從冠宅回來，她就不再開口說話，而把怒目與撇嘴當作見面禮。他倆到冠宅去的目的是為把藍東陽的不近人情報告明白，而求冠先生與冠太太想主意，給瑞豐找事。找到了事，他們舊事重提的說：「我們就搬過來住，省得被老三連累上！」瑞豐以為冠氏夫婦必肯幫他的忙，因為他與東陽的吵架根本是因為冠家贏了錢。

冠先生相當的客氣，可是沒確定的說什麼。他把這一幕戲讓給了大赤包。

大赤包今天穿了一件紫色綢棉袍，唇上抹著有四兩血似的口紅，頭髮是剛剛燙的，很像一條綿羊的尾巴。她的氣派之大差不多是空前的，臉上的每一個雀斑似乎都表現著傲慢與得意。

那次，金三爺在冠家發威的那次，不是有一位帶著個妓女的退職軍官在座嗎？他已運動成功，不久就可以發表——警察局特高科的科長。他叫李空山。他有過許多太太，多半是妓女出身。現在，既然又有了官職，他決定把她們都遣散了，而正經娶個好人家的小姐，而且是讀過書的小姐。他看中了招弟。可是大赤包不肯把那麼美的招弟賤賣了。她願放手高第。

李空山點了頭。雖然高第不很美，可的確是位小姐，作過女學生的小姐。再說，遇必要時，他還可以再弄兩個妓女來，而以高第為正宮娘娘，她們作妃子，大概也不至於有多少問題。大赤包的女兒不能白給了人。李空山答應給大赤包運動妓女檢查所的所長。這是從國都南遷以後，北平的妓館日見冷落，而成為似有若無的一個小機關。現在，為慰勞日本軍隊，同時還得防範花柳病的傳播，這個小機關又要復興起來。李空山看大赤包有作所長的本領。同時，這個機關必定增加經費，而且一加緊檢查就又必能來不少的「外錢」。別人還不大知道，李空山已確實的打聽明白，這將成為一個小肥缺。假若他能把這小肥缺弄到將來的丈母娘手裡，他將來便可以隨時給高第一點氣受，而把丈母娘的錢擠了過來——大赤包一給他錢，他便對高第和氣兩天。他把這些都盤算好以後，才認真的給大赤包去運動。據最近的消息：他很有把握把事情弄成功。

起床，睡倒，走路，上茅房，大赤包的嘴裡都輕輕的叫自己：「所長！所長！」這兩個字像塊糖似的貼在了她的舌頭上，每一咂就滿口是水兒！她高興，驕傲，恨不能一個箭步跳上房頂去，高聲喊出：「我是所長！」她對丈夫只哼兒哈兒的帶理不理，對大女兒反倒拿出好臉，以便誘她答應婚事，別犯牛脾氣。對桐芳，她也居然停止挑戰，她的理由是：「大人不和小人爭！」她是所長，也就是大人！

她也想到她將來的實權，而自己叨嘮：「動不動我就檢查！動不動我就檢查！怕疼，怕麻煩，給老太太拿錢來！拿錢來！拿錢來！」她一邊說，一邊點頭，把頭上的髮夾子都震落下兩三個來。她毫不客氣的告訴了瑞豐：「我們快有喜事了，那間小屋得留著自己用！誰教你早不搬來呢？至於藍東陽呀，我看他還不錯嗎！怎麼？你是為了我們才和他鬧翻了的？真對不起！可是，我們也沒有賠償你的損失的責任！我們有嗎？」她老氣橫秋的問冠曉荷。

曉荷瞇了瞇眼，輕輕一點頭，又一搖頭；沒說什麼。

瑞豐和胖太太急忙立起來，像兩條挨了打的狗似的跑回家去。

更使他們夫婦難過的是藍東陽還到冠家來，並且照舊受歡迎，因為他到底是作著新民會的幹事，冠家不便得罪他。大赤包福至心靈的退還了東陽四十元錢：「我們玩牌向來是打對摺給錢的；

那天一忙，就實價實收了你的；真對不起！」東陽也大方一下，給高第姐妹買了半斤花生米。大赤包對這點禮物也發了一套議論：

「東陽！你作的對！這個年月，一個年輕的小夥子得知道錢是好的，應當節省，好積攢下結婚費！禮輕人物重，不怕你給她們半個花生米，總是你的人心！你要是花一大堆錢，給她們買好些又貴又沒用的東西，我倒未必看得起你啦！」東陽聽完這一套，笑得把黃牙板全露出來，幾乎岔了氣。他自居為高第姐妹倆的愛人，因為她們倆都吃了他的幾粒花生米。這些，是桐芳在門外遇見胖太太，喊喊喳喳的報告出來的。胖太太氣得發昏，渾身的肥肉都打戰！

老二的耳朵，這幾天了，老抵著。對誰，他都非常的客氣。這一程子的飯食本來很苦，有時候因城門關閉，連大白菜都吃不到，而只用香油炒一點麻豆腐；老二這兩天再也不怨大嫂不會過日子。飯食太苦，而端起碗來，不管有菜沒有，便扒摟乾淨，嘴中嚼得很響，像鴨子吃東西那樣。他不但不怨飯食太苦，而且反倒誇獎大嫂在這麼困難的時候還能教大家吃上飯，好不容易！這麼一來，瑞宣和韻梅就更為了難，因老二的客氣原是為向兄嫂要點零錢，好買菸捲兒什麼的。老大只好因此而多跑一兩趟當鋪！

胖太太一聲沒出，偷偷的提了個小包就回娘家了。這使老二終日像失了群的雞，東瞧瞧，西看看的在滿院子打轉，不知如何是好。他本不想把失業這事實報告給老人們，現在他不能再閉著嘴，因為他需要老人們的憐愛——和太太吵了架之後，人們往往想起來父母。他可並沒實話實說。他另編了一個故事。他曉得祁家的文化與好萊塢的恰恰相反：好萊塢的以打了人為英雄，祁家以挨了打為賢孝。所以，他不敢說他打了藍東陽，而說藍東陽打了他，並且要繼續的打他。祖父與媽媽都十分同情他。祖父說：「好！他打咱們，是他沒理，我們絕不可以還手！」媽媽也說：「他還要打，我們就躲開他！」

「是呀！」老二很愛聽媽媽的話：「所以我不上學校去啦！我趕緊另找點事作，不便再受他的欺侮，也不便還手打他！是不是？」

他也沒敢提出老三來，怕一提起來就涉及分家的問題。他正賦閒，必須吃家中的飯，似乎不便提到分家。即使在這兩天內，憲兵真為老三的事來捉他，他也只好認命；反正他不願意先出去挨餓。瑞宣本來有點怕到學校去，現在又很願意去了，為是躲開老二。

老二的膽小如鼠並不是使老大看不起他的原因。老大知道，從一個意義來講，凡是在北平作順民的都是膽小的，老二並不是特例。老二的暫時失業也沒使老大怎樣的難過；大家庭本來就是今天我吃你，明天你吃我的一種算不清賬目的組織，他不嫌老二白吃幾天飯。可是，他討厭老二的毫不悔悟，而仍舊是那麼無聊。

老大以為經過這點挫折，老二應該明白過來：東陽那樣的人是真正漢奸坯子，早就不該和他親近；在吃虧以後，就該立志永遠不再和這類的人來往。老二應該稍微關心點國事，即使沒有捨身救國的決心，也該有一點國榮民榮，國辱民辱的感覺，知道一點羞恥。老二沒有一絲一毫的悔悟。因祖父，父母，兄嫂，都沒好意思責備他，他倒覺得頗安逸，彷彿失業是一種什麼新的消遣，他享受大家的憐憫。假若連胖太太也沒申斥他，他或者還許留下鬍子，和祖父一樣的退休養老呢！瑞宣最不喜歡在新年的時候，看到有些孩子戴起瓜皮帽頭兒，穿上小馬褂。他管他們叫做「無花果秧兒」。瑞豐就是，他以為，這種秧苗的長大起來最好的代表——生出來就老聲老氣的，永遠不開花。

為躲避老二，在慶祝太原陷落的這一天，他還上了學。他沒決定去參加遊行，也沒決定不去；他只是要到學校裡看看。到了學校，他自然而然的希望學生們來問他戰事的消息，與中日戰爭的前途。他也希望大家都愁眉苦眼的覺到遊行的恥辱。

可是，沒人來問他什麼。他很失望。過了一會兒，他明白過來：人類是好爭勝的動物，沒人喜歡談論自己的敗陣；青年們恐怕特別是如此。有好幾個他平日最喜歡的少年，一見面都想過來跟他說話，可是又都那麼像心中有點鬼病似的，撩了他一眼，便一低頭的躲開。他們這點行動表示了青年人在無可如何之中還要爭強的心理。他走到操場去。那裡正有幾個學生踢著一個破皮球。看見他，他們都忽然的楞住好像是覺到自己作了不應作的事情而慚愧。可是，緊跟著，他們就又踢起球來，只從眼角撩著他。他趕緊走開。

他沒再回教員休息室，而一直走出校門，心中非常的難受。他曉得學生們並未忘了羞恥，可是假若這樣接二連三的被強迫著去在最公開的地方受污辱，他們一定會把面皮塗上漆的。想到這裡，他心中覺得一刺一刺的疼。

在大街上，他遇到十幾部大卡車，滿滿的拉著叫花子——都穿著由喜轎舖賃來的綵衣。每一部車上，還有一份出喪的鼓手。汽車緩緩的駛行，鑼鼓無精打彩的敲打著，車上的叫花子都縮著脖子把手中的紙旗插在衣領上，以便揣起手來——天相當的冷。他們的臉上幾乎沒有任何表情，就那麼縮著脖，揣著手，在車上立著或坐著。他們好像什麼都知道，又好像什麼都不知道。他們彷彿是因習慣了無可如何，因習慣了冷淡與侮辱，而完全心不在焉的活著，滿不在乎的立在汽車上，或斷頭台上。

當汽車走過他的眼前，一個像藍東陽那樣的人，把手中提著的擴音喇叭放在嘴上，喊起來：「孫子們，隨著我喊！中日親善！慶祝太原陷落！」花子們還是沒有任何表情，聲音不高不低的，懶洋洋的，隨著喊，連頭也不抬起來。他們好像已經亡過多少次國了，絕對不再為亡國浪費什麼感情。他們毫不動情幾乎使他們有一些尊嚴，像城隍廟中塑的泥鬼那樣的尊嚴。這點尊嚴甚至於冷淡了戰爭與興亡。瑞宣渾身都顫起來。遠處來了一隊小學生。他閉上了眼。他不忍把叫花子與小學生連到一處去思索！假若那些活潑的，純潔的，天真的，學生也像了叫花子——他不敢往下想！可是，學生的隊伍就離叫花子的卡車不很遠啊！

迷迷糊糊的他不曉得怎麼走回了小羊圈。在胡同口上，他碰見了棚匠劉師傅。是劉師傅先招呼他，他嚇了一跳。定了一定神，他才看明白是劉師傅，也看明白了胡同。

二人進了那永遠沒有多少行人的小胡同口，劉師傅才說話：

「祁先生，你看怎樣呀？我們要完吧？保定，太原，都丟啦！太原也這麼快？不是有——」

他說不上「天險」來。「誰知道！」瑞宣微笑著說，眼中發了濕。

「南京怎樣？」

瑞宣不能，不肯，也不敢再說「誰知道！」「盼著南京一定能打勝仗！」

「哼！」劉師傅把聲音放低，而極懇切的說：「你也許笑我，我昨天夜裡向東南燒了一股高香！禱告上海打勝仗！」

「非勝不可！」

「可是，你看，上海還沒分勝負，怎麼人們就好像斷定了一定亡國呢？」

「誰？」

「誰？你看，上次保定丟了，就有人約我去要獅子，我沒去；別人也沒去。昨天，又有人來約了，我還是不去，別人可據說是答應下了。約我的人說：別人去，你不去，你可提防著點！我說，殺剮我都等著！我就想，人們怎那麼稀鬆沒骨頭呢？」瑞宣沒再說什麼。

「今天的遊行，起碼也有幾檔子『會』！」劉師傅把「會」字說的很重。「哼！走會是為朝山敬神的，今天會給日本人去當玩藝兒看！真沒骨頭！」

「劉師傅！」瑞宣已走到家門外的槐樹下面，站住了說：「像你這樣的全身武藝，為什麼不走呢？」

劉師傅怪不是味兒的笑了。「我早就想走！可是，老婆交給誰呢？再說，往哪兒走？腰中一個大錢沒有，怎麼走？真要是南京偷偷的派人來招兵，有路費，知道一定到哪裡去，我必定會跟著走！我只會搭棚這點手藝，我的拳腳不過是二把刀，可是我願意去和日本小鬼子碰一碰！」

他們正談到這裡，瑞豐從院中跑出來，小順兒在後面追著喊：「我也去！二叔！我也去！」

看見哥哥與劉師傅，瑞豐收住了腳。小順兒趕上，揪住二叔的衣裳：「帶我去！不帶我去，不行！」

「幹嗎呀？小順兒！放開二叔的衣裳！」瑞宣沉著點臉，而並沒生氣的說。

「二叔，去聽戲，不帶著我！」小順兒還不肯撒手二叔的衣裳，撅著嘴說。

瑞豐笑了。「哪兒呀！聽說中山公園唱戲，淨是名角名票，我去問問小文。他們要也參加的話，我同他們一道去；我還沒有看過小文太太彩唱呢。」

劉師傅看了他們哥兒倆一眼，沒說什麼。

瑞宣很難過。他可是不便當著別人申斥弟弟，而且也準知道，假若他指摘老二，老二必會說：「我不去看，人家也還是唱戲！我不去看戲，北平也不會就退還給中國人！」他木在了槐樹下面。

從樹上落下一個半乾了的，像個黑蟲兒似的，槐豆角來。小順兒急忙去拾它。他這一動，才把僵局打開，劉師傅說了聲「回頭見！」便走開。瑞宣拉住了小順兒。瑞豐跟著劉師傅進了六號。

小順兒拿著豆角還不肯放棄了看戲，瑞宣耐著煩說：「二叔去打聽唱戲不唱！不是六號現在就唱戲！」

很勉強的，小順兒隨著爸爸進了街門。到院內，他把爸爸拉到了祖母屋中去。

南屋裡很涼，老太太今天精神不錯，正圍著被子在炕上給小順兒補襪子呢。做幾針，她就得把小破襪子放下，手伸到被子裡去取暖。

瑞宣的臉上本來就怪難過的樣子，一看到母親屋裡還沒升火，就更難看了。

老太太看出兒子的臉色與神氣的不對。母親的心是兒女們感情的溫度表。「又怎麼了？老大！」

瑞宣雖是個感情相當豐富的人，可是很不喜歡中國人的動不動就流淚。自從北平陷落，他特別的注意控制自己，雖然有多少多少次他都想痛哭。他不大愛看舊劇。許多原因中之一是：舊劇中往往在悲的時候忽然瞎鬧打趣，和悲的本身因哭得太凶太容易而使人很難過的要發笑。可是，他看過一回《寧武關》；他受了極大的感動。他覺得一個壯烈英武的戰士，在殉國之前去別母，是人世間悲慘的極度，只有最大的責任心才能勝過母子永別的苦痛，才不至於馬上碎了心斷了腸！假若寧武關不是別母而是別父，瑞宣想，它便不能成為最悲的悲劇。這齣戲使他當時落了淚，而且在每一想起來的時候心中還很難過——一想到這齣戲，他不由的便想起自己的母親！

現在，聽母親叫他，他忽然的又想起那齣戲。他的淚要落出來。他曉得自己不是周遇吉，但是，現在失陷的是太原——情形的危急很像明末！

他忍住了淚，可也沒能說出什麼來。

「老大！」母親從炕席下摸出三五個栗子來，給了小順兒，叫他出去玩。「老二到底是怎回事？」

瑞宣依實的報告給母親，而後說：「他根本不該和那樣的人來往，更不應該把家中的秘密告訴那樣的人！藍東陽是個無聊的人，老二也是個無聊的人；可是藍東陽無聊而有野心，老二無聊而沒心沒肺；所以老二吃了虧。假若老二不是那麼無聊，不是那麼無心少肺，藍東陽就根本不敢欺侮他。假若老二不是那麼無聊，他滿可以不必怕東陽而不敢再上學去。他好事，又膽小，所以就這麼不明不白的失了業！」

「可是，老二藏在家裡就準保平安沒事嗎？萬一姓藍的還沒有忘了這回事，不是還可以去報告嗎？」

「那——」瑞宣楞住了。他太注意老二的無聊了，而始終以為老二的不敢到學校去是白天見鬼。他忽略了藍東陽是可以認真的去賣友求榮的。「那——老二是不會逃走的，我問過他！」

「那個姓藍的要真的去報告，你和老二恐怕都得教日本人抓去吧？錢先生受了那麼大的苦處，不是因為有人給他報告了嗎？」

瑞宣心中打開了鼓。他看到了危險。可是，為使老母安心，他笑著說：「我看不要緊！」他可是說不出「不要緊」的道理來。

離開了母親，瑞宣開始發起愁來。他是那種善於檢查自己的心理狀態的人，他納悶為什麼他只看到老二的無聊而忘了事情可能的變成很嚴重——老二和他要真被捕了去，這一家人可怎麼辦呢？在危亂中，他看明白，無聊是可以喪命的！隔著院牆，他喊老二。老二不大高興的走回來。在平日，要不是祖父，父母與太太管束的嚴，老二是可以一天到晚長在文家的；他沒有什麼野心，只是願意在那裡湊熱鬧，並且覺得能夠多看小文太太幾眼也頗舒服。礙於大家的眼目，他不敢常去；不過，偶爾去到那裡，他必坐很大的工夫——和別的無聊的人一樣，他的屁股沉，永遠討厭，不自覺。「幹什麼？」老二很不高興的問。

老大沒管弟弟的神色如何，開始說出心中的憂慮：「老二！我不知道為什麼老沒想到我剛剛想起來的這點事！你看，我剛剛想起來，假若藍東陽真要去報告，憲兵真要把你，或我，或咱們倆，捕了去，咱們怎辦呢？」

老二的臉轉了顏色。當初，他的確很怕東陽去告密；及至在家中忍了這麼三五天，而並沒有動靜，他又放了心，覺得只要老老實實的在家中避著便不會有危險。家便是他的堡壘，父母兄弟便是他的護衛。他的家便是老鼠的洞，有危險便藏起去，危險過去再跑出來；他只會逃避，而不會爭鬥與抵抗。現在，他害了怕——隨便就被逗笑了的人也最容易害怕，一個糖豆可以使他歡喜，一個死鼠也可以嚇他一跳。「那怎麼辦呢？」他舐了舐嘴唇才這樣問。

「老二！」瑞宣極懇切的說：「戰事很不利，在北平恐怕一時絕不會有出路！像藍東陽那樣的人，將來我們打勝的時候，必會治他的罪——他是漢奸！不幸我們失敗了，我們能殉國自然頂好，不能呢，也不許自動的，像藍東陽與冠曉荷那樣的，去給敵人作事。作一個國民至少應該明白這一點道理！你以前的錯誤，咱們無須提起。今天，我希望你能挺起腰板，放棄了北平的一切享受與無聊，而趕快逃出去，給國家作些事。即使你沒有多大本領，作不出有益於大家的事，至少你可以作個自由的中國人，不是奴隸或漢奸！不要以為我要趕走你！我是要把弟弟們放出去，而獨自奉養著祖父與父母。這個責任與困苦並不小，有朝一日被屠殺或被餓死，我陪侍著老人們一塊兒死；我有兩個弟弟在外面抗日，死我也可以瞑目了！你應當走！況且，藍東陽真要去報告老三的事，你我馬上就有被捕的危險；你應該快走！」

老大的真誠，懇切，與急迫，使瑞豐受了感動。感情不深厚的人更容易受感動；假若老二對亡國的大事不甚關心，他在聽文明戲的時候可真愛落淚。現在，他也被感動得要落下淚來，用力壓制著淚，他嗓音發顫的說：「好！我趕緊找二奶奶去，跟她商議一下！」

瑞宣明知道老二與胖太太商議是不會有好結果的，因為她比丈夫更浮淺更糊塗。可是他沒有攔阻老二，也沒囑咐老二不要聽太太的話；他永遠不肯趕盡殺絕的逼迫任何人。老二匆匆的走出去。

瑞宣雖然很懷疑他的一片話到底有多少用處，可是看老二這樣匆匆的出去，心中不由的痛快了一點。

第三十章　所長

人肉不是為鞭子預備著的。誰都不高興挨打。不過，剛強的人明知苦痛而不怕打，所以能在皮鞭下為正義咬上牙。與這種人恰恰相反的是：還沒有看見鞭子已想到自己的屁股的人，他們望到拿著鞭子的人就老遠的跪下求饒。藍東陽便是這樣的人。

當他和瑞豐吵嘴的時候，他萬也沒想到瑞豐會真動手打他。他最怕打架。因為怕打架，所以他的「批評」才永遠是偷偷摸摸的咒罵他所嫉妒的人，而不敢堂堂正正的罵陣。因為怕打架，他才以為政府的抗日是不智慧，而他自己是最聰明——老遠的就向日本人下跪了！

因為他的身體虛弱，所以瑞豐的一拳把他打閉住了氣。不大一會兒，他就甦醒過來。喝了口水，他便跑了出去，唯恐瑞豐再打他。

在北平住得相當的久，他曉得北平人不打架。可是，瑞豐居然敢動手！「嗯！這傢伙必定有什麼來歷！」他坐在一家小茶館裡這麼推斷。他想回學校，去給那有來歷敢打他的人道歉。不，不能道歉！一道歉，他就失去了往日在學校的威風，而被大家看穿他的蠻不講理原來因為欠打。他想明白：一個人必須教日本人知道自己怕打，而絕對不能教中國人知道。他必須極怕日本人，而對中國人發威。

可是，瑞豐不敢再來了！這使他肆意的在校內給瑞豐播放醜事。他說瑞豐騙了他的錢，挨了他的打，沒臉再來作事。大家只好相信他的話，因為瑞豐既不敢露面，即使東陽是瞎吹也死無對證。他的臉，這兩天，扯動的特別的厲害。他得意。除了寫成好幾十段，每段一二十字或三四十字，他自稱為散文詩的東西，他還想寫一部小說，給日本人看。內容還沒想好，但是已想出個很漂亮的書名——五色旗的復活。他覺得精力充沛，見到街上的野狗他都扯一扯臉，示威；見到小貓，他甚至於還加上一聲「噗！」

瑞豐既然是畏罪而逃，東陽倒要認真的收拾收拾他了。東陽想去告密。但是，他打聽出來，告密並得不到賞金。不上算！反之，倒還是向瑞豐敲倆錢也許更妥當。可是，萬一瑞豐著了急而又動打呢？也不妥！

他想去和冠曉荷商議商議。對冠曉荷，他沒法不佩服；冠曉荷知道的事太多了。有朝一日，他想，他必定和日本人發生更密切的關係，他也就需要更多的知識，和冠曉荷一樣多的知識，好在吃喝玩樂之中取得日本人的歡心。即使作不到這一步，他也還應該為寫文章而和冠先生多有來往；假若他也像冠先生那樣對吃酒吸煙都能說出那麼一大套經驗與道理，他不就可以一點不感困難而像水一般的流出文章來麼。

另一方面，冠家的女人也是一種引誘的力量，他盼望能因常去閒談而得到某種的收穫。

他又到了冠家。大赤包的退還他四十元錢，使他驚異、興奮、感激。他沒法不表示一點謝意，所以出去給招弟們買來半斤花生米。

他不敢再打牌。甘心作奴隸的人是不會豪放的；敢一擲千金的人必不肯由敵人手下乞求一塊昭和糖吃。他想和曉荷商議商議，怎樣給祁家報告。可是，坐了好久，他始終沒敢提出那回事。他怕冠家搶了他的秘密去！他佩服冠曉荷，也就更嫉妒冠曉荷。他的妒心使他不能和任何人合作。也正因為這個，他的心中才沒有親疏之分！他沒有中國朋友，也不認日本人作敵人。

他把秘密原封的帶了回來，而想等個最好的機會再賣出去。

慶祝太原陷落的遊行與大會使他非常的滿意，因為參加的人數既比上次保定陷落的慶祝會多了許多，而且節目也比上次熱鬧。但是，美中不足，日本人不很滿意那天在中山公園表演的舊劇。戲目沒有排得好。當他和他的朋友們商議戲目的時候，沒有一個人的戲劇知識夠分得清《連環計》與《連環套》是不是一齣戲的。他們這一群都是在北平住過幾年，知道京戲好而不會聽，知道北平有酸豆汁與烤羊肉而不敢去吃喝的，而自居為「北平通」的人。他們用壓力把名角名票都傳了來，而不曉得「點」什麼戲。最使他們失敗的是點少了「粉戲」。日本上司希望看淫蕩的東西，而他們沒能照樣的供給。好多的粉戲已經禁演了二三十年，他們連戲名都說不上來，也不曉得哪個角色會演。

藍東陽想，假若他們之中有一個冠曉荷，他們必不至於這樣受窘。他們曉得怎麼去迎合，而不曉得用什麼去迎合；曉荷知道。

他又去看冠先生。他沒有意思把冠先生拉進新民會去，他怕冠先生會把他壓下去。他只想多和冠先生談談，從談話中不知不覺的他可以增加知識。

冠家門口圍著一圈兒小孩子，兩個老花子正往門垛上貼大紅的喜報，一邊兒貼一邊兒高聲的喊：「貴府老爺高昇嘍！報喜來嘍！」

大赤包的所長發表了。為討太太的喜歡，冠曉荷偷偷的寫了兩張喜報，教李四爺給找來兩名花子，到門前來報喜。當他在高等小學畢業的時候，還有人來在門前貼喜報，唱喜歌。入了民國，這規矩漸漸的在北平死去。冠曉荷今天決定使它復活！叫花子討了三次賞，冠曉荷賞了三次，每次都賞的很少，以便使叫花子再討，而多在門前吵嚷一會兒。當藍東陽來到的時候，叫花子已討到第四次賞，而冠先生手中雖已攥好了二毛錢，可是還不肯出來，為是教他們再多喊兩聲。他希望全胡同的人都來圍在他的門外。可是，他看明白，門外只有一群小孩子，最大的不過是程長順。

他的報子寫得好。大赤包被委為妓女檢查所的所長，冠先生不願把妓女的字樣貼在大門外。可是，他不曉得轉文說，妓女應該是什麼。琢磨了半天，他看清楚「妓」字的半邊是「支」字，由「支」他想到了「織」；於是，他含著笑開始寫：「貴府冠夫人榮升織女檢查所所長——」

東陽歪著臉看了半天，想不出織女是幹什麼的。他毫不客氣的問程長順：「織女是幹什麼的？」

長順兒是由外婆養大的，所以向來很老實。可是，看這個眉眼亂扯的人說話這樣不客氣，他想自己也不該老實的過火了。囔著鼻子，他回答：「牛郎的老婆！」

東陽恍然大悟：「嘔！管女戲子的！牛郎織女天河配，不是一齣戲嗎？」這樣猜悟出來，他就更後悔不早來請教關於唱戲的事；同時，他打定了主意：假若冠先生肯入新民會的話，他應當代為活動。冠宅門外剛貼好的紅報子使他這樣改變以前的主張。剛才，他還想只從冠先生的談話中得到一些知識，而不把他拉進「會」裡去；現在，他看明白，他應當誠意的和冠家合作，因為冠家並不只是有兩個錢而毫無勢力的——看那張紅報子，連太太都作所長！他警告自己這回不要再太嫉妒了，沒看見官與官永遠應當拜盟兄弟與聯姻嗎？冠先生兩臂像趕雞似的掄動著，口中叱呼著：「走！走！把我的耳朵都吵聾了！」而後，把已握熱的二毛錢扔在地上：「絕不再添！聽見了吧？」說完，把眼睛看到別處去，教花子們曉得這是最後的一次添錢。

花子們拾起二毛錢，嘟嘟囔囔的走開。

冠曉荷一眼看到了藍東陽，馬上將手拱起來。

藍東陽沒見過世面，不大懂得禮節。他的處世的訣竅一向是得力於「無禮」——北平人的禮太多，一見到個毫不講禮的便害了怕，而諸事退讓。

冠先生決定不讓東陽忘了禮。他拱起手來，先說出：「不敢當！不敢當！」

東陽還沒想起「恭喜！恭喜！」而只把手也拱起來。冠先生已經滿意，連聲的說：「請！請！請！」

二人剛走到院裡，就聽見使東陽和窗紙一齊顫動的一聲響。曉荷忙說：「太太咳嗽呢！太太作了所長，咳嗽自然得猛一些！」

大赤包坐在堂屋的正當中，聲震屋瓦的咳嗽，談笑，連呼吸的聲音也好像經由擴音機出來的。見東陽進來，她並沒有起立，而只極吝嗇的點了一下頭，而後把擦著有半斤白粉的手向椅子那邊一擺，請客人坐下。她的氣派之大已使女兒不敢叫媽，丈夫不敢叫太太，而都須叫所長。見東陽坐下，她把嗓子不知怎麼調動的，像有點懶得出聲，又像非常有權威，似乎有點痰，而聲音又那麼沉重有勁的叫：「來呀！倒茶！」東陽，可憐的，只會作幾句似通不通的文句的藍東陽，向來沒見過有這樣氣派的婦人，幾乎不知如何是好了！她已不止是前兩天的她，而是她與所長之「和」了！他不知說什麼好，所以沒說出話來。他心中有點後悔——自己入了新民會的時候，為什麼不這樣抖一抖威風呢？從一個意義來說，作官不是也為抖威風麼？

曉荷又救了東陽。他向大赤包說：「報告太太！」

大赤包似怒非怒，似笑非笑的插嘴：「所長太太！不！乾脆就是所長！」

曉荷笑著，身子一扭咕，甜蜜的叫：「報告所長！東陽來給你道喜！」

東陽扯動著臉，立起來，依然沒找到話，而只向她咧了咧嘴，露出來兩三個大的黃牙。

「不敢當喲！」大赤包依然不往起立，像西太后坐在寶座上接受朝賀似的那麼毫不客氣。

正在這個時候，院中出了聲，一個尖銳而無聊的聲：「道喜來嘍！道喜來嘍！」

「瑞豐！」曉荷稍有點驚異的，低聲的說。

「也請！」大赤包雖然看不起瑞豐，可是不能拒絕他的賀喜；拒絕賀喜是不吉利的。

曉荷迎到屋門：「勞動！勞動！不敢當！」

瑞豐穿著最好的袍子與馬褂，很像來吃喜酒的樣子。快到堂屋的台階，他收住了腳步，讓太太先進去——這是他由電影上學來的洋規矩。胖太太也穿著她的最好的衣服，滿臉的傲氣教胖臉顯得更胖。她高揚著臉，扭著胖屁股，一步一喘氣的慢慢的上台階。她手中提著個由稻香村買來的，好看而不一定好吃的，禮物籃子。

大赤包本還是不想立起來，及至看見那個花紅柳綠的禮物籃子，她不好意思不站起一下了。在禮節上，瑞豐是比東陽勝強十倍的。他最喜歡給人家行禮，因為他是北平人。他親熱的致賀，深深的鞠躬，而後由胖太太手裡取過禮物籃子，放在桌子上。那籃子是又便宜，又俗氣，可是擺在桌子上多少給屋中添了一些喜氣。道完了喜，他親熱的招呼東陽：「東陽兄，你也在這兒？這幾天我忙得很，所以沒到學校去！你怎樣？還好吧？」

東陽不會這一套外場勁兒，只扯動著臉，把眼球吊上去，又放下來，沒說什麼。他心裡說：「早晚我把你小子圈在牢裡去，你不用跟我逗嘴逗牙的！」

這時候，胖太太已經坐在大赤包的身旁，而且已經告訴了大赤包：瑞豐得了教育局的庶務科科長。她實在不為來道喜，而是為來雪恥——她的丈夫作了科長！

「什麼？」冠家夫婦不約而同的一齊喊。大赤包有點不高興丈夫的聲音與她自己的沒分個先後，她說：「你讓我先說好不好？」

曉荷急忙往後退了兩小步，笑著回答：「當然！所長！對不起得很！」

「什麼？」大赤包立起來，把戴著兩個金箍子的大手伸出去：「你倒來給我道喜？祁科長！

真有你的！你一聲不出，真沉得住氣！」說著，她用力和瑞豐握手，把他的手指握得生疼。「張順！」她放開手，喊男僕：「拿英國府來的白蘭地！」然後對大家說：「我們喝一杯酒，給祁科長，和科長太太，道喜！」

「不！」瑞豐在這種無聊的場合中，往往能露出點天才來：「不！我們先給所長，和所長老爺，道喜！」

「大家同喜！」曉荷很柔媚的說。

東陽立在那裡，臉慢慢的變綠，他妒，他恨！他後悔沒早幾天下手，把瑞豐送到監牢裡去！現在，他只好和瑞豐言歸於好，瑞豐已是科長！他恨瑞豐，而不便惹惱科長！酒拿到，大家碰了杯。

瑞豐囁不住糞，開始說他得到科長職位的經過：「我必得感謝我的太太！她的二舅是剛剛發表了的教育局局長的盟兄。局長沒有她的二舅簡直不敢就職，因為二舅既作過教育局局長，又是東洋留學生——說東洋話和日本人完全一個味兒！可是，二舅不願再作事，他老人家既有點積蓄，身體又不大好，犯不上再出來操心受累。局長苦苦的哀求，都快哭了，二舅才說：好吧，我給你找個幫手吧。二舅一想就想到了我！湊巧，我的太太正在娘家住著，就對二舅說：二舅，瑞豐大概不會接受比副局長小的地位！二舅直央告她：先屈尊屈尊外甥女婿吧！副局長已有了人，而且是日本人指派的，怎好馬上就改動呢？她一看二舅病病歪歪的，才不好意思再說別的，而給我答應下來科長——可必得是庶務科科長！」

「副局長不久還會落到你的手中的！預祝高昇！」曉荷又舉起酒杯來。

東陽要告辭。屋中的空氣已使他坐不住了。大赤包可是不許他走。「走？你太難了！今天難道還不熱鬧熱鬧嗎？怎麼，一定要走？好，我不死留你。你可得等我把話說完了！」她立起來，一隻手扶在心口上，一隻手扶著桌角，頗像演戲似的說：「東陽，你在新民會；瑞豐，你入了教育局；我呢，得了小小的一個所長；曉荷，不久也會得到個地位，比咱們的都要高的地位；在這個改朝換代的時代，我們這一下手就算不錯！我們得團結，互相幫忙，互相照應，好順順噹噹的打開我們的天下，教咱們的家中的每一個人都有事作，有權柄，有錢財！日本人當然拿第一份兒，我們，連我們的姑姑老姨，都須拿到第二份兒！我們要齊心努力的造成一個勢力，教一切的人，甚至於連日本人，都得聽我們的話，把最好的東西獻給我們！」

瑞豐歪著腦袋，像細聽一點什麼聲響的雞似的，用心的聽著。當大赤包說到得意之處，他的嘴唇也跟著動。

曉荷規規矩矩的立著，聽一句點一下頭，眼睛裡不知怎麼弄的，濕碌碌的彷彿有點淚。東陽的眼珠屢屢的吊上去，又落下來。他心中暗自盤算：我要利用你們，而不被你們利用；你不用花言巧語的引誘我，我不再上當！

胖太太撇著嘴微笑，心裡說：我雖沒當上科長，可是我丈夫的科長是我給弄到手的；我跟你一樣有本領，從此我一點也不再怕你！

大赤包的底氣本來很足，可是或者因為興奮過度的關係，說完這些話時，微微有點發喘。她用按在心口上的那隻手揉了揉胸。

她說完，曉荷領頭兒鼓掌。而後，他極柔媚甜蜜的請祁太太說話。

胖太太的胖臉紅了些，雙手抓著椅子，不肯立起來。她心中很得意，可是說不出話來。

曉荷的雙手極快極輕的拍著：「請啊！科長太太！請啊！」瑞豐知道除了在半夜裡罵他，太太的口才是不怎麼樣的。可是他不敢替太太說話，萬一太太今天福至心靈的有了口才呢！他的眼盯住了太太的臉，細細的察言觀色，不敢冒昧的張口。以前，他只像怕太太那麼怕她；現在，他怕她像怕一位全能的神似的！

胖太太立了起來。曉荷的掌拍得更響了。她，可是，並沒準備說話。笑了一下，她對瑞豐說：「咱們家去吧！不是還有許多事哪嗎？」

大赤包馬上聲明：「對！咱們改天好好的開個慶祝會，今天大家都忙！」

祁科長夫婦往外走，冠所長夫婦往外送；快到了大門口，大赤包想起來：「我說，祁科長！你們要是願意搬過來住，我們全家歡迎噢！」

胖太太找到了話說：「我們哪，馬上就搬到二舅那裡去。那裡離教育局近，房子又款式，還有——」她本想說：「還有這裡的祖父與父母都怯頭怯腦的，不夠作科長的長輩的資格。」可是看了瑞豐一眼，她沒好意思說出來；丈夫既然已作了科長，她不能不給他留點面子。

東陽反倒不告辭了，因為怕同瑞豐夫婦一道出來，而必須進祁宅去道道喜。他看不起瑞豐。

大赤包由外面回來便問曉荷：「到祁家去趟吧！去，找點禮物！」她知道家中有不少像瑞豐拿來的那種禮物籃子，找出兩個來，撣撣塵土就可以用——這種籃子是永遠川流不息的由這一家走到那一家的。「找兩個！東陽你也得去！」

東陽不甘心向瑞豐遞降表，可是「科長」究竟是有份量的。比如說：他很願意乘這個時機把校長趕跑，而由他自己去擔任。為實現這計劃，在教育局有個熟人是方便的。為這個，他應當給瑞豐送禮！他並且知道，只要送給北平人一點輕微的禮物，他就差不多會給你作天那麼大的事的。他點頭，願和冠家夫婦一同去到祁家賀喜。

曉荷找出兩份兒禮物來，一份兒是兩瓶永遠不會有人喝的酒，一份兒是成匣的陳皮梅，藕粉，與餅乾；兩份兒都已遊歷過至少有二十幾家人家了。曉荷告訴僕人換一換捆束禮物的紅綠線。「得！這就滿好！禮輕人物重！」

祁老人和天祐太太聽說瑞豐得了科長，喜歡得什麼似的！說真的，祁老人幾乎永遠沒盼望過子孫們去作官；他曉得樹大招風，官大招禍，而不願意子孫們發展得太快了——他自己本是貧苦出身哪！天祐作掌櫃，瑞宣當教師，在他看，已經是增光耀祖的事，而且也是不招災不惹禍的事。他知道，家道暴發，遠不如慢慢的平穩的發展；暴發是要傷元氣的！作官雖然不必就是暴發，可是「官」，在老人心裡，總好像有些什麼可怕的地方！

天祐太太的心差不多和老公公一樣。她永遠沒盼望過兒子們須大紅大紫，而只盼他們結結實實的，規規矩矩的，作些不甚大而被人看得起的事。

瑞豐作了科長。老人與天祐太太可是都很喜歡。一來是，他們覺得家中有個官，在這亂鬧東洋鬼子的時際，是可以仗膽子的。二來是，祁家已有好幾代都沒有產生一個官了。現在瑞豐的作官既已成為事實，老人們假若一點不表示歡喜，就有些不近人情——一個吃素的人到底不能不覺到點驕傲，當他用雞魚款待友人的時候。況且幾代沒官，而現在忽然有了官，祁老人就不能不想到房子——他獨力置買的房子——的確是有很好的風水。假若老人只從房子上著想，已經有些得意，天祐太太就更應該感到驕傲，因為「官兒子」是她生養的！即使她不是個淺薄好虛榮的人，她也應當歡喜。

可是，及至聽說二爺決定搬出去，老人們的眼中都發了一下黑。祁老人覺得房子的風水只便宜了瑞豐，而並沒榮耀到自己！再一想，作了官，得了志，就馬上離開老窩，簡直是不孝！風水好的房子大概不應當出逆子吧？老太爺決定在炕上躺著不起來，教瑞豐認識認識「祖父的冷淡」！天祐太太很為難：她不高興二兒子竟自這麼狠心，得了官就跺腳一走。可是，她又不便攔阻他；她曉得現在的兒子是不大容易老拴在家裡的，這年月時行「娶了媳婦不要媽」！同時，她也很不放心，老二要是言聽計從的服從那個胖老婆，他是會被她毀了的。她想，她起碼應該警告二兒子幾句。可是，她又懶得開口——兒子長大成人，媽媽的嘴便失去權威！她深深的明瞭老二是寧肯上了老婆的當，也不肯聽從媽媽的。最後，她決定什麼也不說，而在屋中躺著，裝作身體又不大舒服。

小順兒的媽決定沉住了氣，不去嫉妒老二作官。她的心眼兒向來是很大方的。她歡歡喜喜的給老人們和老二夫婦道了喜。聽到老二要搬了走，她也並沒生氣，因為她知道假若還在一處同居，官兒老二和官兒二太太會教她吃不消的。他們倆走了倒好。他們倆走後，她倒可以安心的伺候著老人們。在她看，伺候老人們是她的天職。那麼，多給老人們盡點心，而少生點兄弟妯娌間的閒氣，算起來還倒真不錯呢！

剛一聽到這個消息，瑞宣沒顧了想別的，而只感到鬆了一口氣——管老二幹什麼去呢，只要他能自食其力的活著，能不再常常來討厭，老大便謝天謝地！

待了一會兒，他可是趕快的變了卦。不，他不能就這麼不言不語的教老二夫婦搬出去。他是哥哥，理應教訓弟弟。還有，他與老二都是祁家的人，也都是中國的國民，祁瑞宣不能有個給日本人作事的弟弟！瑞豐不止是找個地位，苟安一時，而是去作小官兒，去作漢奸！瑞宣的身上忽然一熱，有點發癢；祁家出了漢奸！老三逃出北平，去為國效忠，老二可在家裡作日本人的官，這筆賬怎麼算呢？認真的說，瑞宣的心裡有許多界劃不甚清，黑白不甚明的線兒。他的理想往往被事實戰敗，他的堅強往往被人生的小苦惱給軟化，因此，他往往不固執己見，而無可無不可的，睜一眼閉一眼的，在家庭與社會中且戰且走的活著。對於忠奸之分，和與此類似的大事上，他可是絕對不許他心中有什麼界劃不清楚的線條兒。忠便是忠，奸便是奸。這可不能像吃了一毛錢的虧，或少給了人家一個銅板那樣可以馬虎過去。

他在院中等著老二。石榴樹與夾竹桃什麼的都已收到東屋去，院中顯著空曠了一些。南牆根的玉簪，秋海棠，都已枯萎；一些黃的大葉子，都殘破無力的垂掛著，隨時有被風颳走的可能。在往年，祁老人必定早已用爐灰和煤渣兒把它們蓋好，上面還要扣上空花盆子。今年，老人雖然還常常安慰大家，說「事情不久就會過去」，可是他自己並不十分相信這個話，他已不大關心他的玉簪花便是很好的證明。兩株棗樹上連一個葉子也沒有了，枝頭上蹲著一對縮著脖子的麻雀。天上沒有雲，可是太陽因為不暖而顯著慘淡。屋脊上有兩三棵乾了的草在微風裡擺動。瑞宣無聊的，悲傷的，在院中走溜兒。

一看見瑞豐夫婦由外面進來，他便把瑞豐叫到自己的屋中去。他對人最喜歡用暗示，今天他可決不用它，他曉得老二是不大聽得懂暗示的人，而事情的嚴重似乎也不允許他多繞彎子。他開門見山的問：「老二，你決定就職？」老二拉了拉馬褂的領子，沉住了氣，回答：「當然！科長不是隨便在街上就可以揀來的！」

「你曉得不曉得，這是作漢奸呢？」瑞宣的眼盯住了老二的。

「漢——」老二的確沒想過這個問題，他張著嘴，有半分多鐘沒說出話來。慢慢的，他並上了口；很快的，他去搜索腦中，看有沒有足以駁倒老大的話。一想，他便想到：「科長——漢奸！兩個絕對聯不到一處的名詞！」想到，他便說出來了。

「那是在太平年月！」瑞宣給弟弟指出來。「現在，無論作什麼，我們都得想一想，因為北平此刻是教日本人佔據著！」老二要說：「無論怎樣，科長是不能隨便放手的！」可是沒敢說出來，他先反攻一下：「要那麼說呀，大哥，父親開鋪子賣日本貨，你去教書，不也是漢奸嗎？」

瑞宣很願意不再說什麼，而教老二幹老二的去。可是，他覺得不應當負氣。笑了笑，他說：「那大概不一樣吧？據我看，因家庭之累或別的原因，逃不出北平，可是也不蓄意給日本人作事的，不能算作漢奸。像北平這麼多的人口，是沒法子一下兒都逃空的。逃不了，便須掙錢吃飯，這是沒法子的事。不過，為掙錢吃飯而有計劃的，甘心的，給日本人磕頭，藍東陽和冠曉荷，和你，便不大容易說自己不是漢奸了。你本來可以逃出去，也應當逃出去。可是你不肯。不肯逃，而仍舊老老實實作你的事，你既只有當走不走的罪過，而不能算是漢奸。現在，你很高興能在日本人派來的局長手下作事，作行政上的事，你就已經是投降給日本人；今天你甘心作科長，明日也大概不會拒絕作局長；你的心決定了你的忠奸，倒不一定在乎官職的大小。老二！聽我的話，帶著弟妹逃走，作一個清清白白的人！我沒辦法，我不忍把祖父，父母都乾撂在這裡不管，而自己遠走高飛；可是我也決不從日本人手裡討飯吃。可以教書，我便繼續教書；書不可以教了，我設法去找別的事；實在沒辦法，教我去賣落花生，我也甘心；我可就是不能給日本人作事！我覺得，今天日本人要是派我作個校長，我都應當管自己叫作漢奸，更不用說我自己去運動那個地位了！」

說完這一段話，瑞宣像吐出插在喉中的一根魚刺那麼痛快。他不但勸告了老二，也為自己找到了無可如何的，似妥協非妥協的，地步。這段話相當的難說，因為他所要分劃開的是那麼微妙不易捉摸。可是他竟自把它說出來；他覺得高興——不是高興他的言語的技巧，而是滿意他的話必是發自內心的真誠；他真不肯投降給敵人，而又真不易逃走，這兩重「真」給了他兩道光，照明白了他的心路，使他的話不致於混含或模糊。

瑞豐楞住了，他萬也沒想到大哥會囉嗦出那麼一大套。在他想：自己正在找事的時候找到了事，而且是足以使藍東陽都得害點怕的事，天下還有比這更簡單，更可喜的沒有？沒有！那麼，他理應歡天喜地，慶祝自己的好運與前途；怎麼會說著說著說出漢奸來呢？他心中相當的亂，猜不準到底大哥說的是什麼意思。他決定不再問。他只能猜到：瑞宣的學問比他好，反倒沒作上官，一定有點嫉妒。妒就妒吧，誰教老二的運氣好呢！他立起來，正了正馬褂，像要笑，又像要說話，而既沒笑，也沒說話的搭訕著，可又不是不驕傲的，走了出去。既不十分明白哥哥的話，又找不到什麼足以減少哥哥的妒意的辦法，他只好走出去，就手兒也表示出哥哥有哥哥的心思，弟弟有弟弟的辦法，誰也別干涉誰！

他剛要進自己的屋子，冠先生，大赤包，藍東陽一齊來到。兩束禮物是由一個男僕拿著，必恭必敬的隨在後邊。大赤包的聲勢浩大，第一聲笑便把棗樹上的麻雀嚇跑。第二聲，把小順兒和妞子嚇得躲到廚房去：「媽！媽！」小順兒把眼睛睜得頂大，急切的這樣叫：「那，那院的大紅娘們來了！」是的，大赤包的袍子是棗紅色的。第三聲，把祁老人和天祐太太都趕到炕上去睡倒，而且都發出不見客的哼哼。

祁老人，天祐太太，瑞宣夫婦都沒有出來招待客人。小順兒的媽本想過來張羅茶水，可是瑞宣在玻璃窗上瞪了一眼，她便又輕輕的走回廚房去。

第三十一章　每個人的私事都和國家有關

一次遊行，又一次遊行，學生們，叫花子們都「遊」慣了，小崔與孫七們也看慣了。他們倆不再責罵學生，學生也不再深深的低著頭。大家都無可如何的，馬馬虎虎的活著。苦悶，憂慮，惶惑，寒冷，恥辱，使大家都感到生活是一種「吃累」，沒有什麼趣味與希望。雖然如此，可是還沒法不活下去。

只有一個希望，希望各戰場我們勝利。北平已是下過了雨的雲，沒有作用的飄浮著；它只能希望別處的雲會下好雨。在各戰場中，大家特別注意上海；上海是他們的一大半希望。他們時時刻刻打聽上海的消息，即使一個假消息也是好的。只有上海的勝利能醫救他們的亡國病。他們甚至於到廟中燒香，到教堂去禱告，祈求勝利。他們喜愛街上的賣報的小兒們，因為他們的尖銳的聲音總是喊著好消息——恰恰和報紙上說的相反。他們寧可相信報童的「預言」，而不相信日本人辦的報紙。

可是我們在上海失利！

南京怎樣呢？上海丟掉，南京還能守嗎？還繼續作戰嗎？恐怕要和吧？怎麼和呢？華北恐怕是要割讓的吧？那樣，北平將永遠是日本人的了！

孫七正在一家小雜貨鋪裡給店夥剃頭。門外有賣「號外」的。按照過去的兩三個月的經驗說，「號外」就是「訃文」！報童喊號外，一向是用不愉快的低聲；他們不高興給敵人喊勝利。一個鼻子凍紅了的小兒向鋪內探探頭，純粹為作生意，而不為給敵人作宣傳，輕輕的問：「看號外？掌櫃的！」

「什麼事？」孫七問，剃刀不動地方的刮著。

報童揉了揉鼻子：「上海——」

「上海怎樣？」

「——撤退！」

孫七的剃刀撒了手。刀子從店夥的肩頭滾到腿上，才落了地。幸虧店夥穿著棉襖棉褲，沒有受傷。

「這是鬧著玩的嗎？七爺！」店夥責備孫七。

「上海完了！」孫七慢慢的將刀子拾起，楞著出神。

「噢！」店夥不再生氣，他曉得「上海完了」是什麼意思。報童也楞住了。

孫七遞過去一個銅板。報童歎了口氣，留下一張小小的號外，走開。

剃頭的和被剃頭的爭著看：「上海皇軍總勝利！」店夥把紙搶過去，團成一團，扔在地上，用腳去搓。孫七繼續刮臉，近視眼擠咕擠咕的更不得力了！

小崔紅著倭瓜臉，程長順囔著鼻子，二人辯論得很激烈。長順說：儘管我們在上海打敗，南京可必能守住！只要南京能守半年，敵兵來一陣敗一陣，日本就算敗了！想想看，日本是那麼小的國，有多少人好來送死呢！

小崔十分滿意南京能守住，但是上海的敗退給他的打擊太大，他已不敢再樂觀了。他是整天際在街面上的人，他曉得打架和打仗都必有勝有敗，「只要敢打，就是輸了也不算丟人。」根據這點道理，他懷疑南京是否還繼續作戰。他頂盼望繼續作戰，而且能在敗中取勝；可是，盼望是盼望，事實是事實。一二八那次，不是上海一敗就講和了嗎？他對長順說出他的疑慮。

長順把小學教科書找出來，指給小崔看：「看看這張南京圖吧！你看看！這是雨花台，這是大江！哼，我們要是守好了，連個鳥兒也飛不進去！」

「南口，娘子關，倒都是險要呢，怎麼——」

長順不等小崔說完，搶過來：「南京是南京！娘子關是娘子關！」他的臉紅起來，急得眼中含著點淚。他本來是低著聲，怕教外婆聽見，可是越說聲音越大。他輕易不和人家爭吵，所以一爭吵便非常的認真；一認真，他就忘記了外婆。「長順！」外婆的聲音。

他曉得外婆的下一句的是什麼，所以沒等她說出來便回到屋中去，等有機會再和小崔爭辯。

六號的劉師傅差點兒和丁約翰打起來。在平日，他們倆只點點頭，不大過話；丁約翰以為自己是屬於英國府與耶穌的，所以看不起老劉；劉師傅曉得丁約翰是屬於英國府與耶穌的，所以更看不起他。今天，丁約翰剛由英國府回來，帶回一點黃油，打算給冠家送了去——他已看見冠家門外的紅報子。在院中，他遇到劉師傅。雖然已有五六天沒見面，他可是沒準備和老劉過話。他只冷淡的——也必定是傲慢的——點了一下頭。

劉師傅決定不理會假洋人的傲慢，而想打聽打聽消息；他以為英國府的消息必然很多而可靠。他遞了個和氣，笑臉相迎的問：

「剛回來？怎麼樣啊？」

「什麼怎樣？」丁約翰的臉刮得很光，背挺得很直，頗像個機械化的人似的。

「上海！」劉師傅挪動了一下，擋住了丁約翰的去路；他的確為上海的事著急。

「噢，上海呀！」約翰偷偷的一笑。「完啦！」說罷他似乎覺得已盡到責任，而想走開。

老劉可是又發了問：「南京怎樣呢？」

丁約翰皺了皺眉，不高興起來。「南京？我管南京的事幹嗎？」他說的確是實話，他是屬於英國府的，管南京幹嗎。老劉發了火。衝口而出的，他問：「難道南京不是咱們的國都？難道你不是中國人？」

丁約翰的臉沉了下來。他知道老劉的質問是等於叫他洋奴。他不怕被呼為洋奴，劉師傅——一個臭棚匠——可是沒有叫他的資格！「噢！我不是中國人，你是，又怎麼樣？我並沒有看見尊家打倒一個日本人呀！」

老劉的臉馬上紅過了耳朵。丁約翰戳住了他的傷口。他有點武藝，有許多的愛國心與傲氣，可是並沒有去打日本人！假若丁約翰是英國府的奴才，他——劉棚匠——便是日本人的奴才，因為北平是被日本人佔據住。他和約翰並沒有什麼區別！他還不出話來了！

丁約翰往旁邊挪了一步，想走開。

老劉也挪了一步，還擋著路。他想教約翰明白，他們兩個根本不同，可是一時找不到話，所以只好暫不放走約翰。

約翰見老劉答不出話來，知道自己佔了上風；於是，雖然明知老劉有武藝而仍願意多說兩句帶稜刺的話：「擋著我幹什麼？有本事去擋日本人的坦克車呀！」

劉師傅本不願打架，他知道自己的手腳厲害，很容易打傷了人。現在，羞惱成怒，他瞪了眼。

丁約翰不上當，急忙走開。他知道在言語上佔了上風，而又躲開老劉的拳腳，才是完全勝利。

劉師傅氣得什麼似的，可是沒追上前去；丁約翰既不敢打架，何必緊緊的逼迫呢。

小文揣著手，一動也不動的立在屋簷下。他嘴中叼著根香煙；煙灰結成個長穗，一點點的往胸前落。他正給太太計劃一個新腔。他沒注意丁劉二人為什麼吵嘴，正如同他沒注意上海戰事的誰勝誰敗。他專心一志的要給若霞創造個新腔兒。這新腔將使北平的戲園茶社與票房都起一些波動，給若霞招致更多的榮譽，也給他自己的臉上添增幾次微笑。他的心中沒有中國，也沒有日本。他只知道宇宙中須有美妙的琴音與婉轉的歌調。

若霞有點傷風，沒敢起床。

小文，在丁劉二人都走開之後，忽然靈機一動，他急忙走進屋去，拿起胡琴來。

若霞雖然不大舒服，可是還極關心那個新腔。「怎樣？有了嗎？」她問。

「先別打岔！快成了！」

丁約翰拿著黃油。到冠宅去道喜。

大赤包計算了一番，自己已是「所長」，是不是和一個擺台的平起平坐呢？及至看到黃油，她毫不遲疑的和約翰握了手。她崇拜黃油。她不會外國語，不大知道外國事，可是她常用黃油作形容詞——「那個姑娘的臉像黃油那麼潤！」這樣的形容使她覺得自己頗知道外國事，而且彷彿是說著外國話！

約翰，在英國府住慣了，曉得怎樣稱呼人。他一口一個「所長」，把大赤包叫得心中直發癢。

曉荷見太太照舊喜歡約翰，便也拿出接待外賓的客氣與禮貌，倒好像約翰是國際聯盟派來的。見過禮以後，他開始以探聽的口氣問：

「英國府那方面對上海戰事怎樣看呢？」

「中國是不會勝的！」約翰極沉穩的，客觀的，像英國的貴族那麼冷靜高傲的回答。

「噢，不會勝？」曉荷瞇著眼問，為是把心中的快樂掩藏起一些去。

丁約翰點了點頭。

曉荷送給太太一個媚眼，表示：「咱們放膽幹吧，日本人不會一時半會兒離開北平！」

「哼！他買了我，可賣了女兒！什麼玩藝兒！」桐芳低聲而激烈的說。

「我不能嫁那個人！不能！」高第哭喪著臉說。那個人就是李空山。大赤包的所長拿到手，李空山索要高第。「可是，光發愁沒用呀！得想主意！」桐芳自己也並沒想起主意，而只因為這樣一說才覺到「想」是比「說」重要著許多的。

「我沒主意！」高第坦白的說。「前些天，我以為上海一打勝，像李空山那樣的玩藝兒就都得滾回天津去，所以我不慌不忙。現在，聽說上海丟了，南京也守不住——」她用不著費力氣往下說了，桐芳會猜得出下面的話。

桐芳是冠家裡最正面的注意國事的人。她注意國事，因為她自居為東北人。雖然她不知道家鄉到底是東北的哪裡，可是她總想回到說她的言語的人們裡去。她還清楚的記得瀋陽的「小河沿」，至少她希望能再看看「小河沿」的光景。因此，她注意國事；她知道，只有中國強勝了，才能收復東北，而她自己也才能回到老家去。

可是，當她知道一時還沒有回老家的可能，而感到絕望的時候，她反倒有時候無可如何的笑自己：「一國的大事難道就是為你這個小娘們預備著的嗎？」

現在，聽到高第的話，她驚異的悟出來：「原來每個人的私事都和國家有關！是的，高第的婚事就和國家有關！」悟出這點道理來，她害了怕。假若南京不能取勝，而北平長久的被日本人佔著，高第就非被那個拿婦女當玩藝兒的李空山抓去不可！高第是她的好朋友。假若她自己已是家庭裡的一個只管陪男人睡覺的玩具，社會中的一個會吃會喝的廢物，她不願意任何別的女人和她一樣，更不用說她的好朋友了。「高第！你得走！」桐芳放開膽子說。

「走？」高第楞住了。假若有像錢仲石那樣的一個青年在她身旁，她是不怕出走的。為了愛情，哪一個年輕的姑娘都希望自己能飛起去一次。可是，她身旁既沒有個可愛的青年男子，又沒有固定的目的地，她怎麼走呢？平日，和媽媽或妹妹吵嘴的時節，她總覺得自己十分勇敢。現在，她覺得自己連一點兒膽子也沒有。從她所知道一點史事中去找可資摹仿的事實，她只能找到花木蘭。可是木蘭從軍的一切詳細辦法與經驗，她都無從找到。中國歷史上可以給婦女行動作參考的記載是那麼貧乏，她覺到自己是自古以來最寂寞的一個人！

「我可以跟你走！」桐芳看出來，高第沒有獨自逃走的膽量。

「你，你為什麼要走呢？」高第假若覺得自己還是個「無家之鬼」，她可是把桐芳看成為關在籠中的鳥——有食有水有固定的地方睡覺，一切都定好，不能再動。

「我為什麼一定要在這裡呢？」桐芳笑了笑。她本想告訴高第：光是你媽媽，我已經受不了，況且你媽媽又作了所長呢！可是，話都到嘴邊上了，她把它截住。她的人情世故使她留了點心——大赤包無論怎麼不好，恐怕高第也不高興聽別人攻擊自己的媽媽吧。

高第沒再說什麼，她心中很亂。她決定不了自己該走不該，更不能替桐芳決定什麼。她覺得她須趕緊打好了主意，可是越急就越打不定主意。她長嘆了一口氣。

天祐在胡同口上遇見了李四爺。兩個人說話答禮兒的怪親熱，不知不覺的就一齊來到五號。

祁老人這兩天極不高興，連白鬍子都不大愛梳弄了。對二孫與三孫的離開家裡，他有許多理由責備他們，也有許多理由可以原諒他們。但是，他既不責備，也不原諒，他們。他只覺得心中堵得慌。他所引以自傲的四世同堂的生活眼看就快破碎了；孫子已走了兩個！他所盼望的三個月準保平安無事，並沒有實現；上海也丟了！雖他不大明白國事，他可是也看得出：上海丟了，北平就更沒有了恢復自由的希望，而北平在日本人手裡是什麼事都會發生的——三孫子走後，二孫子不是也走了麼？看見瑞豐瑞全住過的空屋子，他具體的明白了什麼是戰爭與離亂！

見兒子回來，還跟著李四爺，老人的小眼睛裡又有了笑光。

天祐的思想使他比父親要心寬一些。三兒的逃走與二兒的搬出去，都沒給他什麼苦痛。他願意一家大小都和和氣氣的住在一處，但是他也知道近些年來年輕人是長了許多價錢，而老年人不再像從前那麼貴重了。他看明白：兒子們自有兒子們的思想與辦法，老人們最好是睜一眼閉一眼的別太認真了。因此，他並沒怎樣替瑞全擔憂，也不願多管瑞豐的事。

可是，近兩個月來，他的頭髮忽然的白了許多根！假若對父子家庭之間，他比父親心寬，對國事他可比父親更關心更發愁。祁老人的年月大一半屬於清朝的皇帝，而天祐在壯年就遇見了革命。從憂國，他一直的憂慮到他的生意；國和他的小小的生意是像皮與肉那樣的不可分開。他不反對發財。他可更注重「規矩」。他的財須是規規矩矩發的。他永遠沒想到過「趁火打劫」，和「渾水摸魚」。他從來沒想像過，他可以在天下大亂的時際去走幾步小道兒，走到金山裡去。因此，他準知道，只要國家一亂，他的生意就必然的蕭條，而他的按部就班的老實的計劃與期望便全都完事！他的頭髮沒法不白起來。

三位老者之中，李四爺當然的是最健壯的，可是他的背比兩三月前也更彎曲了一些。他不愁吃穿，不大憂慮國事，但是日本人直接的間接的所給他的苦痛，已足夠教他感到背上好像壓著一塊石頭。無論是領槓還是搬家，他常常在城門上遭受檢查，對著敵兵的刺刀，他須費多少話，賠多少禮，才能把事辦妥；可是，在埋藏了死人，或把東西搬運到城外之後，城門關上了。他須在城外蹲小店兒。七十歲的人了，勞累了一天之後，他需要回家去休息，吃口熱飯，喝口熱茶，和用熱水燙燙腳。可是，他被關在城外。他須在小店兒裡與叫花子們擠在一處過夜。有時候，城門一連三五天不開；他須把一件衣服什麼的押在攤子上或小鋪裡，才能使自己不挨餓。他的時間就那麼平白無故的空空耗費了！他恨日本人！日本人隨便把城關上，和他開玩笑！日本人白白的搶去了他的時間與自由。

祁老人眼中的笑光並沒能保留好久。他本想和李四爺與天祐痛痛快快的談上一兩小時，把心中的積鬱全一下子吐盡。可是，他找不到話。他的每次都靈驗的預言：「北平的災難過不去三個月」，顯然的在這一次已不靈驗了。假若他這次又說對了，他便很容易把過去的多少災難與困苦像說鼓兒詞似的一段接著一段的述說。不幸，他這次沒能猜對。他須再猜一回。對國事，他猜不到。他覺得自己是落在什麼迷魂陣裡，看不清東西南北。他失去了自信。

天祐呢，見老人不開口，他自己便也不好意思發牢騷。假若他說出心中的憂慮，他就必然的惹起父親的注意——注意到他新生的許多根白髮。那會使父子都很難過的！

李四爺要說的話比祁家父子的都更多。一天到晚在街面上，他聽的多，見的廣，自然也就有了豐富的話料。可是，他打不起精神來作報告——近來所見所聞的都是使人心中堵得慌的事，說出來只是添愁！

三位老人雖然沒有完全楞起來，可是話語都來得極不順溜。他們勉強的笑，故意的咳嗽，也都無濟於事。小順兒的媽進來倒茶，覺出屋中的沉悶來。為招老人們的喜歡，她建議留四爺爺吃羊肉熱湯兒麵。建議被接受了，可是賓主的心情都並沒因此而好轉。

天祐太太扶著小順兒，過來和四大爺打招呼。她這幾天因為天冷，又犯了氣喘，可是還掙著過來，為是聽一聽消息。她從來沒有像近來這樣關心國事過。她第一不放心「小三兒」，第二怕自己死在日本人管著的北平——也許棺材出不了城，也許埋了又被賊盜把她掘出來。為這兩件時刻惦記著，憂慮著的事，她切盼我們能打勝。只有我們打勝，「小三兒」——她的「老」兒子——才能回來，她自己也可以放心的死去了。

為是表示親熱，她對四爺說出她的顧慮。她的話使三位老者的心立刻都縮緊。他們的歲數都比她大呀！樂觀了一輩子的祁老人說了喪氣話：「四爺！受一輩子苦倒不算什麼，老了老了的教日本人收拾死，才，才，才，——」他說不下去了。

李四大媽差不多成了錢家的人了。錢少奶奶，和錢家的別人一樣，是剛強而不願多受幫助的。可是，在和李四媽處熟了以後，她不再那麼固執了。公公病著，父親近來也不常來，她需要一個朋友。儘管她不大喜歡說話，她心中可是有許多要說的——這些要說的話，在一個好友面前，就彷彿可以不說而心中也能感到痛快的。李四媽雖然代替不了她的丈夫，可是確乎能代替她的婆婆，而且比婆婆好，因為李四媽是朋友，而婆婆，無論怎樣，總是婆婆。她思念丈夫；因為思念他，她才特別注意她腹中的小孩。她永遠不會再看見丈夫，可是她知道她將會由自己身中產出一條新的生命，有了這新生命，她的丈夫便會一部分的還活在世上。在這一方面，她也需要一個年歲大的婦人告訴她一些經驗。這是她頭一胎，也是最後的一胎。她必須使他順利的產下來，而後由她自己把他養大。假若他能是個男的——她切盼他是個男的——他便是第二個孟石。她將照著孟石的樣子把他教養大，使他成為有孟石的一切好處，而沒有一點孟石的壞處的人！這樣一想，她便想到很遠很遠的地方去。可是，越想得遠，心中就越渺茫而也就越害怕。她不是懷著一個小孩，而是懷著一個「永生」的期望與責任！李四媽能告訴她許多使她不至於心慌得過度的話。李四媽的話使她明白：生產就是生產，而不是什麼見神見鬼的事。李四媽的爽直與誠懇減少了錢少奶奶的惶惑不安。

錢老人已經能坐起一會兒來了。坐起來，他覺得比躺著更寂寞。躺著的時候，他可以閉上眼亂想；坐起來，他需要個和他說幾句話的人。聽到西屋裡四大媽對少奶奶咯啦咯啦的亂說，他就設法把她調過來。他與四大媽的談話幾乎永遠結束在將來的娃娃身上，而這樣的結束並不老是愉快的。四大媽不知道為什麼錢先生有時候是那麼喜歡，甚至於給這有四五個月才能降生的娃娃起了名字。

「四大媽，你說是錢勇好，還是錢仇好？仇字似乎更厲害一些！」她回答不出什麼來。平日，她就有點怕錢先生，因為錢先生的言語是那麼難懂；現在，他問她哪個字好，她就更茫然的答不出了。不過，只要他歡喜，四大媽就受點憋悶也無所不可。可是，老人有時候一聽到將來的娃娃，便忽然動了怒。這簡直教四大媽手足無措了。他為什麼發怒呢？她去問錢少奶奶，才曉得老人不願意生個小亡國奴。雖然近來她已稍微懂了點「亡國奴」的意思，可是到底不明白為什麼它會招錢先生那麼生氣。她以為「亡國奴」至多也不過像「他媽的」那樣不受聽而已。她弄不明白，只好擠咕著老近視眼發楞，或傻笑。

雖然如此，錢先生可是還很喜歡四大媽。假若她有半日沒來，他便不知要問多少次。等她來到，他還要很誠懇的，甚至於近乎囉嗦的，向她道歉；使她更莫名其妙。他以為也許言語之間得罪了她，而她以為即使有一星半點的頂撞也犯不著這麼客氣。

瑞宣把上海的壞消息告訴了錢先生。他走後，四大媽來到。老人整天的一語未發，也不張羅吃東西。四大媽急得直打轉兒，幾次想去和他談會兒話，可是又不敢進去。她時時的到窗外聽一聽屋裡的動靜，只有一次她聽到屋裡說：「一定是小亡國奴了！」

瑞宣把消息告訴了錢先生以後，獨自在「酒缸」上喝了六兩白乾。搖搖晃晃的走回家來，他倒頭便睡。再一睜眼，已是掌燈的時分；喝了兩杯茶，他繼續睡下去。他願意一睡不再醒，永遠不再聽到壞消息！他永遠沒這樣「荒唐」過；今天，他沒了別的辦法！

第三十二章　北平的第一個女人

南京陷落！

天很冷。一些灰白的雲遮住了陽光。水傾倒在地上，馬上便凍成了冰。麻雀藏在房簷下。

瑞宣的頭上可是出著熱汗。上學去，走在半路，他得到這一部歷史上找不到幾次的消息。他轉回家來。不顧得想什麼，他只願痛哭一場。昏昏糊糊的，他跑回來。到了屋中，他已滿頭大汗。沒顧得擦汗，他一頭扎到床上，耳中直轟轟的響。

韻梅覺出點不對來，由廚房跑過來問：「怎麼啦？沒去上課呀？」

瑞宣的淚忽然落下來。

「怎麼啦？」她莫名其妙，驚異而懇切的問。

他說不上話來。像為父母兄弟的死亡而啼哭那樣，他毫不羞愧的哭著，漸漸的哭出聲來。

韻梅不敢再問，又不好不問，急得直搓手。

用很大的力量，他停住了悲聲。他不願教祖父與母親聽見。還流著淚，他啐了一口唾沫，告訴她：「你去吧！沒事！南京丟了！」

「南京丟了？」韻梅雖然沒有像他那麼多的知識與愛國心，可是也曉得南京是國都。「那，咱們不是完啦嗎？」他沒再出聲。她無可如何的走出去。

廣播電台上的大氣球又驕傲的升起來，使全北平的人不敢仰視。「慶祝南京陷落！」北平人已失去他們自己的城，現在又失去了他們的國都！

瑞豐同胖太太來看瑞宣。他們倆可是先到了冠宅去。冠先生與大赤包熱烈的歡迎他們。

大赤包已就了職，這幾天正計劃著：第一，怎樣聯絡地痞流氓們，因為妓女們是和他們有最密切關係的。冠曉荷建議去找金三爺。自從他被金三爺推翻在地上，叫了兩聲爸爸以後，他的心中就老打不定主意──是報仇呢？還是和金三爺成為不打不相識的朋友呢？對於報仇，他不甚起勁；這兩個字，聽起來就可怕！聖人懂得仁愛，英雄知道報仇；曉荷不崇拜英雄，不敢報仇；他頂不喜歡讀《水滸傳》──一群殺人放火的惡霸，沒意思！

他想應當和金三爺擺個酒，嘻嘻哈哈的吃喝一頓，忘了前嫌。他總以為金三爺的樣子，行動，和本領，都有點像江湖奇俠──至少他也得是幫會裡的老頭子！這樣，他甚至於想到拜金三爺為師。師在五倫之中，那麼那次的喊爸爸也就無所不可了。現在，為幫助大赤包聯絡地痞流氓，就更有拜老頭子的必要，而金三爺的影子便時時出現在他的心眼中。再說，他若與金三爺發生了密切關係，也就順手兒結束了錢冠兩家的仇怨──他以為錢先生既已被日本人「管教」過，想必見台階就下，一定不會拒絕與他言歸於好的。大赤包贊同這個建議。她氣派十分大的閉了閉眼，才說：「應該這麼辦！即使他不在幫裡，憑他那兩下子武藝，給咱們作個打手也是好的！你去辦吧！」曉荷很得意的笑了笑。

第二，怎麼籠絡住李空山和藍東陽。東陽近來幾乎有工夫就來，雖然沒有公然求婚，可是每次都帶來半斤花生米或兩個凍柿子什麼的給小姐；大赤包看得出這是藍詩人的「愛的投資」。她讓他們都看明白招弟是動不得的——她心裡說：招弟起碼得嫁個日本司令官！可是，她又知道高第不很聽話，不肯隨著母親的心意去一箭雙鵰的籠絡住兩個人。論理，高第是李空山的。可是，她願教空山在做駙馬以前多給她效點勞；一旦作了駙馬爺，老丈母娘就會失去不少的權威的。同時，在教空山等候之際，她也願高第多少的對東陽表示點親熱，好教他給曉荷在新民會中找個地位。高第可是對這兩個男人都很冷淡。大赤包不能教二女兒出馬，於是想到了尤桐芳。她向曉荷說明：「反正桐芳愛飛眼，教她多瞟李空山兩下，他不是就不緊迫著要高第了嗎？你知道，高第也得招呼著藍東陽啊！」

「那怪不好意思的吧？」曉荷滿臉賠笑的說。

大赤包沉了臉：「有什麼不好意思？我要是去偷人，你才戴綠帽子！桐芳是什麼東西？你有什麼不好意思的？李空山要是真喜歡她，教她走好啦！我還留著我的女兒，給更體面的人呢！」

曉荷不敢違抗太太的命令，又實在覺得照令而行有點難為情。無論多麼不要臉的男人也不能完全剷除了嫉妒，桐芳是他的呀！無可如何的，他只答應去和桐芳商議，而不能替桐芳決定什麼。這很教大赤包心中不快，她高聲的說出來：「我是所長！一家子人都吃著我，喝著我，就得聽我的吩咐！不服氣，你們也長本事掙錢去呀！」

第三，她須展開兩項重要的工作：一個是認真檢查，一個是認真愛護。前者是加緊的，狠毒的，檢查妓女；誰吃不消可以設法通融免檢——只要肯花錢。後者是使妓女們來認大赤包作乾娘；彼此有了母女關係，感情上自然會格外親密；只要她們肯出一筆「認親費」，並且三節都來送禮。這兩項工作的展開，都不便張貼佈告，俾眾周知，而需要一個得力的職員去暗中活動，把兩方面的關係弄好。冠曉荷很願意擔任這個事務，可是大赤包怕他多和妓女們接觸，免不了發生不三不四的事，所以另找了別人——就是那曾被李四爺請來給錢先生看病的那位醫生。他叫高亦陀。大赤包頗喜歡這個人，更喜歡他的二千元見面禮。

第四，是怎樣對付暗娼。戰爭與災難都產生暗娼。大赤包曉得這個事實。她想作一大筆生意——表面上嚴禁暗娼，事實上是教暗門子來「遞包袱」。暗娼們為了生活，為了保留最後的一點廉恥，為了不吃官司，是沒法不出錢的；只憑這一筆收入，大赤包就可以發相當大的財。

為實現這些工作計劃，大赤包累得常常用拳頭輕輕的捶胸口幾下。她的裝三磅水的大暖水瓶老裝著雞湯，隨時的呷兩口，免得因勤勞公事而身體受了傷。她拚命的工作，心中唯恐怕戰爭忽然停止，而中央的官吏再回到北平；她能摟一個是一個，只要有了錢，就是北平恢復了舊觀也沒大關係了。

南京陷落！大赤包不必再拚命，再揪著心了。她從此可以從從容容的，穩穩當當的，作她的所長了。她將以「所長」為梯子，而一步一步的走到最高處去。她將成為北平的第一個女人——有自己的汽車，出入在東交民巷與北京飯店之間，戴著鑲有最大的鑽石的戒指，穿著足以改變全東亞婦女服裝式樣的衣帽裙鞋！

她熱烈的歡迎瑞豐夫婦。她的歡迎詞是：「咱們這可就一塊石頭落了地，可以放心的作事啦！南京不是一年半載可以得回來的，咱們痛痛快快的在北平多快活兩天兒吧！告訴你們年輕的人們吧，人生一世，就是吃喝玩樂；別等到老掉了牙再想吃，老毛了腰再想穿，那就太晚嘍！」

然後，她對胖太太：「祁二太太，你我得打成一氣，我要是北平婦女界中的第一號，你就必得是第二號。比如說：我今天燙貓頭鷹頭，你馬上也就照樣的去燙，有咱們兩個人在北海或中山公園溜一個小圈兒，明天全北平的女人就都得爭著改燙貓頭鷹頭！趕到她們剛燙好不是，哼，咱們倆又改了樣！咱們倆教她們緊著學都跟不上，教她們手忙腳亂，教她們沒法子不來磕頭認老師！」她說到這裡，瑞豐打了岔：「冠所長！原諒我插嘴！我這兩天正給她琢磨個好名字，好去印名片。你看，我是科長，她自然少不了交際，有印名片的必要！請給想一想，是祁美艷好，還是祁菊子好？她原來叫玉珍，太俗氣點！」

大赤包沒加思索，馬上決定了：「菊子好！像日本名字！凡是帶日本味兒的都要時興起來！」

曉荷像考古學家似的說：「菊子夫人不是很有名的電影片兒嗎？」

「誰說不是！」瑞豐表示欽佩的說：「這個典故就出自那個影片呀！」

大家全笑了笑，覺得都很有學問。

「祁科長！」大赤包叫。「你去和令兄說說，能不能把金三爺請過來？」她扼要的把事情說明白，最後補上：「天下是我們的了，我們反倒更得多交朋友了！你說是不是？」瑞豐高興作這種事，趕快答應下來。「我跟瑞宣也還有別的事商量。」說完，他立起來。「菊子，你不過那院去？」

胖菊子搖了搖頭。假若可能，她一輩子也不願再進五號的門。

瑞豐獨自回到家中，應酬公事似的向祖父和母親問了安，就趕快和瑞宣談話：

「那什麼，你們學校的校長辭職——這消息別人可還不知道，請先守秘密！——我想大哥你應當活動一下。有我在局裡，運動費可以少花一點。你看，南京已經丟了，咱們反正是亡了國，何必再固執呢？再說，教育經費日內就有辦法，你能多抓幾個，也好教老人們少受點委屈！怎麼樣？要活動就得趕快！這年月，找事不容易！」一邊說，他一邊用食指輕輕的彈他新買的假象牙的香煙煙嘴。說完，把煙嘴叼在口中，像高射炮尋找飛機似的左右轉動。叼著這根假象牙的東西，他覺得氣派大了許多，幾乎比科長所應有的氣派還大了些！

瑞宣的眼圈還紅著，臉上似乎是浮腫起來一些，又黃又鬆。聽弟弟把話說完，他半天沒言語。他懶得張口。他曉得老二並沒有犯賣國的罪過，可是老二的心理與態度的確和賣國賊的同一個味道。他無力去誅懲賣國賊，可也不願有與賣國賊一道味兒的弟弟。說真的，老二只吃了浮淺，無聊，與俗氣的虧，而並非是什麼罪大惡極的人。可是，在這國家危亡的時候，浮淺，無聊，與俗氣，就可以使人變成漢奸。在漢奸裡，老二也不過是個小三花臉兒，還離大白臉的奸雄很遠很遠。老二可恨，也可憐！

「怎樣？你肯出多少錢？」老二問。

「我不願作校長，老二！」瑞宣一點沒動感情的說。

「你不要老這個樣子呀，大哥！」瑞豐板起臉來。「別人想多花錢運動都弄不到手，你怎麼把肉包子往外推呢？你開口就是國家，閉口就是國家，可是不看看國家成了什麼樣子！連南京都丟了，光你一個人有骨頭又怎麼樣呢？」老二的確有點著急。他是真心要給老大運動成功，以便兄弟們可以在教育界造成個小小的勢力，彼此都有些照應。

老大又不出聲了。他以為和老二辯論是浪費唇舌。他勸過老二多少次，老二總把他的話當作耳旁風。他不願再白費力氣。

老二本來相當的怕大哥。現在，既已作了科長，他覺得不應當還那麼膽小。他是科長，應當向哥哥訓話：「大哥，我真替你著急！你要是把機會錯過，以後吃不上飯可別怨我！以我現在的地位，交際當然很廣，掙得多，花得也多，你別以為我可以幫助你過日子！」

瑞宣還不想和老二多費什麼唇舌，他寧可獨力支持一家人的生活，也不願再和老二多囉嗦。「對啦！我幹我的，你幹你的好啦！」他說。他的聲音很低，可是語氣非常的堅決。

老二以為老大一定是瘋了。不然的話，他怎敢得罪科長弟弟呢！

「好吧，咱們各奔前程吧！」老二要往外走，又停住了腳。「大哥，求你一件事。別人轉託的，我不能不把話帶到！」他簡單的說出冠家想請金三爺吃酒，求瑞宣給從中拉攏一下。他的話說得很簡單，好像不屑於和哥哥多談似的。最後，他又板著臉教訓：「冠家連太太都能作官，大哥你頂好對他們客氣一點！這年月，多得罪人不會有好處！」

瑞宣剛要動氣，就又控制住自己。仍舊相當柔和的，他說：「我沒工夫管那種閒事，對不起！」

老二猛的一推門就走出去。他也下了決心不再和瘋子哥哥打交道。在院中，他提高了聲音叨嘮，為是教老人們聽見：「簡直豈有此理！太難了！太難了！有好事不肯往前巴結，倒好像作校長是丟人的事！」

「怎麼啦？老二！」祁老人在屋中問。

「什麼事呀？」天祐太太也在屋中問。

韻梅在廚房裡，從門上的一塊小玻璃往外看；不把情形看準，她不便出來。

老二沒進祖父屋中去，而站在院中賣嚷嚷：「沒事，你老人家放心吧！我想給大哥找個好差事，他不幹！以後呢，我的開銷大，不能多孝順你老人家；大哥又不肯去多抓點錢；這可怎麼好？我反正盡到了手足的情義，以後家中怎樣，我可就不負責嘍！」

「老二！」媽媽叫：「你進來一會兒！我問你幾句話！」

「還有事哪，媽！過兩天我再來吧！」瑞豐匆匆的走出去。他無意使母親與祖父難堪，但是他急於回到冠家去，冠家的一切都使他覺著舒服合適。

天祐太太的臉輕易不會發紅，現在兩個顴骨上都紅起一小塊來。她的眼也發了亮。她動了氣。這就是她生的，養大的，兒子！作了官連媽媽也不願意搭理啦！她的病身子禁不起生氣，所以近二三年來她頗學會了點視而不見，聽而不聞的本事，省得教自己的病體加重。今天這口氣可是不好嚥，她的手哆嗦起來，嘴中不由的罵出：「好個小兔崽子！好嗎！連你的親娘都不認了！

就憑你作了個小科長！」

她這麼一出聲，瑞宣夫婦急忙跑了過來。他們倆曉得媽媽一動氣必害大病。瑞宣頂怕一家人沒事兒拌嘴鬧口舌。他覺得那是大家庭制度的最討厭的地方。但是，母親生了氣，他又非過來安慰不可。多少世紀傳下來的規矩，差不多變成了人的本能；不論他怎樣不高興，他也得擺出笑臉給生了氣的媽媽看。好在，他只須走過來就夠了，他曉得韻梅在這種場合下比他更聰明，更會說話。

韻梅確是有本事。她不問婆婆為什麼生氣，而抄著根兒說：「老太太，又忘了自己的身子吧！怎麼又動氣呢？」這兩句話立刻使老太太憐愛了自己，而覺得有哼哼兩聲的必要。一哼哼，怒氣就消減了一大半，而責罵也改成了叨嘮：「真沒想到啊，他會對我這個樣！對兒女，我沒有偏過心，都一樣的對待！我並沒少愛了一點老二呀，他今天會——」老太太落了淚，心中可是舒展多了。

老太爺還沒弄清楚都是怎麼一回事，也湊過來問：「都是怎麼一回子事呀？亂七八糟的！」

瑞宣攙祖父坐下。韻梅給婆婆擰了把熱毛巾，擦擦臉；又給兩位老人都倒上熱茶，而後把孩子拉到廚房去，好教丈夫和老人們安安靜靜的說話兒。

瑞宣覺得有向老人們把事說清楚的必要。南京陷落了，國已亡了一大半。從一個為子孫的說，他不忍把老人們留給敵人，而自己逃出去。可是，對得住父母與祖父就是對不住國家。為贖自己對不住國家的罪過，他至少須消極的不和日本人合作。他不願說什麼氣節不氣節，而只知這在自己與日本人中間必須畫上一條極顯明的線。這樣，他須得到老人們的協助；假若老人們一定要吃得好喝得好，不受一點委屈，他便沒法不像老二似的那麼投降給敵人。他決定不投降給敵人，雖然他又深知老人們要生活得舒服一點是當然的；他們在世界上的年限已快完了，他們理當要求享受一點。他必須向老人們道歉，同時也向他們說清楚：假若他們一定討要享受，他會狠心逃出北平的。

很困難的，他把心意說清楚。他的話要柔和，而主意又拿定不變；他不願招老人們難過，而又不可避免的使他們難過；一直到說完，他才覺得好像割去一塊病似的，痛快了一些。

母親表示得很好：「有福大家享，有苦大家受；老大你放心，我不會教你為難！」

祁老人害了怕。從孫子的一大片話中，他聽出來：日本人是一時半會兒絕不能離開北平的了！日本人，在過去的兩三個月中，雖然沒直接的傷害了他，可是已經弄走了他兩個孫子。日本人若長久佔據住北平，焉知道這一家人就不再分散呢？老人寧可馬上死去，也不願看家中四分五裂的離散。沒有兒孫們在他眼前，活著或者和死了一樣的寂寞。他不能教瑞宣再走開！雖然他心中以為長孫的拒絕作校長有點太過火，可是他不敢明說出來；他曉得他須安慰瑞宣：「老大，這一家子都仗著你呀！你看怎辦好，就怎辦！好吧歹吧，咱們得在一塊兒忍著，忍過去這步壞運！反正我活不了好久啦，你還能不等著抓把土埋了我嗎！」老人說到末一句，聲音已然有點發顫了。

瑞宣不能再說什麼。他覺得他的態度已經表示得夠明顯，再多說恐怕就不怎麼合適了。聽祖父說得那樣的可憐，他勉強的笑了：「對了，爺爺！咱們就在一塊兒苦混吧！」

話是容易說的；在他心裡，他可是曉得這句諾言是有多大份量！他答應了把四世同堂的一個家全扛在自己的雙肩上！

同時，他還須遠遠的躲開佔據著北平的日本人！

他有點後悔。他知道自己的掙錢的本領並不大。他的愛惜羽毛不許他見錢就抓。那麼，他怎能獨力支持一家人的生活呢？再說，日本人既是北平的主人，他們會給他自由嗎？可是，無論怎樣，他也感到一點驕傲──他表明了態度，一個絕對不作走狗的態度！走著瞧吧，誰知道究竟怎樣呢！

這時候，藍東陽來到冠家。他是為籌備慶祝南京陷落大會來到西城，順便來向冠家的女性們致敬──這回，他買來五根灌餡兒糖。在路上，他已決定好絕口不談慶祝會的事。每逢他有些不願別人知道的事，他就覺得自己很重要，很深刻；儘管那件事並沒有保守秘密的必要。

假若他不願把自己知道的告訴別人，他可是願意別人把所知道的都告訴給他。他聽說，華北的政府就要成立──成立在北平。華北的日本軍人，見南京已經陷落，不能再延遲不決；他們必須先拿出個華北政府來，好和南京對抗──不管南京是誰出頭負責。聽到這個消息，他把心放下去，而把耳朵豎起來。放下心去，因為華北有了日本人組織的政府，他自己的好運氣便會延長下去。豎起耳朵來，他願多聽到一些消息，好多找些門路，教自己的地位再往上升。他的野心和他的文字相仿，不管通與不通，而硬往下做！他已經決定了：他須辦一份報紙，或一個文藝刊物。他須作校長。他須在新民會中由幹事升為主任幹事。他須在將要成立的政府裡得到個位置。事情越多，才越能成為要人；在沒有想起別的事情以前，他決定要把以上的幾個職位一齊拿到手。他覺得他應當，可以，必須，把它們拿到手，因為他自居為懷才未遇的才子；現在時機來到了，他不能隨便把它放過去。他是應運而生的莎士比亞，不過要比莎士比亞的官運財運和桃花運都更好一些。

進到屋中，把五根糖扔在桌兒上，他向大家咧了咧嘴，而後把自己像根木頭似的摔在椅子上。除了對日本人，他不肯講禮貌。

瑞豐正如怨如慕的批評他的大哥。他生平連想都沒大想到過，他可以作教育局的科長。他把科長看成有天那麼大。把他和科長聯在一塊，他沒法不得意忘形。他沒有冠先生的聰明，也沒有藍東陽的沉默。「真！作校長彷彿是丟人的事！你就說，天下竟會有這樣的人！看他文文雅雅的，他的書都白念了！」

冠曉荷本想自薦。他從前作過小官；既作過小官，他以為，就必可以作中學校校長。可是，他不願意馬上張口，露出飢不擇食的樣子。這一下，他輸了棋。藍東陽開了口：「什麼？校長有缺嗎？花多少錢運動？」他輕易不說話，一說可就說到根兒上；他張口就問了價錢。

曉荷像吃多了白薯那樣，冒了一口酸水，把酸水嚥下去，他仍然笑著，不露一點著急的樣子。他看了看大赤包，她沒有什麼表示。她看不起校長，不曉得校長也可以抓錢，所以沒怪曉荷。曉荷心中安定了一些。他很怕太太當著客人的面兒罵他無能。

瑞豐萬沒想到東陽來得那麼厲害，一時答不出話來了。

東陽的右眼珠一勁兒往上吊，喉中直咯咯的響，嘴唇兒顫動著，湊過瑞豐來。像貓兒看準了一個蟲子，要往前撲那麼緊張，他的臉色發了綠，上面的青筋全跳了起來。他的嘴像要咬人似的，對瑞豐說：「你辦去好啦，我出兩千五百塊錢！你從中吃多少，我不管，事情成了，我另給你三百元！今天我先交二千五，一個星期內我要接到委任令！」

「教育局可不是我一個人的呀！」瑞豐簡直忘了他是科長。他還沒學會打官話。

「是呀！反正你是科長呀！別的科長能薦人，你怎麼不能？你為什麼作科長，假若你連一句話都不能給我說！」東陽的話和他的文章一樣，永遠不管邏輯，而只管有力量。「不管怎樣，你得給我運動成功，不然的話，我還是去給你報告！」

「報告什麼！」可憐的瑞豐，差不多完全教東陽給弄糊塗了。

「還不是你弟弟在外邊抗日？好嗎，你在這裡作科長，你弟弟在外邊打游擊戰，兩邊兒都教你們佔著，敢情好！」東陽越說越氣壯，綠臉上慢慢的透出點紅來。

「這，這，這，」瑞豐找不出話來，小乾臉氣得焦黃。

大赤包有點看不上東陽了，可是不好出頭說話；她是所長，不能輕易發言。

曉荷悟出一點道理來：怪不得他奔走這麼多日子，始終得不到個位置呢；時代變了，他的方法已然太老，太落伍了！他自己的辦法老是擺酒，送禮，恭維，和擺出不卑不亢的架子來。看人家藍東陽！人家託情運動事直好像是打架，沒有絲毫的客氣！可是，人家既是教務主任，又是新民會的幹事，現在又瞪眼「買」校長了！他佩服了東陽！他覺得自己若不改變作風，天下恐怕就要全屬於東陽，而沒有他的份兒了！

胖菊子——一向比瑞豐厲害，近來又因給丈夫運動上官職而更自信——決定教東陽見識見識她的本事。還沒說話，她先推了東陽一把，把他幾乎推倒。緊跟著，她說：「你這小子可別這麼說話，這不是對一位科長說話的規矩！你去報告！去！去！馬上去！咱們鬥一鬥誰高誰低吧！你敢去報告，我就不敢？我認識人，要不然我的丈夫他不會作上科長！你去報告好了，你說我們老三抗日，我也會說你是共產黨呀！你是什麼揍的？我問問你！」胖太太從來也沒高聲的一氣說這麼多話，累得鼻子上出了油，胸口也一漲一落的直動。她的臉上通紅，可是心中相當的鎮定，她沒想到既能一氣罵得這麼長，而且這麼好。她很得意。她平日最佩服大赤包，今天她能在大赤包面前顯露了本事，她沒法不覺得驕傲。

她這一推和一頓罵把東陽弄軟了。他臉上的怒氣和凶橫都忽然的消逝。好像是罵舒服了似的，他笑了。曉荷沒等東陽說出話來便開了口：「我還沒作過校長，倒頗想試一試，祁科長你看如何？嘔，東陽，我決不搶你的事，先別害怕！我是把話說出來，給大家作個參考，請大家都想一想怎麼辦最好。」

這幾句話說得是那麼柔和，周到，屋中的空氣馬上不那麼緊張了。藍東陽又把自己摔在椅子上，用黃牙咬著手指甲。瑞豐覺得假若冠先生出頭和東陽競爭，他天然的應當幫助冠先生。胖菊子不再出聲，因為剛才說的那一段是那麼好，她正一句一句的追想，以便背熟了好常常對朋友們背誦。大赤包說了話。先發言的勇敢，後發言的卻佔了便宜。她的話，因為是最後說的，顯著比大家的都更聰明合理：「我看哪，怎麼運動校長倒須擱在第二，你們三個——東陽，瑞豐，曉荷——第一應當先拜為盟兄弟。你們若是成為不願同年同月同日同時生，而願同年同月同日同時死的弟兄，你們便會和和氣氣的，真真誠誠的，彼此幫忙。慢慢的，你們便會成為新朝廷中的一個勢力。你們說對不對？」

瑞豐，論輩數，須叫曉荷作叔叔，不好意思自己提高一輩。

東陽本來預備作冠家的女婿，也不好意思和將來的岳父先拜盟兄弟。

曉荷見二人不語，笑了笑說：「所長所見極是！肩膀齊為弟兄，不要以為我比你們大幾歲，你們就不好意思！所長，就勞你大駕，給我預備香燭紙馬吧！」

第三十三章　抗戰是唯一的希望

瑞宣以為華北政府既費了那麼多的日子才產生出來，它必定有一些他所不知道的人物，好顯出確有點改朝換代的樣子。哪知道，其中的人物又是那一群他所熟知的，也是他所痛恨的，軍閥與官僚。由這一點上看，他已看清日本人是絕對沒有絲毫誠心去履行那些好聽的口號與標語的。只有卑鄙無能的人才能合他們的脾味，因為他們把中國人看成只配教貪官污吏統轄著的愚夫愚婦——或者豬狗！

看著報紙上的政府人員名單，他胸中直堵得慌。他不明白，為什麼中國會有這麼多甘心作走狗的人！這錯處在哪裡呢？是的，歷史、文化、時代、教育、環境、政治、社會、民族性、個人的野心——都可以給一些解釋，但是什麼解釋也解釋不開這個媚外求榮的羞恥！他們實際上不能，而在名義上確是，代表著華北的人民；他們幾個人的行動教全華北的人民都失去了「人」的光彩！

他恨這群人，他詛咒著他們的姓名與生存！

可是，緊跟著他就也想起瑞豐、東陽，與冠曉荷。這三個小鬼兒的地位比偽政府中的人低多了，可是他們的心理與志願卻和大漢奸們是一模一樣的。誰敢說，瑞豐不會作到教育督辦？誰敢說，冠曉荷不會作財政總長呢？這麼一想，他想明白了：假若聖賢是道德修養的積聚；漢奸卻恰恰的相反——是道德修養的削減。聖賢是正，漢奸是負。浮淺、愚蠢、無聊，像瑞豐與曉荷，才正是日本人所喜歡要的，因為他們是「負」數。日本人喜歡他們，正如同日本人喜歡中國的鴉片煙鬼。

想到這裡，他也就想出對待「負數」的辦法來。殺！他們既是負數，就絕對沒有廉恥。他們絕不會受任何道德的，正義的，感動；他們只怕死。殺戮是對待他們的最簡截的辦法，正如同要消滅蝗災只有去趕盡殺絕了蝗蟲。誰去殺他們呢？華北的每一個人，因為每一個人都受了他們的連累，都隨著他們喪失了人格。殺他們與殺日本人是每一個良善國民的無可推諉的責任！

可是，他就管不了自己的弟弟！不要說去殺，他連打老二一頓都不肯！假若老二幫助日本人，他卻成全了老二！他和老二有一樣的罪過：老二賣國，老大不干涉賣國的人！他不干涉老二，全華北的人民也都不干涉偽政府的漢奸，華北便像一個一動也不動的死海，只會蒸發臭氣！想到這裡，他無可如何的笑了。一切是負數——偽政府，瑞豐，曉荷，那些不敢誅奸的老實人，和他自己！他只能「笑」自己，因為自己的存在已是負數的！

慶祝南京陷落的大會與遊行，比前幾次的慶祝都更熱鬧。瑞宣的臉一青一紅的在屋中聽著街上的叫花子與鼓手們的喧呼與鑼鼓。他難過。可是他已不再希望在天安門或在任何地方有什麼反抗的舉動——一切都是負數！他既看到自己的無用與無能，也就不便再責備別人。他的唯一的可以原諒自己的地方是家庭之累，那麼，連漢奸當然也都有些「累」而都可以原諒了！最會原諒自己的是最沒出息的！

可是，不久他便放棄了這種輕蔑自己與一切人的態度，他聽到蔣委員長的繼續抗戰的宣言。這宣言，教那最好戰的日本人吃了一驚，教漢奸們的心中冷了一冷，也教瑞宣又挺起胸來。不！他不能自居為負數而自暴自棄。別人，因為中央繼續抗戰，必會逃出北平去為國效忠。中央，他想，也必會派人來，撫慰民眾和懲戒漢奸！一高興，他的想像加倍的活動，他甚至於想到老三會偷偷的回來，作那懲處漢奸或別的重要工作！那將是多麼興奮，多麼像傳奇的事呀，假若他能再看見老三！

瑞宣，既是個中國的知識分子，不會求神或上帝來幫助他自己和他的國家。他只覺得繼續抗戰是中國的唯一的希望。他並不曉得中國與日本的武力相差有多少，也幾乎不想去知道。愛國心現在成了他的宗教信仰，他相信中國必有希望，只要我們肯去抵抗侵略。

他去看錢先生，他願一股腦兒的把心中所有話都說淨。南京的陷落好像舞台上落下幕來，一場爭鬥告一段落。戰爭可是並沒停止，正像幕落下來還要再拉起去。那繼續抗戰的政府，與為國效忠的軍民，將要受多少苦難，都將要作些什麼，他無從猜到。他可是願在這將要再開幕的時候把他自己交代清楚：他的未來的苦難也不比別人的少和小，雖然他不能扛著槍到前線去殺敵，或到後方作義民。他決定了：在淪陷的城內，他一定不能因作孝子而向敵人屈膝；他寧可丟了腦袋，也不放棄了膝磕。這是一件不容易的事，像掉在海裡而拒絕喝水那麼不容易。可是，他很堅決，無論受多大的苦處，他要掙扎過去，一直到北平城再看到國旗的時候！老三既不在家，他只好去把這個決定說給錢先生；只有對一位看得起他的，相信他的朋友，交代清楚，他才能開始照計而行去作事，去掙錢；不然的話，他就覺得去作事掙錢是與投降一樣可恥的。

在南京陷落的消息來到的那一天，錢先生正決定下床試著走幾步。身上的傷已差不多都平復了，他的臉上也長了一點肉，雖然嘴還癟癟著，腮上的坑兒可是小得多了。多日未刮臉，長起一部柔軟而黑潤的鬍鬚，使他更像了詩人。他很不放心他的腿。兩腿腕時常腫起來，痠痛。這一天，他覺得精神特別的好，腿腕也沒發腫，所以決定下床試一試。他很怕兩腿是受了內傷，永遠不能行走！他沒告訴兒媳婦，怕她攔阻。輕輕的坐起來，他把腿放下去；一低頭，他才發現地上沒有鞋。是不是應當喊少奶奶來給找鞋呢？正在猶豫不定之間，他聽到四大媽的大棉鞋塌拉塌拉的響。

「來啦？四大媽？」他極和氣的問。

「來嘍！」四大媽在院中答應。「甭提啦，又跟那個老東西鬧了一肚子氣！」

「都七十多了，還鬧什麼氣喲！」錢先生精神特別的好，故意找話說。

「你看哪，」她還在窗外，不肯進來，大概為是教少奶奶也聽得見：「他剛由外邊回來，就撅著大嘴，說什麼南京丟了，氣橫橫的不張羅吃，也不張羅喝！我又不是看守南京的，跟我發什麼脾氣呀，那個老不死的東西！」

錢先生只聽到「南京丟了，」就沒再往下聽。光著襪底，他的腳碰著了地。他急於要立起來，好像聽到南京陷落，他必須立起來似的。他的腳剛有一部分碰著地，他的腳腕就像一根折了的秫秸棍似的那麼一軟，他整個的摔倒在地上。這一下幾乎把他摔昏了過去。在冰涼的地上趴伏了好大半天，他才緩過氣來。他的腿腕由沒有感覺而發麻，而發酸，而鑽心的疼。他咬上了嘴唇，不哼哼出來。疼得他頭上出了黃豆大的汗珠，他還是咬住了殘餘的幾個牙，不肯叫出來。

他掙扎著坐起來，抱住他的腳。他疼，可是他更注意他的腳是日久沒用而發了麻，還是被日本人打傷不會再走路。他急於要知道這點區別，因為他必須有兩條會活動的腿，才能去和日本人拚命。扶著床沿，一狠心，他又立起來了，像有百萬個細針一齊刺著他的腿腕。他的汗出得更多了。可是他立住了。他掙扎著，想多立一會兒，眼前一黑，他趴在了床上。這樣臥了許久許久，他才慢慢爬上床去，躺好。他的腳還疼，可是他相信只要慢慢的活動，他一定還能走路，因為他剛才已能站立了那麼一會兒。他閉上了眼。來往於他的心中的事只有兩件，南京陷落與他的腳疼。

慢慢的，他的腳似乎又失去知覺，不疼也不麻了。他覺得好像沒有了腳。他趕緊蜷起腿來，用手去摸；他的確還有腳，一雙完整的腳。他自己笑了一下。只要有腳能走路，他便還可以作許多的事。那與南京陷落，與孟石仲石和他的老伴兒的死亡都有關係的事。

他開始從頭兒想。他應當快快的決定明天的計劃，但是好像成了習慣似的，他必須把過去的那件事再想一遍，心裡才能覺得痛快，才能有條有理的去思想明天的事。他記得被捕的那天的光景。一閉眼，白巡長、冠曉荷、憲兵、太太、孟石，就都能照那天的地位站在他的眼前。他連牆根的那一朵大秋葵也還記得。跟著憲兵，他走到西單商場附近的一條胡同裡。他應當曉得那是什麼胡同，可是直到現在也沒想起來。在胡同裡的一條小死巷裡，有個小門。他被帶進去。一個不小的院子，一排北房有十多間，像兵營，一排南房有七八間，像是馬棚改造的。院中是三合土砸的地，很平，像個小操場。剛一進門，他就聽到有人在南屋裡慘叫。他本走得滿頭大汗，一聽見那慘叫，馬上全身都覺得一涼。他本能的立住了像快走近屠場的牛羊似的那樣本能的感到危險。憲兵推了他一把，他再往前走。他橫了心，抬起頭來。「至多不過是一死！」他口中念道著。

到盡東頭的一間北屋裡，有個日本憲兵搜檢他的身上。他只穿著那麼一身褲褂，一件大衫，和一隻鞋，沒有別的東西。檢查完，他又被帶到由東數第二間北屋去。在這裡，一個會說中國話的日本人問他的姓名籍貫年歲職業等等，登記在卡片上。當他回答沒有職業的時候，那個人把筆咬在口中，細細的端詳了他一會兒。這是個，瘦硬的臉色青白的人。他覺得這個瘦人也許不會很凶，所以大大方方的教他端詳。那個人把筆從口中拿下來，眼還緊盯著他，又問：「犯什麼罪？」他的確不知道自己犯了什麼罪。像平日對好友發笑似的，他很天真的笑了一下，而後搖了搖頭。他的頭還沒有停住，那個瘦子就好像一條餓狼似的極快的立起來，極快的給了他一個嘴巴。他啐出一個牙來。瘦子，還立著，青白的臉上起了一層霜似的，又問一聲：「犯什麼罪？」

他的怒氣撐住了疼痛，很安詳的，傲慢的，他一個字一個字的說：「我不知道！」

又是一個嘴巴，打得他一歪身。他想高聲的叱責那個人，他想質問他有沒有打人的權，和憑什麼打人。可是他想起來，面前的是日本人。日本人要是有理性就不會來打中國。因此，他什麼也不願說；對一個禽獸，何必多費話呢。他至少應當說：「你們捕了我來，我還不曉得為了什麼。

我應當問你們，我犯了什麼罪！」可是，連這個他也懶得說了。看了看襟上的血，他閉了閉眼，心裡說：「打吧！你打得碎我的臉，而打不碎我的心！」

瘦硬的日本人噓了一口氣，改了口：「你犯罪不犯？」隨著這句話，他的手又調動好了距離；假若他得到的是一聲「不」，或是一搖頭。他會再打出個最有力的嘴巴。

他看明白了對方的惡意，可是他反倒橫了心。噓了一口帶血的唾沫，他把腳分開一些，好站得更穩。他決定不再開口，而準備挨打。他看清：對方的本事只是打人，而自己自幼兒便以打人為不合理的事，那麼，他除了準備挨打之外，還有什麼更好的方法呢？再說，他一輩子作夢也沒夢到，自己會因為國事軍事而受刑；今天，受到這樣的對待，他感到極大的痛苦，可是在痛苦之中也感到忽然來到的光榮。他咬上了牙，準備忍受更多的痛苦，為是多得到一些光榮！

手掌又打到他的臉上，而且是一連串十幾掌。他一聲不響，只想用身體的穩定不動作精神的抵抗。打人的微微的笑著，似乎是笑他的愚蠢。慢慢的，他的脖子沒有力氣；慢慢的，他的腿軟起來；他動了。左右開弓的嘴巴使他像一個不倒翁似的向兩邊擺動。打人的笑出了聲——打人不是他的職務，而是一種宗教的與教育的表現；他欣賞自己的能打，會打，肯打，與勝利。被打的低下頭去，打人的變了招數，忽然給囚犯右肋上一拳，被打的倒在了地上。打人的停止了笑，定睛看地上的那五十多歲一堆沒有了力氣的肉。

在燈光之中，他記得，他被塞進一輛大汽車裡去。因為臉腫得很高，他已不易睜開眼。同時，他也顧不得睜眼看什麼。汽車動了，他的身子隨著動，心中一陣清醒，一陣昏迷，可是總知道自己是在什麼東西中動搖——他覺得那不是車，而是一條在風浪中的船。慢慢的，涼風把他完全吹醒。從眼皮的隙縫中，他看到車外的燈光，一串串的往後跑。他感到眩暈，閉上了眼。他不願思索什麼。他的妻兒，詩畫，花草，與茵陳酒，都已像從來就不是他的。在平日，當他讀陶詩，或自己想寫一首詩的時節，他就常常的感到妻室兒女與破罈子爛罐子都是些障礙，累贅，而詩是在清風明月與高山大川之間的。

一想詩，他的心靈便化在一種什麼抽象的宇宙裡；在那裡，連最美的山川花月也不過是暫時的，粗糙的，足以限制住思想的東西。他所追求的不只是美麗的現象，而是宇宙中一點什麼氣息與律動。他要把一切阻障都去掉，而把自己化在那氣息與律動之間，使自己變為無言的音樂。

真的，他從來沒能把這個感覺寫出來。文字不夠他用的；一找到文字，他便登時限制住了自己的心靈！文字不能隨著他的心飛騰，蕩漾在宇宙的無形的大樂裡，而只能落在紙上。可是，當他一這麼思索的時候，儘管寫不出詩來，他卻也能得到一些快樂。這個快樂不寄存在任何物質的，可捉摸的事物上，而是一片空靈，像綠波那麼活動可愛，而多著一點自由與美麗。綠波只會流入大海，他的心卻要飛入每一個星星裡去。在這種時候，他完全忘了他的肉體；假若無意中摸到衣服或身體，他會忽然的顫抖一下，像受了驚似的。

現在，他閉上了眼，不願思索一切。真的，他最先想到的就是：「大概拉去槍斃！」可是，剛想到這個，他便把眼閉得更緊一點，問自己：「怕嗎？怕嗎？」緊跟著，他便阻止住亂想，而願和作詩的時候似的忘了自己，忘了一切。「死算什麼呢！」他口中咀嚼著這一句。待了一會兒，他又換了一句：「死就是化了！化了！」他心中微微的感到一點愉快。他的臉上身上還都疼痛，可是心中的一點愉快教他輕視疼痛，教他忘了自己。又待了一會兒，在一陣迷糊之後，他忽然想起來：現在教他「化了」的不是詩，而是人世間的一點抽象的什麼；不是把自己融化在什麼山川的精靈裡，使自己得到最高的和平與安恬，而是把自己化入一股剛強之氣，去抵抗那惡的力量。他不能只求「化了」，而是須去抵抗，爭鬥。

假若從前他要化入宇宙的甘泉裡去，現在他須化成了血，化成忠義之氣；從前的是可期而不可得的，現在是求仁得仁，馬上可以得到的；從前的是天上的，現在的是人間的。是的，他須把血肉擲給敵人，用勇敢和正義結束了這個身軀！一股熱氣充滿了他的胸膛，他笑出了聲。

車停住了。他不知道那是什麼地方，也不屑於細看。殉國是用不著選擇地點的。他只記得那是一座大樓，彷彿像學校的樣子。他走得很慢，因為腳腕上砸著鐐。他不曉得為什麼敵人是那麼不放心他，一定給他帶鐐，除非是故意的給他多增加點痛苦。

是的，敵人是敵人，假若敵人能稍微有點人心人性，他們怎會製作戰爭呢？他走得慢，就又挨了打。糊裡糊塗的，辨不清是鐐子磕的痛，還是身上被打的痛，他被扔進一間沒有燈亮的屋子去。他倒了下去，正砸在一個人的身上。底下的人罵了一聲。他掙扎著，下面的人推搡著，不久，他的身子著了地。那個人沒再罵，他也一聲不出；地上是光光的，連一根草也沒有，他就那麼昏昏的睡去。

第二天一整天沒事，除了屋裡又添加了兩個人。他顧不得看同屋裡的人都是誰，也不顧得看屋子是什麼樣。他的臉腫得發漲，牙沒有刷，面沒有洗，渾身上下沒有地方不難過。約摸在上午十點鐘的時候，有人送來一個飯糰，一碗開水。他把水喝下去，沒有動那團飯。他閉著眼，兩腿伸直，背倚著牆，等死。他只求快快的死，沒心去看屋子的同伴。

第三天還沒事。他生了氣。他開始明白：一個亡了國的人連求死都不可得。敵人願費一個槍彈，才費一個槍彈；否則他們會教你活活的腐爛在那裡。

他睜開了眼。屋子很小，什麼也沒有，只在一面牆上有個小窗，透進一點很亮的光。窗欄是幾根鐵條。

屋子當中躺著一個四十多歲的人，大概就是他曾摔在他身上的那個人。這個人的臉上滿是凝定了的血條，像一道道的爆了皮的油漆；他蜷著腿，而伸著兩臂，臉朝天仰臥，閉著眼。在他的對面，坐著一對青年男女，緊緊的擠在一塊兒；男的不很俊秀，女的可是長得很好看；男的揚著頭看頂棚，好久也不動一動；女的一手抓著男的臂，一手按著自己的膝蓋，眼睛——很美的一對眼睛——一勁兒眨巴，像受了最大的驚恐似的。

看見他們，他忘了自己求死的決心。他張開口，想和他們說話。可是，口張開而忘了話，他感到一陣迷亂。他的腦後抽著疼。他閉上眼定了定神。再睜開眼，他的唇會動了。低聲而真摯的，他問那兩個青年：「你們是為了什麼呢？」

男青年嚇了一跳似的，把眼從頂棚上收回。女的開始用她的秀美的眼向四面找，倒好像找什麼可怕的東西似的。「我們——」男的拍了女的一下。女的把身子更靠緊他一些。

「你們找打！別說話！」躺著的人說。說了這句話，他似乎忘了他的手；手動了動，他疼得把眼鼻都擰在一處，頭向左右亂擺：「哎喲！哎喲！」他從牙縫裡放出點再也攔不住的哀叫。「哎喲！他們吊了我三個鐘頭，腕子斷了！斷了！」

女的把臉全部的藏在男子的懷裡。男青年嚥下一大口唾沫去。

屋外似乎有走動，很重的皮鞋聲在走廊中響。中年人忽然的坐起來，眼中發出怒的光，

「我——」他想高聲的喊。

他的手極快的摀住中年人的嘴。中年人的嘴還在動，熱氣噴著他的手心。「我喊，把走獸們喊來！」中年人掙扎著說。

他把中年人按倒。屋中沒了聲音，走廊中皮鞋還在響。

用最低的聲音，他問明白：那個中年人不曉得自己犯了什麼罪，只是因為他的相貌長得很像另一個人。日本人沒有捉住那另一個人，而捉住了他，教他替另一個人承當罪名；他不肯，日本人吊了他三點鐘，把手腕吊斷。

那對青年也不曉得犯了什麼罪，而被日本人從電車上把他們捉下來。他們是同學，也是愛人。他們還沒受過審，所以更害怕；他們知道受審必定受刑。

聽明白了他們的「犯罪」經過，第一個來到他心中的事就是想援救他們。可是，看了看腳上的鐐，他啞笑了一下，不再說話。呆呆的看著那一對青年，他想起自己的兒子來。從模樣上說，那個男學生一點也不像孟石和仲石，但是從一點抽象的什麼上說，他越看，那個青年就越像自己

的兒子。他很想安慰他的兒子幾句。待了一會兒，他又覺得那一點也不像他的兒子。他的兒子，仲石，會把自己的身體和日本人的身體摔碎在一處，摔成一團肉醬。他的兒子將永遠活在民族的心裡，永遠活在讚美的詩歌裡；這個青年呢？這個青年大概只會和愛人在一處享受溫柔鄉的生活吧？他馬上開了口：「你挺起胸來！不要怕！我們都得死，但須死得硬梆！你聽見了嗎？」

他的聲音很低，好像是對自己說呢。那個青年只對他翻了翻白眼。

當天晚上，門開了，進來一個敵兵，拿著手電筒。用電筒一掃，他把那位姑娘一把拉起來。她尖叫了一聲。男學生猛的立起來，被敵兵一拳打歪，窩在牆角上。敵兵往外扯她。她掙扎。又進來一個敵兵。將她抱了走。

青年往外追，門關在他的臉上。倚著門，他呆呆的立著。

遠遠的，女人尖銳的啼叫，像針尖似的刺進來，好似帶著一點亮光。

女人不叫了。青年低聲的哭起來。

他想立起來，握住青年的手。可是他的腳腕已經麻木，立不起來。他想安慰青年幾句，他的舌頭好像也麻木了。他瞪著黑暗。他忽然的想到：「不能死！不能死！我須活著，離開這裡，他們怎樣殺我們，我要怎樣殺他們！我要為仇殺而活著！」

快到天亮，鐵欄上像蛛網顫動似的有了些光兒。看著小窗，他心中發噤，曉風很涼。他盼望天快明，倒好像天一明他就可以出去似的。他往四處找那個青年，看不見。他願把心中的話告訴給青年：「我常在基督教教堂外面看見『信、望、愛』。我不大懂那三個字的意思。今天，我明白了：相信你自己的力量，盼望你不會死，愛你的國家！」

他正這麼思索，門開了，像扔進一條死狗似的，那個姑娘被扔了進來。

小窗上一陣發紅，光顫抖著透進來。

女的光著下身，上身只穿著一件貼身的小白坎肩。她已不會動。血道子已乾在她的大腿上。

男青年脫下自己的褂子，給她蓋上了腿，而後，低聲的叫：「翠英！翠英！」她不動，不出聲。他拉起她的一隻手——已經冰涼！他把嘴堵在她的耳朵上叫：「翠英！翠英！」她不動。她已經死了一個多鐘頭。

男青年不再叫，也不再動她。把手插在褲袋裡，他向小窗呆立著。太陽已經上來，小窗上的鐵欄都發著光——新近才安上的。男青年一動不動的站著，仰著點頭，看那三四根發亮的鐵條。他足足的這麼立了半個多鐘頭。忽然的他往起一躥，手扒住窗沿，頭要往鐵條上撞。他的頭沒能夠到鐵條。他極失望的跳下來。

他——錢先生——呆呆的看著，猜不透青年是要逃跑，還是想自殺。

青年轉過身來，看著姑娘的身體。看著看著，熱淚一串串的落下來。一邊流淚，他一邊往後退；退到了相當的距離，他又要往前躥，大概是要把頭碰在牆上。

「幹什麼？」他——錢老人——喝了一句。

青年楞住了。

「她死，你也死嗎？誰報仇？年輕的人，長點骨頭！報仇！報仇！」

青年又把手插到褲袋中去楞著。楞了半天，他向死屍點了點頭。而後，他輕輕的，溫柔的，把她抱起來，對著她的耳朵低聲的說了幾句話。把她放在牆角，他向錢先生又點了點頭，彷彿是接受了老人的勸告。

這時候，門開開，一個敵兵同著一個大概是醫生的走進來。醫生看了看死屍，掏出張印有表格的紙單來，教青年簽字。

「傳染病！」醫生用中國話說：「你簽字！」他遞給青年一支頭號的派克筆。

青年咬上了嘴唇，不肯接那支筆。

錢先生嗽了一聲，送過一個眼神。

青年簽了字。

醫生把紙單很小心的放在袋中，又去看那個一夜也沒出一聲的中年人。中年人的喉中響了兩聲，並沒有睜一睜眼；他是個老實人，彷彿在最後的呼吸中還不肯多哼哼兩聲，在沒了知覺的時候還吞嚥著冤屈痛苦，不肯發洩出來；他是世界上最講和平的一個中國人。醫生好像很得意的眨巴了兩下眼睛，而後很客氣的對敵兵說：「消毒！」敵兵把還沒有死的中年人拖了出去。

屋中剩下醫生和兩個活人，醫生彷彿不知怎麼辦好了；搓著手，他吸了兩口氣；然後深深的一鞠躬，走出去，把門倒鎖好。

青年全身都顫起來，腿一軟，他蹲在了地上。

「這是傳染病！」老人低聲的說。「日本人就是病菌！你要不受傳染，設法出去；最沒出息的才想自殺！」門又開了，一個日本兵拿來姑娘的衣服，扔給青年。「你，她，走！」

青年把衣服扔在地上，像條餓狼撲食似的立起來。錢先生又咳嗽了一聲，說了聲：「走！」

青年無可如何的把衣服給死屍穿上，抱起她來。敵兵說了話：「外邊有車！對別人說，殺頭的！殺頭的！」青年抱著死屍，立在錢先生旁邊，彷彿要說點什麼。老人把頭低了下去。

青年慢慢的走出去。

請續看《四代同堂》中

老舍作品精選：2

四代同堂（上）【經典新版】

作者：老舍
發行人：陳曉林
出版所：風雲時代出版股份有限公司
地址：10576台北市民生東路五段178號7樓之3
電話：(02) 2756-0949
傳真：(02) 2765-3799
執行主編：劉宇青
美術設計：吳宗潔
行銷企劃：林安莉
業務總監：張瑋鳳

初版日期：2021年4月
ISBN：978-986-352-964-4

風雲書網：http://www.eastbooks.com.tw
官方部落格：http://eastbooks.pixnet.net/blog
Facebook：http://www.facebook.com/h7560949
E-mail：h7560949@ms15.hinet.net
劃撥帳號：12043291
戶名：風雲時代出版股份有限公司

風雲發行所：33373桃園市龜山區公西村2鄰復興街304巷96號
電話：(03) 318-1378
傳真：(03) 318-1378
法律顧問：永然法律事務所 李永然律師
北辰著作權事務所 蕭雄淋律師

行政院新聞局局版台業字第3595號 營利事業統一編號22759935

定價：340元

國家圖書館出版品預行編目資料

老舍作品精選 2：四代同堂 / 老舍著. -- 臺北市：風雲時代出版股份有限公司, 2021.03 冊； 公分

ISBN 978-986-352-964-4 (上冊：平裝). --

857.7 109021688